HAYMON taschenbuch **247**

Ich danke meiner Freundin Friederike Lenart
für ihre wertvolle Mitarbeit.

MIX
Papier aus verantwortungsvollen Quellen
FSC® C083411
FSC
www.fsc.org

Auflage:
4 3 2 1
2020 2019 2018 2017

HAYMON tb **247**

Originalausgabe

www.haymonverlag.at

ISBN 978-3-7099-7892-4

Umschlag- und Buchgestaltung nach Entwürfen von
hœretzeder grafische gestaltung, Scheffau/Tirol
Satz: Da-TeX Gerd Blumenstein, Leipzig
Umschlag: Eisele Grafik · Design, München
Umschlagabbildungen: mauritius images / Westend61 / Ophelia
(Straßenbahn und Parlament), mauritius images / blickwinkel (Couch)
Autorinnenfoto: David Payr

Gedruckt auf umweltfreundlichem,
chlor- und säurefrei gebleichtem Papier.

Kapitel 1

„Was isst der Hedonist?", überlege ich angesichts unseres Gastgebers, der gerade eine in aufreizende Hotpants gekleidete farbige Kellnerin durch die exaltierten Selbstdarstellerbesucher dirigiert, damit der Champagner sicher um Punkt zwölf zum Klang des Donauwalzers ausgeschenkt werden kann. Ich finde die gesamte Partie – lauter selbsternannte Kreative – zum Kotzen. Ich bereue es schon bitter, Michael auf diesen Event begleitet zu haben. Für einen naiv sentimentalen Menschen wie ihn ist es wohl der Inbegriff der Romantik, zu Silvester über den Dächern von Wien zum Klang der Pummerin seine Geliebte zu küssen und ihr dann unter den Lichtern eines Feuerwerks beim Walzer auf die Zehen zu treten.

Heuer habe ich ihm diesen Wunsch erfüllt, da ich mir nicht sicher bin, ob wir nächstes Jahr überhaupt irgendwo eine Silvesterparty besuchen werden, denn meine Menstruation ist überfällig. Eigentlich sollte ich einen Test machen, aber ich traue mich nicht. Das Ergebnis wird für mich so oder so schmerzlich sein: Ist der Test positiv, trauere ich meiner Freiheit nach, ist er negativ, trauere ich meiner Vermehrung nach. Also am besten ignorieren. Leider gelingt mir das nicht.

Trotz Dachterrasse im zweiten Wiener Gemeindebezirk, in der angesagten Leopoldstadt um den Nestroyplatz, inklusive passendem Silvesterwetter – nämlich leichtem Schneefall ohne eisige Kälte –, mit Champagner, fulminantem Feuerwerk und dreihundertsechzig Grad Rundumblick auf Wien, trotz Pummerin in bester Tonqualität und einem liebevollen Mann, der mir „mon amour ..." ins Ohr flüstert, kommt bei mir keine gehobene Stimmung auf.

Der Hedonist isst Austern. Jedenfalls während der Donauwalzer über den Dächern von Wien erklingt und alle so tun, als ob sie auch tanzen könnten. Die dunkelhäutige Kellnerin balanciert das Tablett mit den Austern zwischen den Gästen hindurch, die sich, bevor das rohe Tier in ihrem Mund verschwindet, schlüpfrige Witze zurufen. In was für eine primitive Gesellschaft bin ich da geraten?

Zum Glück ist Mitternacht vorbei und ich brauche nicht mehr lange auszuhalten. Gerade als der Donauwalzer zum Endspurt abhebt und ich schon ziemlich atemlos in Michaels Umklammerung hänge, fühle ich, wie etwas Feuchtes meinen Nacken entlang hinunterrinnt. Ich drehe mich um und blicke in das erschrockene Gesicht der Kellnerin, die mit offenem Mund und aufgerissenen Augen mit einem Finger in Richtung eines Menschen zeigt, dessen Daunenjacke brennt. Das Feuchte auf meinem Hals sind übrigens die Austern, die sie vor Schreck auf mich gekippt hat. Mit der einen Hand fasse ich rückwärts in meinen Ausschnitt, um die Muscheln herauszuholen, mit der anderen drücke ich Michael von mir weg, der mich nicht loslassen will. Der hat gar nichts mitbekommen und wiegt sich noch immer ekstatisch in seinem Takt. Als ich mich aus seiner Umklammerung befreit habe, bemerkt er erst den angezündeten Gast.

„Hier ist eine Ärztin ...", schreit er. Bis auf die uns am nächsten Stehenden hört das in diesem Lärm sowieso niemand, aber es reicht immerhin dazu, dass ich nicht so tun kann, als ob ich nicht Erste Hilfe leisten könnte. Für mich ist es jedes Mal ein Albtraum, wenn ich zu einem Unfall komme und dann ärztlich agieren soll. Ich fühle mich nicht kompetent – immerhin bin ich Psychiaterin und kein Notfallmediziner. Außerdem bereitet mir das

Chaos in so einer Situation derartig widersprüchliche Gedanken, wie ich denn nun zu handeln hätte, dass ich lieber so tue, als ob es mich ärztlich nicht gäbe.

Bis ich mich im Schlepptau von Michael bis zum Brennenden durchgeschlagen habe, ist der schon gelöscht. Irgendeiner der Gäste hatte die geniale Idee, ihn mit dem Cape eines Oscar-Wilde-Imitators abzudecken und die Flammen damit zu ersticken. Mir bleibt nur mehr festzustellen, dass bis auf Brandblasen auf der Handinnenfläche nichts passiert ist. Doch zu früh gefreut!

Als ich gerade meinen Dankesgedanken in den Himmel schicke und der Donauwalzer verebbt, hört man von der Nachbardachterrasse gellendes Gebrüll. Man schreit nach einem Arzt. Ich verwünsche diese blöde Ballerei zum Jahreswechsel, wo sich Männer ihren kleinen Krieg inszenieren, ohne Rücksicht auf friedfertige Individuen wie mich, die keine Ambitionen zum Sanitäter haben. „Hat sich wieder einmal so ein Idiot einen Finger weggeschossen?“, denke ich, „Nächstes Jahr sperre ich mich zu Hause ein und lese in einem Kochbuch.“

Auf der Nachbarterrasse winken die Leute panisch. „Dann stammt der glühende Holzspan, der den Ferdi erwischt hat, von da drüben. Na, danke schön, da muss es ja ordentlich gekracht haben“, meint einer unserer Hedonisten.

Mir schwant Übles. Man blickt mich auffordernd an und unser Gastgeber spricht es aus: „Möchtest du nicht nachschauen?“, dabei deutet er mit seinem Zeigefinger auf das Nachbardach, „da kann man rüber.“

Nein, ich möchte nicht nachschauen. Nein, ich möchte mich nicht über ein vereistes, rutschiges Dach auf die andere Terrasse hinüberhanteln. Nein, ich möchte nicht für jemanden, der so blöd ist, sich selber in die Luft zu sprengen, mein eigenes Leben riskieren. Aber mir bleibt nichts anderes übrig.

Michael nimmt mich an der Hand. „Ich halte dich schon ...“, wohl wissend, dass ich unter Höhenangst leide. Die anderen Herrschaften haben sich inzwischen schon wieder sich selber zugewandt und ziehen einen Drink dem Lebenretten vor. Nun denn, robbe ich also rüber. Zuerst über eine Feuerleiter auf das nächste Blechdach. Ich umklammere das Kabel des Blitzableiters. Michael bemüht sich zwar mich zu halten, ist aber dadurch mehr ein Hindernis als eine Unterstützung. Sein Arm ist immer gerade da, wo ich mich anklammern möchte, da er sich ja auch festhalten muss.

„Lass mich ...“, schreie ich panisch.

Er versteht diese Aufforderung total miss, denn er fixiert mich mit seiner freien Hand noch fester als zuvor. „Ich halte dich ...“

„Lass mich aus, bitte ...“

„Nein, keine Sorge, ich halte dich schon!“

Man kann einen Mann, der der Meinung ist, eine „schwache“ Frau retten zu müssen, nicht daran hindern, sie dadurch ins Verderben zu schicken. Drum gebe ich auf und lasse ihn klammern, auch wenn mein Gleichgewicht dadurch leidet. Irgendwie schaffen wir es über das glitschige Dach bis zur nächsten Hürde, einer zwar nur einen halben Meter hohen, dafür aber ungesicherten Feuermauer, die schon zur Nachbarterrasse gehört. Von den aufgeregten Leuten da kommt keiner auf die Idee, uns wenigstens eine Hand zu reichen, um uns über die Mauer zu ziehen. Ich verwünsche meine Menschenfreundlichkeit. Wieso muss ich mein Leben und das meines Geliebten gefährden, nur weil ich Arzt bin? Wir stehen beide je auf einem dieser

Schneelawinenfänger, die Mauer vor uns wie ein riesiges Hindernis. Zurück geht es auch nicht mehr. Zumindest sagt mir das mein Blick in Richtung Heimatterrasse. Den Blick nach unten vermeide ich, da ich nicht vor lauter Schwindel abstürzen möchte.

Doch wozu hat man einen Mann, der, vor Adrenalin strotzend, sich zum Frauenretter berufen fühlt und dadurch artistische Fähigkeiten entwickelt, die, weder erlernt noch erahnt, in ihm schlummern? Mein Michelangelo katapultiert sich, nur die winzige Absprungfläche des Dachlawinenfängers nutzend, auf die Mauer – ohne abzustürzen! Dort gelandet, streckt er mir beide Arme entgegen und zieht mich zu sich auf das andere Dach. Erst da, wieder auf sicherem Boden stehend, erkenne ich das gesamte Ausmaß unseres Wagemuts. Als ich jetzt hinunterschaue, bekomme ich Herzklopfen, Hitzewallungen und Atemnot.

Michael, der auch in die Tiefe gafft, umarmt mich. „Wieso haben wir eigentlich nicht den Lift genommen?“, kommentiert er richtigerweise.

„Weil dein Freund ...“ Ich werde im Satz und meiner Panikattacke unterbrochen.

Jemand zieht mich am Jackenärmel und deutet auf Michael. „Der ist der Doktor?“

Schön wär’s, wenn er und nicht ich diejenige wäre, die diesen Verunglückten verarzten muss. Ich schüttle den Kopf. „Nein, ich ...“

Der Mann lässt meinen Ärmel nicht los, sondern zieht mich daran Richtung Unglücksort. Der Anblick des Explosionsopfers ist wahrlich unerfreulich und sagt mir sogleich: „Alma, da ist nichts mehr zu machen, spar dir jegliche Intervention.“

Vor mir auf dem Boden liegt ein Mensch mit geöffnetem Schädel, aus dem Hirnbrei austritt, ein abgetrennter, zerfetzter Arm neben dem ebenfalls abgetrennten Unterschenkel rechts. An der linken Körperhälfte scheint nichts zu fehlen. Ich überwinde mich und fühle den Puls an der Halsschlagader. Der ist noch, wenn auch schwach, zu ertasten. Also bleibt mir nichts anderes übrig, als – offensichtlich sinnlose – lebensrettende Maßnahmen zu setzen.

„Haben Sie den Notarzt gerufen?“, wende ich mich an den Mann, der mich da hergezerrt hat.

Einer von den anderen Gaffenden bejaht: „Kommt gleich!“

Ich flehe zu allen Göttern, dass der auch wirklich bald da ist, damit ich meine Verantwortung abgeben kann. „Ich brauche was zum Abbinden.“ Unverständnis allerseits, also reiße ich einem der Anwesenden seine Krawatte vom Hals und binde zunächst den Oberschenkel ab, dann mit der Krawatte eines anderen Gastes den Oberarm. Dazwischen fühle ich immer wieder den Puls, in der Hoffnung, dass das Herz bis zum Eintreffen des Notfallteams hält.

Es geht sich gerade noch aus. Als meine Kollegen eintreffen, fühle ich den Puls nur noch mit viel Fantasie. Der Notarzt kniet sich zum Explosionsopfer, zu mir auf eine Augenhöhe. Wir schlagen gleichzeitig die Lider hinunter, soll heißen: „Zu spät, nichts zu machen.“ Dann das übliche Vorgehen: Intubation mit Beatmungsbeutel, Infusionsleitung legen, Flüssigkeitsersatz und Kreislaufmittel. Der Kollege und ich wissen, das geschieht alles nur, um das Publikum zu befriedigen.

Während des Verarztens sind auch zwei Polizisten, ein älterer und sein junger Adlatus, erschienen. Wurden wahrscheinlich von der Rettung verständigt. Die Beamten sichern den Tatort, nehmen die Daten der Anwesenden auf und ordern Verstärkung. Als einer der Gäste sich – das Gesicht werde ich mir merken! – unauffällig verdrücken möchte, wird er sofort von einem der Beamten aufgehalten. Das Notarztteam packt zusammen und rückt mit dem Verletzten – oder wahrscheinlich schon Hirntoten – ab. Der Kollege dreht sich beim Verlassen der Terrasse noch einmal zu mir um und zuckt hilflos mit der Schulter. „Hm, trotzdem ... manchmal kommt man auch nicht zu spät ...“, bemerkt er resigniert.

Dann warten alle auf das Eintreffen der Kriminalpolizei. Der ältere der beiden Polizisten gestattet Michael und mir zu gehen, aber wir – oder besser ich – wollen bleiben. Jetzt möchte ich schon mehr über diesen ... Unfall? ... erfahren. Ich riskiere doch nicht mein Leben, um dann nicht zu wissen, wofür. „Kein Problem, wir warten noch, vielleicht braucht der Kommissar noch eine Information ...“

„Kommissarin ...“, meint der junge Inspektor respektvoll, „Kommissarin ... Frau Oberinspektorin Sacherl ...“

Bravo, meine Freundin Erika, gegendert!

Michael hört den Namen Sacherl, zupft sofort an meinem Ärmel und flüstert mir ins Ohr: „Gehen wir, bevor sie auftaucht ...“

Ich blicke ihn erstaunt an. „Wieso?“, flüstere ich zurück.

„Weil sie dich dann wieder in was hineinzieht ...“

So kann Mann Tatsachen verwechseln. Glaubt mein Liebhaber tatsächlich, dass Erika mich in meine bisherigen Ermittlungen „hineingezogen“ hat? Hat er nie mitgekriegt, dass sie mir, ganz im Gegenteil, bei meinen Ermittlungen immer Prügel vor die Füße geworfen hat?

Jedenfalls ziehe ich ihn – weg von den Beamten – ganz weit hinter die anderen wartenden Gäste, damit uns Erika nicht gleich entdeckt, wenn sie auftaucht. Am besten wäre es allerdings, wenn Michael wieder zu unserer Party zurückkehren würde, da er mir momentan sowieso nur zur Last fällt.

„Du kannst ja wieder zurückgehen", biete ich ihm großzügig an, „ich komme dann nach, wenn man mich nicht mehr braucht."

Michael scheint erleichtert, denn seine sensible Künstlerseele ist von dem vielen Blut und überhaupt von der ganzen Atmosphäre schon sehr mitgenommen. „Wenn's dir nichts ausmacht, dann ... ich bin ja kein Arzt, und du ... du kannst ja dann mit dem Lift, ich meine, nicht mehr über das Dach ... da kannst du ja allein ... ohne Hilfe."

Ich drücke ihm zur Beruhigung einen Kuss auf den Mund und schiebe ihn Richtung Terrassentür. „Geh, ich komm gleich, stoß auf uns derweilen an." Das Angebot nimmt er erfreut an und rauscht ab.

Unbehelligt von meinem sensiblen Lover kann ich mich nun aufs Beobachten konzentrieren. Das Opfer ist der Gastgeber. Beim Anzünden einer Feuerschale geschah die Explosion. Von den anderen Gästen kam glücklicherweise bis auf ein paar angeschmorte Kleidungsstücke und versengte Haare niemand zu Schaden. Die Druckwelle muss aber gewaltig gewesen sein, denn sonst hätten es nicht glühende Holzspäne bis auf unsere Nachbarterrasse geschafft. Auch auf den Dachgärten auf der anderen Seite kann man im Lichtkegel der polizeilichen Taschenlampen sehen, dass diese voller verkohlter Holzspäne sind. Zum Glück ist durch die dünne Schneeschicht das Feuer sofort erloschen, sonst wäre womöglich noch das Haus in Flammen aufgegangen.

Die Partygäste – ich zähle elf Personen – stehen betreten zusammen. Hie und da murmelt jemand so was wie: „Furchtbar ... scheiße ... oh Gott, oh Gott, oh Gott ...“ oder „... verstehe ich nicht, shit ...“. Die Wortwahl des Entsetzens ergibt sich aus dem Alter der Besucher, der Sozialisation und dem Dialekt. Sehr homogen ist die Gruppe offensichtlich nicht, weder in der Sprache noch im Aussehen.

Das Opfer selber war wohl unbeweibt oder unbemannt, denn keiner der Anwesenden scheint durch den Vorfall über das distanzierte Maß des Außenstehenden hinaus irritiert zu sein. Die Leute verhalten sich auffällig unauffällig, keiner will sich in den Vordergrund drängen, gerade so, als ob man den Gastgeber kaum gekannt hätte.

Beim Aufnehmen der Personaldaten durch die Beamten bin ich mir dann dank der Aussprache endgültig sicher, dass einige Gäste Schweizer oder vielleicht auch Vorarlberger sein müssen. Einer aus diesem Grüppchen weist die Polizisten darauf hin, dass die Exfrau des Gastgebers die Wohnung mit Dachterrasse auf der anderen Seite bewohnt. Da ist aber anscheinend niemand zu Hause, die großen Fenster sind jedenfalls unbeleuchtet.

Die Kriminalpolizei trifft ein – angeführt von meiner Freundin Erika Sacherl, der attraktivsten, amüsantesten Wiener Frau Kommissar. Ihr Nachtdienst an diesem Silvesterabend hat mir übrigens diesen deprimierenden Jahresanfang eingebrockt. Hätte sie nämlich frei gehabt, dann säßen wir jetzt zu viert, gemeinsam mit unserem Freund Manfred, leicht angesäuselt gemütlich im Brioni und würden das neue Jahr hochleben lassen. Vielleicht hat Michael doch recht, wenn er meint, dass sie mich immer in ihre Fälle hineinzieht, zumindest indirekt?

Erika bemerkt mich nicht, da ich zwischen den anderen Leuten untertauche. Außerdem ist der Nachthimmel inzwischen nicht mehr von Feuerwerkskörpern erhellt, sondern ganz im Gegenteil durch Rauchschwaden eingenebelt, was die Sicht auf die Umgebung wie durch einen Weichzeichner einschränkt. Meine Freundin macht wie immer, wenn sie beruflich agiert, ganz auf Frau Oberinspektor. Sie lässt sich die private Hedonistin gar nicht anmerken. Eigentlich hätte sie viel besser als ich zu der Schickimickipartie unserer Silvestereinladung gepasst. Momentan aber spielt sie ihre Autorität aus. Mit einer forschen Handbewegung beordert sie die Anwesenden in Richtung der Feuermauer, um ausreichend Platz für die Spurensicherung zu schaffen: „Meine Herrschaften, da warten Sie bitte alle mal so lange, bis meine Kollegen und ich mit der Protokollierung ihrer Beobachtungen fertig sind."

Eine Dame in einem dünnen Cocktailkleid, nur von einem Schal um die Schultern gewärmt, beschwert sich in auffällig gekünsteltem Hochdeutsch: „Können wir nicht reingehen ... sehr kalt ..."

„Tut mir leid, ich kann nichts dafür, dass sie zu wenig anhaben", kanzelt Erika sie unbeteiligt ab.

Ein Mann, ebenfalls in affektiert hochdeutscher Diktion, möchte der Frau zu Hilfe kommen: „Sie bekommt eine Lungenentzündung, ich bestehe darauf hineinzugehen ..."

Erika deutet nur auf seinen Mantel und meint trocken: „Dann geben Sie ihr den."

Mir kommt vor, das war doch der Typ, der sich vorhin unauffällig verdrücken wollte?

Ich trotte, verdeckt durch einen kolossalen Wilhelm Tell, gemeinsam mit den anderen Gästen Richtung Feuermauer. Dem Murren der Meute nach ist die Atmosphäre schon ziemlich angespannt. So im Rudel geparkt kristallisiert sich schnell der Gruppenalpha, nämlich der Mann, der sich bei Erika beschwert hat, heraus. Unter den sonst bunt zusammengewürfelten Gästen sprechen die einzigen fünf, die irgendwie miteinander vertraut wirken, Schwyzerdütsch. Deshalb verstehe ich leider kaum ein Wort, als sie sich aufgeregt tuschelnd austauschen. Die anderen scheinen sich untereinander nicht so gut zu kennen, da sie nur bedauernde Äußerungen auf Österreichisch abgeben: „... der Arme ... da muss was von einem Feuerwerk explodiert sein."

Die Theorie von einem herabgefallenen Sprengsatz durch ein fremdes Feuerwerk scheint allen einleuchtend. Man ist sich einig, dass man Feuerwerke verbieten sollte. Der schweizerische Gruppenalpha bekräftigt diese These – für die Österreicher auf Hochdeutsch – immer wieder: „Es ist eine Frechheit, das mitten in der Stadt zu erlauben. Wenn ich es mir überlege, kommt mir vor, als ob ich ein Licht vom Himmel hätte fallen sehen. Ich dachte mir aber nichts dabei. Hat ja überall gezischt. Aber dass ein Feuerwerk gerade in die Feuerschale hineinfällt? So ein Pech muss man haben. Der arme Bernd, der arme Bernd ..."

Die anderen Schweizer schließen sich dieser Beobachtung durch bekräftigendes Kopfnicken an. Bald erinnern sich auch die ersten Österreicher an einen leuchtenden Himmelskörper. Im Laufe der Diskussion ist auch der letzte Zeuge überzeugt, einen – in der Erinnerung immer mächtiger werdenden – Feuerball gesehen zu haben.

Dieses Phänomen der manipulierten Erinnerung ist mir bekannt, nützen doch Verteidiger bei Indizienprozessen diese zerebrale Fiktion weidlich aus. Ich glaube keinem, der behauptet, in seinem Gedächtnis sei nur die Realität abgebildet. Ich jedenfalls habe keinen Feuerball vom Himmel fallen sehen.

Es kommt mir so vor, als ob der Oberschweizer die anderen Leute auf diese These gekonnt einschwören möchte. Die Gruppe ist begeistert, eine vom Himmel geschickte Ursache für das grauenhafte Unglück gefunden zu haben. Menschen fühlen sich eben erleichtert, wenn das Schicksal für einen Schaden zuständig ist und nicht sie selber. „Da kann man nichts machen ..." – das ist noch immer der heilsamste Trost.

Die Kriminalpolizei, allen voran Erika, scheint nicht an einen vom Himmel gefallenen Sprengsatz zu glauben, denn die Beamten sichern die Spuren akribisch genau, indem sie den Tatort fotografieren und die Reste der Feuerschale sicherstellen.

Erika hat mich noch immer nicht entdeckt. Die Dame im Cocktailkleid, bibbernd, trotz Mantel des Gruppenalphas und zusätzlich erwärmt durch seinen um sie gelegten Arm, heult schon, ob vor Kälte oder vor Trauer, als endlich ein Gast nach dem anderen von einem Polizisten abgeholt und in die Wohnung des Verunfallten zum Interview geleitet wird. Man hat Erbarmen, denn die Frierende kommt als Erste dran. Trotz dem Protest ihres Begleiters muss sie allein hinein. Erika fährt ihn scharf an, offensichtlich hat sie sofort überrissen, dass der Mann die Absicht hat, die Frau, na ja, sagen wir, in ihrer Aussage „zu unterstützen": „Sie bleiben da, die Dame kann für sich selber sprechen."

Das „Aber sie ..." überhört die Frau Kommissar und folgt der Heulenden ins Haus.

Die frierende Dame kehrt nicht mehr zum Rest der Gruppe zurück. Offenbar will die Polizei verhindern, dass sich die Leute untereinander bezüglich der

Befragung austauschen. Ihr Mantelspender kommt als Nächster dran.

Als der Gruppenalpha im Haus verschwunden ist, versuche ich mit den Verbliebenen ins Gespräch zu kommen. „Ich kenne den Herrn ja nicht, aber so was hat sich keiner verdient ..."

„Der Bernd, so ein wunderbarer Kollege ... und mit den Patienten ... das hat er sich nicht verdient, nein, wirklich nicht ...", meint eine von den Österreicherinnen schluchzend.

„Dann war der Unglückliche ein Arzt?"

Ein anderer von den Österreichern schüttelt den Kopf: „Nein, wir sind alle ... also ...", dabei deutet er auf ein Grüppchen von sechs Leuten, „wir sind Pfleger. Umso schlimmer ..."

Ich nicke bedauernd und seufze mitfühlend: „Selber immer für die Kranken da sein, und dann das ..."

Die Pflegerin unterbricht: „Der Berndi, ... sonst gehen alle in die Schweiz, ich meine das medizinische Personal, und dann kommt einmal umgekehrt jemand zu uns – und dann straft ihn der Himmel über Wien."

Von den Schweizern sagt keiner was, bis auf eine alte Dame, die schüchtern bemerkt: „Der Herr Barkes war ein Engel, ein Engel für die Sterbenden ..."

Ich tue verwundert und wende mich ihr zu. „Für die Sterbenden?"

„Der Bernd und wir ... wir sind auf der Palliativstation im Krankenhaus der Amariterinnen", antwortet der österreichische Pfleger.

Einer der Schweizer zieht die ältere Frau von uns weg. Offensichtlich wünscht man nicht, dass sie sich weiter äußert.

Pfleger auf einer Palliativstation? Na schau an, bei den Amariterinnen dürfte man ja ein horrendes Gehalt beziehen! Wie sonst könnte sich Herr Barkes eine solche Wohnung leisten? Hatte er andere Geldquellen? Geerbt? Von der Exfrau? Oder? Für einen Krankenpfleger residierte er jedenfalls nobel! Ausgesprochen nobel!

Langsam wird mir auch ganz schön frostig. Ich überlege schon zu verduften, da die Kälte auch die Gesprächigkeit der noch des Verhörs Harrenden einfriert, als die alte Frau als Letzte der Schweizer Gruppe übrig bleibt. Das ist meine Chance.

Ich geselle mich zu ihr, nehme meine Mütze ab und deute damit Richtung Feuermauer:

„Wenn Sie wollen, können Sie die als Unterlage nehmen. Das Stehen muss schon ein bisserl beschwerlich für Sie sein."

Sie lächelt mich dankbar an. „Da haben Sie recht, lange halte ich es nicht mehr aus. Bin nicht mehr die Jüngste."

„Sind Sie verwandt mit ihm? Tante?"

Seine Mutter wird sie nicht sein, denn sonst hätte sie sich wohl als solche bemerkbar gemacht. Als typischer Silvesterpartygast passt sie aber auch nicht.

Ich lege ihr die Haube auf die Mauer. Mit einem Seufzer der Erleichterung setzt sie sich darauf. Als ich mich zu ihr geselle, will sie mir meine Kopfbedeckung wieder zurückgeben, aber ich winke ab: „Nicht nötig", meine ich und deute auf meinen Allerwertesten, „genug Polster."

Immerhin entlocke ich ihr damit ein Kichern, während sie auf meinen Popsch schaut: „Stimmt nicht, aber danke."

Das Eis scheint gebrochen zu sein, drum hake ich nach: „Woher kennen Sie den Herrn Barkes?"

„Och, wir sind im selben Verein, schon jahrelang ..."

Gerade als ich Genaueres über diesen Verein erfahren möchte, wird sie zur Befragung abgeholt. Zu blöd!

Zuletzt sind nur noch ich und die Pflegerin von der Palliativstation übrig. Die scheint sich die Wartezeit durch ein wenig Konversation verkürzen zu wollen, denn sie lümmelt sich neben mich auf die Mauer und drückt mir meine Haube in die Hand: „Die dürfen Sie nicht vergessen. Man weiß ja, bei so einer Aufregung, da vergisst man gleich alles."

„Danke, danke, die hätte ich wohl dagelassen. Jetzt reicht es bald ... die Warterei."

„Aber Sie, Sie müssen doch gar nicht bleiben, oder?"

„Ich denke mir halt, vielleicht wollen sie was über seinen Zustand wissen. Immerhin habe ich ihn ja erstversorgt", dann zucke ich mit der Schulter, „... Sie kennen das ja, man fühlt sich für seine Patienten verantwortlich."

„Na ja, nicht alle Ärzte tun das", meint sie pikiert, „da sind Sie schon eine Ausnahme."

„Aber nein!" Ich hake nach: „Wie lange kennen Sie den Kollegen schon? Ich meine, wie lange ist der schon bei Ihnen auf der Station?"

„Der Berndi ...", überlegt sie, „hm, vielleicht ein halbes Jahr. Sehr kompetent und sehr kollegial. Den konnte man für jede Vertretung haben. Der hat sich um die Leute gekümmert, mehr als nötig. Ehrlich, der ist bei denen gesessen, auch wenn er schon längst frei hatte."

„Ja, Palliativ, da muss man schon was von einem Heiligen in sich haben. Ich glaube, ich wäre zu wenig empathisch."

„Ach was, man bekommt auch viel zurück. Und es gibt keine Hektik. Bei uns geht es mehr ums Warten. Und darum, das Warten erträglich zu gestalten. Bei uns wird nicht gehudelt, wenn Sie verstehen, was ich meine."

Ich nicke und denke mir: „Grauenhafter Job, wenn man nur aufs Sterben warten muss!" – Sagen tue ich aber: „Eine große Aufgabe, eine wunderbare Institution, so eine Station."

Sie blickt mich beseelt an. „Ja, es ist erfüllend."

Gott sei Dank gibt es Leute wie sie, die das tun, und nicht nur solche ungeduldigen Macher wie mich, die nur das Leben interessiert. Mich interessiert auch, woher sich der Herr Barkes so eine teure Wohnung leisten kann. „Schöne Wohnung hat er, ihr Kollege ..."

Anscheinend haben sich das seine Berufsgenossen auch gefragt, denn die ältere Dame tut ein bisschen verschwörerisch: „Er sagt, dass er geerbt hat. Und dass er es sich deshalb leisten kann, unseren schlecht bezahlten Job zu machen. Er macht es aus Nächstenliebe. Er will der Gesellschaft was zurückgeben von seinem Glück. Genau, er ist ein sehr sozialer Mensch, wissen Sie?"

Na dann! Dann hat es ja tatsächlich einen Heiligen erwischt?

Leider wird unsere Unterhaltung durch den jungen Polizisten, der schon von Anfang an da war, unterbrochen. Meine Gesprächspartnerin wird abgeholt. Als der Polizist mich sieht, schaut er mich erstaunt an. „Sie? Wieso sind Sie noch da? Sie sind doch gar nicht auf der Liste."

„Ich hab gedacht, dass mich die Frau Kommissar noch braucht."

„Dann frage ich nach. Wie war Ihr Name?"

„Doktor Liebekind."

Er verschwindet mit der Pflegerin, um gleich wieder allein zurückzukehren. „Die Frau Oberinspektorin Sacherl ...", berichtet er mit bedeutungsvoller Stimme, „die Frau Oberinspektorin meint, dass Sie gehen können."

Typisch Erika, will, dass ich verschwinde und mich nicht in ihren Fall einmische. Da täuschst du dich aber, meine Liebe! Zuerst muss ich die Dreckarbeit verrichten – denn was ist so eine Erstversorgung eines zerfetzen Körpers sonst – und dann Tschüss?

Ich harre aus – und wenn ich erfrieren muss. Bevor ich aber erfriere, höre ich mein Handy in meiner Manteltasche läuten. Mutter! Klar, ich habe vergessen, ihr zum neuen Jahr zu gratulieren. Seit dem Tag, als ich mit siebzehn Jahren das erste Mal Silvester nicht mehr mit Mutter gemeinsam zu Hause verbracht habe, musste ich Punkt zwölf bei ihr anrufen, um ihr ein Prosit ins Telefon zu flöten.

Ich hebe ab: „Oje, Mama ... aber jetzt, wenn auch zu spät ... Prosit Neujahr!“, schreie ich ins Handy, um ihr, bevor sie zu Wort kommt, ihre Vorwürfe abzuschneiden. Hilft aber nichts.

Aus meinem Smartphone ertönt ihre beleidigte Stimme: „So ist es also. Deine Mutter sitzt allein zu Hause und du amüsierst dich. Aber ich vergesse nicht, auch wenn ...“

Ich unterbreche sie: „Entschuldige, aber es gab da einen Zwischenfall ...“

„Dein Liebhaber hat sich betrunken, oder? Es ist besser, du lässt dir eine bessere, plausible Ausrede einfallen ...“

„Nein, Mama, ein Unfall ...“ Im Hintergrund höre ich menschliche Stimmen. Also ist sie gar nicht allein. Will mir nur wie immer ein schlechtes Gewissen machen. „Du bist gar nicht allein, ich höre es ...“

„Das Radio, ich unterhalte mich mit dem Radio. Was soll ich sonst tun, so allein?“

Stimmt gar nicht. Wahrscheinlich hat sie sich den Altphilologen und die Frau Miester eingeladen.

„Was für ein Unfall? Ein Betrunkener, der sich seinen Schädel an der Bar angeschlagen hat?“

Ich seufze tief: „Nein, Mama, ich erzähle es dir morgen, und jetzt noch Prosit Neujahr ...“

Bevor ich auflege, höre ich noch, wie sie in den Hörer hineinschreit: „Hast du wohl schon Saurüssel gegessen?“

Habe ich nicht, werde ich aber sicher morgen – nein, heute – nachholen, spätestens dann, wenn Mutter mir diesen zum späten Frühstück serviert. Saurüssel auf nüchternen Magen als erste Speise im neuen Jahr zu essen, ist Tradition in der Familie Liebekind-Spanneck. Also werde ich wohl bis zum Genuss der flachsigen Schweinenase nichts essen dürfen. Wenn nämlich dieses Gebot gebrochen wird, dann hat man das ganze nächste Jahr kein Geld. Ob diese magische Vorstellung stimmt oder nicht, konnte ich bisher nicht überprüfen, denn seit ich fähig bin, feste Nahrung zu mir zu nehmen, war mein erster Bissen ein Stück vom Saurüssel. Und als Säugling verfügt man ja bekanntlich sowieso noch über kein Konto.

Während des Telefonats steht der junge Polizist geduldig wartend neben mir, seinen Kopf diskret von mir abgewandt, um nicht ungewollt Zeuge meiner intimen Unterhaltung mit Mutter zu werden. Das Wort Saurüssel allerdings hat er mitbekommen, immerhin hat sie es ja auch laut genug in den Hörer geschrien. Verlegen lächelnd wendet er sich mir zu: „Ich esse den auch immer als Erstes im neuen Jahr. Mögen Sie einen haben?“

Ich muss schmunzeln: „Sagen Sie nicht, dass Sie einen dabeihaben!“

Verschmitzt lachend nickt er. „Aber verraten Sie mich nicht. Meine Mutter besteht drauf.“

Es scheint auch noch andere Menschen außer mir zu geben, die sich mit einer absurden Familientradition herumschlagen müssen, die von Frauen wie meiner oder seiner Mutter weitergegeben wird, die ihre Machtposition festigen, indem sie ihren Kindern obskure Ängste einimpfen. Was soll der Genuss von Schweinenasen mit dem Geldbeutel zu tun haben? Außer dass, wer sich überwinden kann, dieses Gericht auf nüchternen Magen hinunterzuschlucken, sich auch überwinden kann, jede Arbeit, sei sie auch noch so schmutzig und anstrengend, anzunehmen. Durch die anerzogene Selbstüberwindung hat man dann natürlich immer Geld, wenn auch nicht Millionen, am Konto. Was der Beweis ist, dass ein Saurüssel wirkt!

„Ich hole Ihnen einen ..." Mit diesen Worten verschwindet der lustige junge Polizist wieder in der Wohnung.

Er kommt gerade zurecht, um Erika die Tür aufzuhalten. Sie schießt auf mich zu und keift mich an: „Sag mal, Alma, kannst du mich ausnahmsweise meinen Dienst einmal in Ruhe machen lassen? Was zum Teufel machst du da? Wenn ich nicht so eine ausgeglichene Psyche hätte, dann würde ich paranoid werden. Kaum verunglückt jemand, ist sie schon zur Stelle."

Ich wende mich von ihr ab und drehe ihr den Rücken zu, während ich auf beleidigt tue: „Anstatt dass du uns ein gutes neues Jahr wünschst, anstatt dass du sagst ‚Arme Alma, selbst zu Silvester musst du unbezahlt Leben retten', anstatt dass du mich umarmst, anstatt ... anstatt ... beschimpfst du mich."

Erika weiß nicht so recht, ob ich es ernst meine oder meine Performance nur ein Schmäh ist, deshalb stellt sie sich vor mir auf, von Angesicht zu Angesicht:

„Ist ja wahr! Du willst mir schon wieder in mein Handwerk pfuschen. Diesmal bist du sogar schon vor mir da. Hättest auch Polizistin werden können, aber Frauuu Doktooor, das ist …“, sie verschluckt gerade noch den Vorwurf, dass ich was Besseres werden wollte, „man könnte denken, dass du …“

Ich schaue sie unschuldig an, während ich mit der Schulter zucke. „Also ich habe den nicht in die Luft geblasen. Ich habe nur meine Pflicht getan.“

„Entschuldige, aber … ist doch klar, dass ich misstrauisch bin, nach dem letzten Mal, wo du dich beinahe erschießen hast lassen.“

Seit dem letzten Mordfall ist unsere Beziehung – zumindest beruflich betrachtet – etwas angespannt. Es wurmt Erika offenbar noch immer, dass ich ihr zwei Mal hintereinander den Erfolg einer Verbrechensaufklärung weggeschnappt habe.

Während unserer Auseinandersetzung tritt der junge Polizist wieder aus der Tür. Jetzt sehe ich erst, dass sein Gesicht von Pickeln übersät ist – vom vielen Schweinefleisch? Er hält die Arme hinter seinem Rücken verschränkt, wahrscheinlich versteckt er da den Saurüssel, den er sich vor Erika nicht zu zeigen traut.

„Sie können abtreten“, ruft ihm seine Chefin zu. Bevor er verschwindet, bemerke ich, dass er ganz diskret etwas in einen Blumenkübel fallen lässt. Meine Schweinenase?

„Gehen wir!“, fordert Erika mich auf. „Ich bin bald fertig. Dann können wir noch anstoßen.“

Dabei deutet sie auf ihre Armbanduhr. Tatsächlich, es ist schon drei Uhr.

„Ist dein Dienst schon vorbei?“

Sie schüttelt den Kopf. „Nicht ganz, aber ich gönne mir eine Pause … mit meiner … trotz allem …“, dabei blickt sie mich versöhnlich an, „besten Freundin, zumindest ... privat."

„Darfst du ...?", frage ich und deute dabei auf die andere Terrasse, wo sich vermutlich noch mein Michael amüsiert. Sie blickt an sich hinunter: „In dem Aufzug?"

„Sag einfach, du musst erheben. Vor allem, ob jemand von denen da drüben auch einen Feuerball vom Himmel fallen gesehen hat?"

Frau Kommissar zieht einen Taschenspiegel und einen Lippenstift und malt sich den Mund nach. Unter Grimassen begutachtet sie das Ergebnis. Sie nickt zufrieden. „Schicke Party, hm?" Erika – zwischen edler Pflichterfüllung und ihrem Wunsch schwankend, sich mit den Pseudo-Kunst-VIPs da drüben zu amüsieren – entscheidet sich zugunsten ihres Hedonismus. Plötzlich blickt sie mich streng an. „Woher weißt du von dem Feuerball, den die angeblich alle gesehen haben? Doch schon wieder spioniert, hm?"

„Aber geh! Wie die alle gewartet haben, haben sie klarerweise über die Ursache spekuliert. Und ich habe das mitgehört."

„Und du? Du hast auch eine Feuerbombe vom Himmel fallen gesehen?"

Ich zucke gleichgültig mit den Schultern. „Ich glaub schon, wenn ich es mir so überlege. Da war was."

Erika schüttelt den Kopf und küsst mich auf die Wange: „Eckerl, für wie blöd hältst du mich eigentlich? Gehen wir!"

Ich wische mit meiner rechten Hand über die geküsste Wange, um ihre rote Markierung wegzuwischen. Bevor ich die Wohnung betrete, wurstle ich noch unauffällig das Sackerl aus dem Rosentopf und stecke es in meine Manteltasche. Glücklicherweise hat mich der junge Mann davor gerettet, auf nüchternen

Magen Alkohol in mich hineinschütten zu müssen – denn ohne Saurüssel kein Kaviarbrötchen!

Die Tür in die Wohnung des Verunfallten führt direkt in die Küche. Aber was für eine Küche! Der Raum misst sicher um die fünfzig Quadratmeter. Er ist durch eine schicke Bar in einen Essbereich und einen Kochbereich getrennt. Selbst eine Nichtköchin wie ich kann auf den ersten Blick erkennen, dass die Ausstattung nur vom Feinsten und Teuersten ist. Auch der riesige Esstisch mit den zwölf rundherum platzierten Sesseln ist sicher Designerware. An der Wand moderne Gemälde, die wahrscheinlich sehr teuer sind, aber ohne in Wirklichkeit einen Wert zu haben. Man kennt das schon: blaue Impression mit rotem Punkt im rechten Eck unten. Der Mann hatte anscheinend einen geschickten Galeristen, der ihm seine Ladenhüter unter dem Versprechen der sicheren Wertsteigerung angedreht hat. Auf den ersten Blick könnte es sich um die typische Wohnung eines wohlhabenden Arztes handeln.

Nirgendwo gibt es irgendwelche Gegenstände, die etwas von der Identität des Besitzers verraten. Die Wohnung wäre eine wunderbare Kulisse für das Fotoshooting eines Wohnjournals. Der Tote muss in ihr jedenfalls wie sein eigener Fremdkörper gelebt haben.

Selbst der Geruch ist neutral indifferent. Auf dem Tisch stehen noch die benützten Gläser der Gäste, Teller mit Essensresten und angebrauchte Wein- und Champagnerflaschen und eine Edelstahlplatte mit den übriggebliebenen Brötchen vom Meinl am Graben. Das erkenne ich an der nicht komplett entfernten Verpackung. Typisch für die Einladung eines Junggesellen! Ich würde ja noch gerne die anderen Räume besichtigen, aber solange Erika an meiner Seite ist, wird mir das nur schwer gelingen.

„Kann ich noch aufs Klo?“, frage ich sie unschuldig.

Erika verneint, indem sie ihren Zeigefinger hin und her bewegt. „Nh, nh, nh ... damit du *zufällig* auch das Schlafzimmer, das Bad ... dass du dich *unabsichtlich* in der ganzen Wohnung verirrst? Übrigens, damit du es weißt: Diese Luxusbleibe wird versiegelt ... damit nichts wegkommt ... *zufällig* ... bevor wir eine Hausdurchsuchung gemacht haben.“ Dann verabschiedet sie sich noch pauschal von ihren Kollegen: „Tschüs, ich schaue noch zur Konkurrenzparty auf der anderen Seite des Dachs, da müsste ja auch jemand einen vom Himmel stürzenden Feuerball beobachtet haben. Ihr könnt derweil einmal alles absichern.“ Der junge pickelige Polizist, dem ich inzwischen mimisch ein Dankeschön gesendet habe, schickt sich an, seine Chefin zu begleiten, aber Erika wünscht aus verständlichen Gründen keine polizeiliche Gesellschaft. „Sie bleiben da und gehen Inspektor Nevadal zur Hand. Wiederschauen.“

Wir verlassen das Appartement durch den Lift, der direkt im Vorraum liegt.

„Schick hatte es der!“, unterbreche ich die Stille im Lift.

„Wieso hatte?“

„Na glaubst du, der lebt noch, so ohne Hirn und ohne Extremitäten?“

Erika zieht ihr Handy aus der Tasche und wischt über das Display. „Stimmt, ist gerade verstorben. Tja, wieder eine Luxuswohnung frei. Schlag zu!“

Das ist die Retourkutsche von vorhin. Erika muss mir immer vorhalten, dass ich mehr als sie verdiene. Diese Anspielungen kommen immer, wenn sie sich über mich geärgert hat. Obwohl sie genau weiß, dass ich mir als Psychiater gerade mal eine mittelgroße Altbauwohnung in mittelprächtiger Lage mittelmäßig leisten kann. Normalerweise gehe ich auf diese Spielchen gar nicht ein, aber heute, abgefroren, hungrig und sowieso nur so lala gelaunt, muss ich kontern: „Hättest ja auch Frau Doktor werden können ..."

Dann Schweigen. Bevor wir aussteigen, zieht sie ein Kleenex aus der Jackentasche und wischt meine noch immer vom Lippenstift markierte Wange ab. „Wie du ausschaust, so kann man dich gar nicht unter die Leute lassen."

Wir lachen. Versöhnt!

Das Haustor meiner ursprünglichen Partylocation ist nur ein paar Schritte vom Ausgang entfernt. Wir läuten. Wir läuten noch einmal. Wir läuten Sturm. Ich rufe Michael an – hebt nicht ab. Eh klar, wie immer: Alma-Handy – ich bezahle die Rechnung, damit er für mich erreichbar ist – entweder zu Hause vergessen, in der Manteltasche, lautlos gestellt oder entschuldigt, wenn es in der Wohnung so laut ist, dass er es nicht hört.

Ich blicke Erika ratlos an. „Und jetzt?"

„Kein Problem ..." Sie zieht einen Schlüssel und öffnet die Tür. „Generalschlüssel, der, den auch die Post hat ..."

Leider funktioniert der Lift nicht auch mit diesem Schlüssel. Logisch, dass so schicke Wohnungen nur mit einem Chip erreichbar sind. Also quälen wir uns die fünf Stockwerke – Mezzanin mitgerechnet – bis ins Dachgeschoss. Mir bleibt die Luft weg, während Erika hochhirscht, als ob sie täglich trainieren würde. „Renn nicht so", japse ich.

„Sag ich es doch immer, rauchen macht die Lunge fit. Nur ‚fitte' Nichtraucher wie du müssen wie die Blöden durch die Gegend joggen, um dann nicht einmal eine Stiege zu bewältigen."

Ich schiebe meine Schwäche auf die lange Nacht, auf meine Unterzuckerung, auf ...? An die Ursache, die ich lieber nicht wahrhaben möchte, will ich nicht denken. Schwanger? Nie und nimmer, hab doch die Pille ... wenn auch unregelmäßig, weil vergessen ... und Schussel ... und überhaupt.

Irgendwann sind wir oben. Da brauchen wir gar nicht zu läuten, denn die Tür steht sperrangelweit offen. Vor der Tür die Raucher, denen die Dachterrasse zu kalt ist, dann die, die eigentlich schon seit Stunden gehen wollten, aber sich dann doch nicht trennen können, und eine Alkoholleiche, die den Weg nach unten nicht mehr geschafft hat. Der arme Trinker hat sich einen recht unbequemen Platz zum Rauschausschlafen ausgesucht, nämlich zwischen dem Geländer, das schon Abdrücke in seinem Gesicht hinterlassen hat, und der ersten Stufe, die den gefährlichen Anfang der Treppe darstellt. Wenn sich sein verkeiltes Antlitz vom Treppengeländer wegwendet, dann wird er sicher abstürzen. Hoffentlich halten das sein Genick und Kopf aus. Ich schwanke zwischen „der geht mich nichts an" und „es geht um ein Menschenleben". Ich entscheide mich – wie immer blöd – für das Menschenleben und versuche, den Mann zwischen den anderen herumlungernden Vorhauspflanzen wieder in die Wohnung zu zerren. Die Menschen rundherum stehen wie angewurzelt. Da käme keiner auf die Idee, mir bei der Rettung des halb bewusstlosen Trinkers behilflich zu sein. Nein, sie sind nicht einmal bereit, wenigstens den Weg frei zu machen. Erika, die ja vor mir angekommen ist, hat sich sofort in die Wohnung begeben. Der haben, dank ihrer Uniform, gleich alle Platz gemacht. Sie bemerkt nichts von meinem Unterfangen. Als ich neben dem Besoffenen auch auf der Stufe zu sitzen komme, wo ich ihn wenigstens davon abhalten will, die Stiege hinunterzukollern, sehe ich nur mehr Erikas Uniformstiefel im Gewühl der Budapester, Sneakers und High Heels verschwinden. Ich klopfe dem armseligen Mann auf die Wangen und versuche ihn durch meine Schläge rechts und links wenigstens so weit munter zu bekommen, dass er sich von mir hochziehen lässt.

„Wie heißen Sie?“, schreie ich ihn vergeblich an, wohl ahnend, dass er nicht einmal das mehr wissen wird.

Immerhin entlocke ich ihm ein Stöhnen. „Der ist tot, tot …“, kommt zu meiner Verblüffung aus seinem Mund.

Ich rüttle ihn. „Wer ist tot? Wen meinen Sie?“

Leider war diese Äußerung nur ein kurzes Auftauchen aus seiner Agonie. Bevor ich mich weiter bemühe, ihn auf sicheren Boden zu hieven, fällt mir ein, dass es gescheit wäre nachzusehen, ob er einen Ausweis bei sich trägt. Könnte ja sein, dass der Mann was mit dem Toten zu tun hat. Weshalb sonst ist „tot“ das einzige Wort, das ihm zu entlocken war? Von den Gästen hier kann keiner wissen, was sich da drüben tatsächlich abgespielt hat. Und der Partylaune nach zu schließen, die da immer noch lautstark boomt, scheint es auch keinen interessiert zu haben. Diese Leute sind die typischen Vertreter einer Gesellschaftsschicht, die außer dem eigenen Ego nichts in ihrer Birne hat.

Ich stecke meine Hand in seine innere Jackentasche, da, wo Männer, wenn sie einen Anzug anhaben, ihr Portemonnaie tragen. Tatsächlich, der auch! Ich ziehe die Börse heraus und finde darin seine Kreditkarten: Mario Burzelt. Ich stecke die Brieftasche wieder zurück und fasse ihn unter den Achseln, um ihn wegzuziehen. Sein Gesicht ist wegen der Quetschung durch das Stiegengeländer verzogen, an den Wangen zeichnen sich sogar schon leichte, bläulich verfärbte Blutergüsse ab. Der muss ordentlich getankt haben. Da ich den Herrn, der direkt hinter uns in der Tür steht, in die Wade zwicke, kann ich ihn dazu bewegen, zur Seite zu weichen und sich meiner zu erbarmen und mir beim Schleppen behilflich zu sein. Gemeinsam schaffen wir es, den armen Trinker in den Vorraum zu schaffen und ihn da in einer Ecke in stabiler Seitenlage zu parken. Nachdem ich mich überzeugt habe, dass keine unmittelbare Lebensgefahr besteht und er durch die Seitenlage auch nicht ersticken kann, wenn er erbricht, werfe ich mich ebenfalls ins Partygewühl und auf die Suche nach meinem Michael. Ich hoffe, dass ich ihn nicht in einem ähnlichen Zustand auffinde wie den Mann. Erstaunlicherweise ist mein Liebhaber zwar angeheitert, aber noch in der Lage, auf seinen eigenen Beinen zu stehen. Das tut er, umringt von einem Damenkränzchen, das ihm andachtsvoll zuhört, während er aus seinem nicht geschriebenen Werk zitiert. Künstler ist man nämlich nicht, sondern man spielt ihn. Im Künstler spielen ist Michael literaturnobelpreiswürdig. In der Realität schreibt es sich aber leider schwerer, als sich das Autorengenie herbeizufantasieren.

Als er meiner ansichtig wird, verziehen sich seine Mundwinkel zu einem immerhin freudigen Lachen und er trennt sich sofort von seinen Bewunderinnen, um mich zu umarmen. „Mein armer Schatz, du bist eine Heldin! In dieser Kälte ein Leben zu retten, dafür ..."

Ich unterbreche ihn: „Leider nicht gerettet, aber mit der Heldin hast du recht. Die Heldin möchte nach Hause gebracht werden."

Michael seufzt, denn „nach Hause“ ist eine Floskel, die er gar nicht mag. „Nach Hause gehen“ ruft sofort Widerstand hervor. So auch jetzt. „Ich trinke nur noch aus“, hält er mir sein beinahe volles Weinglas vor die Nase.

Ich schüttle den Kopf. „Gut, dann bestelle ich mir ein Taxi und gehe allein. Ich bin hundemüde. Von mir aus kannst du noch bleiben, solange du willst.“

Dieses Spiel spielen wir beinahe bei jeder Einladung.

„Das ist Erpressung ...“

„Bleib du nur, ich will dich nicht daran hindern, dich volllaufen zu lassen.“

Das ist dann immer der Punkt, wo er böse wird. So wäre es auch jetzt geschehen, wenn nicht plötzlich der Donauwalzer aus den Lautsprechern ertönte, aber so laut, dass selbst die zugedröhntesten Partygäste aufmerksam werden. Alle unterbrechen ihre Unterhaltung und wenden ihren Blick einer Dame zu, die mitten am Esstisch zwischen den Relikten des vorhergegangenen Gelages steht und ihr Glas hebt: „Yiiippiiieee“, schreit sie, während sie den Donauwalzer mit der Fernbedienung in der anderen Hand wieder leiser schaltet, „Yiiippiiieee, er ist tot! Wir feiern den Abgang meines Ex! Auf der Welt gibt es ein Arschloch weniger! Yiiippiiieee!“ Sie wirft das Sektglas an die Wand. „Auf das Schwein!“

Vorerst herrscht Verwunderung unter den Gästen, manche sind peinlich berührt, die schon völlig Betrunkenen aber stimmen enthemmt in das „Yiiipiiieee“ mit ein. Die Dame – offenbar die Exfrau des Herrn Barkes – stellt den Donauwalzer wieder auf volle Lautstärke und beginnt, sich hemmungslos auf dem Tisch zu drehen. Gerade als sie versucht, den Nächststehenden als Tanzpartner zu sich nach oben zu ziehen, bricht die Musik abrupt ab. Jemand hat die Anlage vom Strom getrennt. Die Frau stoppt verblüfft ihren wackeligen Walzerschritt und schreit: „Wir feiern, feiern! Er ist tot, lass mich feiern ...“ Dann wirft sie sich mit dem Gesicht voran auf den Tisch mitten in die Essensreste und beginnt hemmungslos zu schluchzen.

Frau Oberinspektor Sacherl hat die Musik ausgemacht. Sie nutzt die Stille und Verblüffung, um sich einen Weg durch die Gäste zur Exfrau zu bahnen. Durch ihre Uniform als Polizistin ausgewiesen, kapieren selbst die Alkoholisierten, dass die Party zu Ende ist. Beim Tisch angekommen, fasst sie nach der Hand der noch immer Weinenden, die durch die Berührung abgelenkt ihren Kopf hebt und Erika verschwommen anblickt. Sie nickt, als die Frau Oberinspektor sie ruhig auffordert, mitzukommen. Erika fasst sie am Arm und zieht sie mit sich Richtung Ausgang.

Kurz vor der noch immer offenstehenden Eingangstür reißt sich die Festgenommene los, schießt zurück in die Wohnung, windet sich geschickt zwischen den Leuten durch, die, ohne sich ihr in den Weg zu stellen, wie die Ölgötzen dem Schauspiel beiwohnen, und rennt auf die Dachterrasse. Erika ihr nach und ich auch.

„Halten Sie sie auf!", brüllt Erika die rauchenden Gäste auf dem Dachgarten an, aber die verstehen nichts. Als wir beide endlich draußen sind, können wir nur mehr beobachten, wie die Frau sich – geschickter als es mir gelungen ist – übers Dach zur Wohnung ihres Ex bewegt. Meine Freundin zückt ihr Handy: „Nevadal, sind Sie noch da?"

Aber Nevadal ist mit seiner Mannschaft schon abgerückt. Wir sehen gerade noch, wie die Frau in der Wohnung verschwindet und gleich danach die Lichter angehen.

„Die kriegen wir ...", tröste ich Erika.

„Ich kriege sie – nicht wir! Sie kann nicht raus, der Fluger steht sowieso vor ihrer Tür."

Ich zucke die Achsel. „Na dann! Dann ... kann ich ja ... ich meine, dann kann ich ja heim."

„Kannst du. Deine Hilfe wird nicht mehr benötigt. Dankeschön."

„Und? Ich meine, wir wollten doch noch auf das neue Jahr ..."

Erika zündet sich eine Zigarette an. „Hol deinen Michelangelo und einen Prosecco! Stimmt! Wir haben noch gar nicht auf das neue Jahr ..."

Ich kehre in die Wohnung zurück und winke meinem Michael, dass er sich zu mir gesellen soll. Das befolgt er klarerweise nicht, glaubt er doch, dass er nach Hause muss. Also schnappe ich mir die nächstbeste Champagnerflasche und zwei, wenn auch benutzte Sektflöten. Damit winke ich noch einmal meinem Liebhaber, der angesichts der veränderten Perspektive sofort gehorcht und sich zu mir gesellt.

„Prosit Neujahr!", küsse ich ihn auf den Mund und drücke ihm die Flasche in die Hand, während ich in Richtung Dachterrasse deute. „Die Erika raucht da.

Wir haben doch noch gar nicht angestoßen. Geh du mal raus, ich komme nach, wenn ich ...“, dabei hebe ich die zwei schmutzigen Gläser, „... wenn ich die abgewaschen habe.“ Michael kennt sich zwar nicht aus, tut aber wie geheißen und bewegt sich Richtung Terrasse. „Du hast doch ein Glas?“, schreie ich ihm noch nach.

In der Küche, wo ich die Sektflöten reinigen möchte, treffe ich unseren Gastgeber, der mit ein paar anderen verschwörerisch zusammensteht.

„Blöde Geschichte ...“, beginne ich die Konversation, während ich die Gläser unter die Wasserleitung halte, „... kennen Sie die?“

Der Mann scheint nicht sehr daran interessiert zu sein, sich mit mir zu unterhalten, immerhin wirft er mir einen Blick zu. „Ja, ist meine Nachbarin.“

Na so was, das hätte ich auch gewusst. Aber so leicht lasse ich mich nicht abspeisen. „Hat sie was mit dem Unglück zu tun? Kennen Sie sie näher?“

Er dreht sich wieder zu den anderen Gästen. Ich dränge mich dazwischen und halte ihm die nassen Gläser vor die Nase. „Gibt es ein Geschirrtuch?“

Der Gastgeber schaut mich verächtlich an, wobei mir nicht ganz klar ist, ob er sich brüskiert fühlt, dass ich ihm damit unterstelle, sich selber mit so niedrigen Tätigkeiten wie Abwaschen abzugeben, oder aber, dass er mit der Exfrau nicht in Verbindung gebracht werden möchte. „Keine Ahnung.“

Ich drehe die Gläser um, damit das überschüssige Wasser abrinnt, währenddessen lasse ich aber nicht locker. „Haben Sie sie eingeladen?“

Eine Dame aus der Runde mischt sich ein. „Die Trude Füssli ist ja eine arme Haut“, sie tupft dem Gastgeber auf den Arm, „... und der Josi hat ein großes Herz ...“, dabei lächelt sie zweideutig, „... was die einsamen Frauen betrifft, gell Josi?“

Der Josi – jetzt weiß ich endlich, wie der Typ heißt, dem ich dieses schreckliche Silvester zu verdanken habe – windet sich innerlich. „Na, so ist es nun auch wieder nicht. Meine Nachbarin halt. Sie pflegt meine Kübelpflanzen, wenn niemand da ist. Und da ist es doch selbstverständlich, dass man sich erkenntlich zeigt.“

Die Frau schmunzelt. „Ja, du hast ein großes Herz und ...“

Bevor sie zu viel ausplaudert, unterbricht sie der Josi not amused: „Hör schon auf, die Arme kennt ja kaum jemanden in Wien. Und seine Nachbarn sollte man sich immer warmhalten.“

„Und der? Der von der anderen Seite? Mit dem hatten Sie auch eine gute Beziehung?“

„Ging so, wir haben uns gegrüßt, wenn wir gleichzeitig draußen waren. Ich habe seine ewige Grillerei gehasst. Außerdem waren die beiden geschieden. Mit beiden gleichzeitig, das geht doch nicht ... gar nicht.“

„Tja, der Rauch vom Nachbarn kann einem ganz schön auf die Nerven gehen. Das verstehe ich. Man sieht ja, was dabei rauskommt. Der Arme!“

Dann dämmert es der Frau. „Sind Sie nicht die Ärztin, die hinübergegangen ist, als es gebrannt hat?“ Sie tippt sich auf die Stirn. „Klar! War so finster! Und?“

Gegangen? Fast abgestürzt bin ich, du Vorstadtweiberpflanze!

Jetzt bin zur Abwechslung *ich* wortkarg. „Schwer verletzt ... sonst weiß ich nichts.“

„Aber die Füssli hat doch geschrien, dass er tot ist.“

Der Gastgeber mischt sich wieder ins Gespräch: „Vielleicht hat man sie verständigt ... aus dem Spital.“

„Die dürften sich nicht sehr gemocht haben ...“

Die gesprächige Besucherin hakt ein: „Sie hat ihn gehasst. Der hat sie doch bei der Scheidung total über den Tisch gezogen. Außer der halben Wohnung nichts. Sie behauptet, dass er unheimlich reich ist."

„Woher?"

Unser Gastgeber wirft ihr einen strafenden Blick zu und antwortet für sie: „Das wissen wir nicht, wahrscheinlich geerbt ... Schweizer."

Schweizer, das muss als Begründung reichen, denn wie man weiß, sind alle! Schweizer reich. Weil ich einsehe, dass ich da nicht mehr erfahren werde, verschwinde ich mitsamt den Gläsern aus der Küche und kehre zu meinen Lieben auf die Terrasse zurück. Die beiden, die leider so gar keinen Stil haben, saufen schon aus der Champagnerflasche.

„Ihr seid Banausen! Champagner aus der Flasche!" Ich halte ihnen die Sektflöten zum Einschenken hin.

Erika bringt es auf den Punkt: „Du bist sooo ein Snob! Nach einer Leiche noch den Knigge bedienen. Das nenne ich verkorkst."

„Ich möchte euch jetzt keinen Vortrag über Stilfragen halten. Schenk ein ... mir jedenfalls."

Da nur einer mit der Flasche anstoßen kann, nimmt Erika dann doch ein Glas und wir prosten uns zu. „Auf dass das neue Jahr besser als sein Start werde!"

Dann fällt mir noch mein Saurüssel ein, den ich aus meiner Manteltasche ziehe. Ich öffne das Säckchen und halte es den beiden vor die Nase.

„Igitt, das ist ja grauslicher als der da drüben", rümpft Erika die Nase und zündet sich eine Zigarette an, „ich nehme lieber die."

„Dann verschone mich aber heuer bitte mit deiner Jammerei, dass du zu wenig verdienst. Ohne Saurüssel kein Geld ... du weißt schon."

Bei Michael lasse ich mich angesichts dessen, dass er eigentlich ständig mittellos ist, auf gar keine Diskussion ein, sondern fische ein großes Stück Schweinenasenschwarte aus dem Sackerl, halte es ihm vor den Mund und befehle: „Iss!“ Da seine Promille schon dazu ausreichen, seinen Ekel, den er sonst glibbrigem Zeug gegenüber hat, zu überwinden, schluckt er gehorsam hinunter. Alles, was noch übrig ist, esse ich, denn irgendjemand muss ja den Rest der Welt mit seinen Steuern ernähren.

Kapitel 3

Wie das neue Jahr begonnen hat, so setzt es sich fort. Wäre doch schön gewesen, wenn ich wenigstens am Ersten hätte ausschlafen dürfen. Geht nicht, denn es läutet Sturm. Ich fahre aus meinem Bett hoch, Michael reagiert noch immer halb bewusstlos nicht einmal auf diesen Lärm. Ich weiß sofort: Mutter und der Saurüssel stehen vor der Tür. Hin- und hergerissen zwischen weiterschlafen und so tun, als ob ich nichts gehört hätte, und töchterlichem Gehorsam, entscheide ich mich für den töchterlichen Gehorsam. Auch im neuen Jahr werde ich eine Sklavin meiner Erziehung bleiben.

Als ich die Tür öffne, blicke ich in das vorwurfsvolle Gesicht meiner Mutter. „Wieso hast du den Schlüssel innen stecken lassen? Ich wollte dich nicht wecken." Zweideutig fügt sie an: „Ist wohl spät geworden. Hast du Kopfweh?"

Nein, Mutter, ich habe nicht Kopfweh, ich habe Silvester mit ärztlichem Handeln und nur einem Gläschen Champagner verbracht, während du – und das sehe ich an deiner roten Bindehaut – mit dem Altphilologen und Frau Miester das neue Jahr ordentlich hast hochleben lassen. Mit „Gutes neues Jahr!" versuche ich einem Streit aus dem Weg zu gehen.

Mutter schießt in die Wohnung, reißt die Küchentüre auf, positioniert ein Sackerl im Kühlschrank, rast aus der Küche – nicht ohne die Tür lautstark wieder zu verschließen – und stellt sich vor mich verschlafene Person hin. „So, und jetzt iss das! Ich bin schon wieder weg. Ich sehe ja, dass ich hier nicht erwünscht bin. Salve!"

Zack, und schon ist sie draußen. Ihr Ziel – nämlich mir ein schlechtes Gewissen zu machen – hat sie jedenfalls voll erreicht. Mir ist schlecht! Ob vom nächtlichen Saurüssel, von meiner psychischen Erregung – oder? Nein, kein oder! Mir ist übel, weil Mutter meine Magensäfte blockiert hat und deshalb das Fett im Zwölffingerdarm nicht verdaut werden kann. Drum werde ich jetzt Verdauungsenzyme schlucken und alles ist wieder gut.

Vorher aber werde ich die mütterliche Schweinenase entsorgen, damit ich bei deren Anblick nicht kotzen muss. Ich öffne den Kühlschrank, ziehe das Sackerl heraus – und? Kein Saurüssel! Nein, ein liebevoll gebackener Marmorkuchen. Verdammt noch mal, kann sie mir nicht wenigstens einmal einen triftigen Grund geben, dass mir von ihren Übergriffen und Bevormundungen schlecht wird? Muss sie mich auch noch mit einem wunderbar duftenden Kuchen beschämen, der sich auf meine Hüften legt und aus mir ein voluminöses Frauenmonster macht?

Ich überlege kurz, ob ich sie mit dem Nichtgenuss des appetitlichen Backkunstwerks bestrafen soll, aber meine Gier danach ist zu groß. Ich genehmige mir ein kleines Stück anstatt einer Essiggurke.

Fürs Bett ist es mir jetzt schon zu spät. Mein Liebhaber wird nicht einmal dadurch munter, dass ich extra lautstark meine Kleidung aus dem wackeligen Biedermeierkasten hole, dessen Türe eigentlich geschmiert gehörte.

Ja, Michelangelo, es ist Absicht, dass ich dich wecken möchte. Ich will nicht allein frühstücken! Wozu sonst tue ich mir einen Mann an, der mir immer wieder vor Augen führt, dass man das Leben auch leichter nehmen kann und trotzdem nicht untergeht? Das ist immerhin eine permanente Provokation für eine Person wie mich, die sich für alles und jeden verantwortlich fühlt.

Um mein einsames Frühstück hinauszuzögern – vielleicht muss Michael bald aus physiologischen Gründen aufstehen und ich kann ihn da abfangen –, google ich das Explosionsopfer: Beat Barkes. Es kommen jede Menge Barkes und Beats. Barkes ist doch zumindest in der Schweiz kein gängiger Name? Keiner der Gegoogelten scheint irgendwie zu dem Toten zu passen. Auf gut Glück versuche ich mal Beat Füssli, immerhin heißt seine Exfrau ja Füssli. Und tatsächlich: 1.673 Einträge zu einem Beat Füssli. Unter anderem zu einem Dr. Beat Füssli, Oberarzt am Klinikum Leuterbach in Truns, Innere Medizin, Psychiatrie, Neurologie und Geriatrie.

Falls es der ist, scheint der Mann seinen Namen und seinen Beruf gewechselt zu haben. Freiwillig? Dafür musste er wohl einen Grund gehabt haben. Die luxuriöse Bleibe passt auch besser zu einem Schweizer Arzt als zu einem österreichischen Krankenpfleger.

Also mal die Schweizer Ärzteliste durchschauen. Da gibt es jedenfalls keinen Dr. Beat Füssli. War der Mann früher Arzt und musste die Schweiz verlassen?

Als ich mich weiter mit der geheimnisvollen Identität des Herrn Barkes, Füssli oder wie auch immer beschäftige, erscheint mein Michael ziemlich devastiert in der Tür, verdreht die Augen, gähnt und greift sich auf den Bauch. „Vielleicht ist mir schlecht?“

Ich möchte auf das Thema Übelkeit nicht mehr näher eingehen. „Du bist unterzuckert. Sprich, du hast Hunger. Ich richte Frühstück“, beruhige ich ihn.

Das lässt ihn ins Bad wanken. Währenddessen hole ich den Marmorkuchen aus der Küche, gieße Filterkaffee auf, koche zwei Eier, lasse einen Teller fallen, der – oh Wunder – nicht am Boden zerschellt, und schneide mir mit dem Brotmesser, wenn auch nur unbedeutend, in den rechten Ringfinger.

Michael ist heute keineswegs unterhaltsam. Während er gedankenlos mein liebevoll gerichtetes Frühstück hinunterwürgt, befrage ich ihn zu unserem gestrigen Gastgeber. „Woher kennst du den Josi?“

„Welchen Josi?“

„Na, unseren Gastgeber von gestern. Der heißt doch Josi, oder?“

Michael zuckt mit den Schultern. „Hm, möglich.“

„Aber du musst doch wissen, wie der heißt, bei dem wir gestern eingeladen waren.“

„Den kenne ich von wo.“

Oje, sein Gehirn spuckt heute nichts aus. Der Verstand hat sich wohl gestern bei seinem Damenkränzchen zu sehr verausgabt. „Woher hattest du die Adresse? Irgendwoher musst du den ja gekannt haben. Ich glaube es nicht! Du schleppst mich zu einer Party, von der du nicht einmal weißt, wer sie veranstaltet.“

„Wusste ich doch, sonst wären wir ja nicht da gewesen.“

Während Michael an seinem Gugelhupfstück kaut, betrachtet er es innig. „Hab gar nicht gewusst, dass der Anker so gute Kuchen macht ...“

Ich schüttle meinen Kopf. „Nicht der Anker ...“

Er blickt auf, um mich erstaunt anzuschauen. „Du?“

„Mühsam“, denke ich, „so ein Mann ist mühsam. Welches göttliche Wesen hat es verabsäumt, seine Kreativität in die Entwicklung von fix anspringenden Synapsen in den Männerköpfen statt in deren agile Muskelzellen zu investieren. Eine evolutionäre Fehlinvestition!“

Ich nicke, um mir ein wenig Zuwendung zu erlügen. „Ja! Rezept von Mama ...“

Durch diese Aussage ist es nur eine halbe Lüge, die ich das nächste Mal mit einer doppelten Wahrheit wiedergutmachen kann – eben nur ein kleiner Lügendeal.

Michael beugt sich mit vollem Munde mampfend zu mir hinüber und küsst mich auf die Stirn, wobei mir Brösel aus seinem Mundwinkel ins linke Auge rutschen. Heute ist nicht mein Tag!

„Ich könnte den ganzen aufessen ..."

Ich reibe mein linkes Oberlid, um den Krümel zu entfernen, und seufze. „Bitte tu das, damit alle Brösel bei dir im Magen landen und nicht bei mir im Auge."

„Armer Liebling, ich wollte mich doch nur bedanken ..."

„Also kannst du dich jetzt daran erinnern, wie der Gastgeber mit Nachnamen heißt? Und was macht der eigentlich?"

Er schaut mich verständnislos an. „Was jetzt?"

„Also zuerst der Name, falls er dir endlich einfällt, und dann sein Beruf."

„Hm, ich glaube, irgendwas mit Leiter."

„Leitner ... Leitner?"

„Ich meinte Leiter von ... von ... genau! Der heißt Kraxner. Genau ... kraxeln, Kraxner."

Hm, Josef Kraxner, kein sehr stylischer Name für diese Art der Society. Da nutzt auch Josi als Spitzname nicht wirklich. „Und was macht der?"

„Ich glaube, der hat eine Galerie in der Weihburggasse."

Schau, schau, so einer, der den Leuten blaue Impressionen mit rotem Punkt im rechten Eck unten andreht. Ich nicke. „Hm. Gutes Geschäft? Schaut so aus. Die Wohnung kostet locker eineinhalb."

Der verkaterte Michael hat sein Frühstück beendet und steht vom Tisch auf. Er stützt sich auf der Tischplatte ab und schaut mich von oben herab müde an. „Bist du mir sehr böse, wenn ich ... also jetzt ... ist mir momentan noch gar nicht danach, verstehst ... bin doch sehr angeschlagen", dabei deutet er zwischen seine Beine, „... der auch."

„Entschuldigt ...", meine ich begeistert, denn ehrlich gesagt, meine Libido hält sich momentan sehr in Grenzen. Außerdem möchte ich gar nicht daran erinnert werden, was für Folgen der ausgelebten Libido unseres Liebeswochenendes in der Wachau möglicherweise in meinem Bauch wohnen. „Geh und schlaf dich aus!"

Er schlurft tief vorneübergebeugt Richtung Schlafzimmer. Ein armer Tropf! Wieso müssen sich die lustigen und attraktiven Herren gelegentlich das Hirn aus der Birne trinken? Liegt es an einem biologisch eingebauten Selbstvernichtungsmechanismus, damit auch die minderen Qualitäten eine Chance zur Fortpflanzung haben? Oder kommt es nur mir so vor, da ich mangels an Kontakt die minderen Qualitäten nur als Patienten und nicht als Objekt der Begierde wahrnehme?

Da Michael erst wieder in ein paar Stunden zu meiner Unterhaltung taugen wird, schwanke ich: Soll ich Mutter sofort versöhnen und ihr einen Neujahrscanossagang abstatten? Oder mich besser um die Leiche des Herrn Barkes kümmern? Ich weiß ja noch nicht einmal, ob er nicht doch ohne Fremdeinwirkung nur verunfallt ist. Von Erika werde ich das sicher nicht erfahren. Von Manfred vielleicht – von Joschi Ameling sicher.

Drum ruf ich den Joschi mal an. Seit meinem letzten Fall pflegen wir gelegentlich auf ein Bier ins Colosseum zu gehen. Ich, damit ich mir diese Informationsquelle auf der hiesigen Pathologie offenhalte, er, da er einsam ist. Nach längerem Läuten hebt er ab, stimmlich durch zahlreiche Ottakringer aufgeraut. „Ameling ... wer bist?"

„Hallo, prosit! Wollt dir nur alles Gute für das neue Jahr wünschen. Die Alma ..."

„Aha ... ist schon der Erste?“

„Ja, Joschi! Bist schon drübergerutscht.“

„Hm, hab ich gar nicht mitgekriegt.“

„Also, gutes neues Jahr!“ Das neue Jahr scheint Joschi Depressionen zu verursachen, denn ich höre, wie er leise in den Hörer wimmert. „Was hast denn? Geht’s dir nicht gut?“

„Hn, hn, hn, mich will keine ...“

„Stimmt nicht“, schwindle ich, „das Leben ist eben ein Auf und Ab.“ Ich hasse es, wenn andere Leute Floskeln verwenden, aber manchmal fällt mir auch nichts Besseres ein.

„Doch! Keine will mich. Deine Freundin ist jetzt mit meinem Chef zusammen. Das hast du gewusst, du bist auch so eine Falsche!“

„Entschuldige, aber ich wollte dich nicht aufregen, drum ... Aber wieso mit deinem Chef?“

„Bin versetzt worden, auf die Gerichtsmedizin, wie der Nähstädt zurück ist. Sitzt ein und kommt zurück und alles wieder wie immer. Immer die Studierten, die können sich es richten. Und jetzt bin ich beim Marchel.“

„Verstehe ich nicht.“

„Na, der Nähstädt wollt mich nimmer. Der wollte nicht, dass ich weiß, was für ein Perverser er ist ... mit den jungen Frauen, der hat sie sicher ge...“

Ich unterbreche ihn, denn ich möchte mir seine abwegigen Fantasien nicht anhören. „Komm Joschi, ich besuch dich. Damit du nicht ganz allein bist. Wo bist eigentlich?“

„Wie immer, arbeiten, im Institut.“ Arbeiten heißt bei ihm lokal seinen Rausch ausschlafen.

„Verstehe ich nicht. In welchem?“

„Na, im neuen. Eh klar, in mein altes Zimmerl darf ich ja nimmer.“

„Weißt was, ich komm und bring dir ein frisches Semmerl vom Anker mit. Oder magst lieber ein Mohnweckerl?“

Joschi schluchzt in den Hörer, diesmal aus Rührung. „Mooohhhnweckerl, aber drei.“

Am Weg von meiner Wohnung in der Rembrandtstraße über den Donaukanal Richtung Sensengasse rufe ich Mutter an. Ein Anruf der Abbitte! Sie hebt nicht ab, deshalb spreche ich aufs Band: „Entschuldige, Mama, aber du musst mir glauben, dass ich gestern durch einen schrecklichen Unfall verhindert war, dir rechtzeitig ein gutes neues Jahr zu wünschen. Danke für den Gugelhupf, er ist wunderbar ...“

Wie ich sie kenne, hat sie auf diesen Anruf gewartet, seit sie meine Wohnung verlassen hat, denn sie unterbricht meinen Singsang auf die Mailbox: „Liebekind-Spanneck“, tönt sie streng aus dem Hörer.

„Hallo“, säusle ich unterwürfig, „tut mir leid.“

„Ist das der Unfall, über den sie schon im Radio berichtet haben? Da warst du dabei? Merde! Du bist selber unverletzt, das habe ich schon festgestellt. Wo bist du?“

Mir ist dieser Stakkatoton, wenn sie beabsichtigt, das Ruder in die Hand zu nehmen, hinlänglich bekannt.

„Ich ... ich bin spazieren, die frische Luft ... am Donaukanal ... ein bisschen Bewegung ...“

„Wo gehst du hin?“, fährt es scharf in mein Ohr.

Ich seufze lautlos und beschließe, sie einfach zu informieren, denn sie kommt ja sowieso drauf. „Ich schau auf die Gerichtsmedizin. Wegen der Leiche von dem.“

„Heute? Der Manfred, der arbeitet heute, am Feiertag?“, dann weiter in gerührtem Ton, „... der ist einer ... eben ein Fleißiger, Zuverlässiger ...“

Ich stoppe ihre jetzt gleich anhebenden Lobeshymnen über seine männlichen Vorteile: „Mama, er ist vergeben, auch wenn du noch so darunter leidest. Er ist mit der Erika zusammen. Das weißt du. Also!"

Sie klingt überlegen: „Das ändert sich bald ...", dann schwenkt sie um, „aber was anderes, wann bist *du* dort? Ich möchte ihm einen Marzipanrauchfangkehrer vorbeibringen. Was Süßes!"

„*Er* ist nicht dort, glaube ich zumindest. Ich treffe mich mit seinem Assistenten."

„Auch gut, der kann ihm den Marzipanrauchfangkehrer ja dann morgen geben."

„Mama!"

„Gut, wir treffen uns da in einer Viertelstunde vor der Tür."

Bevor ich antworten kann, hat sie schon aufgelegt.

Als ich die Berggasse Richtung Währinger Straße hinauflaufe – na ja, schnell gehe, irgendwie fehlt mir die Kraft –, kämpft sich die Sonne durch die Winterwolken. Keine Spur mehr von Schneeflocken, aber es bleibt eiskalt. Mein Atem kondensiert als Miniaturwolke vor meinem Gesicht. Wien ruht noch nach all dem Silvesterrummel. Nur die Reste der Partynacht finden sich in Form von Müll auf den Gehsteigen und Straßen. Mir ist dieses kollektive Besäufnis zuwider: in einer Verbrüderungsveranstaltung auf engstem Körperkontakt mit anderen grölenden Existenzen überzuckerten Punsch trinken und ein Ereignis feiern, das auch an einem beliebigen anderen Datum sein könnte. Dient es etwa dem höheren Wohle, dass ich momentan einen Slalom rund um Erbrochenes, Pappteller und kaputte Glasflaschen machen muss, die sich zu den Ausscheidungen der besten Freunde des Menschen dazugesellt haben? Wieso muss ich meine Bedürfnisse, nämlich heute einfach geradeaus meinen Weg zu gehen, immer den asozialen Ausstülpungen der Restbevölkerung unterwerfen? Irgendwie schaffe ich es, mich auf diesem Schlachtfeld bis in die Sensengasse vorzukämpfen, ich möchte aber nicht wissen, wie meine Schuhsohlen aussehen.

Mutters Schuhsohlen hingegen sind sicher jungfräulich, denn sie steigt aus einem Taxi, das vor dem gerichtsmedizinischen Gebäude hält. Bevor sie ihre in beige Sämischstiefel gehüllten Füße auf den Boden setzt, richtet sie ihren rechten Arm hilfesuchend an mich, damit sie wie eine Königin am verschmutzten Asphalt nicht Gefahr läuft, mit den Ausstülpungen der vorigen Nacht in Kontakt zu kommen. Das gelingt zumindest ihr, denn ich tapse unglücklicherweise in ein McDonald's-Sackerl, an dem noch Ketchup klebt. Selbst unter diesen Umständen wird mir unsere hierarchische Beziehung vor Augen geführt.

Das Institut ist versperrt. Klar, es ist Feiertag. Ich läute. Nach einigen Minuten in der Kälte lässt uns der heranschlurfende Ameling hinein. Als er Mutter wahrnimmt, verzieht sich seine Mimik und man sieht, dass ihn das gar nicht glücklich macht. Während ich ihm ein Busserl auf die Wange drücke – was wiederum Mutter nicht goutiert – kläre ich ihn auf: „Joschi, das ist meine Mama. Mama, das ist Herr Ameling, der Assistent vom Manfred."

Mutter, die als langjährige Theaterstatistin das falsche Grinsen perfekt beherrscht, strahlt den Ameling an, als wäre er der großartigste Mann der Welt. Das entwaffnet ihn und er bittet uns so kultiviert, wie er nur kann, ihm in sein „Büro" zu folgen.

„Schön haben Sie es da", kommentiert Mutter die herabbröckelnde Fassade des Stiegenhauses.

Dem Joschi ist die Zweideutigkeit dieser Aussage gar nicht bewusst. Er dreht sich zu ihr hin und meint stolz: „Ja, alt und antik."

Joschis „Büro" ist nicht wie auf seinem alten Arbeitsplatz im AKH im Keller, sondern im ersten Stock, drei Türen weiter neben dem von Prof. Manfred Marchel. Es ist ein heller, hoher Raum, der einladend sein könnte, wenn jemand sich die Mühe gemacht hätte, ihn vom Hautgout eines Abstellraums zu befreien. Die ungeordnet herumliegenden Utensilien kenne ich noch aus seinem Zimmer in der Pathologie: Bierflaschen – volle und leere –, unabgewaschene Teller und Gläser, Wursthäute und deren Verpackung sowie die Geschirr- und Handtücher, die sich nach einer Waschmaschine sehnen. Jovial bietet er Mutter einen Platz an, den sie mit pikiertem Lächeln ablehnt. Der Joschi nimmt daraufhin einen der eingegrauten Fetzen und wischt die Sitzfläche des Sessels ab. Schadenfroh beobachte ich, wie sich Mutter aus der Affäre ziehen wird. Sie hat sicher die Befürchtung, dass sie ihren wertvollen Kamelhaarmantel mit einem Fettfleck verderben könnte. Aber leider, sie löst das Problem souverän, indem sie das Rückenteil ihres eleganten Kleidungsstücks hochhievt, ihren Schal vom Hals löst und ihn dann als Unterlage auf den Stuhl legt. Dabei deutet sie auf ihre Wirbelsäule. „Ich habe es mit dem Kreuz, da brauche ich es warm."

In diesem Augenblick fällt mir ein, dass ich die Mohnweckerl vergessen habe. Ich tupfe den Ameling vorsichtig an und reiße meine Augen weit auf. „Tut mir leid, aber der Anker hatte zu", lüge ich, während Mutter in ihrer Handtasche kramt. Sie zieht triumphierend ein Päckchen heraus, streckt es dem Joschi hin und meint mit einem zweideutigen Blick auf mich: „Vielleicht im 9. Bezirk? Bei mir im 4. hat er offen."

„Du Schlange“, denke ich, „wolltest dich doch nur beim Manfred einschleimen und jetzt kannst du es nicht lassen, mich auch noch bloßzustellen.“

Immerhin freut sich der Ameling, als er das Päckchen öffnet: „Jö! Eine Topfengolatschen, jö, so was Feines!“

Mutter hat die Golatschen auf jeden Fall selber gemacht, denn niemals würde sie Mehlspeisen in einer Bäckerei erwerben. Ehrensache! Um mich zu blamieren, nimmt sie sogar in Kauf, nicht für ihre Backkünste gelobt zu werden. Innerlich schwöre ich Rache!

Der Joschi hat das alles gar nicht mitbekommen, er beißt in die Golatschen, ohne darauf zu achten, dass ihm die Brösel aus dem Mund auf den Boden fallen. Hinter Mutters Fassade kann ich ihre Gedanken lesen: „Malus educatus proletarius!“

Als er die Mehlspeise hinuntergewürgt hat, wischt er sich mit dem rechten Handrücken über die Lippen und stöhnt: „Das war gut! Das hab ich gebraucht! Jetzt geht's mir besser!“

Na dann, dann können wir ja endlich in medias res gehen.

„Du, Joschi! Du hast doch gesagt, dass du heute schon arbeiten hast müssen. Und das zu Neujahr, kein leichter Job. Habt ihr gar heute schon einen Toten bekommen?“

Er seufzt und schüttelt seinen Kopf, der schwer auf seinen Schultern zu sitzen scheint. „Hm, hm, um sechs haben sie mich geweckt ... am Feiertag. Der hätte doch drüben ...“, dabei deutet er hinter seinen Rücken, in Richtung AKH, „liegen können bis morgen. Aber nein, gleich haben sie ihn hierherbringen müssen.“

Mutter blickt ihn bedauernd an. „Nein, wirklich? Um sechs am Morgen, ist das notwendig?“

„Dienst ist Dienst", schwellt der Joschi stolz seine Brust, „der Dienst erfordert eben Opfer. Da ist das noch das Wenigste ... das Aufstehen."

Mutter nickt. „Ich könnte das nicht. Eine unvorstellbare Leistung, wenn man bedenkt ... Sie müssen die aufschneiden. Nie und nimmer könnt ich das. Ich bewundere solche Leute wie Sie." Eines muss ich ihr lassen: Im sich Anbiedern ist sie unerreicht. „Ich täte zu gerne einmal in so einen Seziersaal schauen."

Der Joschi wird angesichts des vermeintlichen Respekts, den sie ihm zollt, immer größer und verlautet großspurig: „Prosektur meinen Sie! Prosektur heißt das."

„Sie haben recht, das habe ich nicht gewusst. Zu gerne täte ich da mal hineinschauen. Ich stelle mir das so aufregend vor. In meinem Alter hat man ja schon viel gesehen, aber das ..."

Ich springe jetzt auch auf ihre List auf. „Aber Mama, dir wird doch schlecht. Und außerdem, wir halten den Herrn Ameling schon viel zu lange auf."

Der Herr Ameling genießt seine Bedeutung und wehrt ab: „Aber gar nicht, ihr haltet mich gar nicht auf."

Mutter schaut den Joschi von unten bittend an, während sie mich mit einer Geste wegwischt: „Hören Sie nicht auf Sie. Mir wird nicht schlecht, ich verspreche es. Ich täte so gerne, nur kurz einmal ... so als Abenteuer. Wenn Sie das möglich machen könnten, bevor ich selber sterbe ..."

Wie immer zu dick aufgetragen – aber nicht für den Ameling. Der freut sich, dass er da vor einer alten Frau angeben kann. Vorerst muss er sich aber noch ein bisschen winden: „Eigentlich ist das verboten, so für Private. Ich könnte schon, aber wenn der Chef ..."

Mutter fällt ihm ins Wort: „Ach, machen Sie sich wegen dem keine Sorgen. Den Professor Marchel, den kenn ich schon ... nicht gerade als Kind, aber fast. Der ist wie ein Sohn", dann kichert sie, „... wenn ich nicht überzeugt wäre, dass sie mir das viel besser erklären können, dann würde ich ihn ja selber fragen, aber der ist ... Sie wissen ja, wie unverständlich die Professoren daherreden ... die versteht man ja nicht. Aber Sie ... Sie, glaube ich, erklären mir das richtig."

Ameling ist schon zwanzig Zentimeter gewachsen vor lauter Wichtigkeit. „Wenn ich Ihnen vorm Sterben noch eine Freude machen kann, dann kommen S' mit."

Gerade dass sich Mutter nicht von ihrem Sessel hochkatapultiert, so schnell ist sie in der Senkrechten und schon hinter ihm her. Ich darf als Nachhut die Tür zu seinem „Büro" schließen.

Vorm Eingang zur *Prosektur* muss Mutter noch eine kleine Vorstellung abgeben, indem sie so tut, als ob sie jetzt doch Grausen bekäme. Kokett verkündet sie: „Nicht schimpfen, wenn ich ... man weiß ja nie, wie man tut. Vielleicht muss ich gleich auf und davon?"

Mama! Es ist genug des Theaters, ich will da rein – und zwar schnell. Nicht, dass noch der Manfred oder sonst wer erscheint und *ich* habe dann die Scherereien! Nicht du. Ich fürchte nämlich, dass Prof. Marchel sonst vorzeitig über meinen Ameling'schen Informationskanal Bescheid weiß.

Der Joschi nimmt sie schützend um die Schulter, öffnet die Tür und flüstert: „Sie können sofort raus, wenn Ihnen ungut ist."

Drinnen steht der Sektionstisch – natürlich ohne Leiche, denn die wartet in der Kühlkammer. Mutter tut enttäuscht: „Aber da ist ja gar nichts ..."

Belehrend meint der Obduktionsgehilfe: „Gnä' Frau, die sind im Kühlschrank. Sonst würden die ja schlecht werden."

Mutter schüttelt den Kopf über ihre Dummheit. „Ist doch logisch, ein Rindsschnitzel kann man auch nicht in der warmen Wohnung stehen lassen.“ Während sie ihn – Bewunderung vortäuschend – anblickt, versucht sie einen Vorstoß: „Können Sie? Ich meine ... ich täte schon eine Leiche riskieren.“

Der Ameling bewegt sich bedächtig bedeutsam Richtung Kühlbox, öffnet diese langsam und schiebt einen Rollwagen mit einem von einem Laken bedeckten Körper heraus und zieht das Leintuch vom Kopf des Toten. Der geschwärzte und mittlerweile schon zusammengeflickte Schädel des Herrn Barkes kommt zum Vorschein.

Ich möchte aber die ganze Leiche sehen. Doch bevor ich mich bemerkbar machen kann, kommt mir Mutter zuvor: „Und sonst, wie schaut der sonst aus? Ich meine als Ganzes.“

„Gnä’ Frau, das wollen Sie nicht sehen. Lassen Sie das lieber. Nicht schön.“

Ameling schickt sich an, den Leichnam wieder zurück in die Box zu schieben, aber zuvor hat Mutter schon das ganze Leintuch vom Körper gezogen, das langsam auf den Boden gleitet.

Der Ameling bückt sich danach und will es wieder dorthin platzieren, wo es hingehört, aber er ist zu langsam, um zu verhindern, dass Mutter ihr Handy zückt, um den Barkes zu fotografieren. Der arme Joschi weiß nicht, was tun: Leintuch bergen oder Foto verhindern? „Das dürfen Sie nicht“, schreit er leicht panisch, „das ist nicht erlaubt!“

„Keine Sorge“, meint sie, während sie klickt und klickt und klickt, „ist doch nur privat, für mein Album.“

Sie schreitet unaufgeregt rund um die Leiche, während sie fotografiert. Als sie den gesamten Körper abgelichtet hat, nimmt sie zufrieden einen Zipfel des Tuchs vom Boden und fordert den Joschi auf, das Leintuch an der anderen Seite zu fassen: „Kommen Sie, decken wir ihn wieder zu." Mit ihrer freien Hand macht sie ein Kreuzzeichen. „Der Herr segne ihn und lasse ihn ruhen in Frieden."

Joschi seufzt erleichtert und schiebt den Barkes wieder in sein kaltes Verlies. Als er drinnen verstaut ist, faltet Mutter die Hände, ermuntert mich, das auch zu tun, und fängt an, das Vaterunser zu beten. Dem Ameling und mir bleibt nichts anderes übrig, als uns anzuschließen. Ich finde das blasphemisch, da Mutter jede Religion als eine Zerstreuung für minderbemittelte Geister betrachtet. Mama, auch wenn man gerade wie du einen großen Auftritt hatte, muss man sich nicht unnötig produzieren!

„Amen!" Danach gestattet uns ihre Regie, die Prosektur wieder zu verlassen. Vor der Tür hat sie es plötzlich sehr eilig. Sie hält dem Ameling das Sackerl mit dem Marzipanrauchfangkehrer vor die Nase und richtet seinem Chef einen schönen Gruß aus: „Das ist für den Professor Marchel! Bitte nicht vergessen, es ihm zu geben, mit besten Neujahrswünschen." Dann streckt sie kokett ihren rechten Arm zum Kuss vor. Der Joschi weiß nicht, wie er sich zu verhalten hat, drum nimmt er ihre Hand und schüttelt sie heftig. Ich seufze im Hintergrund. Manchmal ist ihre Manieriertheit einfach nicht auszuhalten.

Irgendwann ist die Vorstellung vorbei, wir sind draußen und warten auf ein Taxi, das ich bestellen musste, um sofort in meine Ordination zu fahren, wo wir die Fotos auswerten werden. Mir bleibt nichts anders übrig, als mich Mutters Kommando zu unterwerfen, denn sie hat mich mit den Bildern auf ihrem Smartphone in der Hand.

Ich muss ja zugeben, dass ich diese Schmierenkomödie kaum so perfekt wie sie zustande gebracht hätte. Mir fehlt eben die nötige Chuzpe zum Täuschen und Tarnen.

Herrlich, so eine patientenlose Ordination! Ruhe, niemand, dem ich es recht machen muss – außer meiner Mutter, die sofort und auf der Stelle verlangt, dass ich die Fotos am Computer hochlade.

Angeblich gibt es Menschen, die es schaffen, so eine Bluetooth-Verbindung zwischen Smartphone und PC ohne technische Komplikationen herzustellen. Ich glaube nicht daran. Ich bin sicher, dass uns die IT-Branche absichtlich gerade so viel scheitern lässt, dass wir zwar eine Chance sehen, mit den Problemen der digitalen Welt fertig zu werden, aber uns auch gleichzeitig vermittelt, was für Trottel wir sind. Jedenfalls spiele ich mich mit den Geräten herum, und immer, wenn es scheint, dass die zwei miteinander kommunizieren würden – niente!

Mutter strapaziert meine Nerven zusätzlich, da sie mitleidig lächelnd neben mir sitzt und dabei unqualifizierte Bemerkungen abgibt: „Drück doch mal da ..." Ich drücke nicht, aber sie drückt. Abgestürzt! Also Computer aus, Strom weg und das Ganze noch einmal. Dieses Jahr wird ein schreckliches Jahr, wenn es schon so anfängt!

Unglaublich, aber „Strom weg" funktioniert. Vermutlich muss man auch die EDV manchmal auf Diät setzen.

Wir gehen Aufnahme für Aufnahme durch, ohne zu wissen, wonach wir eigentlich suchen. Ein unerfreulicher Anblick!

Dann am linken Handrücken unterhalb des Daumengrundgelenks schwarze Striche, so wie eine Tätowierung. Könnten aber auch nur Rußablagerungen durch die Detonation sein. Ich vergrößere das Bild bis zur Unschärfe. Und tatsächlich: Wenn nicht überzufällig, ist da ein Symbol, einem Kreuz ähnelnd, auszumachen.

Wie aus einem Munde schießt uns beiden heraus: „Was bedeutet das?"

Dieses Zeichen könnte das Logo einer Sekte, eines Vereins oder aber auch nur eine unbedeutende Verzierung sein. Unser Fund ist eine klitzekleine Spur, der ich nachgehen kann. Professionelle Ermittler würden die Zeichnung abspeichern und sie dann durch ein Programm laufen lassen, das sie mit anderen Logos vergleicht. Haben wir aber nicht.

„Eine Stecknadel im Heuhaufen!"

„Jawohl ... medio flumine quaerere aquam."

Ich seufze, stehe auf und küsse sie auf die Wange. „Prosit noch einmal, ich gehe nach Hause, irgendwann muss ich ja schlafen."

Mama erhebt sich ebenfalls, umarmt und drückt mich liebevoll. „Hast den Gugelhupf schon probiert?"

Ich nicke und drücke zurück. „Klar! Ohne den hätte ich doch gar nicht die Kraft gehabt aus dem Haus zu gehen ... bei der Kälte."

Sie lächelt überlegen, wissend. „Du neigst zu Unterzucker, drum auch deine ewige Gereiztheit."

Hm, Mama, wieso kannst du nicht einmal einfach nur lieb zu mir sein, ohne Kritik, ohne Kommentar, ohne zu beißen?

Werde ich auch so wie sie als Mutter werden, wenn ich die Frucht meiner Libido – falls es überhaupt eine Frucht gibt – austrage? Schon allein der Gedanke, dass ihr Besserwissermuttertum in meiner DNA sitzen könnte, hält mich von der Fortpflanzung ab.

Am Weg zu meiner Wohnung stört mich der Mist auf der Straße gleich viel weniger, da die Aussicht auf ein Bett mit einem Liebhaber, der mich wärmen wird, alle grantigen Gedanken in den Hintergrund drängt. Bei der Servitenkirche lege ich eine Pause ein, um den Gott – welchen auch immer – mit angezündeten Kerzen für das neue Jahr zu bestechen. Mein Kleingeld in der Manteltasche reicht gerade für eine für Mutter und eine für Michelangelo aus. Für mich ist keine mehr drin, denn mir gehen die Münzen aus. Morgen kaufe ich mir dann eine für mich nach. Oder soll ich einfach die Mutterkerze mir widmen? Das geht aber doch zu weit!

Glück ist, an der Schulter des geliebten Mannes einzuschlafen. Leider ist mir dieses Glück nicht lange gewährt, denn mein Lover ist ausgeschlafen. Nach zehn Stunden kein Wunder. Mein Glück dauert gerade so lange an, bis ich einnicke und er mich sanft von seinem Arm rollt und sich aus dem Bett trollt. Obwohl er sich bemüht, leise zu sein, ärgere ich mich so über sein Herumnesteln in seiner unordentlich verteilten Kleidung, dass an einen befriedigenden Nachmittagsschlaf nicht mehr zu denken ist.

Ich setze mich im Bett auf. „Und?“, bemerke ich bissig. „Und? Hast du deinen Kopf endlich gefunden? Der ist gestern Abend ... ich meine heute Morgen ... unters Bett gerollt. Da liegt er bis auf Weiteres ...“

Michael wirft sich mit einem Satz auf mich drauf und hält mir den Mund zu. „Non, mon amour, der erste Satz des Jahres lautet: ‚Ti amo, Michelangelo, ti amo.‘ Wiederhole!“

Er klappt seine Hand kurz weg von meinen Lippen, um mir die Möglichkeit zu geben, diese Liebeserklärung abzugeben, aber mir ist nicht danach. „Lass mich“, quetsche ich heraus, während er mir gleich wieder den Mund zuhält, „laaa...“

„‚Ti amo‘ heißt es, ‚ti amo‘!“

Ich gebe auf. „Okay ...“, seufze ich, „ti amo, wenn du unbedingt willst.“

Michael lässt mich los, setzt sich auf die Bettkannte und verzieht beleidigt seine Miene. „Du liebst mich nicht mehr, ich spür's.“

Nein, bitte nicht! Jetzt keine Liebesdiskussionen, nicht jetzt. Ich bin übernächtig, bin vielleicht schwanger, habe im Kopf ausschließlich Bilder von irgendwelchen abgetrennten Körperteilen, mir ist einfach nicht nach Liebeserklärung. Um ausufernde Beziehungsanalysen zu vermeiden, küsse ich ihn auf den Mund. „Weißt, nach der Nacht ... ich bin müde ... ich ...“

Michelangelo versteht. „Komm, gehen wir spazieren ...“, er zeigt Richtung Fenster, „draußen scheint die Sonne, ich wärme dich und du kommst auf andere Gedanken.“

Ich nicke und hieve mich aus dem Bett.

Vor meiner Haustür angekommen, deutet Michael mit seinen Daumen nach links und nach rechts – bedeutet in Richtung Augarten oder in Richtung Innenstadt. Ich deute Richtung Innenstadt.

Wir schlendern innig umklammert über den Donaukanal den Schottenring entlang, an der Börse vorbei zur Kirche „Maria am Gestade“. Da zünde ich noch die Kerze für mich an. Nur für mich! Dann über die mit unausgeschlafenen Italienern bevölkerten Tuchlauben zum Stephansplatz.

Wir teilen uns ein Säckchen heiße Maroni und biegen in die Kärntner Straße ein. So ganz ohne Hintergedanken habe ich diese Route nicht ausgesucht, denn die

Weihburggasse, in der sich die Galerie unseres Gastgebers befindet, biegt zufällig von der Kärntner Straße ab. Michael möchte jetzt endlich auf einen Kaffee gehen, am besten ins Café Korb, das leider gar nicht auf meiner Route liegt.

„Ehrlich, ich brauche was Warmes und was im Magen."

„Bin ganz bei dir", lüge ich und ziehe ihn in die Weihburggasse, „wir gehen ins Gasthaus Pöschl oder ins Kleine Café?"

Michael schließt sich mir sogleich bereitwillig an, zieht mich dann aber wieder zurück. „Da werden wir keinen Platz kriegen."

„Ach was, wir probieren es ..."

Natürlich hat er Recht, die Wahrscheinlichkeit, bei Hanno Pöschl ohne Reservierung einen Platz zu bekommen, ist gleich null, aber ich muss die Galerie sehen!

Direkt gegenüber von Prada ist eine Galerie, die solche Werke à la „Blaue Impressionen mit rotem Punkt im rechten Eck unten" ausgestellt. Das könnte sie sein.

Ich stupse Michael an. „Ist das nicht die vom Kraxner?"

„Wieso?"

„Aber der hat doch eine Galerie in der Weihburggasse?"

Michael ist völlig desinteressiert. „Keine Ahnung, möglich. Komm, schauen wir, dass wir was zu essen kriegen, ich sterbe bald."

Ich pflanze mich vor der Auslage auf. „Wie findest du das?"

„Seit wann interessierst du dich für moderne Kunst?"

„Mich interessiert, wer so blöd ist, für so einen Bluff zu zahlen? Ich meine die Psychologie von des Kaisers neuen Kleidern. Vielleicht schreibe ich eine Arbeit darüber, mit meinen Selbstmördern komme ich sowieso nicht weiter."

Im Inneren der Galerie „RENXARK" – oh mein Gott, wie originell, Kraxner als Pseudopalindrom – sind malerische Impressionen in verschiedenen Formaten zu sehen. Und? Ich habe mich nicht umsonst aus dem warmen Bett in die eisige Kälte begeben: Als Prunkstück in der Mitte hängt großformatig das Symbol, das der Barkes am Handgelenk tätowiert hat. Ich zücke mein Handy und fotografiere das Bild.

Michael schüttelt verwundert den Kopf. „Also ich täte jetzt lieber ein Schnitzel ablichten."

Vergnügt küsse ich ihn auf den Mund. „Und schlucken darfst es auch gleich!"

Oh Wunder! Im Gasthaus Pöschl ergattern wir ein Tischchen am Ausgang. Beim Konsum des Wiener Schnitzels schwebt Michael im siebten Himmel, und meinem angeknacksten Magen tut das Reisfleisch gut. Alles paletti! Ich liebe Wien! Wo sonst auf der Welt gibt es so viele Wirtshäuser, in denen man die Düsternis des Winters beim Genuss eines goldenen Seidels verdrängen kann?

Um die Neujahrsdüsternis – es ist kaum fünf und schon dunkel – noch besser verdrängen zu können, schließen wir noch einen Besuch im Kleinen Café am Franziskanerplatz an. Mein Gott, wie oft bin ich da in Studentenzeiten verloren gegangen? Es hat sich was verändert, denn das Lokal ist weniger verraucht als früher. Dabei ruft doch genau der Geruch eines Raucherlokals in meinem Gehirn sofort das Wohlgefühl von – zumindest als wunderbar erinnerten – durchzechten Nächten hervor. Seit bei uns das Rauchverbot gilt, sind solche Beiseln keine Beiseln mehr, sondern haben die klinische Sterilität eines Starbucks.

Nach einem weiteren Bier an der Bar verstärkt sich angenehm der leichte Dusel, den ich mir schon während des Essens angezüchtet habe. Im Augenblick entspricht das Leben genau Michaels Vorstellung: einfach nur dastehen und schauen, unbelastet von irgendwelchen Pflichten.

Da ich keinen Platz an der Bar habe, um mich anzulehnen, schmiege ich mich an Michaels Flanke. Er hält mich fest, nicht ohne dabei durch den Mantelschlitz hindurch seinen Arm unterhalb meines Bauchnabels zu platzieren, wo die Finger obszön hin und her streichen. Es fühlt sich anregend an, noch dazu, wo das Bier meine ängstlichen Gedanken bezüglich einer eventuellen Schwangerschaft verscheucht hat. Michelangelos Hand *auf* meinem Bauch weckt *in* meinem Bauch die Erinnerung, dass ich eine begehrenswerte Frau bin. Gerade als ich ihn auffordern möchte, zu Hause doch den ultimativen Beweis seiner Begierde zu erbringen, windet sich ein Mann durch die Menge der tapferen Trinker. Ich erkenne ihn sofort. In seinem Gesicht sind trotz Dämmerlicht noch die Abdrücke des Geländers zu erkennen, in das er sich gestern verkeilt hatte. Mich erkennt er natürlich nicht. Mario Burzelt.

Augenblicklich schaltet mein Gehirn von Erotik auf Neugierde. So ein Zufall! Ein Wink des Schicksals, dass ich mein Leben gewichtigeren Problemen als der Lust widmen sollte.

Michael ist irritiert, als ich seine Hand von meinem Unterleib wegschiebe, ihm mein Bierglas zum Aufpassen für später in die Hand drücke und mich durchs Gewühl zu dem Mann wälze. „Musst du Klo?", schreit er hinter mir her und deutet mit dem Bier in der Hand in die andere Richtung. „Das ist aber da ..." Zum Glück geht sein lauter Kommentar im allgemeinen Sprechtumult unter. Obwohl das Kleine Café eben klein ist, brauche ich einige Zeit, bis ich zu Herrn Burzelt durchgedrungen bin. Michael, der immer noch versucht, mich zum Klo zu dirigieren, holt mich ein, bevor ich den Burzelt ansprechen kann. Er klopft mir von hinten mit dem Bierglas auf den Mantel. „Das Klo ist dort ..."

Ich nicke verständig, deute aber in Richtung des Mannes. „Der war gestern auch da, den kenne ich."

„Ich aber nicht ..."

„Ich will ihn nur begrüßen."

Sofort springt Michaels Eifersucht an. „Findest du den gut?“, meint er ätzend.

Ich antworte nicht, denn endlich habe ich es geschafft, mich so zu positionieren, dass ich dem Burzelt Angesicht zu Angesicht gegenüberstehe. Er verhandelt gerade mit dem Kellner bezüglich eines Sliwowitz. Hm, ein heftiges Mittel, um den Kater zu vertreiben!

Ich setze mein professionelles Lachen auf und begrüße ihn: „Können Sie sich an mich erinnern? Wir waren auch auf der Party gestern“, dabei deute ich auf Michael, der hinter mir steht und mich hilflos mit einem Glas Bier in jeder Hand anstarrt.

Der Burzelt versteht gar nichts. Er kippt den Schnaps auf einmal hinunter und rülpst mir ein „Ohha“ ins Gesicht.

„Sie sind fast die Stiege hinuntergefallen. Ich habe Sie gerettet.“, flüstere ich ihm ins Ohr.

Sein Mund fällt hinunter. „Oh ...“

Wie soll ich aus dem ein paar vernünftige Worte herausquetschen?

Um ihn zu beleben, schnappe ich mir von Michael mein Seidel und stoße mit seinem Schnapsglas an. Das versteht er – wir sind sozusagen als Bruder und Schwester alkoholisch vereint. Michael findet meine Anmache jedoch mangels Vorinformation gar nicht amüsant. Er boxt mich mit seiner jetzt von der Last des Bierkrügels befreiten Faust in mein Hinterteil. Ich drehe mich zu ihm um und stelle ihm den armen Trinker vor: „Das ist Herr Burzelt“, und umgekehrt, „Herr Mikulina.“

Burzelt streckt Michael seine Hand hin. „Mario, ich ... du?“

Obwohl Michael mit jedem sofort per Du ist – mit dem will er offenbar nicht. Eifersüchtig? Sicher unterstellt er mir, dass ich mit dem Mann gestern geflirtet hätte. Unsanft zieht der von seiner männlichen Ehre verblendete Michael mich weg. „Wir gehen! Komm, trink aus."

Ich deute auf Marios Gesicht. „Herr Burzelt hat sich gestern im Treppengeländer verfangen, wäre fast die Stiege hinuntergefallen."

Jetzt endlich kapiert mein Liebhaber, lacht erleichtert und meint zu ihm: „Hm, da hatten Sie ja Glück. Da geht es ganz schön hinunter."

Der Schnaps hat, wie bei Alkoholikern üblich, Marios Hirn wieder erfrischt. Er wacht auf:

„Muss ich mich bedanken?"

„Sollten Sie! Meine Freundin ist Ärztin, vielleicht hat sie Ihnen das Leben gerettet", prahlt er.

Na ja, das ist ein bisschen übertrieben, aber wenn Burzelt sich in meiner Schuld fühlt, kann das nicht schaden. Zwischen den wogenden Bäuchen der anderen Gäste hindurch bemerke ich, dass vier Leute aufstehen und zahlen. Ich zerre meine beiden Männer dorthin, da lässt es sich bestimmt besser reden.

„Schlimm, was gestern passiert ist. Haben Sie das überhaupt mitbekommen?", startet Michael die Unterhaltung.

„Der hat nichts anderes verdient."

„Ach, dann kennen Sie den Herrn Barkes?", hake ich nach.

Zu meinem Missfallen packt der Herr Burzelt trotz Rausch nicht aus, denn er antwortet einsilbig: „Kaum!"

Ich deute Michael, dass er noch was für Mario nachbestellen soll, um dessen Zunge zu lösen. Anscheinend hat mein Freund endlich kapiert, dass ich nicht aus Jux und Tollerei mit diesem wenig amüsanten Individuum zusammen sein möchte, denn er winkt sofort dem Kellner. Der ignoriert ihn aber und drum schickt sich mein Liebhaber selber an, von der Bar Getränke zu holen. Er wendet sich an den Burzelt: „Auch noch ein Bier für Sie?“

„... und einen Sliwowitz“, ergänzt der.

„Und du?“, zu mir.

Ich hebe mein Glas, um zu demonstrieren, dass ich noch genug zu trinken habe. Als ich dann kurz mit dem Burzelt allein bin, schüttle ich seinen Arm. „Sagen Sie schon, da ist doch was! Sie hassen den Barkes, oder?“

„Arschloch ...“

„Warum Arschloch?“

„Eben Arschloch ...“

„Was hat er Ihnen getan?“

„Nichts ...“

„Aber das verstehe ich nicht. Wieso hassen Sie ihn dann?“

„Er hat meine Frau umgebracht.“

Jetzt wird es aber spannend! Auch wenn das mit dem Umbringen sicher nur im übertragenen Sinne zu verstehen ist, so scheint der Barkes direkt oder indirekt mit dem Tod von Burzelts Gattin in Verbindung zu stehen. Da ich spüre, dass weiterzubohren nur bewirken würde, dass er gar nichts mehr verrät, eröffne ich ein neues Thema: „Und der Herr Kraxner, ist das ein Freund von Ihnen?“

„Auch nicht.“

„Aber den, den hassen Sie nicht, oder?“

„Mir wurscht, der gehört aber auch dazu.“

Irgendwie komme ich nicht weiter. Erst als Michael mit den Getränken erscheint und Mario, um uns zuzuprosten, seinen Arm hebt und ihm dabei sein Mantelärmel hinaufrutscht, geht mir ein Licht auf: Burzelts Handrücken ziert dasselbe Symbol wie den von Barkes und das Gemälde in der Galerie. Sind die alle bei einem Verein? Und wenn ja, was ist das für ein Verein?

Ohne lange zu überlegen deute ich auf das Zeichen. „Hat das eine Bedeutung?“

Der Burzelt schiebt seinen Ärmel über die Tätowierung. „Da war ich früher dabei, scheiße.“

Michael merkt, dass ich Unterstützung brauche. Er prostet dem Mario freundschaftlich zu. „Weg mit der fürchterlichen Vergangenheit. Auf das Neue! Auf das neue Jahr!“

Mit der fürchterlichen Vergangenheit scheint mein ausnahmsweise manchmal doch mit hellen Augenblicken gesegneter Liebster einen wunden Punkt getroffen zu haben. Der Mann wird, wie bei Betrunkenen so üblich, sentimental: „Ein Neues? Für mich gibt es kein Neues. Sie ist tot ...“ Seine Augen werden nass, während er versucht, das Heulen hinunterzuschlucken. Ich halte ihm eine Serviette zum Tränen trocknen hin, während Michael ihm mit seinem Glas zuprostet. Es ist wie immer im Leben: Frauen trösten praktisch, Männer setzen auf Betäubung als Trost. Beides lindert, jedenfalls kurzfristig, denn er wischt sich die Augen mit dem Papierfetzen ab, nimmt einen kräftigen Schluck und meint trocken: „Sie war seine Patientin, aber dann hat er sie gefickt. So war’s. Das war’s. Arschloch.“

Ich versuche verzweifelt, meinem Hirn eine Idee herauszukitzeln, wie ich den Burzelt dazu bringen kann, mir zu verraten, was das für ein Verein ist. Aber je mehr ich grüble, desto weniger springt mich der geniale Einfall an. Deshalb ist es günstig, dass ich eine Liebschaft mit einem Menschen habe, der durch seine unverkrampfte Naivität Menschen dazu bringen kann, Dinge von sich zu geben, die sie sonst niemals ausplaudern würden. Michael tippt auf das Tattoo. „Das schaut aus wie von einem Schiverein, oder? Ist das der Nostalgieschiclub aus Mürzzuschlag? Die fahren noch mit Holzbrettern im Telemark." Möglicherweise ist mein Michelangelo doch genial, denn wie sonst kann man nur auf so eine abstruse Idee kommen?

Es funktioniert. „Schön wär's", er schüttelt den Kopf, „nein, das ist ein Verein zum Sterben."

Sterbeverein? So einen kenne ich doch von meinen greisen Patientinnen, die schon in meinem Alter begonnen haben, bei einem Sterbeverein für ihr Begräbnis anzusparen. Diese Zusammenkünfte müssen jedenfalls unterhaltsam sein, denn die Schar der Anhängerinnen pflegen diese als Höhepunkte ihres gesellschaftlichen Lebens. Über was unterhält man sich da wohl? Ob der Sarg aus Eiche oder Fichte sein soll? Ob nach der Ansprache das Beethoven- oder das Mozartrequiem gespielt wird? Ob man die Hinterbliebenen dazu auffordert, anstatt Kränze zu kaufen für „Ärzte ohne Grenzen" oder für den Tierschutzverein zu spenden? Ich wünsche ihnen jedenfalls, dass sie das so kostspielig geplante Fest dann auch von oben beobachten können und nicht als wiedergeborener Regenwurm unter der Erde verzweifelt versuchen mitzubekommen, ob die Trauergemeinde auch wirklich dem Ausmaß der Kosten entsprechend adäquat trauert. Für den Burzelt jedoch scheint mir die Zugehörigkeit bei so einer Vereinigung etwas verfrüht, denn der Mann ist wohl erst Mitte dreißig.

Offensichtlich assoziiert Michael mit einem Verein zum Sterben ganz was anderes als ich, denn er fragt ehrlich interessiert: „Buddhistisch oder anders spirituell?"

Weder Michael noch ich liegen richtig. „Euthanasie! Das Recht, in Würde zu sterben."

„Oh, dann sind Sie da Mitglied, um ..."

Der Mann unterbricht mich, während sein Kopf mit einem schmerzenden Geräusch auf den Kaffeehaustisch fällt: „Iii... iiich *war* Mitglied!"

Betretenes Schweigen. Selbst meinem Michael fällt nichts mehr dazu ein. Die anerzogene Pietät vor dem Tod blockiert unsere weitere Unterhaltung. Die Biere und der Sliwowitz, die bisher eine aufhellende Wirkung auf Herrn Burzelt hatten, wirken bei ihm jetzt leider wieder vernebelnd. Offenbar hat sich sein Promillespiegel auf das gestrige Niveau eingependelt, denn der Alkohol hindert ihn daran, seinen Kopf wieder zu heben. Ich rüttle an seiner Schulter. „Herr Burzelt ... ist Ihnen nicht gut?", meine ich mehr rhetorisch.

Herrn Burzelt ist weder gut noch schlecht – Herr Burzelt ist einfach wieder im Komahimmel. Michael nickt wissend. „Der ist hinüber ..."

„Hm? Sollen wir ihn?"

Wir schauen uns bejahend an. „Wird uns wohl nichts anderes übrig bleiben. Wenn die zusperren, dann werfen sie ihn hinaus und er erfriert."

„Ich rufe ein Taxi."

Während ich telefonierend neben Burzelt die Stellung halte, bezahlt Michael. Als er zurückkommt, meint er: „Silvester über den Dächern von Wien? Nie wieder, das hat mich gerade einen Zehner für den gekostet ... ohne Trinkgeld."

Ich kichere. „Und das dafür, dass wir jetzt auch noch ein Taxi zahlen müssen. So ein fremder Rausch ist ganz schön kostspielig."

Erst als das Auto da ist, fällt mir ein, dass wir ja gar keine Adresse von dem Typen haben. Also durchwühle ich noch einmal die mir schon vertraute innere Jackentasche des Mannes und wieder werde ich fündig. Ausnahmsweise ist es ein Segen, dass man mit den Karten sämtlicher Drogerie- und Baumärkte beglückt wird, denn ich ziehe aus dem Plastikstapel eine mit Adresse: Wehrgasse, 5. Bezirk.

Der Abtransport ins Taxi stellt sich als noch anstrengender als vermutet heraus. Herr Burzelt lässt sich, untergehakt von uns beiden, über alle Stufen und den eisigen Asphalt bis zum Wagen schleifen. Da platzieren wir ihn wie eine Puppe hinten am mittleren Sitz zwischen uns, damit er nicht umfällt.

„Hoffentlich kotzt er nicht ...“, kommentiert Michael mit angeekeltem Gesicht.

Ich zucke die Schultern und meine von oben herab: „Jetzt weißt du, wie es ist, wenn du ...“

Mehr hat es nicht gebraucht. Michaels Stimme beginnt zu beben. „Was heißt ‚wenn du‘? Ich ... ich ...“

Da heißt es jetzt schleunigst abblocken, denn sonst wird aus dem Beben eine Eruption. Jetzt hätte mir eine Auseinandersetzung mit meinem Lover noch gefehlt! „Wenn du ... wenn du ...“, – oh nein, mir fehlt heute wirklich die Inspiration –, „... wenn du was Falsches getrunken hast.“

Michael nickt befriedigt. „Milch.“

„Ja, die Laktose! Die Intoleranz von Laktose, ein ... hm ... eine ... zunehmend bedrohlichere Epidemie unter der Bevölkerung.“

Als wir in der Wehrgasse aus dem Taxi steigen, habe ich schon die Haustorschlüssel in der Hosentasche unseres Unglücksraben gefunden. Das Haus hat keinen Lift. Also müssen wir unter Aufwendung aller Kräfte den Mario bis in den ersten Stock schleppen. Dann sind wir endlich mit ihm huckepack in seiner Behausung drin.

Herr Burzelt scheint Maler zu sein. Schon wieder ein Künstler. – Warum begegnet mir nicht einmal ein Buchhalter? Die Wohnung ist ein riesiger Raum, die Wände vollgehängt mit Werken à la „Blaue Impression mit rotem Punkt im rechten Eck unten“. Am Boden Pinsel, Farbe, leere Flaschen – eben kreative Ordnung. In einem Eck – ebenfalls kreativ und freigeistig – stehen Toilette und Dusche frei im Raum. Ich kann nur feststellen: Dieser Mann lebt unkonventionell originell, ist wahrscheinlich ein Genie des roten Punktes.

Bevor wir seines Lagers ansichtig werden, müssen wir etliches Zeug zur Seite räumen, denn die von Krimskrams – vermutlich Inspirationsunterlagen – bedeckte Matratze ist unter all dem Ramsch versteckt. Zum Glück liegt der Futon direkt am Boden, was mir vermutlich beim Hinaufhieven des Burzelt einen Bandscheibenvorfall erspart. Ich kontrolliere noch seine lebenswichtigen Körperfunktionen, bevor wir ihn zwischen zwei Kisten, die wir fürsorglich je hinter seinem Rücken und vor seinem Bauch platzieren, als Kotzprophylaxe in stabiler Seitenlage eingeklemmt zurücklassen.

Morgen hat er seinen Rausch ausgeschlafen, und dann werde ich ihm einen hoffentlich erfolgreicheren Besuch abstatten. Da gibt es einiges zu klären!

Als wir endlich draußen sind, drückt mich Michelangelo spontan an die Hauswand und steckt seine Hand genau dorthin, wo ich sie zuletzt im Café weggeschoben habe. „Aufgeschoben ist nicht aufgehoben ...“

„Zu dir?“

Michelangelo streift mit seinen Lippen meinen Hals, bis ihm mein Schal eine weitere Berührung verwehrt, und flüstert: „Ich habe sogar mein Bett frisch überzogen, für dich!“

Da ich es jetzt eilig habe, sein Bett zu kontrollieren, winde ich mich aus seiner Umarmung, nicht ohne ihn vorher durch einen leidenschaftlichen Kuss zu beruhigen. „Na dann, auf geht's!"

Ich schnappe seine Hand und wir laufen die Wehrgasse hinunter, über die Wienzeile und den Naschmarkt, jagen Richtung Gumpendorfer Straße und queren diese bei Rot. Als wir in der Fillgradergasse, wo Michael wohnt, angelangt sind, brennen unsere Lungen, aber nicht nur die. So eine animalische Wärme breitet sich manchmal erfreulicherweise auch dort aus, wo es sich besser anfühlt als im Brustkorb.

Michaels Wohnung gleicht, zumindest was die Unordnung betrifft, im Wesentlichen der des Burzelt. Zum Glück ist mein Liebster Schriftsteller und man kann sich nicht in irgendwelche Farbtöpfe setzen. „Inspirierte", wenn auch beinahe leere Papierfetzen stellen keine sonderliche Bedrohung für meine Bekleidung und auch nicht für meine nackte Haut dar, die Michelangelo ungeduldig von den winterlichen Stoffschichten befreit. Das Begehren blockiert alle anderen Empfindungen! Wie sonst würde ich mich nackt in einer schlecht beheizten Wohnung auf das Sofa werfen, um mich von einem anderen nackten Körper halbherzig bedecken zu lassen? Wenn dann alle meinem Gedanken vom Unterleib geschluckt sind, wenn endlich das Gehirn durch die Explosion der Hautrezeptoren ausgeschaltet ist, dann, dann bin ich einfach nur mehr eine Frau, die sich mit ihrem Liebhaber vereinigen will. Michelangelo – niemals durch die Übermacht des Frontalhirns blockiert – streichelt meine Brüste, meinen Bauch, dann die Stelle zwischen meinen Beinen, die die Pforte für sein Eindringen öffnet. Wenn wir dann so ineinandergeschraubt nur mehr ein Körper sind, dann schauen wir uns in die Augen und wissen, dass alles gut ist. Was verbindet eine Frau mit einem Mann mehr als die Vereinigung? Ist es doch der einzige Grund, wieso man gerade diesen Menschen liebt und nicht nur in Freundschaft verbunden sein will.

Nach der Hitze des Gefechtes schläft es sich am besten – noch dazu, wenn das Bett tatsächlich nach frischer Bettwäsche duftet.

Kapitel 5

Auch wenn das Finale des gestrigen Abends äußerst zufriedenstellend war, so ist der heutige Morgen trotzdem unerfreulich – der Beginn eines Arbeitstages. Am Donnerstag kündigt sich zwar schon das Wochenende an, aber bis dahin heißt es noch etliche Menschenseelen erheitern. Ich wälze mich aus dem Bett, hinaus in die kalte Wohnung. Verdammt noch mal, wieso kann Michael nicht einen Installateur rufen, der die Heizung einmal richtig einstellt? Typisch! Ist ihm egal, er löst das Problem durch einen zusätzlichen Wollpullover! Wieso muss ich mit einem Mann zusammen sein, der Probleme nicht an der Wurzel bekämpft, sondern immer nur die Symptome behandelt?

Morgendepression! Aufgeweckt durch die Erinnerung an meine noch immer nicht eingetroffene Menstruation. Wie bitte soll man mit einem Mann ein Kind haben, der nicht einmal seine Wohnung beheizen kann? Zum Glück war ich nie so blöd, mit ihm zusammenzuziehen. Ein gemeinsames Baby würde bei ihm erfrieren, verdursten, ertrinken, unter den Tisch fallen und als verhungerte Mumie in einem Schuhkarton landen. Michael als Hausmann – so eine Schnapsidee! Als Familienernährer? – Noch schlimmere Schnapsidee! Der Mann eignet sich nur zum Liebhaber.

Mit einer ordentlichen Portion Wut im Bauch verlasse ich die Wohnung. Ich eile zum Naschmarkt, um mir einen Cappuccino mit einem Kipferl zu organisieren. Mit einem Coffee to go in der einen Hand und einem Kipferl in der anderen renne ich in Richtung Wehrgasse. Eigentlich hasse ich es, auf der Straße zu trinken und zu essen, aber ich möchte den Burzelt unbedingt noch vor meinem Ordinationsbeginn aufsuchen. So ein Alkoholiker ist am einfachsten im verkaterten Zustand zu explorieren. Das Hirn ist durch die beschränkte Wahrnehmungsfähigkeit noch leichter manipulierbar und setzt nicht gleich Schranken, die einem den Weg zu Geheimnissen versperren.

Als ich von der Rechten Wienzeile in die Wehrgasse einbiege, sehe ich drei Polizeiwägen vor der Eingangstür zu Marios Wohnhaus stehen. Oje, da ist mir jemand zuvorgekommen. Aus der Ferne kann ich die Konturen meiner Freundin Erika ausnehmen. Aber wie kommt die auf den Burzelt? Soweit ich mich an Silvester erinnere, war ich die Einzige, die ihn überhaupt wahrgenommen hat. Trotz Laufschritts kann ich gerade noch ausmachen, wie sie den Mario in den Polizeiwagen laden. Mit Handschellen! Frau Inspektor Sacherl – ganz wichtig – steht vor der Tür und koordiniert die Aktion. Bevor der Wagen abfährt, entdeckt mich der junge nette Polizist, erkennt mich und winkt mir blöderweise auch noch zu. Das ist mir gar nicht recht, denn Erika soll nicht wissen, dass ich mir aus ihrer Truppe wieder einmal einen Kontaktmann geangelt habe. Sowieso hat sie seinen Gruß bemerkt. Als ich auch endlich vor dem Haus stehe, werde ich von meiner Freundin harsch begrüßt: „So ein Zufall! Frau Doktor Liebekind-Spanneck, zufällig in der Wehrgasse, zufällig auf du und du mit dem Kollegen Fluger, zufällig ...“

„Ja, zufällig am Naschmarkt einen Kaffee besorgen und dann zufällig von Frau Inspektor Sacherl entdeckt worden“, unterbreche ich sie.

Erika verdreht die Augen. Sie kommandiert die anderen Polizisten: „Könnts schon fahren ...“

Dann klopft sie an die Scheibe des verbliebenen Wagens: „Sie warten auf mich, ich muss ...“, dabei deutet sie auf mich, „diese Dame noch befragen.“ Sie fasst mich an meinem linken Ellenbogen und schiebt mich vom Wagen weg. „Was machst du da? Erzähl mir keinen Unsinn, dann erzähl ich dir auch keinen Unsinn."

Ich zucke mit den Schultern. „Zufall!"

Erika seufzt. „Komm, wir gehen auf einen Indoorkaffee", dabei bewegt sie ihren ausgestreckten linken Daumen Richtung Kettenbrückengasse, die sie zielbewusst ansteuert. Ich folge ihr mit schleunigem Schritt. Vor einer Ankerbrotfiliale bleibt sie stehen und tritt ein, ich ihr nach. Nachdem sie an der Theke zwei Cappuccino und zwei Croissants geordert hat, stellt sie sich an einen leeren Stehtisch und hält über mich Gericht: „Wie oft soll ich dir noch sagen, dass du dich nicht in meine Ermittlungen einklinken sollst? Es nervt. Schön langsam riskierst du unsere Freundschaft, ist dir das bewusst? Ich mische mich ja auch nicht in deine blöden Therapien ein."

„Würde mich gar nicht stören, dürftest du gleich übernehmen."

„Eckerl, ich flehe dich an. Lass es."

„Ich hab doch gar nicht ..."

„Du hast! Und du wolltest den Mann ..."

„Burzelt heißt er, Mario Burzelt. Ich kenne ihn von früher."

„Ja, ja, von früher – von vorgestern früher. Was wolltest du von ihm?"

„Besuchen. Schauen, ob er wieder wohlauf ist nach dem Mörderrausch", ich klappe meine Arme unschuldig auf, „... ich habe eine ärztliche Verantwortung, wenn du nachvollziehen könntest, was das ist."

„So! Lass uns ehrlich sein, okay? Ich erzähle dir, weshalb er verhaftet worden ist, und du erzählst mir, was du von ihm von ‚früher' weißt."

Hm, so schaut's aus: Die Erika will mich ausfratscheln, meinen vermutlichen Informationsvorsprung ausnützen. Das kannst du haben, meine Liebe. – Wenn ich im Gegenzug auch auf meine Kosten komme!

„Ich habe ihn auf dem Fest vor dem Stiegenabsturz gerettet. Und gestern haben wir ihn zufällig", dabei hebe ich meine rechte Hand zum Schwur, „im Kleinen Café getroffen und ihn wieder bewahrt – diesmal aber vor dem Absturz ins endgültige Koma. Das ist alles."

„Und was hat dir der gute Mann im Halbkoma verraten, hm? Immerhin so was Interessantes, dass du ihn gleich wieder treffen musstest. Ich nehme nicht an, dass du ihn aus erotischen Gründen am Vormittag aufsuchen wolltest."

„Er tut mir leid ... hat seine Frau verloren ... die ist gestorben."

„Das ist mir bekannt! Und den Barkes hat er deshalb umgebracht." Erika macht eine bedeutende Pause, bevor sie weiterspricht: „Es gilt natürlich die Unschuldsvermutung."

Aha, daher weht der Wind! Der Burzelt ist der Hauptverdächtige. Immerhin weiß ich jetzt, dass die Polizei nicht mehr von einem Unfall ausgeht.

„Ich habe gedacht, es war ein Unglücksfall."

Erika lächelt milde. „Ja, unglücklicherweise ist die Explosion durch eine Mischung aus Unkrautex und Zucker verursacht worden, unglücklicherweise ist das Zeug zufällig in die Feuerschale gerutscht und unglücklicherweise hat sie gerade den Barkes erwischt, als er das Feuer entzünden wollte. So ein Pech!"

„Wieso war es der Burzelt? Ihr habt doch die Ex mitgenommen, oder?"

„Man soll nie so blöd sein und per SMS einen Mord ankündigen. Das hat er gemacht. Und man soll nie so blöd sein, zu glauben, dass derjenige, dem man die SMS schickt, jemand anders nicht zur Sicherheit das Corpus Delicti zur Aufbewahrung übergibt, damit der im Todesfall mit dem Handy zur Polizei gehen soll."

„Und wer hat euch das Telefon gebracht?"

Erika lacht mich triumphierend an. „Aber das verrate ich dir jetzt sicher nicht mehr ..." Dann schiebt sie mir den gerade servierten Cappuccino mitsamt dem Croissant hinüber, beißt in das ihre hinein und leckt den Milchschaum genüsslich aus der Tasse. „Hast sicher noch Appetit, oder?"

Habe ich nicht, aber ich nippe trotzdem am Kaffee, beiße höflich in das französische Kipferl und tue so, als ob mich die ganze Sache gar nicht mehr interessieren würde. Um abzulenken, schwenke ich das Thema auf ihren Liebhaber. „Und, wie geht's Manfred? Wie wäre es, wenn ihr heute Abend zu uns ... na klar, zu mir natürlich, zum Essen kämt? Habe *deinen* Mandi schon so lange nicht mehr gesehen."

Erika windet sich: „*Mein* Mandi muss so viel arbeiten, aber du kannst ihn ja fragen. Ich komme gerne, wenn deine Mutter kocht und nicht du."

Oje, ist was mit „*meinem* Mandi"? Kriselt es da? Ich hüte mich aber davor, noch mehr nachzubohren. „Gut, ich lade ihn ein", dann schaue ich Erika fragend an, „... um sieben?"

Erika wischt sich den Mund mit der Serviette ab und vermittelt mir, dass sie aufbrechen muss. „Okay, um sieben. Und schwöre, keine Gatschspaghetti Bolognese!"

Ich nicke und hebe die Hand wieder zum Schwur. „Gatschspaghetti aglio e olio?"

Erika nickt. „Wenn's sein muss. Ich nehme zur Sicherheit Käse und Baguette mit ... Wein gibt's ja normalerweise in deinem Haushalt ausreichend." Dann küsst sie mich auf beide Wangen und verschwindet, während sie sich noch in der Tür der Bäckerei eine Zigarette anzündet.

Ich würde es sehr bedauerlich finden, wenn die Affäre mit Manfred schon wieder beendet wäre. Erstens müsste ich mir dann wieder Erikas Suche nach dem göttlichen Liebhaber antun, zweitens würde mir Manfred wieder libidinös auf die Pelle rücken, was von mir dann immer einen erheblichen Aufwand an erfinderischen Ausflüchten verlangt, und drittens würde mich Mutter damit nerven, dass sie Professor Marchel für den besser geeigneten Vater ihrer fiktiven Enkelkinder hält. Der Himmel möge abhüten, dass es zwischen denen aus ist! Die kurze Zeit, die sie bisher zusammen waren, habe ich ohne intermenschliche Belästigung sehr genossen.

Am Weg zur U-Bahn-Station Kettenbrückengasse wähle ich Manfreds Nummer. Er hebt erstaunlicherweise gleich ab. Das hat nichts Gutes zu bedeuten, denn in der Phase der ersten Verliebtheit in Erika wurde ich immer nur zurückgerufen, wenn ich ihn kontaktiert habe. Wenn er bei mir jetzt sofort abhebt, heißt das, dass ich wieder in die vorderste Reihe seiner Zuwendung gerückt bin.

„Na, Almerl, was gibt's?", brummt er erfreut aus dem Telefon.

„Wollt nur mal wieder hören, wie's dir geht. Hast auf mich vergessen? Zu viel Arbeit?"

„Und du, zu viel Geschlechtsverkehr mit dem jungen Lover?"

Irgendwie ist es heikel, miteinander zu reden. Der früher vertraute Schmäh scheint nicht so richtig in Fahrt zu kommen. „Und du? Schnackseln mit der ..."

„Hör auf, das geht dich nichts an!“

„Wenn du mir schon so kommst, dann kann ich auch.“

„Das ist was anderes, du bist eine Frau.“

„Aber hallo, wo ist da der Unterschied?“

„Ich vermute, dich als Medizinerin brauche ich nicht darüber aufklären, was der Unterschied ist.“

Pause, betretenes Schweigen. Ich unterbreche die Stille: „Warum ich eigentlich anrufe: Ich wollte dich heute Abend zum Essen einladen. Nur so.“

Manfred antwortet kühl: „Nur so gibt's bei dir nicht. Nur so bedeutet, du brauchst was.“

„Nein, ehrlich, der Michael ist auch da. Und ...“

„Und?“

„Und die Erika!“

„Ist was, weil du da so wichtig tust?“

„Nein, ich habe nicht gewusst, ob sie dich schon angerufen hat?

Der Marchel unterbricht kurz angebunden: „Wieso sollte sie? Jeder führt sein eigenes Leben. Das heißt heutzutage ‚Mingles‘.“

„Und was soll das bedeuten?“

„Eben, man ist zusammen – und auch nicht. Unverbindlich.“

„Das taugt dir?“

„Ja, das finde ich gut. Niemand, der sich beschwert, dass ich Schweinsbraten mit Sauerkraut und als Nachspeise Eispalatschinken esse.“

Ich verbeiße mir einen Kommentar. Die Idee mit „Mingles“ stammt sicher nicht von ihm, denn Manfred kennt sich mit aller hippen Diktion nicht aus. Erika scheint ihren Absprung vorzubereiten. Zuerst Mingle, dann kommt wieder der Single – raffiniert. Trennung auf Etappen, Trennung mittels Lifestyleindoktrination.

„Kommst? Hast Zeit?“

Manfred klingt ein bisschen wehmütig. „Für dich nehme ich sie mir, das weißt du doch. Bist für mich immer noch die Beste. Irgendwann hast genug von deinem pubertierenden Dichter, da muss ich mich doch für dich aufheben?“

„Das kann ich nicht annehmen, da hab ich gleich ein schlechtes Gewissen.“

„Wann?“

„Um sieben.“

„Ich nehme uns was zum Trinken mit, dein Veltliner ist mir zu sauer.“

„Wie du willst, aber sauer macht froh.“

„Was soll die Anspielung? *Ich* bin froh.“

„Apropos, der Ameling ist jetzt bei dir. Da freust dich, oder?“

„Hör auf, mir bleibt auch nichts erspart. Hat sich seine Behausung gleich neben meinem Büro eingerichtet, schon in der Früh stinkt es nach Bier. Aber was soll ich tun, der ist pragmatisiert.“

„Aber geh, im Grunde ist er ein Netter.“

„Nett vielleicht schon, aber so strohdumm, dass ich, wenn ich ihm was anschaffe, das Gefühl habe, ich rede mit einem Strohkopf.“

„Tja, da wirst du deine pädagogischen Fähigkeiten ausbauen müssen. Vielleicht lernt er noch was dazu. *Er* findet dich toll als Chef!“

„Keine Kunst bei seinem vorherigen. Apropos, woher weißt du, dass er versetzt worden ist? Du spionierst doch nicht schon wieder?“

Ich versuche meine Stimme auf unbeteiligt einzutarieren: „Nicht die Spur, aber so was spricht sich schnell herum. Außerdem ist der Ameling, wie dir bekannt sein dürfte, ein alter Weggenosse aus der Studentenzeit.“

„So? Das habe ich verdrängt. Lassen wir das lieber! Ich glaub dir sowieso kein Wort. Also um sieben?“

„Versuch du, gut gelaunt zu sein, bitte ... und ich versuche mich dafür an einem Schweinsbraten.“

„Um Himmels willen! Na gut, ich gebe dir eine Chance.“

Am Weg in meine Ordination im Neunten mache ich auf der Währinger Straße beim besten Fleischhauer von Wien halt, um einen fertig gebratenen Schweinsbraten zu bestellen. Den werde ich nach der Arbeit abholen und brauche ihn dann bei mir zu Hause nur mehr aufzuwärmen. Die Semmelknödel und den Krautsalat dazu gibt's da ebenfalls fertig. Als Nachspeise besorge ich beim Konditor in der Servitengasse Cremeschnitten. Jetzt heißt es nur mehr, die Mehlspeise an meiner Mutter vorbeizuschmuggeln. Wenn die erfährt, dass ich Gäste eingeladen habe, ohne sie kochen zu lassen, kann ich mich auf eine zumindest einwöchige Strafe mittels beleidigten Schweigens einstellen. Trotzdem möchte ich wieder einmal einen Versuch starten, mich endlich von meiner Mutter zu emanzipieren. Ich habe doch auch ein Recht auf ein selbstbestimmtes Leben, oder?

Um meinen Einkauf beim Konditor zu verbergen, schwenke ich noch zu Billa hinein und kaufe pro forma Milch und Brot – nur wegen des Sackerls. In das packe ich zuunterst die Cremeschnitten, lege dann zur Tarnung vorsichtig das Brot drauf und darüber noch die Milch. Damit ich die empfindliche Süßspeise nicht durch das Gewicht der Grundnahrungsmittel zerdrücke, schnappe ich den Sack in der Mitte und versuche mit einer Hand das Brot am Kontakt mit der Mehlspeise zu hindern. Das funktioniert genau so lange gut, bis ich die Türschnalle zu meinem Eingang hinunterdrücken muss. Verdammt noch mal, wieso habe ich das Schloss nicht endlich geschmiert? Die Kraft meines Ellenbogens reicht nicht aus, um den Widerstand zu überwinden. Schon ein kurzes Ergreifen der Klinke lässt das Brot auf die patzige Masse abstürzen. Ein flüchtiger Blick in die Tüte lässt mich das Ausmaß der Cremeschnittenkatastrophe erkennen: Cremeschnittenmus. Da es jetzt auch schon egal ist, lasse ich das Brot liegen und schiebe die Lösung des Problems auf zu Hause auf. Ich werde eben einen Pudding draus machen.

So schlenkere ich das Billa-Sackerl lässig hin und her, während ich mich durch die wartenden Patienten zu meiner Mutter durchschlage. Die residiert wie immer auf ihrem Thron und telefoniert mit weinerlicher Stimme: „Wenn es zu Ende ist, dann soll es so sein. Dann nicht leiden, dann will man nur die Erlösung."

Ich bleibe vor ihrem Schreibtisch stehen und flüstere: „Ist was? Oder telefonierst mit einem Tierarzt?"

Sie hält die Hand über den Hörer. „Gleich ..."

Ich tänzle, meine Nachspeise schwenkend, in mein Sprechzimmer. Dort platziere ich das Sackerl unsichtbar unter meinem Schreibtisch. Patienten sollen nicht mitbekommen, dass ihr Gott in Weiß auch so niedere Tätigkeiten wie den Einkauf in einem Supermarkt machen muss. Das ist schlecht fürs ärztliche Image. Männliche Kollegen brauchen das sowieso nicht, weil sie eine Gattin haben, die ihnen den Rücken von solchen unzumutbaren Arbeiten freihält.

Mir fehlt eine Gattin – dafür habe ich eine Mutter, die gerade in der Tür erscheint. „Was hast du eingekauft?"

Bitte nicht – dein Kontrollzwang wird mich noch einmal dazu bringen, dir so ein Sackerl über den Kopf zu ziehen! So weit bin ich aber noch nicht, sondern ich nehme meinen Plüschelefanten – ein Glücksbringer von Mutter! – und drücke ihn so fest ich kann. Das mache ich immer, wenn ich eigentlich Mordgelüste meine Mama betreffend habe.

„Brot und Milch“, erwidere ich unwirsch und ziehe das Sackerl unter dem Tisch hervor, reiße es auf und präsentiere ihr den Inhalt kurz.

Das befriedigt sie. „Hättest was gesagt, dann wäre ich für dich einkaufen gegangen.“

„Danke, aber ich kann das auch selber.“ Dann tue ich so, als ob ich sehr in Eile wäre: „Fangen wir an?“

„Gleich, nur nicht hudeln. Ich muss dir vorher noch was verraten, aber du musst ‚bitte‘ sagen.“

Ich seufze. „Also, hhh ... bitte!“ Mutter ziert sich, schlendert im Zimmer hin und her, zupft einen nicht vorhandenen Faden von meinem Sofa und spannt mich auf die Folter. Ich wiederhole, diesmal inbrünstig: „Bitte!“

Endlich ist der Demut Genüge getan, denn sie setzt sich auf das Sofa und hebt an zu erzählen: „Damit wir einmal klarstellen: Von uns beiden hat eine Alzheimer, aber das bin nicht ich! Du!“

„Hm?“, ich zucke ratlos mit der Achsel. „Was soll das wiederum bedeuten? Ich habe doch gar nichts angestellt, dass du mich so tadeln musst.“

Mutter streckt ihren Rücken gerade durch, das bedeutet immer, dass sie etwas sehr Gewichtiges zu verkünden hat. „Na ja, wenn man nicht einmal in seinen eigenen vier Wänden Bescheid weiß? Hast du eigentlich eine Ahnung, was du da in deinem Wartezimmer ausgelegt hast? Wofür du wirbst? Hm?“

Jetzt werde ich aber grantig, denn mit der Wartezimmerlektüre habe ich gar nichts zu tun. Das ist die

Aufgabe meiner Assistentin – und die ist immer noch sie! Soll ich mich auch noch um so einen Nonsens kümmern? Mir doch egal, was meine Kundschaft da vorgesetzt bekommt. „Entschuldige, aber das ist wirklich deine Angelegenheit. Seit wann hast du mir diese Aufgabe auch noch zugeteilt?"

Mutter windet sich gekränkt: „Du bist der Chef, nicht ich. Ich bin nur Befehlsempfänger. Ich tue, was mir angeschafft wird ..."

Ich seufze laut. „Los, komm schon, was willst du mir mitteilen?"

Endlich scheint ihr Bedürfnis, sich wichtig zu machen, befriedigt, denn sie wirft mir ein Prospekt vor meine Nase auf den Schreibtisch. „Schau dir das an!"

Die Broschüre ist ein Folder der Selbsthilfegruppe von Patienten, die an Amyotropher Lateralsklerose erkrankt sind. Diese schreckliche neurologische Erkrankung, deren berühmtester Proponent Stephen Hawking ist, beginnt mit schleichenden Lähmungserscheinungen, die dann letztendlich in einer kompletten Zerstörung aller motorischen Funktionen endet. Wie auch bei vielen anderen chronischen Krankheiten gibt es rührige Betroffene, die versuchen, ein Netzwerk mit anderen zu knüpfen, um dadurch sich und ihren Leidgenossen das Leben zu erleichtern. Ich öffne die Broschüre und blättere darin. Mir fällt nichts auf. Das übliche Schriftwerk, medizinische Informationen über die Erkrankung, Diättipps, Gymnastikanleitungen, Telefonnummern von Servicestellen und medizinischen Experten. Auf der letzten Seite finden sich allerdings auch Werbeeinschaltungen von mehr oder minder seriösen Anbietern von Diensten. Es ist mir zuwider, dass pseudomedizinische Behandler versuchen, sich durch unwirksame, ja schädliche Therapien an diesen unglücklichen Individuen zu bereichern. Für mich sind diese „Therapeuten“ Scharlatane, die gerichtlich verfolgt gehören.

Ich blicke Mutter fragend an. „Ich verstehe nicht? Steht da was, was ich wissen sollte?“

Mutter setzt ihre Brille auf, entreißt mir das Papier und deutet auf die letzte Seite des Prospekts. „Da! Kommt dir das bekannt vor?“

Unglaublich! In einem Inserat für Sterbehilfe heißt es:

> *Mors certa, hora incerta*
> Gegen unser Sterben sind wir machtlos, aber das Wie steht in unserer Macht! Willst du anonym, gequält durch Schmerzen, gepeinigt durch Schläuche, die jede deiner Körperöffnungen durchdringen, in einem kalten Krankenzimmer die letzten Stunden deines Lebens verbringen? Oder willst du schmerzfrei und glücklich in der sonnendurchfluteten Natur deinen letzten Atemzug tun?
> Es liegt an dir, es ist deine Entscheidung!
> Ruf uns an: 50006753

Nach diesen salbungsvollen Worten, im unteren rechten Eck, diskret versteckt: das Logo, das der Tote und auch der Burzelt tätowiert haben.

Mutter blickt mich triumphierend an. „Da schaust, hm? Wer hat da Alzheimer?“

Ich hüpfe auf und drücke Mutter einen Kuss auf die Wange. „Du bist genial! Und wenn es sein muss, dann gestehe ich auch den Alzheimer.“

Dann legt sie, um noch mehr Bewunderung zu erheischen, los: „Ich habe mir noch einmal die Fotos am Computer angeschaut. Irgendwie ist mir das Tattoo bekannt vorgekommen. Aber ich habe nicht gewusst, wohin damit. Zuerst hab ich mir gedacht, vielleicht hat noch ein Patient so was oder aus der Zeitung oder was Lateinisches. Das Lateinische habe ich gleich ausgeschlossen, denn in einem Lateinerclub würde sich keiner tätowieren lassen, da gibt es keine Proleten. Gut, habe ich mir gedacht, dann musst eben warten, bis es dir einfällt. Aber ich hab nicht lange warten müssen."

„Du hast im Wartezimmer die Literatur geordnet, oder?"

Mutter nickt mit leicht vorwurfsvollem Blick auf mich. „Na ja, sonst macht es ja keiner. Wenn nicht ich, wer sonst? Wenn ich nicht aussortieren täte, dann könnten unsere Leute noch die Zeitungen aus vor 2000 anschauen. Dich interessiert unser Ordinationsauftritt ja nicht ..."

„Ich habe auch ohne Performance genug Kundschaft!"

„... und da fällt mir das in die Hand und ich entscheide, ob weg damit oder ob das Hefterl bleiben darf."

Ich strecke mich noch einmal über meinen Schreibtisch und schicke ihr einen Luftkuss. „Du bist die Größte, die Gescheiteste, und überhaupt beuge ich mein Haupt vor dir."

„Caput flecto! Jetzt fangen wir an."

Nachdem Mutter mein Sprechzimmer verlassen hat, nehme ich den Flyer und gebe ihn in meine Tasche. Das Papier ist schmutzig und abgewetzt, so als ob es schon des Öfteren den Weg durch verschiedene Hand- oder Hosentaschen durchwandert hätte. Mutters pingelig gepflegte Finger haben auf der Broschüre sicher nicht so auffällige Fettspuren hinterlassen. Normalerweise bekommen wir von einem Flyer nicht nur ein Exemplar, sondern mehrere, um sie für die Patienten aufzulegen. Anstatt mir den ersten Patienten von meiner mütterlichen Assistentin schicken zu lassen, kontrolliere das Regal mit den Foldern im überfüllten Wartezimmer. Kein weiteres Exemplar!

Obwohl selbstverständlich Mutter die Observanz über die Reihenfolge meiner Kundschaft obliegt, rufe ich: „Wer ist der Nächste, bitte?“ Gleich springen zwei Frauen und ein Mann auf. Natürlich fühlt sich ein jeder als allein derjenige, der schon gefühlt zwei Stunden wartet.

Mutter hat mitbekommen, dass da was ohne ihr Zutun abläuft und erscheint sogleich. Sie blickt mich missbilligend an. „Frau Kratochwill, bitte schön ...“

Ich bin erleichtert, dass sie mir damit die Entscheidung abgenommen hat. Um als Arzt der Gute zu sein, braucht es im Vorzimmer einen Bösen!

Zwischen den und auch während der Behandlungen surfe ich auf den Seiten der Tageszeitungen, um herauszufinden, ob Nachrichten über das Unglück veröffentlicht worden sind. Eigenartigerweise nichts. Gibt es von Seiten der Polizei gar eine Nachrichtensperre?

Nach dem letzten Patienten beeile ich mich, zu meinem Schweinsbraten zu kommen. Das Sackerl mit den zerquetschten Cremeschnitten in der Hand, mache ich vor dem Thron meiner Mutter kurz halt, um mich zu verabschieden: „Bin müde ... noch von gestern ... muss nach Hause ..." Ich schicke ihr einen Luftkuss.

Sie hebt ihren Kopf unmerklich von einem anscheinend unheimlich wichtigen Dokument. „Servus."

Ich bleibe stehen. „Was hast du?"

„Nichts, siehst ja, dass ich arbeite."

„Na dann, gut. Ich bin weg."

„Ja, geh", antwortet sie mit angerührter Stimme.

Ich hole tief Luft, stelle meinen Sack ab und baue mich vor ihr auf. „Was habe ich angestellt?"

„Niiichts."

„Also, was ist?"

„Die Alte hat ihre Dienste erledigt, jetzt kann man sich verdrücken."

Ich seufze. „Mama, ich habe schon gesagt, dass du die Beste bist. Und das meine ich auch, aber ich bin müde."

„Ich habe nichts gesagt."

„Also, du bist die Beste, und ich habe Alzheimer und nicht du. Alles gut?"

Sie richtet sich auf. „Wo ist der Flyer?"

„Wieso? Den habe ich weggeworfen, da gibt es doch sicher noch viele andere, oder?" Mit dieser Notlüge habe ich ins Schwarze getroffen, denn ich merke, dass Mutter etwas verlegen wird. Sie kann das zwar gut kaschieren, aber wenn sich zwei Leute so gut kennen, wie wir beide, dann durchschaut man sich eben.

„Die anderen habe ich entsorgt ... im Schredder. Habe ja nicht gewusst, dass wir sie noch brauchen. Das ist jetzt schön blöd ..."

Kein Wort davon ist wahr! Werbung kommt bei uns nie in den Schredder, nur wirklich datenheikle Dokumente. Mutter hasst das Geräusch, das diese Maschine beim Zerkleinern des Papiers macht. Woher hat sie diesen einzelnen Zettel nur?

Ich tue so, als ob ich ihr glauben würde. „Zu dumm, was tun wir jetzt?"

Sie lächelt mich ein wenig von unten an und rollt ihre Augäpfel unter den Brillengläsern nach oben. „Ich habe die Nummer aufgeschrieben ... und die Adresse auch."

„Na dann! Dann werden wir den Verein googeln. Aber nicht jetzt, ich mag nach Hause."

Bevor sie mich noch in eine weitere Diskussion verwickeln kann, entfleuche ich.

Kaum bin ich auf der Treppe, schreit sie mir nach: „Du hast dein Cremeschnittenmus vergessen."

Es bleibt mir nichts anderes übrig, als die Stufen wieder hochzulaufen und meinen Sack in Empfang zu nehmen. „Danke!"

„Hat der Anker heute offen?", meint sie zweideutig. „Bewirtest du lieber mit Industrieware?"

„Ich wollte dich nicht behelligen."

„Tja, wenn du meine Dienste nicht mehr benötigst ..."

„Mama, entschuldige ... aber ehrlich ... du tust schon so viel für mich. Du musst auch einmal Ruhe haben." Natürlich weiß sie, dass das eine Ausrede ist. Und dann rutscht mir die ungeschickteste Entschuldigung heraus, die mein von ihr geprägtes Hirn erfinden kann: „Und drum habe ich gedacht, dass *ich* dich einmal zum Essen einlade. Sollte eine Überraschung sein. Ich hätte dich angerufen. Heute Abend."

Mutters Lippen bewegen sich zu einem verzeihenden Lächeln nach oben. „Nein, so was! Das ist ja rührend. Und das, wo du doch nicht einmal weißt, mit welchem Ende man einen Kochlöffel in den Topf steckt?"

„Mit dem runden Ende ...“

„Erstaunlich! Du hast dazugelernt.“

„Also um sieben?“

Mutter nickt. „Hm, soll ich nicht doch eine Mehlspeise ...?“

Ich wehre heftig ab: „Nein, nein, nein. Heute bin ich dran, um sieben.“

Sie lächelt verkrampft. „Na, ja ... dann probierst halt selber. Gut, um sieben.“

Mir fällt ein, dass ich vergessen habe, Michael einzuladen. Während ich eine SMS an ihn tippe, rase ich mit meiner Tüte die Stiegen hinunter, die Servitengasse entlang, die Berggasse hinauf bis zur Währinger Straße. Der Fleischhauer hat schon alles eingepackt und drückt mir zwei Sackerl in die Hand. Das mit dem Schweinsbraten fühlt sich warm an, das andere, wo die Knödel und der Krautsalat drin sein sollten, kühl.

„Den Schweinsbraten müssen Sie nur mehr kurz bei 180 Grad im Rohr überbraten, die Knödel in der Mikrowelle. Über den Krautsalat gehört noch der erwärmte Essig, den habe ich Ihnen auch miteingepackt.“ Das wird doch selbst für jemand wie mich zu schaffen sein!

Daheim angekommen, werfe ich meine Lebensmittel auf den Küchentresen und atme tief durch. Zuerst kommt der Tisch dran, also decken, das kann ich. Wider Erwarten schaffe ich es auch, das Menü ohne zerbrochenes Geschirr, ohne bekleckerte Küchenkastel und vor allem ohne verbrannten Schweinsbraten fertigzustellen. Geht ja!

Punkt sieben klingelt es. Am Lautsprecher des Türöffners begrüßt mich Mutter: „Guten Abend!“

Verwundert drücke ich auf den Knopf. „Wieso läutest du? Du hast doch einen Schlüssel.“

Bevor ich auflege, höre ich noch: „Aber heute bin ich zum ersten Mal eingeladen ... als Gast bei dir."

Nein! Ich rege mich nicht auf. Ich werde mich nicht wie ein Lehrling fühlen, der gerade seine Abschlussprüfung macht. Ich habe ein Medizinstudium bravourös absolviert, ich lasse mich jetzt nicht in die Rolle einer Schülerin drängen.

Mutter hat sich aufgeputzt. Heute hat sie als Kostüm den Persianermantel ihrer Mutter in Kombination mit einem Hut mit Persianerpelzschärpe gewählt. Drunter ein viel zu weit ausgeschnittenes, zwar schwarzes, aber in changierendem Lurex gehaltenes Cocktailkleid, dazu schwarze Strümpfe mit Naht. Als sie ablegt, bemerkt sie meinen taxierenden Blick. „Gefalle ich dir nicht?"

Ich stottere: „Oh doch, sehr schön, kenne ich noch gar nicht, aber ..."

Sie drückt mich an sich. „Wenn ich schon einmal von meinem Kind eingeladen werde, dann muss ich mich doch auch für sie schönmachen, oder?"

Ich verziehe meinen Mund zu einem gequälten Lächeln. „Das ist lieb ..."

Zum Glück wird unsere Unterhaltung von neuerlichem Klingeln unterbrochen. Es ist Manfred – allein. Er ist natürlich pünktlich, ich traue mich aber zu wetten, dass Erika erst nach einer akademischen Viertelstunde ankommt und Michael nicht vor acht da sein wird. Mutter begrüßt Manfred überschwänglich. Während ich die beiden ins Wohnzimmer schiebe, macht er ihr ein Kompliment: „Sie sind ein biologisches Wunder, keine Spur älter als sechzig." Mutter schenkt ihm einen dankenden Blick und setzt sich, die Beine überschlagend, auf den Fauteuil. Auch mit über vierzig kann ich ihre Manieriertheit kaum aushalten. Schon als Kind habe ich Panikattacken bekommen, wenn sie in der Schule aufgetaucht ist – aber nicht aus Angst wegen pädagogischen Tadels. Nein, ausschließlich deshalb, weil ich wusste, wie sie sich aufführen wird. Manfred hingegen findet sie anscheinend keineswegs lächerlich, denn er gibt sich zuvorkommend: „Kann ich Ihnen was bringen?" Und zu mir: „Du hast sicher in der Küche zu tun?"

Ja, ich habe in der Küche zu tun!

„Lieb von dir ...", antworte ich, „Mutter mag rot." Er begleitet mich in meine Kombüse und ich drücke ihm einen Blaufränkischen in die Hand. „Gläser sind schon am Tisch."

Wozu habe ich mir das angetan?

Als Erika überraschend pünktlich erscheint – oh Wunder, unter der akademischen Viertelstunde! –, gefriert die Stimmung im Wohnzimmer. Zwischen dem Paar kriselt es offenbar schlimmer als vermutet. Erika macht auf gekünstelt locker. Sie betritt mit einem kalten „Ciao" in Richtung Manfred und mit einem erstaunten „Oh, da freue ich mich aber!" in Richtung Mutter den Salon. Zuerst begrüßt sie Mutter: „Bleiben Sie doch sitzen ..."

„Ich kann noch stehen ... ohne Rollator", kontert Mama pikiert.

Manfred bekommt rechts und links einen Luftkuss auf die Wangen, während sie geflissentlich die Wand anstarrt. So, die Fronten wären geklärt.

Nach dieser kurzen Begrüßung gesellt sie sich zu mir in die Küche. „Ich glaub, das war keine gute Idee, dass ich auch gekommen bin."

„Aber, aber ich hab dir doch ... ich habe dir doch gesagt, dass Manfred ..."

Erika verzieht den Mund. „Jaaa. Er nervt, verstehst?"

Ich zucke mit den Schultern. „Ich mische mich nicht ein, klar? Das ist eure Angelegenheit. Ich bin unparteiisch. Du brauchst gar nicht versuchen, mich auf deine Seite zu ziehen, okay?“

Erika schaut mich empört an. „Wollt ich doch gar nicht ... Na, wann gibt’s zu essen? Hoffentlich sind die Spaghetti nicht schon patzig? Hab heute bis auf das beim Anker noch gar nichts gegessen, nur, damit ich einmal deine Kochkünste ausgiebig genießen kann.“ Ich öffne stolz das Rohr mit dem Schweinsbraten. „Wow! Sag ja nicht, den hast selber zusammengebracht?“

Ich tue souverän: „Glaubst, der ist vom Fleischhauer weg allein ins Rohr gesprungen, oder wie?“ Das ist nicht einmal eine Lüge, denn den habe *ich* doch selber in den Ofen geschoben.

Erika nickt lobend, während sie den Bratenduft inhaliert. „Alle Achtung, Eckerl! Ich ...“, sie öffnet den Kühlschrank und nimmt eine Flasche Veltliner heraus, „... gehe mal eine rauchen.“

Als sie mit dem Wein in der Hand bei der Küche draußen ist, schreie ich ihr nach: „Aber nur am Balkon!“

Als Michael endlich erscheint – schau, schau, nur eine halbe Stunde Verspätung –, findet er die Abendgesellschaft in drei Lager aufgespalten vor: die frierende Erika pofelnd am Balkon, Mutter und Manfred in ein intellektuelles Gespräch über die Krankheit des heutigen Individualismus verwickelt im Wohnzimmer und mich Hausfrauenfreude vortäuschend in der Küche.

Er umfasst mich zärtlich und küsst mich auf die Stirn. „Was ist da los?“, erkennt er instinktiv die Stimmung.

„Dicke Luft zwischen Erika und Manfred.“

„Und warum deine Mama?“

„Ich musste! Ist mir nichts anderes übrig geblieben. Sie hat mich entlarvt“, entschuldige ich mich.

„Verstehe ich nicht ...“

„Na, dass ich zum Essen eingeladen habe, ganz ohne sie.“

„Tu dir nichts an. Das wird schon“, winkt er ab.

Und tatsächlich, als wir endlich bei Tisch sitzen, scheint es zu *werden*. Ich sage es ja immer: Essen hält Magen und Seele zusammen. Ich bekomme ungebührlich viel Lob, das ich – auch wenn es mir nicht zusteht – gerne entgegennehme. Manfred und Mutter bestreiten mit ihrer Diskussion über Individualismus die Unterhaltung. Erika schweigt kleinlaut und stochert an ihrem Braten herum, während Michael versucht, einen Zipfel der Unterhaltung für sich zu erhaschen, ist er doch der Meinung, dass er als Dichter am meisten zur Individualismusdebatte beitragen kann. Immerhin sind nur die Künstler die wahren und einzigen Individualisten! Das stimmt insofern, als sie sich für das Zentrum des Universums halten. Ich renne, um es allen recht zu machen, zwischen Esstisch und Küche hin und her, darum erhasche ich immer nur Gesprächsfetzen. Die Diskussion schwenkt von der künstlerischen Freiheit auf die Grenzen des individuellen Rechts. Gerade als ich den Nachtisch serviere – mein selber erfundenes Cremeschnittentiramisu –, sind meine Gäste beim Recht auf Freitod angekommen.

Mutter, die neben Manfred sitzt, wendet sich ihm, auf naiv anhimmelnd spielend, zu: „Sie als Arzt, dessen Berufung die Erforschung des Todes ist, Sie müssen doch eine konkrete Meinung dazu haben?“

Manfred wiegt seinen Oberkörper unsicher verlegen hin und her. „Wissen Sie, das kann man nicht so über einen Kamm scheren. Das Sterben ist halt was ganz Persönliches, das ... ich meine, dafür gibt's keine Gesetzmäßigkeiten, das muss jeder für sich entscheiden."

Typisch Manfred, will sich nicht in die Nesseln setzen. Aber Mutter lässt nicht locker: „Glauben Sie, der Gesetzgeber sollte die Entscheidung über ... hm ... zum Beispiel die Tötung auf Verlangen freigeben?"

Da Manfred bedächtig versucht, eine sichere, aber ausweichende Antwort zu konstruieren, fällt Michael den beiden ins Gespräch: „Das geht den Gesetzgeber einen Dreck an, wie ich sterbe. Das ist meine künstlerische Freiheit, die lass ich mir nicht nehmen."

Schon während des ganzen Abends hat Erika kaum ein Wort gesprochen. Als sich die Debatte nun vom theoretischen Individualismus dem praktischen zuwendet, wird sie aufmerksamer. Da ich während der Nachspeise endlich auch zum Sitzen komme – das nächste Mal tue ich mir die Kocherei nicht mehr an, da lade ich lieber in ein Restaurant ein –, kann ich der Diskussion endlich beiwohnen. Ich bin sicher, dass Mutter die Unterhaltung gezielt auf dieses Thema gelenkt hat, um sowohl Erika als auch Manfred Informationen über unseren Fall zu entlocken. Ist der Tod des Barkes jetzt schon von *meinem* Fall zu *unserem* Fall – oder gar zu Mutters Fall geworden? Eines muss ich ihr lassen: In der verbalen Finte ist sie unschlagbar. Ich merke, dass Erika immer unruhiger wird. Liegt es daran, dass sie schon zu lange nicht an einer Zigarette gezogen hat? Oder ist es das Thema, dass sie auf ihrem Sessel unruhig hin- und herrutscht? Plötzlich springt Erika auf und schnappt sich ihr Glas. „Ich gehe eine rauchen." Sie verschwindet am Balkon. Ich ihr nach – auch mit Drink.

Ich wundere mich immer, was Raucher in Kauf nehmen, um ihrer Lust zu frönen. Am zweiten Jänner bei Minusgraden mit eingefrorenen Händen an einem Glimmstengel zu ziehen, kann ich kaum nachvollziehen, auch wenn ich beruflich die Kriterien einer Sucht, die befriedigt werden möchte, kenne.

„Hm, leistest mir Gesellschaft?", kommentiert Erika, als ich bibbernd neben ihr stehe.

„Ich wollt ... ich hab das Gefühl ... ich meine, der Manfred, der macht dir zu schaffen. Wenn du eine Schulter zum Ausweinen brauchst – ich bin da."

„Die solltest lieber ihm zur Verfügung stehen. Ich bin froh, wenn ich ihn wieder los bin. Der klebt, verstehst?"

Das dachte ich mir schon, aber unabhängig davon möchte ich draufkommen, was sie gerade so erregt hat. „Aber gut geht es dir nicht?"

„Rede nicht mit mir wie mit einer Patientin! Mir geht's gut. Aber diese Hirnwichserei über Freiheit im Sterben und Recht auf was immer, die regt mich auf."

„Hast ja recht. Ist ziemlich degeneriert, darüber pseudointellektuell zu reden, während man in einen Knödel hineinbeißt."

„Ich finde es ungustiös."

„Ich auch."

Ihr Benehmen hat sicher was mit Mario Burzelt und dem Sterbeverein zu tun. Von der Organisation hat sie sicher beim heutigen Verhör des Beschuldigten Wind bekommen.

Als sie fertig geraucht hat, kehren wir wieder zur Gesellschaft zurück. Die Stimme von Michael hat inzwischen eine Lautstärke erreicht, die von seinem – auch durch den Wein enthemmten – Engagement für seine sogenannte Freiheit zeugt: „Ich lasse mir von keinem vorschreiben, wie ich sterben soll. Schon gar nicht per Gesetz. Wenn ich nicht mehr will, dann aus. Aus."

Mutter gießt bewusst immer mehr Öl ins Feuer: „Es kann Sie niemand daran hindern, sich umzubringen. Aber wieso muss da ein anderer ... also, ich meine, ein Arzt zum Beispiel, Sie umbringen?"

Michael springt auf und schlägt auf den Tisch. „Weil es verdammt noch mal seine Pflicht ist, zu schauen, dass ich ohne Schmerzen hinübergehen kann."

Bevor Manfred aus seinem zu spät geöffneten Mund eine Meinung äußern kann, hat Erika Michael ihren Wein ins Gesicht geschüttet. „Halt den Mund! Du weißt doch gar nicht, wovon du redest. Bei mir sitzt ein junger Mann ein, der sich am Mörder seiner Frau gerächt hat. Dieser sogenannte ‚Guide für ein humanes Sterben' hat die arme Haut vorzeitig ...", dabei macht sie Anführungszeichen in die Luft, „... würdevoll in die andere Welt geleitet." Erika schüttelt den Kopf. „Ihr seid doch alle nur bigotte Pseudogutmenschen. Wie ich das hasse!" Ich nehme Erika um ihre Schulter, aber sie schüttelt mich ab. Dann wendet sie sich wieder Michael zu. „Tut mir leid, aber der Burzelt ... die Geschichte geht mir echt nahe. Soll es nicht, aber manchmal bin ich auch nur ein Mensch." Sie nimmt eine meiner Servietten und wischt dem Michael das Gesicht ab. „Gott sei Dank, der Veltliner macht keine Rotweinflecken."

Als sich Erika wieder gesetzt hat, bohrt Mutter weiter nach. Ihr Plan, der Frau Inspektor Informationen zu entlocken, ist immerhin aufgegangen. „Entschuldigung, aber ... ich kenne mich nicht aus."

Manfred ergreift das Wort, auch um Erika liebenswürdigerweise die Antwort abzunehmen: „Wissen Sie, wir haben gerade einen Mord aufzuklären ..."

Er kann nicht zu Ende sprechen, denn Erika unterbricht ihn: „*Ich* habe einen Mord aufzuklären. Gerade heute Morgen habe ich einen jungen Mann verhaften müssen, der beschuldigt wird, den Arzt, der seine Frau euthanasiert hat, in die Luft gesprengt zu haben. Alma hat Ihnen sicher von unserem grausigen Silvester erzählt. Die Frau hatte Amyothrophe Lateralsklerose und ist in die Fänge von so einer Sterbehilfevereinigung geraten. Der arme Bursch hat sich nicht besser zu helfen gewusst, als dass er dem Ermordeten SMS geschickt hat, in denen er droht, ihn umzulegen, wenn er nicht die Finger von seiner Frau lässt. Dieses Arschloch hat sich nämlich auch noch zu ihr ins Bett gelegt."

Mutter schüttelt den Kopf und tut betreten. Michael verzwickt sein Gesicht und meint zu Erika: „Also, so habe ich das auch nicht gemeint, mehr ... mehr ... also mehr als Theorie."

„Tja, aber die Theorie wird manchmal zum Gesetz gemacht, that's the problem."

Manfred versucht wieder einmal vergeblich, einen Kommentar einzuwerfen – diesmal schneide ich ihm das Wort ab: „Aber du hast doch gestern die Exfrau mitgenommen."

„Hm, die hat der Staatsanwalt wieder freigegeben, nachdem wir den Burzelt hatten. Damit hat sich die Sache fürs Gericht erledigt. Was soll's? Der hat sein Geständnis vorzeitig per Handy schwarz auf weiß deponiert."

„Von wem habt ihr das Handy zugespielt bekommen?", entschlüpft es mir unvorsichtigerweise. Mutter blickt mich unglücklich verkniffen an, aber auch ohne ihre eindeutige Mimik hätte ich kapiert, dass das ein taktischer Fehler war.

Mit Erikas Mitteilsamkeit ist es aus – sie hat sich wieder voll im Griff. „Das geht dich nichts an. Hab sowieso schon viel zu viel erzählt, was ich nicht darf.

Ich schau, dass ich nach Hause komme." Sie steht auf, winkt den noch Verbliebenen distanziert zu und zieht sich zurück. Als ich sie zur Tür begleiten möchte, schüttelt sie den Kopf. „Lass, Alma, du kennst das ja auch von dir. Manchmal kann man sich eben schlecht abgrenzen, aber morgen hab ich das wieder im Griff. No problem."

Ich bin mir sicher, dass sie sich *leider* morgen wieder im Griff haben wird, *leider*!

Den Rest des Abends verbringen wir mit Smalltalk über das früher am Land übliche „Ahnlvertilgen". Manfred hält einen langen Monolog über das Beseitigen der „Alten", das kaum jemals aufkommt: „Nichts leichter als der dementen Omi einen Kopfpolster übers Gesicht zu stülpen oder ihr das Antidiabetikum zu erhöhen. So ein Hypo schaut wie friedliches Hinüberschlummern aus. Da gibt es welche, die dabei Kerzen anzünden und den Rosenkranz beten ..."

Man sollte annehmen, dass jemand im Alter von Mutter sich über solche Methoden empören müsste, aber nichts dergleichen. „Manchmal nicht das Schlechteste! Man befreit sich und die armen Verwandten! Ha, ha, ha!" Sie richtet sich an mich: „Bitte kein Rosenkranz, mein Kind, für mich bitte das Klavierkonzert 21 von Mozart."

„Mama, biiiitte!"

„Wieso? Man sollte über diese Dinge sprechen, solange man noch bei Sinnen ist."

„Du bist aber nicht bei Sinnen, wenn du so einen Nonsens verzapfst."

Michael, der eindeutig schon zu viel Wein intus hat, unterstützt meine Mutter: „Ich finde, sich rechtzeitig für einen Freitod zu entscheiden, bedeutet auch, Zivilcourage zu haben. Wenn man zu nichts mehr gut ist, dann soll man die Gesellschaft auch nicht mehr mit einem belasten …"

Bei Manfred, der sich auch sonst von Michael leicht provoziert fühlt, verziehen sich aus lauter Zorn die Stirnfalten und er kneift die Augen zusammen. „Dann fang doch gleich bei dir selber an, du Nichtsnutz. Wozu bist du denn gut? Hm? Du lebst doch auch nur auf Kosten der Gesellschaft. Lebst von meinen Steuern, du … du Versager!"

Michael springt auf, packt den Manfred am Hemd und zieht ihn hoch. Mutter erhebt sich von ihrem Stuhl, nimmt ihr fettiges Messer in ihre rechte Hand, steckt es zwischen die Köpfe der beiden angesäuselten Kontrahenten und rügt sie mit pathetischer Stimme: „Finitum est! Meine Herren! So verhalten sich keine Gentlemen. Lassen Sie voneinander ab!" Und es wirkt! Wie zwei betroppezte Jungen sinken sie in ihre Sessel zurück. „So! Und jetzt lösen wir diese Veranstaltung auf! Kannst du uns ein Taxi rufen?" Erleichtert überlasse ich die kindischen Herrschaften Mutters Aufsicht, die sie begeistert abführt. – Natürlich nicht, ohne mir beim Verlassen der Wohnung noch einen Kommentar zu verpassen: „Hm, du hast wirklich eigenartige Verehrer! Womöglich liegt das … vielleicht an dir?"

Ich verbeiße mir eine Antwort, da ich froh bin, allein und in Ruhe die Wohnung aufräumen zu dürfen. Alles besser als dieser Haufen anstrengender Individualisten.

Kapitel 7

So ein Morgen an einem grauen Jännertag animiert einen nicht zum Verlassen des Betts – noch dazu, wenn man bis zwei Uhr nachts unter Alkoholeinfluss abgewaschen hat. Also, ein Dasein als perfekte Gastgeberin und Hausfrau überlasse ich lieber den Geschlechtsgenossinnen, die es vorziehen, ihren Ehrgeiz in das Befriedigen essentieller Bedürfnisse wie die Nahrungsaufnahme ihrer Mitmenschen zu investieren. Diese Aktie ist nichts für mich. Immerhin hat mir mein Ausflug in ein mir fremdes Territorium Informationen über den Barkes verschafft.

Heute verzichte ich auf mein sonst ohnehin auch karges Frühstück, um meine frisch geputzte Küche nicht wieder zu beschmutzen. Mit einem mir sonst so verhassten Coffee to go in der Hand starte ich in meinen letzten Arbeitstag vor dem Wochenende. Hurra!

Meine anklingende Euphorie wird schlagartig gebremst, als mich nach dem ersten Schluck so etwas wie Übelkeit überfällt. Ich versuche mich damit zu beruhigen, dass ich Kaffee aus einer unbekannten Quelle noch nie vertragen habe. Es muss der falsch geröstete Kaffee sein. Die andere mögliche Ursache möchte ich nicht reflektieren. Schon gar nicht nach dem gestrigen Auftritt des möglichen Übelkeitsverursachers! Es gilt zu verdrängen, was nicht sein darf!

Mutter erwartet mich bestens gelaunt in der Ordination. „Ich habe dir ein Frühstück hergerichtet. Espresso klein oder groß?“ Dann erst bemerkt sie den Becher, den ich noch halb voll in der Hand halte. „Seit wann trinkst du so was?“, bemerkt sie verächtlich.

„Seit ich die Papierlobby unterstützen möchte“, gebe ich patzig zurück. Nachdem mir das herausgerutscht ist, tut es mir leid. Immerhin hat sie mir ein Frühstück gemacht, das ganz meinem Geschmack entspricht: Handsemmel mit Butter und Marillenmarmelade. Den Espresso mag ich nicht, tue aber immer so, damit ich ihre Vorliebe für Filterkaffee nicht mit ihr teilen muss.

„Tja, dann räume ich es wieder weg ..." Sie steht von ihrem Schreibtisch auf, um in meinen Behandlungsraum zu gehen und das Tablett zurückzuholen. Als sie damit an mir vorbeirauscht, starre ich sehnsüchtig auf die Marillenmarmeladesemmel. „Schon fein ...", meint sie mit einem sarkastischen Lächeln, „die Putzfrau, die wird sich freuen."

Es war keine gute Idee, als scheinbar einziger Psychiater in Wien, der nicht auf Schiurlaub ist, zu arbeiten. Die Luft in der Ordination ist vor lauter Depressionen, Schlafstörungen und sonstigem Nachsilvesterunglück beinahe aufgebraucht. Darum beeile ich mich, all diesen Psychomüll so schnell als möglich beiseitezuräumen, indem ich großzügig Tageslichtlampen, Überweisungen an geduldigere Psychotherapeuten als mich und Rezepte für – im Gegensatz zu deren Gerede – auch tatsächlich wirksame Pharmaka ausstelle.

Wir sind mit einem Gehirn geboren, das, wenn es an Tageslicht mangelt, einen Winterschlaf einfordert, und falls ihm der nicht ermöglicht wird, mit Funktionsstörungen reagiert. Da ich an unserer unnatürlichen Lebensweise nichts ändern kann, bleibt mir nichts anderes übrig, als den Leuten Medikamente zu verabreichen, die den Botenstoff, der die Herbst- und Winterdepression verursacht, wieder auf ein lebenswertes Niveau bringen. Da aber die meisten Leute sich vor einer „Vergiftung" durch Medikamente fürchten, sehe ich mich zumeist mit einer nur mäßigen Besserung von deren Stimmung konfrontiert. Ich sage immer: „Aus nichts wird nichts." – Also ohne Therapie keine Besserung. Wunder bewirken kann ich im Gegensatz zu selbsternannten Alternativheilern leider nicht. Diese werden von vielen Patienten meistens parallel zu mir konsultiert. Wenn es ihnen bessergeht, dann war es der Wunderheiler, wenn nicht, dann ich – Frust! Nicht nur der Arzt enttäuscht seine Patienten, auch sie ihn.

Als die letzte Patientin draußen ist, versuche ich, mich möglichst schnell wegzustehlen. „Baba, wir telefonieren!", rufe ich Mutter eilig zu, während ich winke und durch die Tür haste. Und schon bin ich weg – diesmal ohne vergessenes Sackerl.

Vor der Haustür bläst der typische Wiener Wind. Ich schließe meine Daunenjacke und ziehe mir die Kapuze über den Kopf. Am dritten Jänner, noch dazu am Freitag vor einem Wochenende, das wiederum von einem Feiertag umarmt wird, ist die Stadt wenig belebt – wenn man von den verlorengegangenen italienischen Touristen absieht. Immerhin hat die städtische Müllabfuhr schon ganze Arbeit geleistet und all die widerwärtigen Überbleibsel des Jahreswechsels entfernt. So marschiere ich unbehelligt über die Liechtensteinstraße bis zum Ring und da die Wipplingerstraße hinauf Richtung Stephansplatz, um von da über die Kärntner Straße in die Weihburggasse einzubiegen. Mein Ziel ist die Galerie Renxark.

Schon durch das Schaufenster kann ich erkennen, dass die Dame am Schreibtisch, die gelangweilt auf ihr Handy starrt, dieselbe ist, die bei der Silvesterparty des Kraxner in der Küche so gesprächig war. Das trifft sich gut!

Sie blickt nicht einmal von ihrem Telefon auf, als ich die Räumlichkeiten betrete. Das gibt mir genug Zeit, um mich umzuschauen, bevor ich sie begrüße. Das Bild mit dem Symbol des Sterbevereins ist gegen eines mit weißen Punkten auf grauem Hintergrund ersetzt. Ich gehe auf die Dame zu und begrüße sie überschwänglich: „Haaallo! So was, das ist doch toll, dass wir uns wieder treffen. Und? Kopfweh schon weg? Neues Jahr mit großartigem Ausblick?" Sie starrt mich an. Ich merke, wie es in ihrem Hirn rattert, da sie nicht weiß, wo sie mich hintun soll. Ich helfe ihr: „Silvester, hm? In der Küche!"

Sie schnappt nach Luft. „Klar, sorry, klar, die Ärztin", dabei deutet sie mit dem Zeigefinger auf mich, „die Frau Doktor, klar."

Ich tue so, als ob ich an den Bildern interessiert wäre und wandere im Raum rundherum. „Tolle Bilder, toll!"

Sie blickt mich desinteressiert an. „Finden Sie? Wollen Sie was kaufen? Die steigen noch!"

Ich wende mich ihr zu. „Würde ich gerne", dabei deute ich auf ein besonders belangloses Exemplar, „das ist großartig, der Ausdruck, so was ...", ich schnalze mit der Zunge, da ich mir schwertue, dieses Werk, das eine Beleidigung für die Leinwand darstellt, zu loben, „... so was Inniges, so was Berührendes."

„Dann kaufen Sie es doch", meint die Frau trocken. Ich reibe Daumen und Zeigefinger meiner rechten Hand, um zu demonstrieren, dass es vielleicht am Geld liegt, wenn ich nicht zuschlage. „Er gibt sicher Prozente, ich meine, der Josi."

„Eigentlich hätte mich ein anderes Bild interessiert, das ist aber weg. So ein ...", dabei zeichne ich in der Luft das Großformat des Symbolbilds, „... so ein Gemälde mit so einer Art Kreuz, also nicht wirklich Kreuz, so ähnlich."

„Ach so, der Burzelt, weiß nicht, der ist nicht mehr da, vielleicht verkauft? Ich kann den Josi fragen, warum der nimmer da hängt."

Schau, schau, ein Werk des Burzelt. Scheint er gemalt zu haben, noch bevor er im Clinch mit dem Barkes war. „Der hätte mich sehr interessiert. Bei dem ist auch mehr Symbolik dahinter. Kennen Sie das Motiv?"

Sie schüttelt den Kopf. „Keine Ahnung, ich bin nur zur Aushilfe da. Eigentlich kenne ich mich nicht wirklich aus, da müssen Sie schon den Josi fragen. Der ist der Experte. Ist ja auch seine Galerie."

„Aber den Burzelt kennen Sie schon? War der nicht auch auf der Party?"

„Klar, als Maler vom Josi, klar, da ist der immer dabei."

Es scheint, als ob die Dame keine Ahnung davon hätte, dass der Burzelt verhaftet worden ist. Ich werde mich ihr anbiedern, denn die wird hoffentlich in ihrer Naivität allerhand ausplaudern. Ich strecke ihr meine Hand hin. „Alma, ich bin die Alma! Als Ältere darf ich ja, du?

Sie verzieht ihr Gesicht zu einem breiten Lächeln. „Also, das finde ich jetzt aber sehr nett. Hätte mir nicht gedacht, dass ich heute noch zu einer Unterhaltung komme. Ist ja fad."

Sie steht auf und drückt mir gleich zwei Bussis auf die Wangen. „Jenny, kommt von Jennifer. Jenny!"

„Freut mich, Jenny."

„Setz dich?", dabei schiebt sie mir den zweiten Schreibtischsessel hin. „Magst was? Prosecco, Weiß, Rot, Kaffee?"

„Ich tät ein Wasser nehmen, wenn du eines hast. Auch Leitung."

Jenny steht auf und verschwindet im Hintergrund, wo ich Geschirr klimpern höre und die Wasserleitung.

Dann erscheint sie mit einem Tablett, darauf mein Wasser und für sie ein Glas Prosecco.

„Danke!“ Ich schnappe mir das Glas.

Sie stößt mit ihrer Sektflöte an. „Cin, cin! Wenn du was Besseres haben willst, nur sagen, wir haben alles. Ich meine, alkoholisch gesehen, klar.“

„Danke, passt.“ Dann kurzes Schweigen, was soll man schon reden, wenn man sich eigentlich nichts zu sagen hat?

Die Jenny sieht das gar nicht so. „Interessant, so Arzt sein, oder?“

Ich nicke. „Geht so. Auch nur ein Beruf.“

„Wir haben hier viele Ärzte als Kunden. Sehr viele. Die und die Anwälte sind noch die einzigen, die Geld haben, sagt der Josi. Die haben viel über für die Kunst ...“, dann kichert sie, „... wenn sie steigt, klar. Der Josi meint, dass man ihnen alles verkaufen kann, wenn man ihnen verspricht, dass sie steigt, die Kunst.“

„Tja, die sind angewiesen, dass ein Experte ihnen das Bild erklärt, oder?“

Jenny kichert wieder. „Ehrlich gesagt, mir müsste man diese Bilder auch erklären. Für mich ist es nur ein bisserl Farbe.“

„Das darfst du aber einer anderen Kundschaft nicht so erzählen ... mir schon. Kennst auch die Künstler zu den Bildern?“

„Viele,“ nickt sie. „Die sind mit dem Josi befreundet und ...“, sie streckt sich stolz durch, „... und mit mir auch.“

„Kennst den Burzelt auch?“

„Klar, der war immer da. Also seit das mit seiner Frau war. Die Arme hat sich Sterbehilfe geben lassen. Das hat ihn sehr mitgenommen. Eh klar, wenn sie tot ist.“

„Und der Nachbar, der sich in die Luft gesprengt hat, den hast auch gekannt?"

Sie schüttelt den Kopf. „Also der war nie bei uns auf einem Fest. Aber ich glaube, der Josi hat ihm einmal ein Bild angedreht. Der Josi hat gemeint, das sei der ihm schuldig, dass er ihm einmal was abkauft."

„Wieso schuldig?"

„Keine Ahnung, wahrscheinlich weil er immer gegrillt hat und der Josi immer den Rauch hatte. Das mag er nicht, klar. Na ja, jetzt ist es eh vorbei. Der wird nicht mehr grillen."

Ich glaube zwar nicht, dass der Barkes dem Josi ein Bild wegen des Rauchs abgekauft hat, aber ich vermute, dass die sonst wie in Verbindung standen. „Habt ihr noch was von der Wahnsinnigen gehört, die sich auf der Party so aufgeführt hat?"

Die Jenny nickt. „Stell dir vor, die haben sie verhaftet, wegen dem Barkes. Sie soll ihn umgebracht haben. Und dann, einen Tag später, lassen sie sie wieder aus. Also ich glaub, dass sie das war, klar. Wer hätte sonst einen Grund, den umzulegen? Hm?"

Ich zucke die Achseln. „Ich kenne den nicht. Aber sie hat schon einen Vogel, oder?"

„Die Trude, die spinnt, seit er sie verlassen hat. Angeblich wegen der Frau vom Burzelt, sagen sie. Aber das kann ich nicht glauben. Die Frau vom Burzelt, die war ja gelähmt, total behindert, was soll der mit der?"
Ich ziehe meine Augenbrauen in die Höhe und täusche Unwissen vor. „Du als Ärztin kannst mir das vielleicht erklären: Was findet so einer an einer Gelähmten? Glaubst, das ist eine sexuelle Sache? Dass es für einen Mann geiler ist, wenn sie sich nicht bewegen kann?"

Ich atme innerlich tief durch, denn langsam gleitet mir die Unterhaltung zu sehr ins Geschmacklose ab. Ich lächle verlegen. „Die menschliche Seele ist ein weites Land ..." Das versteht sie nicht, aber sie nickt trotzdem. „Schnitzler hat das geschrieben. Schnitzler."

„Ja, der muss das wissen, ist der nicht der von ‚Ehrlich erzählt?'"

„Den kenne ich wieder nicht ..."

„Na, RTL, klar?"

Ich antworte nicht, packe meine Handtasche und schicke mich an, diesen Ort zu verlassen. Als Jenny bemerkt, dass ich sie verlassen möchte und ihr weitere Stunden ohne Gesellschaft bevorstehen, versucht sie mich aufzuhalten: „Ach, bleib noch", bittet sie mit sanfter Stimme, während sie ihren Schreibtischsessel mit Schwung vom Tisch wegdrückt und sich selber aus dem Sitz in den Stand katapultiert. Dann umkreist sie ihren Tisch, bückt sich zu mir hinunter, legt ihre rechte Hand auf meinen Busen, die Linke um meinen Hals und drückt mir einen Kuss auf den Mund. „Du bist so schön. Magst nicht einmal auch mit ... ich meine, wenn du noch nicht hast ... mit einer Frau?"

Ich bin perplex, das hätte ich nun doch nicht erwartet. Sie schaut mir gar nicht wie eine Lesbe aus. Sollte die Galerie auch noch anderen Zwecken dienen? Welchen, die mehr Geld in die Kasse des Kraxner bringen, als seine patscherten Bilder?

Jenny dreht mir ihr Gesicht auffordernd zu, während sie zum Eingang stöckelt, die Tür absperrt und das Schild „geöffnet" auf „geschlossen" umdreht. Dann deutet sie mir, ihr zu folgen.

„Ich mach dir's, so wie du's noch nie gekriegt hast. Voll auf Frau."

Obwohl mir nichts fernerliegt, als mich von einer weiblichen Prostituierten berühren zu lassen, täusche ich ein gewisses Einverständnis vor, da ich wissen möchte, was in den hinteren Räumlichkeiten der Galerie verborgen ist. „Was verlangst?"

„Für dich – aber nur weil du so schön bist –, für dich nur hundertfünfzig, aber mit allem, was du willst. Mund sowieso und auch Spielzeug, eben das ganze Programm. Klar?" Ich nicke, worauf sie mich hinter ihren Schreibtisch zieht. Da öffnet sie eine Tapetentür, die mir noch gar nicht aufgefallen ist. „Hast noch nie mit einer Frau? Hm, ich sag dir, einmal und dann nur mehr so. Glaub's mir."

Hinter der Tür liegt ein dunkler Gang, den mich Jenny an der Hand entlangführt. Licht macht sie keines. Es ist dämmrig, das einzige Licht kommt von einem mit Rollos bedecktem Fenster am Ende des Korridors. Von dem gehen auf der rechten Seite vier Türen weg.

Jenny zieht mich bis zum letzten Eingang, da bittet sie mich mit einer einladenden Geste hinein. „Da machen wir es uns jetzt schön, gell?"

Es schaut genau so aus, wie sich jemand wie ich, der noch nie in einem Puff war, so ein Gemach vorstellt: Doppelbett mit Spiegel an der Decke, roter Samt an der Wand, im Eck ein Gynäkologenstuhl mit „Spielsachen" auf einem Tischchen daneben. Da habe ich mich auf was eingelassen! Wie komme ich da wieder raus, ohne dass ich mich verdächtig mache?

Während die Jenny sich auszieht, sitze ich auf dem Doppelbett und tue schüchtern. Sie merkt, dass ich nicht so richtig bei der Sache bin: „Tu dich entspannen! Ich kenn das, das erste Mal ist immer schwer. Aber wirst sehen, gleich fahrst ab." Unter ihrer Businesskleidung trägt sie – was auch sonst? – Strapse, keinen Slip und einen BH, der ihre vermutlich aufgebesserten Brüste kaum fasst. „Wäre es dir lieber, wir machen auf Untersuchung? Hm, bist ja Ärztin", meint sie, während sie auf den Gynäkologenstuhl deutet. Ich nicke zaghaft. „Na, dann ...“

Sie nähert sich mir und schickt sich an mich auszuziehen, was angesichts meiner Winterbekleidung ein wenig erotisches Unterfangen ist. Die Daunenjacke überlasse ich ihr noch gerne, aber als sie dann an meinem Hosenreißverschluss herumfummelt, stehe ich abrupt auf. „Ich muss auf die Toilette ...“

Sie nickt wissend. „Das kommt schon vor, wenn man geil ist.“

Ich bin keineswegs geil – ganz im Gegenteil, ich brauche einen Vorwand, um nachzuschauen, was in den anderen Räumen ist. Hoffentlich will sie mir nicht auch noch beim Urinieren beistehen.

Will sie aber! Denn sie nestelt weiter an meinem Reißverschluss. „Gehen wir miteinander, das bringt's voll, wirst sehen“, dabei greift sie mir zwischen die Beine, die ich reflektorisch zusammenziehe. Jenny kichert. „Bist Ärztin und so gschamig? Ich helf dir drüber, klar.“

Um meine Schüchternheit zu untermauern, lächle ich verlegen. „Ich möchte allein, verstehst?“

Jenny ist großzügig, sie lässt von mir ab und deutet, während sie mir die Tür öffnet, mit ihrem rechten Arm nach links. „Die erste Tür! Feuchte Tücher neben dem Klo. Wir sind hygienisch, klar?“

Leider bleibt sie im Eingang stehen und wartet. Drum muss ich so tun, als ob ich nicht bis eins zählen könnte. Ich drehe suchend den Kopf, so als ob ich mich im Dämmerlicht zurechtfinden müsste. Unsicher öffne ich die zweite Tür. Vielleicht habe ich Glück und dahinter gibt es irgendwas Interessantes zu entdecken?

„Nicht die, die nächste“, rügt mich Jenny. Ich merke, dass sie langsam ungeduldig wird. Für hundertfünfzig will sie sich nicht mit einer patscherten Zicke herumärgern. „Beeil dich!“

Immerhin habe ich – wenn auch nur für einen flüchtigen Moment – einen Blick ins Zimmer werfen können. Da hängt an der Wand, vor der Stühle im Kreis aufgestellt sind, das Bild des Burzelt mit dem Symbol des Sterbevereins. Spannend! Schau, schau! Sex und Tod, das sind sichere Aktien.

Um mich nicht unnötig verdächtig zu machen – wer weiß, ob ich nicht noch einmal hierher zurückkommen muss, um zu recherchieren –, tue ich so, als ob ich aufs Klo gehen würde. Von da kehre ich zu Jenny zurück, während ich mir mit schmerzverzerrtem Gesicht auf den Bauch greife. Sie wartet noch immer ungeduldig bei offener Tür. Als sie mich so leidend sieht, setzt sie eine strenge Miene auf. „Du kneifst jetzt aber nicht ...“

Und ob ich kneife! Ich blicke sie entschuldigend an. „Meine Tage ... bei mir kommt es ganz plötzlich und dann ...“. Ich stöhne.

„Soll ich dir einen warmen Wickel?“

Auch das noch! Ich schüttle den Kopf. „Nein, danke, ich verziehe mich und lege mich mit einer Wärmflasche ins Bett.“

„Das kannst auch da und ich entspann dich ...“

„Nicht nötig, danke!“, drücke ich mit verkrampftem Gesichtsausdruck heraus, winke ihr zu und beeile mich, mit hinkendem Schritt diese heimelige Stätte zu verlassen.

Sie läuft mir nach. „Hey, so kannst nicht abhauen ... meine Zeit!“

Es bleibt mir nichts anderes übrig, als ihr fünfzig Euro hinzustrecken, um mir den Dispens zum Verlassen zu erkaufen. „Reicht das?“

Sie blickt mich unzufrieden an, nimmt den Schein aber und lässt mich dann in Ruhe. Zum Glück habe ich ausnahmsweise Bargeld eingesteckt, denn mit der Kreditkarte hätte sie sich wohl kaum bezahlen lassen.

Draußen vor der Tür atme ich erleichtert die frostige Winterluft ein, während ich mich eilig die Weihburggasse hinauf zurück zum Stephansplatz bewege. Als ich in meiner Tasche nach Handschuhen für meine frierenden Finger suche, fällt mir der zerknüllte Flyer der ALS-Gesellschaft heraus.

Da es schon dämmert, suche ich mir ein Plätzchen unter einer der gusseisernen Straßenlaternen, um nachzusehen, was für eine Adresse bei der Einschaltung des Sterbevereins angegeben ist: keine Anschrift, aber eine Telefonnummer. Auch wenn ich das Internet gerne verteufle – manchmal ist es ein Segen: Bruder Google teilt mir sogleich mit, dass die Galerie Renxark dieselbe Nummer hat wie der Verein „Der Tod, unser Freund". Raffiniert, dieses Geschäftsmodell: Kunst, Sex und Totschlag!

Als ich mich auf den Weg nach Hause machen will, bemerke ich in den Augenwinkeln eine mir irgendwie bekannt vorkommende Person vorbeigehen. Das ist doch die betagte Frau, der ich meine Mütze als Unterlage angeboten habe! Und – jetzt erinnere mich wieder – meine Haube, die habe ich in meiner Aufregung wieder auf die Feuermauer zurückgelegt! Aber hat sie mir nicht eine von den Pflegerinnen in die Hand gedrückt? Die nette, mit der ich mich auch unterhalten habe?

Die alte Dame legt ein beachtliches Tempo vor und verschwindet an der Ecke Kärntner Straße-Weihburggasse. Ich folge ihr. Und? Dachte ich es mir doch! Sie verschwindet in der Galerie Renxark. Nach ihr kommen noch so um die zwanzig Leute. Wird man sich da etwa zur gemeinsamen Sterbemediation versammeln? Und wer erscheint zuletzt? Im Persianer? Mit Persianerhut? Mutter! Sie hat mich also ausgetrickst.

In mir steigt Zorn auf. Verdammt noch mal, das ist mein Fall! Soll sie sich doch ihr geriatrisches Leben durch einen anderen Nervenkitzel wie Seidenmalerei, Absolvieren eines kunstgeschichtlichen Studiums, Erlernen von Japanisch oder das Übersetzen von österreichischen Witzen ins Lateinische versüßen! Das Erforschen der Abgründe der menschlichen Seele mitsamt der realen Szenerie ist *mein* Job. Immer ist sie zuerst da! Immer die Erste, immer die Beste, immer die ... ach was, sie ist alt und ich bin jung. Zumindest den Vorteil des prospektiv längeren Lebens habe ich ihr voraus. Aber wer weiß, vielleicht überholt sie mich im Überleben auch noch?

Kapitel 8

So einen winterlichen Samstagmorgen könnte man sich gemütlich gestalten. Weniger zielgerichtete, weniger getriebene Individuen wie ich würden das auch tun. Sie würden sich mit einer backfrischen Handsemmel, einem heißen Milchkaffee und der Tageszeitung wieder ins Bett verziehen und einfach nur sein. Das gelingt mir leider nie. Auch heute nicht. Ich werfe mich in meine winterliche Joggingkleidung und laufe los. Bekanntlich verbrennt man nüchtern am meisten Fett. Mein Ziel ist das Haus von Barkes.

Nach einer Runde im Augarten quere ich die Taborstraße, laufe die Blumauergasse entlang bis zur Zirkusgasse und bin ich schon fast am Nestroyplatz. Diese Gegend hat es in den letzten zehn Jahren vom Scherbenviertel zu einer angesagten Adresse gebracht. Je angesagter die Gegend wurde, desto teurer wurden auch die Mieten.

Das Haus des Barkes scheint genau so ein hippes Projekt der Gewinnmaximierung zu sein. Alles an der Immobilie strahlt Wohlhabenheit aus. So viel Wohlhaben, dass die Namen der Bewohner nicht am Klingelbrett angeführt sind, sondern nur die Türnummer. Ich versuche es bei einer der beiden zuoberst gelegenen Klingeln und hoffe, dass sie mich direkt zu Barkes Exfrau führt. Und sie ist es!

„Füssli", tönt es schwyzerisch aus der Gegensprechanlage.

„Doktor Liebekind-Spanneck", schreie ich wegen der Musik im Ohr in den Lautsprecher, „ich bin die Ärztin von gestern. Ich ... ich habe meine Haube auf der Terrasse von Herrn Barkes vergessen und ich ..."

Bevor ich fertigsprechen kann, ertönt der Summton und ich kann hinein.

Immer zwei Stufen auf einmal nehmend, erreiche ich – hinaufgepeitscht von den Ungarischen Tänzen von Brahms – keuchend das Dachgeschoß. Barkes Exfrau erwartet mich schon vor ihrer Wohnung. Die Eingangstür des Mordopfers daneben ist immer noch versiegelt.

Ich hätte Trude Füssli kaum wiedererkannt. War sie bei Kraxner wie ein Vamp aufgemascherlt, so entspricht ihr jetziges Outfit dem einer grauen, ungepflegten Maus. Die Haare lieblos zu einem Pferdeschwanz zusammengebunden, wodurch an den Schläfen der graue, nicht gefärbte Nachwuchs sichtbar wird. An den Fingern der rechten Hand, mit der sie mich in die Wohnung winkt, abgeblätterter Nagellack, ihre Figur hinter einer unförmigen ausgebleichten Jogginghose verborgen, die linke Hand in der Tasche einer ausgebeulten Jacke.

„Das ist sehr freundlich", schmeichle ich tief atmend, während ich meine Stöpsel aus den Ohren ziehe, „... wissen Sie, die Mütze ist ja nicht viel wert, aber von meiner Mutter selbst gestrickt und wenn ich die ..."

„Verstehe. Kommen Sie rein!"

Ich knüpfe umständlich meine Schuhbänder auf, um keinen Schmutz in die Wohnung zu tragen, aber Frau Füssli winkt ab. „Nicht nötig, abstreifen reicht."

Trotzdem ziehe ich die Laufschuhe aus und nehme sie in die Hand. „Ich habe ... na ja, als ich ..."

Die Füssli unterbricht mich mit befriedigtem Unterton in bemüht hochdeutscher Aussprache: „... als Sie das Schwein zum Glück auch nicht retten konnten."

„... also ich habe da gesehen, dass man von Ihrer Terrasse auf die des Herrn Barkes kommt, deshalb habe ich gedacht ..."

„Kein Problem, ich lasse Sie hinüber."

Barkes Exfrau weist mir den Weg durchs Vorzimmer in ihr Wohnzimmer, von wo eine Tür nach außen führt. Die Wohnung ist schlicht möbliert, hier zeugt nichts vom Reichtum des ehemaligen Ehemanns.

„Schöne Wohnung", bemerke ich, als wir aufs Dach steigen und ich mich vorher wieder in meine Laufschuhe zwänge.

„Ja, noch schöner und größer ist aber seine!"

Draußen bewundere ich Füsslis in Vlies verpackte Kübelpflanzen. „Aber Ihre Terrasse ist dafür wunderbar. Die vielen Pflanzen ...", ich werfe einen Blick unter das Gewebe, das eine Rose vor dem Frost schützt, „... und die Rosen! Ich stelle mir vor, wie es im Frühjahr ausschaut und duftet. Wunderbar!"

Die Frau streicht liebevoll über die gepflegten Sträucher. „Tja, dafür hatte er gar keinen Sinn. Nur für seine ‚Kunst'. ‚Kunst'! Dilettantische Kleckserei für einen Haufen Geld. Aber er hatte es ja."

„Verstehe ich nicht! Er war doch nur Pfleger, da verdient man doch nicht viel, oder?"

„Ich sage nichts. Woher und wohin mit dem ...", dabei macht sie eine Geste des Geldzählens.

„Sie sind nicht gut auf ihn zu sprechen, kommt mir vor."

„Wieso sollte ich? Hat mich bei unserer Scheidung schön übers Ohr gehauen."

Ich tue so, als ob ich eine günstige Stelle suchen würde, um auf das Dach des Barkes zu kommen. In Wirklichkeit möchte ich aber nur Zeit schinden, um ihr noch ein paar Informationen zu entlocken. „Wieso hat er eigentlich Barkes geheißen und Sie Füssli? Haben Sie wieder Ihren Mädchennamen angenommen?"

Die Ex deutet mit ihrem Finger auf eine Lücke in der Armee der Kübelpflanzen. „Da kommen Sie rüber."

Ich drücke die ausladenden Sträucher rechts und links vorsichtig auseinander und zwänge mich durch das Loch. Sie bleibt auf ihrer Seite stehen. Dann starte ich Richtung Feuermauer in der Hoffnung, meine Haube zu finden, um sie als Alibi vorweisen zu können. Nichts da! Keine Haube! Auch am Boden liegt sie nicht. Hm, wahrscheinlich hab ich sie in die Jackentasche eingesteckt und sie ist woanders herausgefallen. Am Rückweg werfe ich noch einen Blick durch das ausladende Fenster in Barkes Wohnung. Alles noch so wie zu Silvester, der Tisch unaufgeräumt, und auch hier liegt keine Haube am Boden. Dann zwänge ich mich wieder durch die Lücke zurück.

„Und?", fragt sie mich.

„Nichts ..."

„Sie hätten auch gleich sagen können, dass Sie sich nur umschauen wollen. Ich hätte Sie auch so zu ihm gelassen. Alles was ihm – auch nach seinem Tod – schadet, ist mir recht."

„Aber ... ich ... das war keine Ausrede."

Die Füssli wackelt ungläubig mit dem Kopf. „Schon gut! Schauen Sie sich nur um. Auch bei mir. Ich war's nicht ... auch wenn ich es ihm vergönne."

„Das weiß ich, sonst hätte man Sie nicht aus der U-Haft entlassen."

„Falls Sie mich auch beim Kraxner gesehen haben: Da war ich schon sehr betrunken."

„Sie haben sich jedenfalls nicht zurückgehalten ... mit Ihrem Freudentanz."

„Das Schwein ist tot, das ist die Hauptsache. Eine gerechte Strafe, so ein Tod für einen, der genügend andere in den Tod geschickt hat."

„Das verstehe ich jetzt aber nicht."

„Der hat genug auf dem Gewissen."

„Wieso?"

„Als er noch Arzt war, da hat er ...", sie macht ein Anführungszeichen mit beiden Zeigefingern in der Luft, „... da hat er die Leute ‚liebevoll eingeschläfert'", und angeekelt, „... ‚liiieeebevoll'."

„Ach, er war Arzt?"

Die Ex nickt. „Das hätten Sie sowieso erfahren. Oder haben Sie es nicht schon gewusst? Auch, dass er sich dann in Österreich auf Barkes umgetauft hat? Der hat sein Geld mit Euthanasie verdient, das Schwein."

„Oh!", ich tue überrascht, „Dann ist Füssli sein ursprünglicher Name?"

Sie nickt bedeutungsvoll und macht ein Kreuzzeichen. „Ja, so haben wir geheißen, als wir noch ein Paar waren. Ich habe ihn bewundert. Er hat mich vom Recht auf die Freiheit zur Selbsttötung überzeugt. Alle Gegner der Euthanasie waren für ihn reaktionäre Dummköpfe."

„Es gibt immer mehr Anhänger, auch bei uns. In der Schweiz und in den Niederlanden ist es ja gestattet, oder? Aber wieso sind Sie weg aus der Schweiz?"

„Man hat dem Beat die Zulassung entzogen, da es Ungereimtheiten im Zusammenhang mit seiner Arbeit als ‚Todesengel' gegeben hab. Er hat Erbschaften kassiert. Drum sind wir weg."

„Da waren Sie noch verheiratet?"

Die Füssli nickt, während sie verlegen an einem der Vliesmäntelchen zupft. „Da habe ich noch an seine Unschuld geglaubt. Und dass man ihn bösartig vernadert hat."

„Und was war der Grund für Ihre Trennung?"

„Die Frau vom Mario, die hat er flachgelegt, und ich bin draufgekommen."

„Hm, verstehe!"

„Und als er sie sattgehabt hat, die arme, gelähmte Person, hat er sie aus lauter Liebe eingeschläfert."

„Also glauben Sie auch, dass der Burzelt Ihren Exmann auf dem Gewissen hat?"

Sie schweigt. Plötzlich fällt mir wieder ein, dass ich doch das Sackerl mit dem Schweinsrüssel ... und da könnte doch ... die Haube ... Ich zwänge mich noch einmal durch die Lücke auf das Nachbardach, wende mich nach links – und? Richtig! Im Rosentopf, in dem mir der junge Polizist den Saurüssel hinterlassen hat, liegt meine Mütze.

Ich schwenke sie triumphierend über meinem Kopf, als ich wieder vor der Füssli stehe. „Sehen Sie? Keine Ausrede! Ich wollte wirklich nur ..."

Die Ex lächelt süffisant. „Sie müssen einen ordentlichen Mutterkomplex haben ... wegen einer Haube so ein Theater." Wir kehren ins Haus zurück. Diesmal lasse ich die Schuhe an. Allerdings wirft mir dieses Mal die Wohnungsbesitzerin einen strafenden Blick zu. „Wissen Sie jetzt genug? Sodass Sie sich bei mir *nicht* mehr einschmeicheln müssen?" Schuldbewusst schlüpfe ich wieder aus den Schuhen. „Ach lassen Sie, mir egal."

„Entschuldigung, ich habe nicht gedacht ..."

„Damit Sie sich nicht noch einmal eine Ausrede ausdenken brauchen, um mich auszuhorchen: Ja, ich bin sicher, dass es der Burzelt war. Wie Sie ja selber ausprobiert haben, kann man von der Terrasse vom Kraxner locker auf die von ihm. So ein Sprengsatz ist da schnell eingebaut und puuufff!" Das „Puuufff" pfeift sie genussvoll zwischen ihren Lippen heraus. Dann erhebt sie ihre Arme wie ein Priester: „Puuufff." Wir durchmessen ihre Wohnung schweigend, am Ausgang ziehe ich meine Schuhe wieder an. Als ich mich bücke, fällt mir die Mütze erneut aus der Jackentasche. Sie hebt sie auf: „Da!"

Diese Kopfbedeckung möchte entsorgt werden. „Gefällt Sie Ihnen?", frage ich, während ich ihre Hand, die mir die Haube reichen will, zurückdrücke. „Nehmen Sie sie! Ich werde meiner Mutter erzählen, dass ich Sie einer armen Migrantin aus der Schweiz geschenkt habe." Bevor sie darauf reagieren kann, stöpsle ich meine Ohren mit den Ungarischen Tänzen von Brahms wieder zu und rase die Stiegen hinunter. Mutter werde ich erzählen, dass mir die Haube entwendet worden ist – von einer diebischen Elster im Augartenpark.

Am Weg nach Hause ruft mich Michael an: „Ähm, du, ähm ..."

Ich lege sofort auf. Soll er wissen, dass er sich nicht so benehmen kann. Heute werde ich keine Entschuldigung mehr akzeptieren. Sicher nicht! Sobald ich Zeit habe, mich mit meiner vermutlichen – oder auch nicht – Mutterschaft auseinanderzusetzen, werde ich mit ihm – je nachdem – Schluss machen. Je nachdem wegen *dem*! Immerhin hat er mich daran erinnert, dass ich den Tatsachen ins Auge sehen und einen Test kaufen sollte. Als das Handy immer wieder läutet, hebe ich gar nicht mehr ab, sondern drücke auf lautlos. Ich ändere meine Route, um die Apotheke am Gaußplatz anzuvisieren. Kaufen heißt ja noch lange nicht benützen. Es heißt einfach nur, mal zu Hause haben – zur Sicherheit. Vielleicht erledigt sich das Problem ja auch von selber. Mir kommt vor, dass sich die Bauchschmerzen, die ich gestern noch vorgetäuscht habe, tatsächlich einstellen. Damit wäre der Test dann unnötig. Wozu dann investieren? Trotzdem, ich sage mir: „Alma, sei nicht so kindisch. Es gibt ein Problem, aber das löst sich nicht durch Wegschauen, nur durch Handeln."

Als ich bei der Apotheke ankomme, ist sie schon zu, denn in Wien sperren die Apotheken um zwölf. So ein Pech!? Aber was, das hat auch noch am Montag Zeit – vor allem, wenn es sich vielleicht von selber erledigt hat.

Vor meiner Haustür wartet Michael – bibbernd. Das macht er nur, um bei mir Mitleid zu erregen. Aber ich werde nicht weich werden. Ihn ignorierend sperre ich das Eingangstor auf, öffne aber nur einen winzigen Spalt, damit nur ich allein durchschlüpfen kann. Doch mein frierender Liebhaber schiebt seinen Fuß zwischen die Türflügel und ist noch vor mir drinnen. Galant, mit einer großartigen Geste, reißt er die Flügel weit auseinander, um mich theatralisch hineinzubitten. Wenn ich nicht möchte, dass mir mein Joggingoutfit am Rücken anfriert, dann muss ich dieses Angebot wohl oder übel annehmen. Drinnen versucht er mich zu umarmen, aber ich winde mich aus seiner Umklammerung und renne die Stiegen hinauf. Er nimmt den Lift, im Glauben, dass er vor mir oben sein wird. Wird er nicht! Dieses Wettrennen mit dem Aufzug habe ich schon öfter ausprobiert. Nicht zuletzt, um mir zu beweisen, dass ich zu Fuß schneller bin, und damit nicht nur Fitness tanke, sondern auch Zeit spare. Dient meiner Lebensoptimierung. Zur Sicherheit drücke ich im zweiten Stock auf den Knopf, damit der Lift da anhält und Michaels Ankunft noch mehr verzögert. Funktioniert. Ich kann in Ruhe meine Wohnung aufsperren und hinter mir die Tür zuknallen. Kaum bin ich drinnen, läutet Michael Sturm. Aber der kann lange warten. Seine kindischen Spielereien tue ich mir nicht mehr an.

Beste Vorsätze lassen sich nur dann einhalten, wenn auch die anderen mitspielen. In diesem Fall unterminiert Michaels Verhalten meinen Beschluss, ihm keine Möglichkeit zur Versöhnung zu gestatten. Der Mann hat keinen Genierer. Es stört ihn keineswegs, dass er die restlichen Hausparteien durch den Dauerton der Klingel, begleitet vom Eindreschen seiner Fäuste gegen die Tür, aufbringt. Um zu verhindern, dass es zu einem peinlichen Auflauf meiner Nachbarn kommt, öffne ich. Ich deute ihm mit meinem Zeigefinger einen Vogel. „Wenn ich nicht wüsste, dass du eine gravierende Verhaltensstörung bei schizoider Persönlichkeit hast und eine disruptive Affektregulationsstörung noch dazu – spätestens jetzt wäre ich der Diagnose sicher."

Michael drängt sich durch die Tür und mir auf. Kaum ist er drinnen, umarmt er mich, zwängt mich zwischen seine Arme, drückt mich an seinen Körper, sodass ich kaum mehr Luft bekomme, und schmatzt mich vom Scheitel bis zum Dekolleté mit schnalzenden Bussis zu. Das findet in so einem rasenden Tempo statt, dass er nur kurzatmig einwerfen kann: „Ein Bussi für den Trottel ...", Schmatz, „... ein Bussi für den Depp", Schmatz, „... ein Bussi für den Blöden", Schmatz, „... ein Bussi für den Katastrophenmann", Schmatz, „... ein Bussi, nein, kein Bussi ..." Bei diesem Schmatz ist er schon in meinem Mund angelangt. Da es nicht möglich ist, mit einer Zunge, die sich mit meiner Zunge paart, zu sprechen und zu schmatzen, kehrt zumindest Stille ein. Wenn auch auf Kosten meiner Widerstandskraft. Diese Kombination aus überwältigendem Humor und der betörenden Naivität eines männlichen Kindes brechen eben alle weibliche Vernunft.

Was soll ich sagen? Wir landen auf dem Sofa, und das ohne Kleidung, mit der ich auch meine Mutterschaftsbedenken abgelegt habe. Wenn es nicht schon genug Studien über die Hirnrissigkeit des Eros gäbe, ich glaube, ich würde mich in Zukunft, statt über Selbstmörder zu forschen, mehr mit dem Sex beschäftigen. Nicht nur praktisch, sondern auch theoretisch.

Versöhnt liegen wir eng aneinandergekuschelt auf dem Sofa, zugedeckt mit einer Quiltdecke, die ich von einer Patientin geschenkt bekommen habe, die der Meinung war, dass ich Handarbeiten liebe. Ich finde solche Textilien – ob gestrickt, genäht oder gehäkelt – meist geschmacklos. Diese Decke übrigens auch. Ich habe sie aber behalten, da die Produzentin eine gar so rührige alte Dame ist. Man ist eben nicht vor der eigenen Sentimentalität gefeit!

Und dann – oh Wunder! – bekomme ich von Michael noch das Frühstück, das ich mir vor dem Lauf nicht gegönnt habe. Selbst die backfrischen Handsemmeln hat er mitgebracht. Bravo!

Vielleicht wäre er doch gar kein so schlechter Vater? Möglicherweise wird er von mir verkannt? Möglicherweise ist die Kinderaufzucht seine wahre Begabung? Seine Fürsorge für andere ist vielleicht gar seine Berufung, die ich einfach nicht erkannt habe? Man wächst bekanntlich an der Herausforderung. Dann wäre so ein Kind so etwas wie Therapie für ihn, eine Aufgabe, an der er reifen könnte?

Spätestens, als er nach dem Verschnabulieren der wunderbaren Semmeln alle Brösel auf mir und der Quiltdecke picken lässt, die er, als er sich umdreht, um noch eine Runde zu schlafen, auch noch – ohne es zu bemerken – auf dem Sofa und am Boden verteilt, verwerfe ich die Idee mit der Kindesaufzucht und räume die Schweinerei mit Schaufel und Besen weg. Den Staubsauger traue ich mich nicht anzumachen, damit er nicht aufwacht und sich dann über den Lärm beschwert. So ein Mann taugt nur für den Geschlechtsverkehr!

Während Michael schläft, rufe ich Mutter an. Sie hebt mit zuckersüßer Stimme ab: „Morgen, mein Schatz! Wie komme ich zu der Ehre einer samstäglichen Kontaktaufnahme?“

„Mama, ich wollt nur wissen, ob du beabsichtigst, dich sanft einschläfern zu lassen?“

„Das verstehe ich nicht ...“

„Oh! Dann war das wohl eine Verwechslung, als ich dich gestern Abend in die Galerie Renxark hineingehen gesehen habe, hm?“ Stille. „Oder wolltest du ein Kunstwerk erwerben?“

Mutter greift an: „Und du, was führt dich um diese Zeit an diesen Ort?“

„Eis essen!“

„Ich ... da war eine Vernissage, das habe ich in der Zeitung gelesen. Und ... weil ich nicht immer ...“, der bekannt vorwurfsvolle Ton in ihrer Stimme hebt an, „... immer am Abend allein zu Hause sitzen wollte, da habe ich gedacht ... beschäftigst dich mit moderner Kunst.“

„So ein Zufall, das habe ich auch gedacht. Und Renxark ist die angesagteste Adresse, oder?“

„Scheint so. Jedenfalls haben sich ein Haufen Leute für die, na ja, sagen wir mal ‚ansprechenden‘ Bilder interessiert.“

„Spannende Kunst! Roter Punkt auf blauem Fleck, oder?“

„Manchmal weiß ich tatsächlich nicht, wer von uns beiden die Greisin ist? Du bist eben nicht mehr bereit, dich auf was Neues einzulassen. Du solltest dich auch mit moderner Kunst beschäftigen, damit du begreifst, was sich der Künstler vorgestellt hat und damit den Zeitgeist. Aber dafür bist du zu unflexibel.“

„Und du? Findest das gut?" Kaum ist mir der Satz herausgerutscht, ärgere ich mich über mich selber, dass ich immer wieder auf ihre Ablenkungsmanöver hereinfalle. „Lass dich nicht provozieren, Alma", beruhige ich mich, „sie verabscheut diese Kunst."

„Ich lese mich ein, ich bleibe nicht stehen, so wie ..."

„Finde ich gut", nehme ich ihr den Wind aus den Segeln, „finde ich wirklich gut ... für dein Alter und hm ... für dein Hirn." Ich kann es durchs Telefon spüren, wie sie jetzt eingeschnappt ist, da diese Runde an mich geht. Genug des Geplänkels, ich will wissen, was da los war. „Woher hast du gewusst, dass die Sterbefreunde sich da treffen?"

„Keine Ahnung, was du meinst."

„Ach geh, Mama, jetzt ist genug herumgeredet. Wie hast du das erfahren?"

Ich höre sie durch den Hörer seufzen: „Esto! Die alte Dame, die den Flyer in die Ordination gebracht hat, die hat von irgendeinem Patienten erfahren, dass bei uns das Management –also ich – schon ein wenig älter ist. Drum hat sie uns aufgesucht, um mich sozusagen zu missionieren. So wie bei den Zeugen Jehova."

„Nur dich? Oder wollte sie, dass du auch in unseren Pfründen missionierst?"

„Zuerst einmal nur ich, und dann, wenn ich auch eine Anhängerin des ‚freundlichen Todes' geworden bin, dann ..."

„Eigenartige Philosophie! Denn wenn man an den ‚freundlichen Tod' glaubt, dann lässt man sich konsequenterweise so schnell eliminieren, dass man gar nicht mehr ausreichend Zeit hat, andere dafür anzuwerben. Oder suchen die sich ihre Gesellschaft fürs Jenseits rechtzeitig im Diesseits aus?"

„Da hast du Recht. Eine obskure Gesellschaft, wie eine Sekte. Es gibt einen ‚liebevollen' Gruppenleiter, der seine Schäfchen dirigiert."

„Hast du Namen?"

„Die nennen sich nur beim Vornamen, und der stimmt sicher auch nicht."

„Wie bei den Anonymen Alkoholikern?"

„Hat was davon. Eine recht eingeschworene Glaubensgemeinschaft. War gar nicht leicht, mich unverdächtig zu benehmen."

„Du musst mir alles genau erzählen. Gehst wieder hin?"

„Sowieso, ich habe ja Krebs und nicht mehr lange zu leben. Deshalb lasse ich mich weiter von denen betreuen."

„Gegen Honorar?"

„Momentan noch billig. Eine Spende für die Vereinskasse. Wenn sie zur Sache kommen, wird es wahrscheinlich teurer."

„Na dann, genieße noch dein Wochenende und stimm dich auf das Jenseits ein. Ich muss mich ausschlafen. Baba!"

„So allein, wie ich bin, bleibt mir nur das Jenseits."

Immer, wenn sie mit der Einsamkeitsmasche loslegt, spüre ich, wie in mir vor lauter Wut die Hitze vom Bauch Richtung Kopf aufsteigt. Der Zorn verleitet mich dann dazu, was zu sagen, was mir anschließend sofort leidtut: „Dann bist bei denen ja gut aufgehoben!" Ich merke, das war zu viel.

„Mach dir keine Sorgen! In meinem Alter bist mich auch ohne die bald los."

Und aufgelegt. Als ich sie zu Entschuldigungszwecken wieder anrufe, hebt sie nicht mehr ab. Drum schreibe ich eine SMS: „Mama tut mir leid. War blöd ärgere mich immer wenn du mit bin allein loslegst. Das macht mir schuldgefühle dann werde ich wütend. Kann doch gar nicht ohne dich.“ Ich weiß, dass sie mich jetzt einmal zwei Stunden dunsten lässt. Um zu erreichen, dass ich mich ganz, ganz, ganz schlecht fühle. Dann wird verziehen.

Immerhin hat unser Telefonat bewirkt, dass ich mich frage, wozu ich mir diese Spitzelei in der Euthanasieszene antue. Sollen sich die Leute, die unbedingt abtreten wollen, doch dieser Organisation anschließen! Solange sie nicht meine Patienten hineinziehen, kann es mir doch egal sein. Jeder kann mit seinem Leben machen, was er will, oder? Der Mörder ihres Gurus, des Barkes, ist gefunden, und um den Ermordeten scheint es auch nicht schade zu sein, was soll’s? Erika hat Recht: Wieso muss ich mich immer in diese Kriminalfälle einmischen, die mich nichts angehen?

Mit dem Vorsatz, dieses Wochenende mit Michelangelo vergnüglich entspannt zu verbringen, starte ich mit einem heißen Bad. Da lasse ich mir das Wasser so heiß ein, dass die Hitze mein Blut aus dem Hirn absaugt und alle grübelnden Gedanken löscht. Ich empfehle diese Methode auch meinen Patienten. Ein probates Mittel, um den Grübelzwang zu unterbrechen.

Es hilft! Als ich aus der Badewanne steige, fühle ich mich befreit und erlöst. Ich kuschle mich an meinen schlafenden Liebhaber, der mich mit einem grunzenden Laut an seine Seite drückt. Als er allerdings reflektorisch schon wieder zur Sache kommen möchte, ist mir das zu viel. Der Libido eines Dreißigjährigen bin ich nicht gewachsen. Er nimmt es gelassen und ist einfach nur lieb. Obwohl ich schon genug frische Luft getankt habe, willige ich ein, als er vorschlägt, einen Spaziergang durch die Stadt ins Café Sperl zu machen.

Herrlich, wenn man sich um nichts kümmern muss. Einfach nur befreit am Samstagnachmittag, den Lover untergehakt, durch das beleuchtete Wien spazieren, Auslagen betrachten, in denen Dinge ausgestellt sind, die man entweder nicht braucht oder nicht bezahlen kann. Wir kaufen uns Maroni am Standel beim Schottentor, trinken einen Punsch auf der Freyung – da kann man biologisch saufen –, winden uns durch die Naglergasse, wo Michael unbedingt eine Nusspotize bei Joseph Brot essen muss, und sind schon am Graben. Mampfend fällt ihm ein: „Sag mal, hast du noch was von dem armen Burzelt gehört? Er tut mir irgendwie leid."

Oje, ich wollte doch nicht mehr an den Fall erinnert werden.

Ich schüttle den Kopf. „Nein, und ich will auch nichts mehr von ihm hören." Dabei drücke ich meinen Michelangelo an mich und vermittle ihm durch einen Kuss, dass ich heute nur mehr entspannt und mit ihm glücklich sein möchte.

Leider kapiert er das nicht: „Irgendwie kann ich mir nicht vorstellen, dass der so was gemacht hat. Man kann doch nicht so blöd sein, einen Mord vorher anzukündigen und ihn dann auch noch auszuführen. Die SMS hat der doch nur aus Verzweiflung geschrieben. Ich finde, gerade die Nachricht ist ein Beweis, dass der es nicht war."

So, damit hat er mir den Recherchefloh wieder in meinen Kopf implantiert. Aus mit Lebengenießen, hinein in den trostlosen Verbrechenssumpf. „Finde ich auch. Da kommen noch andere in Frage. Die Exfrau, Kollegen? Andere Angehörige vom Verein, denen er die Liebsten liebevoll ins Jenseits befördert hat."

Es ist verwunderlich, wieso sich Michael plötzlich Gedanken über diese Geschichte macht. Sonst ist sein Interesse an meiner aufklärerischen Tätigkeit marginal. „Also ich mag die Erika ja, aber im Vertrauen, ich halte sie für keine gute Polizistin. Es ist doch immer so, dass sie sich, sobald sie einen Verdächtigen gefunden hat, zufriedengibt und es dabei belässt."

„Na ja, das ist nicht allein ihre Verantwortung, da gibt es noch andere Kollegen und den Staatsanwalt, das kann man nicht nur ihr in die Schuhe schieben. Ich glaube halt, dass es typisch österreichisch ist, dass man froh ist, wenn man ein Kapitel abhaken kann. Gott sei Dank haben wir keine Todesstrafe, bei uns wird immerhin niemand unschuldig geköpft."

„Ich habe mir überlegt, dass ich einen Roman über den Mord schreiben könnte. Wäre doch was, hm?"

„Ein Roman hat aber zumindest zweihundert Seiten, da müsstest du dich schön dahinterklemmen. Aus mit *laissez faire*."

Michael hakt sich los und baut sich vor mir auf, hinter ihm als Kulisse der Stephansdom. „Du, du ... du ... gib's zu, du traust mir das nicht zu! Du hältst mich für einen Versager."

Ich packe ihn am Arm, den er abschüttelt. „Stimmt doch gar nicht. Es ist nur ..."

„Was ist nur? Ich kann auch was – nicht nur du."

„Glaube ich ja, nur ..."

„Nur, nur, nur ..."

„Nur bisher, verstehst, bisher ..." Michael rennt weg, ich hinter ihm her. Bei der Abzweigung Kärntnerstraße-Weihburggasse habe ich ihn eingeholt. Ich drücke mich versöhnlich an ihn. „Geh, das habe ich ja nicht so gemeint. Wenn du wirklich ... da ist die Galerie vom Kraxner, da gibt es eine Spur. Sollen wir nicht?"

„Tja, ich gebe es ja zu. Bisher habe ich nicht viel zusammengebracht“, er umarmt mich und schaut mir ins Gesicht, „... und du bist schuld, du lenkst mich zu sehr ab.“

Bravo! Schön, dass Mann immer eine Ausrede in Form von Frau hat. Soll’s sein! „Na dann lenke ich dich mal *nicht* ab und wir schauen, ob der Kraxner offen hat.“

Wir biegen in die Weihburggasse ein, obwohl ich mir geschworen habe, dass ich diese Gegend die nächsten paar Wochen wie die Pest meiden werde. Die Galerie ist hell beleuchtet, Samstagnachmittag ist für die wichtigen Stadtflanierer eine gute Gelegenheit, so zu tun, als ob sie an Kunst interessiert wären. In Wien sind solche Galerien ein Hotspot des hedonistischen Schickimickilebens. Bei einem Glas Punsch kann man über die anderen herziehen, die gerade nicht da sind.

Kaum sind wir drinnen, schießt der Kraxner schon auf uns los. „Michi ...“, und mit einem Blick auf mich, „... freut mich, Frau Doktor!“

Die Galerie ist gut gefüllt. Einige der Besucher haben es sich schon so häuslich gemacht, dass sie ihre Mäntel am Tresen, der von einer kurzgeschürzten Jenny verziert wird, abgelegt haben. Und wen treffen wir da? – Den Schweizer Wichtigmacher von Barkes Silvesterfeier inklusive der wieder zu leicht bekleideten Lady. Diesmal friert sie nicht – ganz im Gegenteil offeriert sie großzügig das, was sie an weiblichen Reizen zu bieten hat. Jenny grüßt mich unbeteiligt mit einem nur für mich interpretierbaren zweideutigen Lächeln, dafür strahlt sie den Michael an, während sie vom Tresen hinunterhüpft, um uns die Mäntel abzunehmen. „Bleiben S’ doch ein bisschen da ...“

Der Kraxner beeilt sich, uns ebenfalls unter Alkohol zu setzen. „Einen Punsch gegen die Kälte? Zum Vertreiben der Winterdepression?"

Ich merke, dass Michael weder seinen Mantel hergeben noch die Winterdepression vertreiben möchte, aber ich presche vor und nehme die Tasse, die mir der Josi hinhält. Die Gelegenheit, mit den Schweizer Herrschaften ins Gespräch zu kommen, werde ich mir nicht nehmen lassen. Drum deute ich meinem Lover, dass er doch auch zulangen sollte. „Ein Häferl, mein Schatz, zum Aufwärmen ..."

Da ich ihn sonst nie mit „mein Schatz" anspreche, dämmert es Michael, dass es womöglich wichtig sein könnte, hier zu bleiben. Die Jenny hat sich inzwischen nahe an Michael herangepirscht und zieht ihm – ob er will oder nicht – den Mantel von den Schultern. Er blickt mich verwirrt an, wehrt sich aber nicht. Aus ihm wird wohl nie ein Detektiv werden – er ist einfach zu blauäugig!

„Schöne Bilder haben Sie da ...", lobe ich den Kraxner, „... interessant!"

Josi wittert eine Chance. „Für ihre Ordination ... Sie haben doch eine Ordination? Da könnten Sie auch eines abschreiben. Der da ...", dabei deutet er auf ein Werk mit einem wuchtigen Pinselstrich, „... der steigt sicher."

Ich tue interessiert, Michael dackelt hinter mir her, als ich mich vor dem Gemälde aufpflanze. „Wie heißt der Künstler? Spannend, sehr ... hm ... sehr imposant."

Kraxner deutet Jenny, dass sie sich verziehen soll, drückt seinen Mund gegen mein Ohr und flüstert: „Weil es von einem Mörder ist. Der Hype, der kommt – werden S' sehen! Wenn der lebenslänglich bekommt, dann ..."

Ich reiße die Augen auf und tue erschreckt. „Oh! Aber von einem Mörder in meinem Wartezimmer, das kommt nicht gut."

„Weiß ja keiner! Nur Sie! Und dann verkaufen."

In der Zwischenzeit schaut es so aus, als ob sich das Schweizer Paar verabschieden möchte, da sie ihre leeren Tassen abstellen und ihre Mäntel bei Jenny urgieren. Sie nähern sich unserer Runde, um dem Josi Adieu zu sagen. Die leichtbekleidete Dame umarmt ihn und küsst ihn auf den Mund. „Schön war es. Morgen bei uns?"

Ihr Begleiter zieht sie vom Kraxner weg. Mit einem Blick auf mich, der zeigt, dass ihm zwar dämmert, dass er mich schon einmal gesehen hat, mich aber nicht zuordnen kann, klopft er dem Josi auf die Schulter. „Willst uns nicht die Dame und den Herrn vorstellen?", meint er in gequältem Hochdeutsch.

Das bringt den Galeristen in Verlegenheit. „Frau Doktor ... hm und hm ... Michi ... hm ..."

Ich presche vor – last chance – und flöte im Hochton: „Liebekind-Spanneck, mein Freund Michael Mikulina. Und Sie?"

„Urs Spöri, zu Diensten!"

Dann fixiere ich die Dame und reiche ihr die Hand. „Alma Liebekind-Spanneck."

Es bleibt ihr nichts anderes übrig, als sich auch vorzustellen. „Mareile Meyer"

Der Spöri präsentiert sie mit einer weitausholenden Geste. „MM – wie Marilyn Monroe." Dabei zeigt er auf ihren weitausholenden Vorderbau. Er findet sich sehr lustig – und sie ihn auch.

Auch der Kraxner kann an diesem Witz Gefallen finden, denn er lacht darüber jovial. „Bei uns verkehren nur amüsante Leute. Join the club!"

Ich kichere dazu, um die Unterhaltung nur ja nicht zu unterbrechen. Michael steht da wie ein Ochs vorm Tor und kann sich seine bornierte Verachtung kaum verkneifen. Nüchtern verachtet er solche Leute, angeheitert sind sie ihm willkommene Gesprächspartner. Ein Phänomen, das ich bei vielen „Intellektuellen" beobachte. Also muss man ihn mit Punsch auffüllen! „Magst nicht?" Ich halte ihm mein Glas hin. „Koste mal, schmeckt hervorragend!"

Michael mag nicht, nimmt aber unwillig meine Tasse und nippt daran. Dann signalisiert ihm sein Geschmack, dass so ein dampfendes, würziges Getränk doch nicht zu verachten ist. „Einen kleinen ...", meint er zu Josi, während er mir meinen Punsch zurückgibt.

Der Kraxner klopft ihm freundschaftlich auf die Schulter. „Hab ich es doch gewusst, bist doch sonst auch kein Kostverächter ...", und zu den beiden anderen, „... bleibt's doch noch auf eine Runde, man muss das Leben feiern, solange man es hat."

Da hat er Recht – vor allem in dieser Gesellschaft. Es wird kollektiv angestoßen, die Mäntel wieder ausgezogen, und man richtet es sich am Tresen lehnend gemütlich ein. Ich versuche das Gespräch wieder auf *meine richtige* Schiene zu bringen. „Und was treibt Sie nach Wien? Sie kommen doch aus der Schweiz, oder? Woher?"

Mareile, die offensichtlich die Gespielin des Spöri ist, schickt sich an zu plaudern. „Aus Truns ..."

Urs unterbricht sie sogleich: „Urlaub ... Silvesterpfad ... Freunde besuchen", dabei zeigt er mit seinem Finger auf Kraxner.

Ich lasse nicht locker. „Truns, wo ist das?"

Frau – oder Fräulein? – Meyer antwortet, offensichtlich nicht ganz zur Zufriedenheit ihres Urs: „Basel ... in der Nähe von Basel."

Das weiß ich bereits dank meiner Recherche zum Barkes, der da offenbar in seiner Zeit als Arzt gearbeitet hat. Der Urs reißt das Gespräch an sich. „Und Sie? Mir kommt vor, wir haben uns schon mal getroffen. So ein schönes Gesicht vergisst man nicht."

Ich tue so, als ob ich mich über das Kompliment freuen würde, lächle kokett und nähere mich ihm einen Schritt. Wie hätte Mutter diesen Selbstdarsteller durch List und Tücke aus der Reserve gelockt? Auf Tussimädi machen, das geht bei solchen Männern, die auf eine Begleitung wie Mareile Wert legen, immer. Also neige ich mein Köpfchen flirtend, lege in meiner Stimmlage um eine Oktave zu und piepse: „Wienerin, echte Wienerin! Zweiter Bezirk."

Um seine Kenntnis der Wiener Frauenlandschaft zu untermauern, hebt er an, grauenhaft auf Schwyzerdütsch zu singen, wobei er mir tief in die Augen blickt: „Mei Muaterl war a Weanerin ..."

Geschafft! Spöris diffuse Erinnerungen an mich als Ärztin, die beim Unfall von Barkes erste Hilfe geleistet hat, können keine Verknüpfung mit dem flirtenden Weibchen, das er vor sich sieht, herstellen. Ach, wie einfach ist es doch, das männliche Hirn zu manipulieren! Ein bisschen Flirtgeplänkel, und schon schaltet sich das Großhirn ab. Das Flirtgeplänkel hat allerdings auch Michaels Großhirn abgeschaltet, denn justament jetzt, wo ich auf dem besten Weg bin, mir einen Pfad in Spöris Vertrauen zu bauen, muss er unterbrechen. „Wir gehen!" Er fasst mich am Ärmel.

Ich streife ihn ab und wende mich wieder dem Urs zu. „Fast perfekt wienerisch, Sie könnten beim Heurigen auftreten. Woher kennen Sie das Lied?"

„Der Ursi ist ein Multitalent, gell, Ursi?", kichert Mareile bewundernd.

Ihr Ursi beachtet sie gar nicht, denn momentan ist er scharf auf einen frischen Braten – nämlich mich. Noch dazu, wo es heißt, den Gegner – also Michael – abzuschießen. Der jedoch verteidigt seine Besitzansprüche an der Beute und legt sich quer. Mein Liebhaber zieht erneut an meinem Ärmel, während ich so tue, als ob ich ihn gar nicht bemerken würde. Das spornt seine kämpferische Aktivität noch zusätzlich an. Wie kann man nur so blöd sein und meine vorgetäuschte Recherchetaktik für bare Münze nehmen?

Um die Situation nicht aus dem Ruder gleiten zu lassen, schenke ich Michael auch ein Lächeln und verdrehe gleichzeitig meine Augen, um ihm zu vermitteln, dass es sich bei meinem Bezirzen nur um eine Strategie handelt. Der verdreht die Augen zurück, so nach dem Motto: „Was soll das?" Damit Michael endlich kapiert, dass ich nur an Informationen kommen möchte, derer er als zukünftiger Krimiautor auch bedarf, deute ich auf ihn und setze die Unterhaltung mit Spöri fort. „Herr Mikulina ist Schriftsteller. Stellen Sie sich vor, der schreibt einen Krimi."

Der Urs interessiert sich so was von gar nicht für den Herrn Mikulina, während Mareile plötzlich an meinem Künstler Gefallen findet. „Oh, auch ein Künstler!", zirpt sie mit Augenaufschlag.

Kraxner, der damit angeben möchte, was für wichtige Leute er kennt, drängt sich vor. „Der Michi, der hat Potential! Wenn ich nicht momentan Bilder machen würde, dann würde ich ihn verlegen. Nobelpreispotential!"

Na, na, na – ein bisschen dick aufgetragen! Mein Michael fühlt sich jedenfalls geschmeichelt. Ich an seiner Stelle wäre auch mit dem Bachmann- oder dem Büchnerpreis zufrieden gewesen, aber von denen hat der Kraxner wohl noch nie was gehört. So kommen wir nicht weiter. Mit einem neuen Ansatz wende ich mich wieder dem Spöri zu. „Und was machen Sie so in der Schweiz?“

Der Eidgenosse druckst jetzt wenig gesprächig herum. „Man kann sagen, dass wir in der Lebenshilfebranche tätig sind, sozusagen.“

Seine dümmliche Gespielin mischt sich, meinen Liebhaber anhimmelnd, ein. „Wir machen den Leuten einen Würdetod und ...“

Bevor sie noch weiterreden kann, fällt ihr der Spöri in den Satz: „Coaching, Beratung, Non-Profit für Menschen mit besonderen Bedürfnissen.“

So nennt man das also!

Meinem sensiblen Lover ist der Gusto auf einen weiteren Punsch vergangen, denn in Zusammenhang mit den Erzählungen des armen Burzelt tut er sich schwer, weiter den gut gelaunten Small-Talk-Partner zu spielen. Für einen Detektiv kann sich der Michael zu wenig verstellen. Drum verabschiede ich mich mit einem bedauernden Nicken und betörendem Lächeln in Richtung Spöri, als Michael mich mit einem „Schönen Abend noch alle zusammen“ aus der Runde zerrt.

Beim Hinausgehen drehe ich mich noch zu den Verbliebenen um, zucke mit den Schultern und deute auf meinen Liebhaber, um dem Spöri zu vermitteln, wie gerne ich noch weiter seine Gesellschaft genossen hätte. Mit dem darf ich es mir nicht verderben.

Als wir diese illustre Gesellschaft verlassen, ist draußen schon wieder Abend. Für Personen, die zu Depressionen neigen, ist diese Jahreszeit mit begrenztem Lichteinfall verhängnisvoll. Wenn dann dieses Dilemma auch noch durch den Konsum von Alkohol behandelt wird, endet dies vielerorts fatal. Da muss ich an den bedauernswerten Burzelt denken. Womöglich hätte er die Krise mit seiner Freundin auch besser ohne alkoholische Selbstbehandlung bewältigen sollen? Vielleicht hätte er nüchtern die Kontrolle über seinen verfänglichen SMS-Verkehr behalten und sich damit keine Anklage wegen Mordes eingehandelt? Ihn als Mörder des Barkes schließe ich angesichts der dubiosen Geschäftsbeziehungen dieser Clique inzwischen aus.

Ein Blick auf das Display meines Handys sagt mir, dass ich einen Anruf von Erika versäumt habe. Drum werde ich sie am Weg durch die noch immer weihnachtlich beleuchtete Innenstadt zurückrufen. Nach einem kuscheligen Spaziergang mit meinem Michael ist mir sowieso nicht mehr. Die Begegnung mit diesen wichtigtuerischen, aber unbedeutenden Leuten, die ich im Verdacht habe, sich auf Kosten von naiven Menschen – ob das Sterben, Sex oder „Geldanlagen" betrifft – zu bereichern, hat mich wieder auf den harten Boden des realen Lebens katapultiert. Zum Glück empfindet es Michael auch so und ist nicht gekränkt, dass ich eigenbrötlerisch vor ihm den Graben hinaufspaziere. Als er mich einholt, meint er nur: „Du hast nur so getan, oder?"

Ich drehe mich um und schmunzle, während ich ihm beruhigend über die Wange streiche. „Du kennst doch meinen Geschmack. Seit wann soll ich auf Angeber wie den stehen? Wo ich doch ...", dabei drücke ich ihm einen Kuss auf den Mund, „... mein bescheidenes Traummännlein liebe."

Das weckt seinen Widerstand. „Na ja, so verträumt bin ich nun auch wieder nicht. Immerhin habe *ich* bemerkt, dass der Spöri auch so eine Tätowierung wie der Burzelt hat."

Allerhand! – Das ist *mir* entgangen! Zugeben werde ich es aber nicht. Wo kämen wir denn hin, wenn plötzlich mein junger Liebhaber was besser gecheckt hätte als ich?

„Hab ich auch registriert. Der Ärmel ist hinaufgerutscht", behaupte ich aufs Geratewohl. Für mich ist es sonnenklar, dass der Urs das Zeichen auch am Handgelenk eintätowiert haben muss – so wie Barkes und der Mario.

Michael schüttelt den Kopf. „Du erträgst es nicht, dass ich was bemerke, das du übersehen hast. Nein, nicht am Handgelenk – am Nacken."

Peinlich! Ich verziehe meinen Mund zu einer Grimasse und verdrehe die Augen. „Mir ist es so vorgekommen."

Gott sei Dank ist mein Michael nicht eitel und – im Gegensatz zu mir – keiner, der den anderen übertrumpfen muss. „Hast du gar nicht sehen können. Du bist zu klein! Ich hab ihm von hinten immer in den Hemdkragen schauen können", liebevoll fügt er hinzu, „... meine Frau Besserwisser!"

Bewundernd hake ich mich jetzt doch bei ihm ein und entschuldige mich, indem ich meinen Kopf an seine Schulter lehne. „Ich mag sowieso nur große Männer ... solche wie dich."

Ich spüre, wie mein Lover noch ein paar Zentimeter wegen dieser kurzen Episode des partnerschaftlichen Triumphs in die Höhe wächst.

Erika mag ich jetzt nicht zurückrufen, das würde die versöhnliche Stimmung zerstören. Also schreibe ich eine SMS: „Was gibt's?"

Sofort kommt die Antwort: „Willst nicht mit mir reden?"

Typisch: Sie interpretiert alles gleich negativ. Hat wahrscheinlich auch eine Winterdepression. Ich rufe trotzdem nicht an. Heute mag ich keine psychiatrische Telefonkonsultation mehr machen, also tippe ich: „geht nicht. treffen morgen?"

Erika zurück: „morgen fitness, schnupper kommst auch? 9 h im womanfit gleich bei mir ums eck. Seidengasse 50."

„komme"

Erika wohnt in der Kenyongasse. Die große Altbauwohnung hat sie von ihrer Großmutter übernommen, kostet dank Friedenszins einen Pappenstiel. Mir scheint, die Trennung von Manfred nimmt sie doch mehr her, als sie zugibt. Ich sehe mich schon schnaufend am Laufband ordinieren. Erika scheint eine fundamentale Krise durchzumachen, denn wenn sie etwas hasst, dann ist es körperliche Ertüchtigung. Da muss sie schon sehr ins Tief gerutscht sein, dass sie auf die Idee kommt, ihren Körper zu stählen. Tja: mittelalterliche Frau, im Startblock fürs Klimakterium, sinnbefreit und misanthropisch ihre Einsamkeit bedauernd. Mir bleibt das mit meinem jugendlichen Liebhaber und als vielleicht schon bald „glückliche" Mutter erspart. Ab einem gewissen Alter darf man nicht mehr so wählerisch sein. Da muss man eben über gewisse nachteilige Eigenschaften hinwegsehen – gewissermaßen. Manfred ist doch ein ansehnliches Exemplar Mann, wenn man davon absieht, dass er nicht wirklich sexy ist. Aber die Erotik erschöpft sich sowieso mit der Zeit, man muss diese Zeit nur aussitzen. Ich werde Erika empfehlen, sich einfach mit der Trennung Zeit zu lassen und sich libidinös weiter auf ihren bewährten Pfaden zu bewegen.

Angesichts der Alternative, einsam zu sein, oder eben mit einem wenig suffizienten „Künstler“ das Leben zu verbringen, beginne ich Michael zu schätzen. Momentan sehe ich in ihm auch einen genetisch passablen Vater – das Kind wird sicher schön. Darum esse ich mit ihm heute Abend sogar die lauwarme Pizza vom Bestellservice mit Genuss.

Aufwachen, noch dazu an einem Sonntag, ohne Restalkohol – das hat was! Ich schwöre mir, dass ich mir das ab jetzt öfter gönne. Sollte ich mich unbewusst schon auf eine Schwangerschaft einstimmen? Kaum daran gedacht, läuten schon die Alarmglocken, und ich würde, wenn mir nicht grauste, sogleich zur Bekämpfung dieser Horroridee einen Schnaps hinunterkippen. Am Morgen ist mir gar nicht nach Muttersein! Statt des Schnapses stopfe ich allerdings im Stehen das restliche Cremeschnittentiramisu meiner verpatzten Einladung in mich hinein, was mir ein wenig Übelkeit verursacht. Die Möglichkeit, dass die Ursache meines beleidigten Magens nicht die Süßspeise sein könnte, verwerfe ich sofort.

Das flaue Bauchgefühl ignorierend, renne ich zur Station Roßauer Lände, wo ich in die U-Bahn steige und zum Westbahnhof fahre. Das Publikum in der U-Bahn unterscheidet sich am Sonntag stark von dem am Wochentag: Erstens sind die Waggons weniger belebt und zweitens sind die Fahrgäste – bis auf die Generation siebzig plus – statt mit Kopftuch mit Stirnband bekleidet. Ich gehöre auch zu denen mit Stirnband. Die mit dem Stirnband tragen alle die Stöpsel in den Ohren und signalisieren, dass sie sich ausschließlich auf die Musik konzentrieren. So ein MP3-Player ist die beste Abschirmung gegen unliebsame Kontaktaufnahme mit den anderen Mitfahrern. Ich fühle mich ebenfalls gut abgeschirmt, während ich Mozarts 21. Klavierkonzert genieße. Es geht nichts über Mozart! Sogleich synchronisieren sich meine Hirnsynapsen auf eine beinahe euphorische Stimmung. Wer immer Gott sein mag – Mozart ist göttlicher!

Um kurz nach neun Uhr stehe ich dann vor dem „womanfit“. Warum selbst bei Fitnessstudios die Werbewirtschaft bei weiblichen Kunden auf rosa setzt, ist mir unverständlich. Ich kenne keine Frau über zwölf, die auf rosa steht. Jedenfalls ist das Interieur dieses Etablissements vom Sesselbezug bis zum Tresen an der Anmeldung rosa. Sogar die Dame am Empfang ist schillernd rosa gekleidet. Erika – nicht in Rosa – handelt gerade mit ihr aus, ob sie mit ihrem Schnuppergutschein auch die Sauna benutzen darf. Darf sie nicht! Und ich muss fürs Schnuppern – wenn auch nur die Hälfte – bezahlen. Die sechs Euro hätte ich besser in eine Öffi-Karte Richtung Nussdorf investiert und wäre auf den Kahlenberg gelaufen. Egal, was tut man nicht alles für eine konfuse Freundin?

Zum Glück bleibt mir der Umkleideraum erspart, da ich mich schon zu Hause in Fitnessschale geworfen habe. Es kommt so, wie ich es mir vorgestellt habe: Erika neben mir am Crosstrainer, ich daneben am Laufband, dazu grauenhaft hämmernder Lärm aus den Lautsprecherboxen, die überall montiert sind und denen man nicht ausweichen kann. Erika schreit keuchend in meine Richtung: „Was sagst dazu, dass ich jetzt auch auf Fitness bin?“ Sie zwickt mit der rechten Hand in ihren Oberschenkel. „Schon schlaff, da muss was geschehen.“

Ich sage dazu gar nichts, weiß ich doch, dass einen das Training zwar muskulöser, aber keineswegs „straffer“ macht. Ich will sie nicht entmutigen, drum deute ich mit meinem rechten Daumen Zustimmung. Ich hasse Laufbänder! Ich verstehe nicht, warum ich mich auf eine Maschine stellen soll, wenn ich auch in der frischen Luft, ohne dass mich so ein Gerät zu einem bestimmten Tempo zwingt, rennen kann? Die menschliche Natur wird mir in vielen Dingen immer ein Rätsel aufgeben. Haben all diese Leute, die so ein Institut besuchen, keinen Verstand? Hier ist es laut, stickig und stinkt. Und dafür auch noch bezahlen? *Mich* müsste man dafür bezahlen, dass ich hier regelmäßig herkäme – und zwar ordentlich. Momentan aber tue ich so, als wenn ich dieser unappetitlichen Stätte etwas abgewinnen könnte. Ich schreie zu Erika hinüber: „Wie geht's dir denn?"

Sie brüllt was zurück, das ich aber nicht ganz verstehe, drum steige ich von meinem Laufband ab, stoppe ihren Crosstrainer und deute ihr, dass wir besser mit unseren Smartphones telefonieren sollten, um uns zu unterhalten. Als sie kapiert und ihre Stöpsel im Ohr platziert hat, nehme ich wieder meinen Platz auf dem Laufband ein. In der Zwischenzeit ist eine in rosa gekleidete Aufsichtsperson aufgetaucht, die mein Absteigen vom Band gar nicht goutiert. Offenbar will sie mit mir sprechen.

„Ist was nicht in Ordnung? Sie sollten den Aufwärmvorgang nicht unterbrechen. Da eher ein wenig zurücksetzen." Und schon hat sie die Laufmaschine auf geriatrisches Gehtempo eingestellt. Hm, für diese rosa schillernde Zwanzigjährige bin ich eine Greisin. Mir auch recht, schleiche ich eben. Ich wünsche mir nur, dass sie sich wieder entfernt, drum lächle ich sie gequält an und bedanke mich: „Besser! Viel besser!"

Kaum hat sie sich umgedreht, klingelt Erika bei mir an. „Gute Idee, wozu habe ich meine Freiminuten, die brauch ich sowieso nie auf. Also mir geht's beschissen. Weißt, der Manfred, ich hab so ein schlechtes Gewissen, aber der ... er nervt mich. Schon wenn er in seinem behäbigen Tempo spricht, wenn er ... dann diese ständige Esserei. Und die Vorträge! Was interessieren mich die Wundärzte in den napoleonischen Kriegen? Was interessieren mich die Unterarten von ‚Mammilaria irgendwas' von Alexander von Humboldt? Humboldt ist für mich eine Gasse. Humboldtgasse im Zehnten ... aus. Dieses Gescheittun – unerträglich. Und immer rauchen!" Da staune ich aber! Soweit ich es bisher mitbekommen habe, kann Erika mit dem Manfred zigarettenmäßig ohne Weiteres mithalten. „Habe ich dir schon erzählt, dass ich zum Rauchen aufgehört habe? Nur mehr die E-Zigarette. Da staunst, hm?"

Ich nicke und hebe wieder meinen Daumen als Anerkennung. Gute Vorsätze haben als Auslöser immer schlechte Zeiten! Ich denke mir, dass Unglück dazu motiviert, was an seinem Leben zu ändern. War doch der gute alte Ablass auch nur ein Angebot an den alten Herrgott, dafür zu sorgen, dass es wieder aufwärtsgeht. Da wir den traditionellen Herrgott, mit dem wir einen Lebensverbesserungsdeal machen könnten, nicht mehr anbeten, müssen wir als Ablass dem Körpergott den Verzicht von Genussmitteln oder die Qual der Körperertüchtigung opfern. „Da staune ich aber wirklich! Was ist in dich gefahren? Dir muss es wirklich schlecht gehen!"

„Irgendwie mag ich ihn ja. Aber irgendwie bin ich gar nicht mehr gewöhnt, mich nach jemandem zu richten."

„Mir geht es auch so. Drum lebe ich mit dem Michael auch nicht zusammen, tät ich nicht aushalten." Diese Art der Kommunikation nervt. Drum steige ich ab, klopfe Erika auf die Schulter und zeige Richtung Ausgang. „Gehen wir was trinken, hm?"

Meine erschöpfte Freundin ist froh, dass ich ihr eine Ausrede anbiete, aufzuhören. In der Saftbar – natürlich auch rosa gestylt – gibt es nur Smoothies oder

Mineralwasser zu horrenden Preisen. Smoothies lehne ich ab, weil ich keinerlei Verständnis dafür habe, dass man nicht mehr kauen soll. Und das Mineralwasser? Ich halte es für unmoralisch, für Wasser mehr als für Wein zu bezahlen. Ich entscheide mich dann doch wohl oder übel für das zumindest vom Fitnessgott gesegnete Wasser, denn sonst dürfte ich in der Bar nicht Platz nehmen. Noch im Stehen zieht Erika an ihrer E-Zigarette, als wäre sie am Ersticken. Sofort kommt eine der rosa Krankenschwester und macht sie darauf aufmerksam: „Da dürfen Sie nicht rauchen!"

Wütend stößt Erika der Fitnesslady ihren Dampfatem ins Gesicht, ballt die Fäuste, hüpft aus ihrem rosa Sessel auf und verabschiedet sich. „So! Jetzt haben Sie eine Kundin weniger! ... Komm, Eckerl! An die frische Luft – hier riecht's nach rosa Schweiß."

Im Stechschritt verlassen wir den Fitnesstempel. Draußen angekommen, müssen wir gleichzeitig laut loslachen und Erika schlägt sich auf ihre Beine. „Lieber Cellulite auf den Schenkeln als im Hirn!"

„Bin ganz bei dir! Da müssen wir beide ja genial sein. Wohin jetzt?"

„Fleming's Hotel am Neubaugürtel, das hat immer offen."

Das Hotel mit einer typischen Allerweltsbrasserie ist gleich ums Eck. Der Vorteil an solch anonymen Lokalitäten ist immerhin, dass man nicht nach seinem Aussehen, sondern nur nach seiner Kreditkarte beurteilt wird. Wir okkupieren einen Tisch im Eck und bestellen Mineralwasser zu einem akzeptablen Preis, und das noch dazu serviert von einer Kellnerin – nicht in Rosa.

„Ich hätte Hunger ...", bemerkt die Frau Kommissar, während sie in der Speisekarte blättert, „... aber ich darf nicht. Weißt eh, wenn man zu rauchen aufhört, dann nimmt man zu. Das möchte ich unbedingt vermeiden."

„Isst halt einen Salat."

„Die letzten Tage habe ich so viel Salat gegessen, dass mein Bauch vor lauter Zellulose platzt. Ich sag dir was: Diät ist Horror."

Ich nicke wissend. „Wem sagst du das?"

Ehrlich gesagt, erlebt habe ich das noch gar nie, da ich eine Diät nie länger als eine halbe Stunde durchgestanden habe, aber ich lasse mir immerhin den Fastenwahn beinahe täglich von meinen vornehmlich weiblich betroffenen Patientinnen servieren.

Nach ein paar Schlucken Wasser und einem kräftigen Zug an der E-Zigarette fühlt sich Erika offensichtlich besser. Hier zumindest beobachtet die Kellnerin ungerührt, wie Erika andampft. Die meint zufrieden mit einer Kopfbewegung in Richtung Bedienstete: „Die kriegt von mir aber ordentlich Trinkgeld!" Dann bestellen wir uns zusammen eine Minestrone, die, wenn schon nicht nahrhaft, zumindest warm ist. Irgendwie kommt trotzdem keine Stimmung auf. Ich kaue ernsthaft an einem Kaugummi und die Frau Kommissarin saugt an ihrem Verdampfer. Plötzlich unterbricht sie unser Schweigen: „Der Burzelt hat sich umgebracht." Während sie das sagt, verzieht sich ihr Gesicht, als ob sie gleich weinen müsste, während sich ihre Lippen um das Mundteil ihrer E-Zigarette verkrampfen. „Den haben *wir* auf dem Gewissen ...", kommentiert sie mit gebrochener Stimme.

Ich drücke ihre Hand. „Aber geh, der war ein Alkoholiker, der eben depressiv war. Da kann keiner was dafür!"

Erika entzieht mir ihre Hand. „Du bist auch so eine, die sich am liebsten abputzt. Klar sind wir schuld! Einsperren und dann nicht mehr kümmern. Der hätte zumindest eine psychische Betreuung gebraucht. Vorverurteilt. Und ich ...“

Ich schnappe noch einmal ihre Hand. „Du hast getan, was dir das Gesetz vorschreibt. Du hättest ihn doch nicht laufen lassen können.“

„Aber ich hätte mich darum kümmern müssen, dass sie ihm einen Psychiater schicken.“

„Wahrscheinlich hätte der auch nichts geholfen. Außerdem, woher hättest du wissen sollen, dass er sich was antut?“

„Weil er es mir angekündigt hat. Im Verhör. Jedes Mal hat er gesagt: ‚Macht's mit mir, was ihr wollt, ich bring mich sowieso um.‘“ Jetzt ist es mit Erikas Beherrschung vorbei, sie heult sogar beinahe. „Ich hab es nicht ernst genommen, weißt? Ich habe gedacht, der will sich nur herausreden. Ist ja oft so, dass sie auf suizidal tun, damit sie auf die Psychiatrie überstellt werden. Da ist es natürlich angenehmer als im Häfen.“

Obwohl ich selber auch ein wenig erschüttert bin, lasse ich mir das nicht anmerken und tue professionell abgebrüht. „Man kann in keinen Menschen hineinschauen. Und außerdem: Du bist ja kein Psychiater.“

„Aber ich hätte einen bestellen müssen, verstehst?“, schreit sie.

„Hat er einen Abschiedsbrief geschrieben? Tät mich interessieren.“

„Ja, aber da steht nichts drin, was wir nicht schon gewusst haben. Dass er den Barkes gehasst hat, dass er ohne seine Mona nicht mehr leben wollte und dass er es nicht war, aber er es gerne gewesen wäre.“

„Jetzt verdächtigst ihn also nicht mehr?

Sie kneift ihre Stirn in Falten und schüttelt den Kopf. „Keine Ahnung. Jedenfalls könnte er es gewesen sein. Und die Ex vom Barkes ist übrigens weg. Die hat sich vertschüsst, mit unbekanntem Ziel."

„Aber ...", gerade verkneife ich mir noch rechtzeitig, dass ich sie ja am Vortag erst besucht habe, „... aber wann?"

„Wir wollten sie gestern noch einmal zu einem Verhör abholen, aber von der Füssli keine Spur, auch telefonisch nicht erreichbar."

Aha, da muss die Trude Füssli, gleich nachdem ich bei ihr war, abgehauen sein. Möglicherweise hat sie mir die Haubengeschichte doch nicht abgenommen und Lunte gerochen. Die hat sich aber gut verstellt, denn mir ist sie eigentlich nicht verdächtig vorgekommen. „Sag mal, ich meine ... hm, jetzt ist es ja eh schon egal. Wer hat euch eigentlich das Handy vom Barkes mit den Morddrohungen drauf gebracht? Der Typ muss den Barkes ja gut gekannt haben."

„Eigentlich darf ich dir das nicht sagen, aber da der Burzelt ja jetzt tot ist, wird es wohl keine Verhandlung mehr geben. Der Mann heißt Spöri und ist auch ein Schweizer. Ein Freund vom Barkes – war übrigens am Silvesterabend auch da. Der Barkes hat ihm das Handy zur Aufbewahrung übergeben. Falls ihm was zustoßen sollte, sollte der Spöri damit zur Polizei gehen, damit der Mörder – also der Burzelt – dran ist."

„Und der ist auch von dem Sterbeverein?"

„Ich glaube schon. Auch ein Macher da."

„Und was ist, wenn die Geschichte mit dem Auftrag, das Telefon der Polizei zu übergeben, gar nicht stimmt? Dann hätte der echte Mörder den Burzelt doch wunderbar vorgeschoben, oder?"

Erika zuckt mit den Schultern. „Klar, aber das werden wir nie mehr herauskriegen. Außerdem sind der Burzelt und die Exfrau die Einzigen, die ein Motiv haben."

„Die Einzigen, deren Motiv *wir kennen*. Vielleicht gibt es noch andere Motive? Vielleicht gibt es noch ein paar unbekannte Leichen im Keller, hm?“

Mit diesen Fragen habe ich mich zu weit hinausgelehnt, denn Erika stoppt ihre sentimentale Anwandlung. Sie blickt mir streng in die Augen. „Du bist da nicht dran, oder? Ich meine, weil du sagst: deren Motiv *wir kennen. Wir!* Misch dich nicht ein! Um den Barkes ist es, soweit ich das beurteilen kann, nicht schade, und der Burzelt wird nicht mehr lebendig.“

Ich zucke verlegen mit den Schultern und tue unbeteiligt. „Ich wollte ... ich wollte dich ... nur entlasten. Sonst nichts.“

„Ich gestatte dir, mir wegen des Manfreds oder anderer Liebhaber gute Ratschläge zu erteilen, aber lass die Finger von meinem Job. Okay?!“

Ich wehre mit meinen Händen ab. „Ja, ja, ja ... tue ich ja nicht“, dann versöhnlich, „... trotzdem wäre es nett, wenn du mir den Abschiedsbrief zukommen lassen würdest, weißt eh, wegen meiner Arbeit. Mir fehlen noch drei Fälle. Und der wäre schon interessant.“ Ich verbeiße es mir zu fragen, ob die Polizei auch in Erwägung gezogen hat, dass der Spöri sich das Telefon irgendwie unter den Nagel gerissen hat. Wäre wohl in der Wohnung zu Silvester bei dem ganzen Durcheinander nicht so schwer gewesen. Man müsste wissen, ob es noch ein weiteres Telefon vom Barkes gibt. Wenn ja, dann könnte Spöris Version stimmen, wenn nein, dann hat der Spöri es entwendet. Momentan traue ich mich aber nicht noch mehr nachzubohren. Drum stelle ich eine unverdächtige Frage: „Und wie hat er es gemacht? Ich meine, wegen meiner Studie.“

„Grauslich. Er hat sich mit seinem Kehlkopf unter ein Bein des Stahlbetts gelegt. Das Gewicht des Betts hat ihm zuerst den Kehlkopf zerdrückt und dann ist er langsam erstickt."

„Scheußlich! Auf was für Ideen Selbstmörder kommen! So eine Todesart bestätigt meine Theorie, dass Selbstmord immer aus einem extrem hohen Aggressionspotential entsteht."

„Auf dem Bett hat er den Polster und die Decke so arrangiert, dass es vom Spion aus so ausgesehen hat, als ob er schläft. Drum ist dem Beamten beim Rundgang auch nichts aufgefallen. Sie haben ihn erst heute Morgen entdeckt."

„Krieg ich den Brief, hm? Und ... ich weiß, ich bin unverschämt ... ein Foto von ihm, als sie ihn gefunden haben? Man kann oft aus so einem Dokument und auch wie er es gemacht hat, herauslesen, ob er nicht doch psychotisch war, ich meine ... und eventuell auch delirant."

Frau Kommissar Sacherl tut zumindest so, als ob sie mir mein wissenschaftliches Interesse abnehmen würde, denn sie gibt sich kooperativ. „Kriegst! Ich täte ja auch gerne wissen, ob er im Wahn ... dann ginge es mir besser."

„Sowieso! Wenn das Delir erst kurz vor seinem Suizid aufgetreten ist, dann hast nichts bemerken können. Und die Ankündigung beim Verhör? Da müsstest jeden Zweiten auf die Psychiatrie bringen. Geht mir doch genauso. Wenn ich jeden Patienten, der mit Selbstmord droht, einweisen würde, dann müssten wir in Wien noch etliche geschlossene Abteilungen aufmachen. Ich schaue mir den Fall an."

Irgendwie scheine ich Erika durch mein Geschwafel entlastet zu haben, denn diesmal ergreift *sie* meine Hand und zieht sie über den Tisch. „Ich bin dir nichts neidig. Ich möchte nicht beruflich beurteilen müssen, was in so einem Hirn vorgeht. Den ganzen Tag nur Spinnerte – da sind mir meine Diebe und Räuber schon lieber."

Um das Thema zu wechseln, erinnere ich sie an ihr Privatleben. „Und? Was wird jetzt mit deinem Mandi?"

Meine Freundin seufzt: „Was meinst? Soll ich ihn behalten? Lieber fad und lieb, als amüsant und hinterfotzig?"

„Mir wäre fad und lieb lieber. Amüsieren kannst dich auch mit mir. Außerdem ... ich finde den Manfred schon witzig und gar nicht fad."

„Na ja, du kennst dich wahrscheinlich bei Humboldts Mammiliaria aus. Ihr habt mehr gemeinsamen Gesprächsstoff."

„Aber geh, dann musst dich halt einlesen. Ist weniger anstrengend als Fitness, du kannst dabei rauchen und wirst nicht rosa eingefärbt."

„Hast eh recht, der Mandi liebt mich auch mit schlaffen Oberschenkeln. Und hungern muss ich auch nicht für ihn. Ganz im Gegenteil, er hätte gerne, dass ich dicker bin, damit er keine Komplexe wegen seines Bauchs haben muss. Er fühlt sich nämlich unter Zugzwang neben mir ... als Dünne."

Ich winke nach der Kellnerin. „Zweimal Palatschinken bitte! ... Erika ... mit Marille oder mit Topfen?"

„Topfen!"

„Also, einmal Marille und einmal Topfen. Und: zwei Gläser Prosecco!"

Erika nickt und klopft sich auf die Schenkel. „Straff genug ...", dann aufs Hirn, „... für so ein Genie!"

Warum „böse" Getränke und Nahrungsmittel sogleich den Serotoninspiegel heben, bedarf noch weiterer ausführlicher Studien, und deshalb nehmen wir dann auch noch einen weiteren Prosecco. Nach dem zweiten ist der Serotoninspiegel gefühlt schon so hoch, dass wir meinen, uns auch die körperliche Ertüchtigung sparen zu können. Wieso sich quälen, wenn man allein durch das Hinunterschlucken einer Flüssigkeit denselben Effekt erreichen kann? Dieses Phänomen bedingt allerdings leider auch Alkohol- und Drogenabhängigkeit, Fett- und jede andere Art von Sucht. Die katholische Kirche hat schon Recht, wenn sie das Glück nur durch das Erdulden multipler Qualen gestattet! Der einfache Weg führt direkt in den Abgrund! Drum schwöre ich mir, dass ich den Weg nach Hause zu Fuß – und das in beschleunigtem Tempo – zurücklegen werde. Damit hätte ich dann den Prosecco am helllichten Tag und die Palatschinke anstatt dem Laufband gutgemacht. Unsere Probleme scheinen alkoholbedingt jedenfalls gelöst, als wir uns beim Ausgang verabschieden. Der Manfred wurde wieder huldvoll inthroniert, und ich bin immerhin in meiner Meinung bestätigt worden, dass es der Burzelt nicht war.

Gerade als ich mich aus Erikas Abschiedsumarmung entwinde, packt sie mich noch an einem Zipfel meiner Jacke. „Aber sexy ist er nicht, der Manfred, oder findest du?“

Was soll ich da drauf sagen? Dass nicht Erika, sondern ich seine Freundin wäre, wenn er mich auch nur im Geringsten erotisch antörnen würde? Um den Partnerkonflikt nicht auf die Spitze zu treiben, schnalze ich mit den Lippen und antworte kryptisch: „Kannst mir glauben, er hat so seine Qualitäten, man muss sie nur entdecken und ...“

Erika starrt mich entgeistert an. „Du und er ...?“

Bevor ich mich in eine Situation bringe, aus der ich mich nicht mehr herausreden kann, werfe ich ihr noch einen Luftkuss zu und entschwinde mit: „Selber forschen ...“

Vor Weihnachten bewegen sich die Massen in der Mariahilfer Straße, um Dinge zu erwerben, die nach Weihnachten wieder gegen Dinge umgetauscht werden, die dann auch niemand will. Da ja heute Sonntag ist, und damit keine Möglichkeit für die Massen besteht, ihre unliebsamen Geschenke einzutauschen, wage ich, diese Straße zu betreten, die ich sonst wie der Teufel das Weihwasser meide. Heute bewegen sich die konsumierenden Existenzen gemütlich von Schaufenster zu Schaufenster, wo sie die Angebote des Ausverkaufs gründlich studieren. Ich denke, dass dieses Studium einen wesentlichen Beitrag zur Alphabetisierung der Bevölkerung leistet. Um die Preise und die Werbung zu erfassen, muss man nämlich – wenn auch dürftig – lesen können. Auf der Mariahilfer Straße geht es Richtung Innenstadt immer bergab. Dieser Umstand beflügelt meine Beine und meinen Geist. Im Laufen kommt das Hirn auf Touren. Muss für den Burzelt gar nicht so einfach gewesen sein, sich die Liege in seiner Zelle auf den Hals zu stellen. Wie viel wiegt wohl so ein Bett? Ist es an der Wand oder am Boden montiert oder steht es frei? Hätte irgendwer den Mario in der Zelle besuchen können? Vielleicht hat der sich gar nicht umgebracht? Ich grüble, wen ich zu diesem Umstand befragen könnte.

Das Schicksal ist mir hold, als ich in Höhe der Casa Piccola über zwei Streifenpolizisten stolpere. Einen davon kenne ich. Die beiden perlustrieren einen dunkelhäutigen Mann, um seine Papiere zu kontrollieren. Allein aufgrund der Pickel im Gesicht ist der Fluger, mein Saurüsselspender, unverkennbar. Um die Amtshandlung nicht zu behindern, warte ich vor der Casa Piccola und tue so, als ob ich mich ebenfalls der Gruppe der Konsumexistenzen angeschlossen hätte, indem ich in die Auslage des dortigen Schuhgeschäfts starre. Es dauert. Hoffentlich entfleucht mir der Fluger nicht, bevor ich ihn begrüßen kann. Zum Glück löst sich das Grüppchen dann doch schnell auf, da der Ausweis des Perlustrierten anscheinend in Ordnung ist.

Als die beiden Beamten ihren Weg die Mariahilfer Straße hinauf fortsetzen, mache ich mich bemerkbar. „Herr Fluger, Herr Inspektor ...", schreie ich und schieße auf ihn zu, „... so ein Zufall! Ich wollte Sie schon anrufen und mich bedanken ..."

Der Polizist bleibt stehen. Er hat wahrscheinlich Angst, dass ich die Anekdote mit dem Saurüssel erzähle, denn er unterbricht mich: „Oh Frau Doktor! Keine Ursache!"

Dann schickt er sich an, seinem Kollegen weiter zu folgen, aber ich lasse nicht locker. „Das war so nett von Ihnen ... schmeckt ..."

Er verzieht seinen Mund zu einem verlegenen Lächeln. „Bin im Dienst."

„Aber ... wenn Sie dienstfrei sind, dann darf ich Sie doch zum Dank auf einen Kaffee ..."

Der andere Beamte grinst wissend. „Du, Erich, das Angebot tät ich annehmen."

„Und?", insistiere ich.

Der junge Mann stottert herum: „Geht ... ja, geht. Um vier ist Schluss."

„Großartig, dann wo?"

Er deutet die Mariahilfer Straße hinauf. „Starbucks? Da oben."

Ich täusche Begeisterung vor, obwohl ich freiwillig nie in einen Laden gehen würde, der den Kaffee im Becher serviert und außerdem Mitschuld trägt am Niedergang unserer einzigartigen Kaffeehauskultur. „Fein, dann bis um vier!"

Ein Blick auf meine Uhr sagt mir, dass ich bis dahin noch drei Stunden Zeit habe. Wunderbar, da geht sich noch ein Besuch auf der Gerichtsmedizin aus, wo der Burzelt in seinem Stahlsarg ruht. Also die Ringstraße entlang bis zur Währinger Straße. Trotz meiner dank des Wiener Matschwinters durchnässten Laufschuhe genieße ich den kalten Jännersonntag, da die Stadt zu allen Jahreszeiten ihren einzigartigen Charme ausstrahlt. Welche Stadt auf der Welt sonst umarmt seine Besucher mit Zuckerwatte und wärmt sie mit Maronistandeln?

Als ich in der Gerichtsmedizin ankomme, rinnt mir das Wasser schon aus den Schuhen. Ich bin sicher, dass einer meiner beiden einsamen männlichen Freunde im Institut ist. Was sonst soll ein Mann ohne ihn betreuende Frau an einem Sonntag tun? Die Zeitung kann er auch an seinem Schreibtisch im Büro lesen.

Und tatsächlich! Als ich an der Tür läute, ertönt aus der Gegensprechanlage sowohl die Stimme des Ameling als auch die von Manfred. Es scheint so, als dürstete es ihnen nach Gesellschaft. Als Erstes werde ich von Manfred in Empfang genommen: „Na, so eine Überraschung, hast Sehnsucht nach mir oder nach meiner Leiche?“

Ich küsse ihn auf die Wange. „Blöde Frage, nach dir ...“

Hinter ihm taucht dann sogleich der Ameling auf. „Oh ...“, meint er konsterniert, als er mich mit dem Manfred sieht, „... die Alma ... da will ich nicht stören.“

Bevor er sich umdreht, um über die Treppe nach oben wieder in sein Refugium zurückzukehren, begrüße ich ihn noch lieb: „Servus, Joschi ... ich komm später noch bei dir vorbei.“

Manfred verdreht die Augen. „Was findest du an dem Bsuff?"

„Aber wo! Der ist doch nett und harmlos ... ich bin nicht so arrogant, dass ich nicht auch Umgang mit einem Prekarier pflegen würde."

Manfred seufzt. „Du musst auch nicht mit ihm zusammenarbeiten. Dann würde dir der Umgang mit ihm vergehen. Egal! Was führt dich in meine heiligen Hallen? Meine Wenigkeit schließe ich aus. Der tote Burzelt ist es? Oder?"

Ich ziehe den Professor weg vom Hauseingang, da mir meine Füße schon ziemlich eingefroren sind. Ich deute auf meine nassen Schuhe. „Gibt's wo eine Heizung?"

Manfred kapiert und wir steigen die Stiege Richtung Büro hoch. „Wieso gehst du nicht nach Hause und ziehst dich um? Ich kenne dich bald nur mehr im Strampelanzug. Diese Lauferei ist ein Wahn. Du solltest dich mal selber psychiatrieren."

Dazu gebe ich keinen Kommentar ab. Als wir in seinem warmen Büro angekommen sind, schlupfe ich aus meinen triefenden Schuhen, die ich ihm entgegenhalte. „Du hast doch sicher eine Mikrowelle?"

Doktor Marchel blickt mich entgeistert an. „Das meinst du nicht im Ernst?"

„Sowieso, das geht am schnellsten."

Manfred schüttelt den Kopf, nimmt mir aber meine Schuhe ab, bewegt sich Richtung Tür, öffnet diese und schreit über den Gang nach dem Joschi im Kasernenton: „Ameling! Hierher!"

Der hat anscheinend sowieso in seinem Kämmerchen neugierig gelauscht, denn er steht habt Acht, bevor der Professor ein zweites Mal seinen Befehl aussprechen muss. „Bin da. Bitte, was?"

Ich sehe, wie Manfred ihm meine Schuhe in die Hand drückt. „Mikrowelle ..." Da der Joschi offensichtlich nichts versteht, setzt er nach: „Mikrowelle ... zum Trocken ... kapiert?"

Ameling rauscht ab, kehrt aber sogleich wieder zurück. „Wie lange soll das dauern?", fragt er seinen Chef.

„Also mit Schuhen habe ich keine Erfahrung ..."

Ich mische mich ein und rufe dem Joschi zu: „Unterhosen gehen in fünf Minuten, da müssten die Schuhe in zehn ..."

Der Professor muss es natürlich besser wissen: „Machen Sie mal drei Minuten bei 900 Watt. Da können Sie ja dann fühlen, wie gar sie sind." Nachdem der Ameling weg ist, lässt sich Manfred mit einem Seufzer in seinen Bürosessel fallen. „Und das alles nur, damit du keine Lungenentzündung bekommst. Was darf ich dir außer unserer Mikrowelle noch anbieten? Den Autoklaven, den Gefriertrockner, eine Leichenbox?"

„Also wenn es leicht geht, dann täte ich einen Tee nehmen und ein bisschen bessere Laune von dir."

Manfred erhebt sich schwer aus seinem Stuhl, um wieder zur Tür zu schleichen. „Ameling, bringen Sie einen Tee für die Frau Doktor!"

„Wenn es nicht zu kompliziert ist, dann hätte ich gerne Hagebutte."

Er schlurft wieder zu seinem Schreibtisch. „Es ist zu kompliziert."

Ich setze mich auf sein Besuchersofa und ziehe meine Beine eng zu mir, denn mir ist kalt. Als Manfred das sieht, erhebt er sich wieder und brüllt wiederum durch die Tür: „Und eine Decke!" Dann wendet er sich wieder mir zu. „Sonst noch was?"

Ich lächle ihn bibbernd an. „Danke, lieb von dir."

Kopfschüttelnd setzt er sich wieder hin. „Frauen ..."

„Apropos Frauen: Ich war gerade mit der Erika im Fitnessstudio. Stell dir vor, die ist ganz motiviert, tut was für sich. Sogar ... nur mehr Elektrozigarette!"

Manfred steht wieder auf, um aus seiner Schreibtischlade eine Packung Lucky Strikes herauszuziehen. „Das bringt mich auf eine Idee ..." Er eilt zum Fenster, öffnet es und zündet sich davor eine Zigarette an. „Ich paffe hinaus, aus Rücksicht ..."

„Bitte, bitte mach wieder zu und rauch drinnen, mir ist kalt."

„Sowieso nicht erlaubt! Wir dürfen drinnen nicht rauchen. Anordnung."

„Und wer kontrolliert das?"

„Ich! Ich bin verantwortlich."

„Verstehe, drum muss ich noch mehr frieren. Aber ehrlich, die Erika ist motiviert. Nimm dir ein Beispiel."

Manfred schließt das Fenster. Schweigen. – Das Thema Erika scheint den Redefluss zu bremsen. Gerade als ich das Thema Erika fortsetzen möchte, erscheint der Ameling, in der einen Hand ein Teehäferl, über den Arm gewickelt eine Decke und in der anderen Hand meine Schuhe. Er blickt seinen Chef fragend an, der ordert, indem er auf seinen Schreibtisch deutet: „Tun Sie alles da her!"

Joschi platziert den Ballast zwischen den Aktenstößen auf dem Sekretär. Die Decke hebt er fragend in die Höhe.

Ich erhebe mich ein wenig und melde mich: „Darf ich die haben?"

Er legt mir die Decke vorsichtig über meine Beine. „Bitte ..."

„Danke ..."

Diese aufmerksame Geste findet nicht Manfreds Zustimmung, denn er schnauzt den armen Ameling an:

„Und jetzt können Sie wieder gehen. Heute ist Sonntag, frei."

Ich merke, dass der Joschi was sagen möchte, denn er deutet verzagt auf das Paar Schuhe, das Manfreds Schreibtisch ziert: „Es ist ... leider ... da..."

„Sie können gehen ...", befiehlt sein Chef.

Doch Ameling möchte sich mitteilen: „Der Schuh ... also das Bandl ... also, verdammt heiß." Er hebt einen in die Höhe. Jetzt sehen wir es auch: Ein Schnürsenkel ist verkohlt.

Der Professor springt von seinem Stuhl auf. „Sind Sie dafür auch zu blöd? Wie konnte ...?"

Joschi stottert: „Drei Minuten, 900 Watt ..."

Ich beschwichtige: „Egal, ist ja nichts passiert. Hat es gebrannt?"

Ameling nickt. „Und Funken."

Ich erhebe mich, nicht ohne mir die Decke um meine frierenden Hüften zu wickeln, um mir die Bescherung anzuschauen. Klar, die Schuhbänder haben am Ende eine metallene Öse und die hat wahrscheinlich Funken geschlagen. Tröstend tätschle ich Amelings Arm: „Tu dir nichts an, ich tu neue rein. Danke!"

Der Joschi bewegt sich vorsichtig rückwärts, immer mit Blick auf seinen erbosten Chef: „Entschuldigung, drei Minuten, 900 Watt ..."

Der Professor entgegnet ihm nichts mehr, erst als er draußen ist, bekomme ich es ab: „Wieso hast du die nicht rausgegeben, hm? Denken ... wie wäre es mit Denken?"

„Ach, lassen wir das. Borgst du mir eine Schnur? Von denen habt ihr doch sicher genug."

Manfred seufzt. „Ein bisserl Hirn, das wäre schon was ..."

Ich sage nichts, denn das bisserl Hirn hätte er auch haben können. Stattdessen versuche ich seine Laune zu verbessern, indem ich ihm einen Brocken Hoffnung in Bezug auf Erika zuwerfe: „Das macht sie nur, damit sie für dich attraktiv ist ..."

Marchel stutzt: „Wiiirklich ...?"

„Wirklich! Sie glaubt, dass sie ... hm ... wie soll ich sagen, na ja, dass du sie nicht mehr so anziehend wie früher ..."

Sogleich wacht er auf. „So ein Blödsinn ... ist sie doch, um Heine zu zitieren", Manfreds Stimme wird plötzlich ganz sanft und romantisch, „... die schönste Jungfrau sitzet dort oben wunderbar, ihr goldnes Geschmeide blitzet, sie kämmt ihr goldnes Haar ..."

Rührend, rührend – ich bin gerührt. „Weißt Manfred, das solltest ihr sagen ... nicht mir. Eine Frau wünscht sich eben, dass ihr der Lover seine Zuneigung manchmal auch zu Gehör bringt. Mach das, hm?" Er nickt peinlich berührt. Um die sentimentale Stimmung zu unterbrechen, fasse ich meine Laufschuhe und möchte sie anziehen. Jetzt erst fällt mir auf, dass ich meine Socken auch in der Mikrowelle hätte braten lassen sollen, denn die sind natürlich noch immer nass. Egal, ich muss schauen, dass ich noch vor meinem Starbucks-Termin die Leiche vom Burzelt zu Gesicht bekomme. „Darf ich ihn sehen?"

Manfred kennt sich nicht aus, ist er doch ganz und gar mit seinen Gedanken bei seiner Erika.

Er starrt mich verloren an. „Hm? Wen?"

„Ich möchte den Burzelt sehen, geht das?"

Zum Glück ergibt sich keine Diskussion, warum und weshalb, denn der Professor schwebt in höheren Sphären. Er zuckt die Schulter und meint nur: „Wenn du willst."

Wir starten in Richtung Prosektur, nicht ohne dass Marchel seinen Diener Ameling zu uns zitiert: „Ameling, Arbeit."

Unten angekommen, hülle ich mich noch fester in meine Decke, denn da ist es auch schon wieder unangenehm kühl. Joschi zieht Burzelts Leiche aus der Kühlbox und lüftet das Leintuch. Bis auf eine blaugräuliche Verfärbung am Hals neben dem Obduktionsschnitt bemerke ich nichts Auffälliges.

„Der Larynx ist hin, der Schildknorpel eingebrochen, der Cricothyreoideus abgerissen, da geht keine Luft mehr durch. Erstickt. Nicht lustig."

„War das Bett in der Zelle gar nicht angeschraubt, dass er es auf sich draufstellen konnte?"

Manfred zuckt mit den Schultern. „Moderner Strafvollzug! Damit sie es gemütlich haben. Da lobe ich mir die alte Version: Beton."

„Das hat er *allein* geschafft?"

„Was meinst damit? Schon wieder Mordphantasien? Alma! Ich bestätige hiermit, dass er das sicher *ganz allein* zuwege gebracht hat. Damit du lernst, wie es geht: zuerst unter das Bett legen, Hals unter einem Bettfuß platzieren, Bettgestell ein Stückerl in die Höhe drücken und dann langsam auf den Kehlkopf fallen lassen. Aus!"

„Grauslich!"

Manfred und Joschi nicken zustimmend im Duett. „Grauslich!"

Kapitel 11

Entgegen jeder Vernunft renne ich ausgefroren und mit nassen Füßen in fröhlicher Erwartung einer Erkältung zur Station Schottentor, um mit der U-Bahn bis zum Museumsquartier zu fahren. Ein Segen, dass unsere Öffis geheizt sind. Von da hirsche ich die Mariahilfer Straße bergauf bis zum verachteten Starbucks. Er ist voller fröhlicher Menschen, die – ihren Blick auf die Displays ihrer Smartphones gerichtet – mit ihren Dates offensichtlich digital kommunizieren. Das hat was! Es schult die Fingerfertigkeit und man hat die Liebeserklärung schwarz auf weiß. Trotzdem ist der Lärm in diesem Lokal erheblich, weil die Handymaniker doch hie und da den Kopf heben, dem Gegenüber etwas wahnsinnig Witziges zeigen und dabei laut schallend lachen. Sie selber hören gar nicht, was für einen Ausstoß an Dezibel sie von sich geben, da ihre Ohren ja gut durch zwei Stöpsel geschützt sind. In dieser unbehaglichen Stätte angekommen, blicke ich nach dem pickeligen Polizisten suchend in die Menge.

Der Fluger hat weiter hinten in einer Ecke einen Platz entdeckt, der gerade frei wird. Er wartet, bis ich mich gesetzt habe. Dann nimmt er auch Platz. Gut erzogen! Anscheinend kommt er aus einem ähnlichen Stall wie ich. Auch der Brauch mit dem Saurüssel spricht dafür. Wertkonservativ! Ich sehe, dass wir sofort auf derselben Wellenlänge sind. „Wir können du zueinander sagen", starte ich die Unterhaltung und strecke ihm meine Hand hin, „Alma ..."

Er lächelt schüchtern, aber offensichtlich geschmeichelt. „Ferdinand ..."

„Sie ...", ich schüttle den Kopf und schnalze mit der Zunge entschuldigend, „... du ... du kommst aus einer

Familie mit ähnlichen Gebräuchen wie in meiner. Ich meine wegen des Sauschädelessens."

„Scheint so. Meine Mutter besteht darauf und ich mache es halt. Ihr zuliebe! Schadet ja nicht."

„Mit geht's genauso. Immer die Regel der Mama im Hinterkopf?"

Ferdinand lacht. „Na ja, so schlimm ist es auch wieder nicht. Freut mich, dass Sie ... hm du ... dass es dir geschmeckt hat."

Es folgt eine Pause, bis ich die Unterhaltung wieder in Gang bringe: „Ich bin ja dann an besagtem Abend weg, mit deiner Chefin. Eine schlimme Geschichte, scheint kein Unfall gewesen zu sein. Aber Gott sei Dank, der Mörder ist ja schon gefunden worden."

Der junge Polizist nickt begeistert. „Ja, das ist schnell gegangen. Der war eben ein richtiger Eifersuchtstäter. Die verraten sich immer." Dazu hebt er seine Augenbrauen, während er mich bedeutungsvoll fixiert, als ob er schon auf eine jahrzehntelange Erfahrung mit diversen Mördern zurückblicken könnte.

„Hattest du schon viele Morde?", frage ich ihn, interessiert tuend.

Fluger seufzt, bevor er sich mit einer Ausflucht herauswinden möchte: „Einige ... na ja, die meisten peripher."

„Peripher." Ich schätze, das soll wohl heißen aus der Kronen Zeitung oder aus dem Fernsehen: Tatort. „Da wird man wohl abgebrüht?"

„Klar, geht nicht anders", macht er auf cool.

„Aber *der* Mord, *der* ist schon was Besonderes, oder? Der Burzelt, der war wohl psychisch krank, oder? Sonst hätte er sich nicht gleich umgebracht?" Ich merke, dass Fluger versucht, seine souveräne Polizistenmaske zu wahren.

„Hat keiner wissen können ...“, bemerkt er knapp, während er seinen Blick in den Zuckerstreuer, der auf dem Tisch steht, versenkt.

Ich nicke bejahend. „Hat keiner wissen können, natürlich nicht. Trotzdem unangenehm. Das wird ein Fressen für die Zeitungen. Ich habe aber noch gar nichts darüber gelesen. Ist das noch geheim?“ Es scheint, als ob der Zuckerstreuer ein Objekt besonderen Interesses für den Ferdinand darstellt, denn er kann seine Augen gar nicht davon lösen.

Er zuckt mit den Schulten. „Muss erst aufgeklärt werden. Ob die Aufsicht versagt hat. Innenrevision.“

„Du hast aber nicht Dienst gehabt? Hm? Ist ja noch in der Polizeianhaltung passiert, oder?“

Fluger nickt und blickt kurz auf. „Oh doch, das ist ja die Bescherung. Ich habe ihn ständig kontrolliert, da war nichts.“

Um jetzt keine emotionale Eruption zuzulassen, versuche ich, ihn ein wenig abzulenken und winke einer Kellnerin, die aber nicht reagiert. Daraufhin berühre ich Fluger am Ellenbogen, den er am Tisch abgestützt hat. „Was willst du haben? Ich hole uns was, da kommt sowieso keine.“

Er blickt mich erstaunt an, bis er kapiert. „Ach, ach so ... Kaffee?“

„Ja“, betone ich, „... Kaffee, dazu sind wir ja da. Welchen?“

Er schüttelt desinteressiert den Kopf. „Normal ...“

Ich lese von der Tafel an der Wand vor: „Gingerbread Latte ... was immer das sein mag ... Toffee Nut Latte ... keine Ahnung ... Caffè Americano ... klingt schon nach nichts ... Iced Caffè Americano ... nichts Geeistes ...“

„Einen Verlängerten ...“, unterbricht Ferdinand mich.

Ich seufze tief. „Genau den gibt’s da nicht.“

„Egal, was immer."

„Gut, dann hole ich uns zwei Cappuccino. In Ordnung?"

Ich warte seine Antwort gar nicht ab, sondern bewege mich Richtung Theke, um mich in die Schlange der Coffee-to-go-Kunden einzureihen. Während ich warte, fällt mir wieder auf, dass ich ja noch immer nasse Füße habe und danach trachten sollte, möglichst schnell nach Hause in meine heiße Badewanne zu kommen. Ich muss die Unterhaltung mit meinem neuen Freund beschleunigen. Er hatte also in der besagten Nacht im Polizeianhaltezentrum Rossauer Lände Dienst. Und weder er noch seine Kollegen haben etwas bemerkt, als der Burzelt sich das Bett auf den Hals gestellt hat. Ich hätte diese Zelle zu gerne gesehen.

Endlich balanciere ich die beiden Kaffees zurück zum wartenden Fluger. Der starrt noch immer auf den Zuckerstreuer. Als ich ihm den Becher hinstelle, blickt er mich verloren an: „Seine Mutter hat gesagt, dass er sich beruhigt hat und schläft. Dann habe ich durchs Guckerl hineingeschaut, und tatsächlich, er hat fest geschlafen."

Das erstaunt mich jetzt aber. „Welche Mutter?"

„Seine ... die hatte eine Besuchserlaubnis. Sie ist am Abend gekommen und hat ihn besuchen dürfen. Wir waren froh, dass sie da war. Er war ja so depressiv, und wir haben gedacht, die wird ihm guttun", dann setzt er mit einem herzzerreißenden Seufzer nach, „... war aber nicht so."

„Haben Sie ... du ... Entschuldigung, muss mich erst gewöhnen ... hast du mit ihr gesprochen?"

„Nein, nur eben als sie gegangen ist, das war so um zehn. Da hat sie sich verabschiedet und eben gemeint, dass er jetzt schläft."

„Wie alt war die Frau?“

„Ich habe sie nur so ... also aus meinem Dienstzimmer heraus ... gesehen. Mein Kollege hat ihr aufgemacht. Außerdem hatte sie eine Haube auf, die war bis ins Gesicht gezogen.“

„Und der Dialekt? Aus Wien?“

„Mir ist nichts aufgefallen, aber wir sitzen ja hinter einer Glaswand, da klingt die Stimme meistens anders.“

„Hast du eine Adresse von der Mutter? Wenn ich die haben könnte? Du musst nämlich wissen, dass ich gerade eine wissenschaftliche Arbeit über die Wahl der Todesart bei Suizid nach Kriterien der Psychopathologie schreibe, da würde die eigenartige Tötungsversion des Burzelt gut dazu passen.“

„Sicher, im Büro, aber ich weiß nicht, ob ich die weitergeben darf.“

„Kannst fragen, bitte?“

„Kein Problem, das mache ich. Aber ich weiß nicht, ob die das erlauben.“

„Und du bist sicher, dass der Burzelt zu dem Zeitpunkt, als sie gegangen ist, noch gelebt hat?“

„Also, als ich nachgeschaut habe, da hat er geschlafen. Seinen Kopf habe ich von der Seite im Bett gesehen. Sicher!“

„Und dann? Wie oft hast du dann noch nachgesehen in dieser Nacht?“

„Ich hab gar nicht mehr geschaut. Da war dann der Nevadal dran, aber der hat auch nichts bemerkt. Erst beim Frühstückausteilen hat der Tagdienst ihn entdeckt. Da waren wir schon außer Dienst.“

„Könnte es nicht so sein, dass es nur vom Blickwinkel des Zellenfensters aus so ausgesehen hat, als ob er im Bett schläft?“ Jetzt habe ich offensichtlich einen wunden Punkt getroffen, denn der junge Polizist verzieht unglücklich sein Gesicht. Er kann die Tränen kaum zurückhalten.

„Das ist es ja ... wir sind schuld ... ich bin schuld! Ich hätte hineingehen sollen. Er hat die Decke so hingelegt, dass es ausgehen hat, als ob er drunter liegen würde. Und ... und ...", der arme Kerl knödelt, er bringt den Satz kaum heraus, „... und sein dunkler Haarschopf am Polster, das war sein Pullover. Man hat ja nur ...", er deutet die Größe zwischen Daumen und Zeigefinger an, „... so ein Stückerl gesehen."

Ich nicke mitfühlend. „Tja, das kann schon wie der Hinterkopf ausschauen. Das hat ja keiner wissen können, dass der so ... und ich habe schon viele Selbstmorde untersucht ... dass der sich so eine abartige Art aussucht, um sich umzubringen. Da kannst du nichts dafür! Das wäre jedem passiert. Ist es ja auch! Deinen Kollegen, den hat er doch auch getäuscht."

Der Fluger seufzt und steht auf. „Wenn Sie meinen! Ah ... du musst es ja wissen, als Expertin für Selbstmord."

Immerhin scheint ihn meine „Expertenexpertise" etwas beruhigt zu haben. Bevor er sich verzieht, muss ich noch seine Telefonnummer kriegen. Also fixiere ich bei der Verabschiedung aufmerksam sein Gesicht und diagnostiziere: „Ich möchte mich ja nicht aufdrängen, aber ich wüsste eine Salbe gegen deine Akne. Bitte empfinde das nicht als Indiskretion, aber ich bin ja Ärztin. Ich vermute, dass dich deine Pickel auch stören, oder?"

Ferdinand scheint verwirrt, er versteht nicht, wie ich vom Burzelt auf seine Akne komme. „Hm? Ach so, nein, wenn Sie ... ähm du ... was dagegen hast. Ist gut."

„Gib mir deine Nummer und deine Adresse, dann schicke ich dir ein Rezept. Hilft sicher, wenn auch erst in drei Monaten. Wie du die Creme anwenden sollst, erkläre ich dir genauer, wenn du die Salbe in der Apotheke besorgt hast. Machen wir das so?“ Er nickt verlegen. „Ich notiere mir deine Daten gleich auf meinem Handy. Also?“ Fluger stottert mir seine Kontaktdaten vor. Nachdem ich die Nummer gespeichert habe, wähle ich gleich, um sicher zu sein, dass er sich in seiner Aufregung nicht vertan hat. Als es bei ihm klingelt, hebt er verwundert ab. Ich schüttle den Kopf und drücke seine Hand mit dem Handy wieder retour Richtung Hosentasche. „War nur ein Probeanruf. Passt. Also, wenn ich morgen in der Ordination bin, schicke ich das Rezept gleich weg. Oder du kannst es dir auch morgen in der Ordi in der Pramergasse holen, das geht schneller.“

„Ich hole es mir, wann?“

„Am besten kurz vor zwei, bevor ich anfange. Sonst hinterlege ich das Rezept in der Rezeption bis fünf Uhr.“

Dann schütteln wir uns noch die Hand und ich entfliehe Richtung U-Bahn. Draußen ist es schon verdammt kalt und meine durchgeschwitzte Kleidung klebt wie eine Eisbandage auf meinem Körper. Selbst in den geheizten Waggons schaffe ich es nicht mehr, mich aufzuwärmen. Bedingt durch mein körperliches Unbehagen erinnere ich mich wieder an meine noch immer nicht aufgetauchte Mensis. Morgen, nehme ich mir vor, mache ich einen Test. Man muss den Tatsachen ins Auge schauen. Wenn der positiv ist, kann ich mich noch immer entscheiden, ob ich den Fötus behalten möchte.

Als ich fröstelnd endlich meine Wohnungstür aufschließe, bemerke ich, dass im Salon Licht brennt. Eigenartig! Ist Michael noch immer da? Wahrscheinlich hat er bis nach Mittag geschlafen, dann ein geruhsames Bad genommen und sich dann nach einem ausgiebigen Frühstück wieder hingelegt. Hoffentlich hat er nicht den ganzen Boiler ausgeleert, sodass ich auch noch eine heiße Wanne für mich einlassen kann. „Mach ihm keine Vorwürfe, bevor du nicht wirklich weißt, ob er tatsächlich das ganze Warmwasser verbraucht hat", sage ich mir. Deshalb betrete ich nach Ablegen meiner Turnschuhe mitsamt den nassen Socken das Wohnzimmer. Michael sitzt im Schneidersitz, umringt von Kissen, am Boden. An jedem Polster, angeheftet mit Klebeband, eine herausgerissene Zeitungsseite, beschrieben mit dickem Marker: „Mario Burzelt, Mareile Meyer, Trude Füssli, Urs Spöri, Josi Kraxner, N.N., N.N., N.N."

Als ich ihn von oben herab fragend anblicke, hebt er nur kurz sein Haupt und zischt: „Keine Fragen, ich denke ..."

„Und? Was denkst du? Leisten dir die da", dabei deute ich auf die Pölster, „beim Denken Gesellschaft?"

„Ich bin am Arbeiten ... an meinem Krimi", antwortet Michael bestimmt.

Der Ton, in dem mir diese außergewöhnliche Tatsache mitgeteilt wird, erlaubt keinen Einspruch, drum ziehe ich mich Richtung Bad zurück, in der Hoffnung auf heißes, ja siedendes Wasser. Momentan wünsche ich mir, durchgegart zu werden, bis meine Haut dunkelrot marmoriert einem Aquarell aus Kraxners Galerie gleicht. Beim Hinausgehen werfe frage ich noch vorsichtig nach: „Hast du gebadet? Ist noch warmes Wasser da?"

Michael knurrt, während er auf den Kraxner-Zettel starrt. „Nein, Dusche."

Diese Antwort erfreut mich mehr, als wenn er mir liebevoll die Badewanne lauwarm eingelassen hätte.

Tatsächlich: Aus dem Hahn dampft es heraus und ich entledige mich der klebrigen Klamotten. Schon wegen meiner Reinigungsinsel möchte ich in keinem anderen Zeitalter als dem jetzigen leben. Unsere verlausten, verflohten, verwanzten Vorfahren, die dann auch noch solidarisch mit ihrem Ungeziefer frieren mussten, haben sich den erbeteten Himmel redlich verdient. An ihrer Stelle hätte ich mir ein langes Fegefeuer gewünscht. Immer noch besser als auf dem Strohsack frieren. So ein Fegefeuer stelle ich mir wie eine rußige Sauna vor. Angenehm!

Ich liebe das Wasser so brühheiß, dass ich zuerst nur die Zehen hineinstecken kann. Dann lasse ich an dieser Stelle ein wenig kalt nach, damit der ganze Fuß in die gekühlte Mulde schlüpfen kann. Sobald sich einmal ein Körperteil an die Hitze gewöhnt hat, kann ich den restlichen Körper nachschieben. Und dann – dann tritt dieser Effekt ein, der das Blut aus dem Hirn in die Peripherie saugt und durch die Leere im Kopf ein Gefühl der Gedankenlosigkeit entsteht, die äquivalent zu einer Meditation eine wohlige Blödheit erzeugt. In diesem Zustand kann ich dann so lange verweilen, bis meine Zentrale wieder durchblutet wird und erneut zu denken beginnt. Dann ist es leider aus mit der Blödheit, dann fängt dieser Ideenorkan wieder an und treibt mich aus der Wanne. Leider kann auch durch Nachfüllen von brühendem Wasser dieser Zustand nicht mehr wiederhergestellt werden, denn dazu müsste meine Körperoberfläche vorher komplett ausgekühlt sein.

Immerhin bin ich jetzt erwärmt und mein Organismus fühlt sich entspannt und erneuert an. Abgetrocknet werfe ich meinen Bademantel über und schreite barfuß zu meinem Liebsten. Der hockt noch immer wie ein Guru zwischen seinen Kissenmenschen, wobei er mit seinen Füßen die Pölster scheinbar planlos hin und her schiebt. Ich zucke mit den Schultern und durchquere den Raum. „Magst was? Ich hole mir ein Bier." Statt einer Antwort zuckt er nur mit dem Kopf und schnalzt mit der Zunge. Dass alle Menschen, die der Meinung sind, kreativ tätig zu sein, diese Arroganz der demonstrativen Selbstverinnerlichung an den Tag legen müssen! Mit einem Glas in der Hand kehre ich in den Salon zurück. Jetzt liegen alle Kissen auf einem Haufen übereinandergestapelt. Michael wirft sie in die Luft und kehrt sie mit seinen Beinen wieder zu einem Haufen. Langsam zweifle ich an seinem Verstand. „Was machst du da?"

„Ich mische die Karten neu."

„Hm? Die Pölster?"

Ein Blick auf mein Bier bewegt ihn, aufzustehen, mir das Glas aus der Hand zu reißen, einen kräftigen Schluck zu machen und mir dann das Getränk wieder zu retournieren. Dann umkreist er seinen Kissenberg, den Blick starr darauf gerichtet. Plötzlich würdigt er mich eines Blickes und meint: „Welchen würdest du nehmen?"

„Den roten, der ist am bequemsten ... für mich jedenfalls."

„Du willst mich provozieren, oder?"

„Mir scheint, dass du meine hellseherischen Fähigkeiten überschätzt. Ich habe keinen blassen Schimmer, was das soll."

Michael bleibt vor mir stehen, hebt seine Arme in die Luft und bläst den Atem tief aus seinen Lungen. „Du kannst doch lesen! Jeder Polster steht für einen Verdächtigen. Und ich muss mich entscheiden, wen ich zum Mörder in meinem Krimi auswähle. Sonst kann ich nicht anfangen."

„Ach so! Und wen nimmst du?“

„Eben, das ist das Problem. Wenn ich den Burzelt nehme, dann ist das Buch fertig, bevor es noch richtig angefangen hat, der Spöri ist zu offensichtlich, der Kraxner hat zu wenig Grund und die Füssli ... ich mag keine Mörderin, Frauen sind mir zu kompliziert.“

„Dann nimm einen Killer, den du einfach erfindest. Muss ja nicht so sein wie in Wirklichkeit, ist ja ein Roman.“

Michael begibt sich wieder zu seinen Figuren auf den Fußboden und rührt mit seiner Hand im Haufen herum. „Ich ziehe einfach. Oder besser: Du ziehst.“ Dann erhebt er sich abermals und marschiert ins Vorzimmer, um sein Stirnband zu holen, das er mir über die Augen zieht. „So! Gib mir deine Hand und setz dich auf den Boden. Ich schiebe dich zu den Verdächtigen. Der Polster, den du ziehst, der wird's.“ Mein Bestsellerautor drückt mir sein Knie in den Rücken und platziert mich vor seinem Mörderhügel. „So, nimm einen“, befiehlt er, „aber bitte nicht zögern, spontan.“

„Also ich glaube, dass es gescheiter wäre, wenn du dir einen Neuen ausdenkst. Da bist auch nicht so beeinflusst, da kannst deine Fantasie mehr spielen lassen.“

„Nimm endlich“, fordert er mich in hitzigem Ton auf.

Ich seufze und packe ein Kissen am Zipfel. „Da! Wer ist es?“, frage ich, während ich aufstehe und mir gleichzeitig die Binde von den Augen ziehe.

Michael drückt sich mitsamt dem Polster dazwischen an mich. „Der Mario Burzelt!“ Nach kurzem Nachdenken fügt er dem hinzu: „Eigentlich ... super! Da brauche ich dann nur einen Kurzkrimi zu schreiben. Als Einstieg ins Krimigenre tut es der auch.“

Ich nicke. „Das wird eine Kurzkurzgeschichte, denn der hat sich leider bereits in der Haft umgebracht."

Mario Burzelt rutscht zwischen uns zu Boden, als Michael zurücktritt und entgeistert meint: „Nein!? Und ich hatte so viel vor mit ihm ... tut mir wirklich leid, der arme Hund!"

„Vielleicht erfindest du doch noch jemand anderen, hm?"

Kapitel 12

Als ich am nächsten Morgen noch schlaftrunken durchs Wohnzimmer Richtung Küche schlurfe, fällt mein erster Blick auf das Polsterchaos am Fußboden. Nicht, dass ich besonders ordentlich wäre, aber Kissen, auf die ich beabsichtige, mein Haupt zu lagern, sollten sich gefälligst auf dem Sofa oder Stuhl befinden, nicht aber zusammen mit dem unvermeidlichen Schmutz des Alltags am Boden herumkugeln. Hat Michael mit denen also noch Mörderraten gespielt, als ich schon lange geschlafen habe. Und natürlich nicht zurückgeräumt. Mit einem tiefen Seufzer bücke ich mich, um die Verbrecherstatisten einzusammeln. Zuletzt greife ich nach der Trude Füssli, die in trauter Innigkeit unter dem Spöri liegt. Mit einiger Fantasie könnte man angesichts dieser Stellung auf unkeusche Gedanken kommen. Hoppla! Und wenn es so wäre? Wenn die Füssli, die den Spöri ja sicher aus Ehezeiten gut kennt, wenn die zum Spöri also ein etwas delikateres Verhältnis hätte? Sogleich verwerfe ich den Gedanken, als das Fräulein Mareile Meyer in ihrer üppigen Pracht vor meinem Auge erscheint.

Bevor ich zu arbeiten beginne, geht sich noch ein Besuch bei den Amariterinnen aus. Die haben ihre Hospizabteilung in meiner Nähe in der Taborstraße. Vielleicht habe ich Glück und die nette Schwester, mit der ich am Abend des Unfalls gesprochen habe, hat Dienst?

Heute ist es noch kälter als gestern. Die Rembrandtstraße ist wie ausgestorben, auch auf der Oberen Augartenstraße ist nichts los. Erst als ich die Ständer mit den Gratiszeitungen sehe und aufs Datum meiner Uhr schaue, registriere ich, dass heute der 6. Jänner ist und deshalb außer mir kein Mensch auf die Idee käme zu arbeiten. Blöd, schon wieder ein gemütliches Frühstück umsonst gecancelt. Aber jetzt marschiere ich auch nicht wieder nach Hause, außerdem ist mein Schreibgenie sicher auch dann noch im Bett, wenn ich von den heiligen Schwestern zurückkomme.

Schon am Eingang zur Pflegeabteilung der Amariterinnen wird man in Form eines Plakats, auf dem ein Zeigefinger zu sehen ist, der einen geöffneten Mund verschließt, darauf aufmerksam gemacht, dass man jegliche Art von Lärm vermeiden soll. Daran werde ich mich halten. Ich wage es kaum, meine Füße fest auf dem Steinboden aufzusetzen. Ehrlich gesagt, ich würde es vorziehen, nicht in Stille zu versterben, ruhig habe ich es nach meinem Tod ja sowieso. Für mich müsste Charles Trenet laut „La Mer" über den Gang brüllen, sodass alle meine Mitsterbenden zu Tränen gerührt aus ihren Betten aufstünden und im Chor mitsängen. Und dann würden sie alle wissen, was für eine abscheuliche Erfindung der Biologie das Sterben ist. Von wegen natürlich! – Die „Natur" ist der wahre Teufel. Sie ist der Tyrann, der uns nicht nur vielleicht, sondern sogar sicher umbringt. Die „Natur" ist der einzige wirkliche Massenmörder. Es ist unbegreiflich, dass gläubige Menschen einen Gott verehren, der ein System erschaffen hat, das nur zum Ziel hat, das Erschaffene wieder zu zerstören. Es wäre der Mühe wert, einmal nachzurechnen, wie viele Leben des Homo sapiens die „Natur" schon auf dem Gewissen hat.

Aber hier sieht man das anders. Klar, wenn der Tod nur die Vorbereitung auf ein Leben im Jenseits ist. Alle Religionen dienen nur dazu, den Menschen die Angst vor dem Sterben zu nehmen, indem sie ihnen ein weiteres Leben versprechen, ohne es einhalten zu können. Ein Betrug, der tadellos funktioniert.

Beinahe auf Zehenspitzen erreiche ich die Station, wo mir schon der Duft einer Aromakerze entgegenkommt. Ob das ein Trost ist? Wieso muss man in seinen letzten Stunden immer wieder darauf hingewiesen werden, dass man dieser Katastrophe nicht mehr entweichen kann? Im Hintergrund leise Meditationsmusik, auf dem Gang freundlich lächelndes Personal, das ebenfalls beinahe lautlos ihrer Serviceaufgabe gerecht wird. Als ich sondierend herumblicke, da ich das Schwesternzimmer suche, bleibt eine Pflegerin mit schweizerischem Akzent stehen und begrüßt mich freundlich: „Kann ich Ihnen helfen?“

Aha, hier scheint es etliche Schweizer Gastarbeiter zu geben! Wegen der Bezahlung kann das wohl nicht sein, denn im medizinischen Bereich verdient man bei den Eidgenossen ein Vielfaches mehr als bei uns. „Ich, ähm, ich suche eine Kollegin.“

„Oh, wer ist es?“

„Wir haben uns auf einer Party kennen gelernt, ich habe den Namen vergessen “, schwindle ich. „Ich hab gedacht, sie ist vielleicht zufällig da.“

Die zuvorkommende Schweizerin zieht mich an der Jacke und führt mich zu einem Bilderrahmen, hinter dem das Stationsteam auf Fotos zu sehen ist. „Bitte, suchen Sie sich Ihre Bekannte aus.“

Da ich die nette Pflegerin vom Silvesterabend, die mir meine Haube in die Hand gedrückt hat, im Finstern nur verschwommen wahrgenommen habe, ist es schwierig, sie auf den Fotos zu identifizieren. Ich deute auf eine Dame, die vom Alter her passen könnte. Wie bei einem Quiz entscheide ich nach dem Ausschlussverfahren: alle Männer weg, alle jungen Frauen weg, alle Hilfsschwestern weg – ich glaube nicht, dass Barkes die in der Hierarchie Unteren eingeladen hätte –, alle Blonden weg, alle Grauhaarigen weg. Übrig bleibt die Stationsschwester. Ich zeige auf das Portrait. „Das ist sie."

„Schwester Hermi. Die ist heute da. Ich schaue nach, ob sie im Dienstzimmer ist." Ich folge der Pflegerin, die laut Teambeschreibung Schwester Sofia heißt. Vor dem Dienstzimmer lässt sie mich warten. „Ich schaue nach ..."

Während ich warte, queren Patienten in Begleitung von Angehörigen den Flur. Die meisten ziehen einen Infusionsständer neben sich her. Ist das Sterben hier behaglicher als in einem normalen Spital? Optisch möglicherweise schon, denn ein Innenarchitekt hat die Räumlichkeiten so gestaltet, wie er sich vorstellt, dass es ein Totkranker schön findet. Pastellfarbene Wände mit reizenden Blumenaquarellen, die sicher nicht aus der Galerie Renxark stammen, sondern eher von einer engagierten Sterbebegleiterin, die sie im Aquarellmalkurs auf der Volkshochschule dilettiert hat. Ich geißle mich für meine bösartigen Gedanken, aber mir widerstrebt die Inszenierung des Ablebens als Blumenwiese.

Kurz darauf kommt Sofia wieder bei der Tür heraus. „Sie ist bei einem Klienten. Sie müssen warten, bis er eingeschlafen ist", dabei zeigt sie auf eine Bank, die in einer Nische vor einem großen Fenster steht. Als ich mich niederlasse, drückt sie mir eine Broschüre in die Hand: „Unser Angebot ... und falls Sie sich auch bei uns engagieren möchten, die Kurse ...", sie ergreift noch einmal das Papier und öffnet es, wobei sie auf die zweite Seite deutet, „... falls sie die Ausbildung zur Sterbebegleiterin machen möchten."

Ich lächle verzwickt, als ich nickend den Flyer wieder in Empfang nehme. „Danke, ich schaue mal ..."

In solchen Institutionen schwanke ich immer zwischen Bewunderung für die da Tätigen und meinem Misstrauen der menschlichen Güte gegenüber. Bekommt man tatsächlich so viel Dank von den Patienten zurück, dass es sich dafür lohnt, täglich mit dem widerlichen Tod konfrontiert zu sein? Oder ist es eine Portion Selbstgefälligkeit, die diese Menschen über den Rest der Bevölkerung emporhebt?

Anscheinend dauert es, bis der Klient eingeschlafen ist – apropos, was meint sie eigentlich damit? –, denn Schwester Hermi lässt mich warten. Als mein Handy läutet, schießt sofort Sofia aus dem Dienstzimmer und legt den Zeigefinger strafend auf ihren Mund. Ich drücke am Telefon herum, bis es sich endlich den Regeln dieser Örtlichkeit unterwirft. „Entschuldigung ...", stammle ich und schaffe es gerade noch, einen Blick auf das Display zu werfen, bevor ich das Ding wieder in meiner Jackentasche verschwinden lasse, „... tut mir leid!"

Sofia lächelt mich jetzt aufgesetzt verbissen an. „Haben Sie am Eingang nicht gesehen, dass wir den größten Wert auf Stille legen?"

Ich nicke schuldbewusst. „Tut mir leid, Entschuldigung ..."

Langsam geht mir das Getue auf die Nerven. Ich fühle mich beinahe wie eine Schwerverbrecherin. Diese Station wirkt auf mich wie eine Anstalt, in der selbst das Atmen noch eine Gnade ist. Und da soll man fröhlich sterben? Reglementiert, bis man seinen Odem aushaucht.

Der Absender der SMS ist mir nicht bekannt. Egal – ich werde sie lesen, wenn ich da wieder weg bin. Inzwischen ist der Klient offenbar glücklicherweise – oder unglücklicherweise? – endlich eingeschlafen und

Schwester Hermi erscheint. Ich bange, ob sie mich zumindest erkennt, denn sonst bin ich die Blamierte. Sie lächelt mich zuerst nachdenklich an, aber dann geht ihr ein Licht auf, und sie kommt mit ausgestreckten Händen auf mich zu. „Frau Doktor ... Sie sind doch ... ich meine von Silvester ...“, dann erinnert sie sich an das Unglück und verfällt sofort in pietätsvolles Trauern, „... ich ... wir haben den Tod noch immer nicht überwunden.“

Ich nicke verkniffen. „Schlimm, schlimm! Deshalb bin ich auch da.“

Sie ergreift meine Hände, zieht mich von der Bank hoch und deutet mir Richtung Dienstzimmer. „Kommen Sie!“

Ich trotte, selbstverständlich möglichst lautlos, hinter ihr ins Dienstzimmer. Da hockt Sofia und setzt sofort, als die Chefin erscheint, das institutionalisiert verzeihende und liebende Lächeln auf. Langsam kommt mir diese Menschenliebe sehr gespielt vor. Aber wahrscheinlich ist es in diesem Job erforderlich, professionale Güte einzuüben.

Wir bleiben aber nicht bei Sofia, sondern gehen in das Büro der Stationsschwester: ein Schreibtisch mit Laptop, eine Couch mit einem Lehnsessel, ein Waschbecken, drei Sessel an der Wand für Besucher und ein Tischchen, arrangiert wie ein Altar mit einer Krippe, vor der eine brennende Kerze steht, hinter dem Schreibtisch der gleiche Bilderrahmen wie am Gang mit den Fotos des Teams, aber hier mit Dankesschreiben von ehemaligen Patienten und deren Angehörigen. Mir kommt das ein wenig so vor wie in den Wallfahrtsorten, wo die durch ein Wunder geheilten dem heiligen Antonius oder einem seiner Märtyrerkollegen ebenfalls Dankeskarten oder noch besser kleine Devotionalien widmen. Am liebsten sind mir die wächsernen Nachbildungen von verlorenen Körperteilen. Schwester Hermi und ihre Mitarbeiter sind am besten Weg in Richtung Heiligsprechung. Ich verscheuche meine ungerechten Gedanken sofort, aber meine katholische Schulausbildung macht mich nun mal allergisch auf jede Art von „Nächstenliebe“.

Die Stationsschwester dirigiert mich zum Lehnstuhl und nimmt selber auf dem Sofa Platz. „Möchten Sie einen Kaffee?“

Ich schüttle den Kopf. „Nein, danke, ich habe schon gefrühstückt. Ich bin eigentlich da, weil mich Herr Barkes beschäftigt, also ... aus psychiatrischer Sicht. Sie müssen wissen, dass ich mich wissenschaftlich mit Suizid beschäftige, und da ist mir der Gedanke gekommen, ob es sich bei dem Unfall etwa um einen spektakulär inszenierten Selbstmord gehandelt haben könnte. Ich weiß, das klingt sehr an den Haaren herbeigezogen, aber ich habe solche Fälle schon öfter erlebt.“

Schwester Hermi reißt zuerst ihre Augen verblüfft auf, zieht sie aber sogleich entrüstet zu zwei kleinen Schlitzen zusammen. „Unmöglich! Das ist eine Verleumdung!“

Ich strecke meine Rechte abwehrend in ihre Richtung. „Um Gottes willen, es liegt mir fern, Herrn Barkes etwas zu unterstellen, aber Sie kennen das ja ... man hat so seine Phantasien ... also berufsbedingt. Er interessiert mich, drum wollte ich mit einem Menschen über ihn sprechen, der ihn ...“

Die Stationsschwester unterbricht mich aufgesetzt milde: „Er ruhe in Frieden!“

„... der ihn gut gekannt hat“, ergänze ich verlegen.

Oje, in was für einen Bigotterie-Verein bin ich da hineingeraten?

„Der Berndi war ein fröhlicher und ausgeglichener Mensch. Hilfsbereit, einfühlsam, liebevoll und vor allem immer für die anderen da. Ein wunderbares Beispiel gelebter Nächstenliebe!“

Habe ich es mir doch gedacht, bei denen darf nur ja nicht an der perfekten Oberfläche gekratzt werden, drum lenke ich sofort ein: „Damit Sie mich nicht missverstehen ... das habe ich nie bezweifelt. Aber manchmal sieht es gerade in Menschen, die sich so für die anderen aufopfern, im tiefen Inneren ganz anders aus. Da herrscht oftmals Verzweiflung ... wegen einer Erschöpfungsdepression.“

Hermi schüttelt vehement den Kopf. „Nein“, meint sie knapp, „sicher nicht. Ich, wir hätten das sofort bemerkt.“ Sie fügt spitz hinzu: „Wenn *Sie als Ärztin* uns das auch nicht zutrauen, wir sind psychologisch geschult und besuchen regelmäßig unsere Supervision.“

Ich reiße mich zusammen, um keine patzige Antwort zu geben, denn dann wäre es wohl aus mit unserer Konversation. Wenn ich was rauskriegen möchte, muss ich mir schnell eine diskrete Schmeichelei einfallen lassen. Drum blicke ich die Dame um Verzeihung heischend demütig an und zeige auf die Dankesschreiben an der Wand. „Man sieht, dass Sie hier schon vielen Menschen beigestanden haben. Eine Aufgabe, der ich mich nicht gewachsen fühlen würde.“

Das befriedigt sie offensichtlich, denn sie lächelt mich bescheiden an. „Ja, es ist ein großes Geschenk, den Menschen dienen zu dürfen.“

Um das momentane Menscheln nicht zu zerstören, lege ich noch eins drauf: „Man sieht es Ihnen an, dass Sie diese Aufgabe mit Hingabe erfüllen, und ich nehme an, dass Sie Ihre Mitarbeiter auch dahingehend schulen.“

Es scheint, als ob ich die Schwester wieder eingekocht hätte, denn sie steht auf, geht zu ihrem Schreibtisch und zieht eine Urkunde heraus. „Da! Uns wurde vom Kardinal diese Ehrenurkunde verliehen. Er war da und hat die Station gesegnet. Darauf sind wir sehr stolz."

Ich betrachte das Papier interessiert und blicke die Pflegerin bewundernd an. „Eine große Ehre, aber die Urkunde ist ja für *Sie* ausgestellt!"

Schwester Hermi wischt mit ihrer Hand über die Urkunde. „Wir sind eine Gemeinschaft, keiner ist auf sich allein gestellt, deshalb ist es eine Auszeichnung für alle."

Dann gebe ich ihr den heiligen Zettel wieder zurück. „Barkes Tod hat eine große Lücke in Ihre Gruppe gerissen, nehme ich an."

Sie setzt sich wieder und schlägt ein Kreuz. „Wir vermissen ihn, aber noch mehr unsere Klienten. Keiner hat sich so für die Kranken aufgeopfert wie er. Er hat für unsere Anvertrauten alles getan."

Ich nicke. „So schätze ich ihn ebenfalls ein. Ich nehme an, dass Sie erfahren haben, dass man vermutet, dass es kein Unfall war, sondern dass jemand ihn absichtlich getötet hat. Hatte er Feinde?" Nicht dass ich eine ehrliche Antwort von ihr erwarte, aber ich will sie ein wenig aus der Reserve locken.

Die Stationsschwester schüttelt entrüstet den Kopf. „Niemals! Wer sollte den Berndi schon hassen?"

„Hab ich mir schon gedacht. Wissen Sie, dass man einen gewissen Mario Burzelt deswegen festgenommen hat? Haben Sie von dem schon gehört?"

„Irgendwie kommt mir der Name bekannt vor", überlegt sie, „aber bei uns tauchen viele Leute auf. Wir haben gar nicht so viele Betten wie Anfragen. Da kann es schon sein, dass der auch einmal angefragt hat. Ich nehme an, nicht für sich selber, sondern für einen Angehörigen."

„Ja, für seine Frau, die hatte Amyotrophe Lateralsklerose ... eine junge Frau, ist schon verstorben."

Schwester Hermi hält sich erschreckt die Hand vor den Mund. „Oh, Mona Klieber! Die ist schon verstorben? Schrecklich, so eine Hübsche und sie hat so am Leben gehangen."

„Ach, Sie haben sie gekannt?"

Die Stationsschwester nickt. „Ich erinnere mich. Ihr Mann, das scheint dieser Herr Burzelt zu sein, hat sie angemeldet. Dann waren sie noch einmal gemeinsam da. Herr Barkes hat den Fall zugeteilt bekommen. Wir haben schon ein Zimmer gerichtet. Es war ein großer Aufwand, da sie ja deshalb zu uns hätte kommen sollen, weil sie kurz vor der Beatmung gestanden ist. Zu Hause hätte ihr Mann das nicht geschafft. Als ich sie das eine Mal gesehen habe, hat sie sich schon sehr schwergetan mit dem Atmen, aber es ist gerade noch so gegangen. Da war sie aber schon im Rollstuhl. Es war ausgemacht, dass sie vierzehn Tage später bei uns hätte einziehen sollen. Bernd hat sich um sie und auch sonst um die ganzen Vorbereitungen gekümmert. Ich weiß noch genau, dass er sehr niedergeschlagen war, als sie abgesagt haben. Was dann aus ihr geworden ist – keine Ahnung."

Nach einer pietätvollen Pause schaue ich ihr direkt ins Gesicht und bemerke trocken: „Sie ist euthanasiert worden, von einem Sterbeverein."

Hermi klappt ihre Augenlider herunter und antwortet bitter: „Das ist genau das, was wir verhindern wollen. Sie bringen die Leute um. Diese Vereine gehören verboten. Wir sind Christen, für uns ist es Mord."

Zumindest in diesem Punkt unseres Gesprächs wirkt die Frau ehrlich.

Ich nicke zustimmend. „Für mich auch. Deshalb bin ich da."

Nach einer Nachdenkpause blickt sie mich zweifelnd an und schüttelt den Kopf: „Nein, das glaube ich nicht. Sie wollen doch nicht andeuten, dass Bernd ... dass Herr Barkes etwas mit so einem Verein zu tun gehabt hat? Nein, das will ich nicht glauben!"

„Ihr geschätzter Mitarbeiter war früher in der Schweiz ein Arzt, der den Verzweifelten die Todesspritze verabreicht hat. Manchmal nicht ganz legal, deshalb hat er wegmüssen. Ich vermute, dass er bei Ihnen Kundschaft rekrutiert hat."

Das war zu viel. Das hätte ich nicht sagen sollen, denn die Stationsschwester hüpft wie von einer Tarantel gestochen auf und weist mir die Tür. „Verschwinden Sie! Wir lassen uns nicht verleumden, wir sind eine Gemeinschaft und Bernd hat zu uns gehört."

Ich zucke mit den Schultern und erhebe mich. „Trotzdem! Ich finde Ihre Arbeit großartig, das wollte ich noch sagen. Und ... und ich achte Ihre Liebe zu den Menschen."

Als ich durchs Dienstzimmer schreite, säuselt mir Sofia noch nach: „Grüß Gott!"

„Wiedersehen." Und schon bin ich draußen.

Draußen auf der Straße schaue ich mir sofort die Nachricht auf meinem Handy an – eine aufmunternde Botschaft: „Mors certa, hora incerta."

Ich wähle die Nummer, werde aber sofort weggeklickt. Eigenartig. – Wer weiß, dass ich mich mit dem Fall beschäftige? Außer mit meinem nächsten sozialen Umfeld – Mutter, Michael, Manfred, Erika – habe ich mit niemandem darüber gesprochen. Da wäre noch der

Fluger, aber der würde niemals so eine SMS schicken. Apropos Fluger, den muss ich auch kontaktieren.

Als ich ihn anrufe, hebt er sofort ab: „Hallo?“

„Hier ist Alma, wegen unseres Termins. Ich könnte jetzt schon.“

„Das ist mir auch recht, ich komme vorbei, ich bin sowieso am Joggen.“

„Das trifft sich gut. Wo bist du gerade? Ich würde da auch gerne mitlaufen.“

„Bin gerade bei der Stadionbrücke am Donaukanal, retour schätze ich eine Dreiviertelstunde.“

„Welche Seite?“

„Dritter Bezirk.“

„Wenn es dir recht ist, dann komme ich dir entgegen. Muss mich nur schnell zu Hause umziehen. Passt das?“

„Gute Idee. Passt.“

Sehr gut, so komme ich heute noch dazu, meine Stimmung auf Trab zu bringen. Also eile ich Richtung Rembrandtstraße, hetze die Stiegen bis zu meiner Wohnung und werfe mich so schnell wie möglich in meine Laufsachen. Ich höre Michael gerade duschen, mache mich aber nicht bemerkbar, um mir die Erklärung zu sparen, warum ich nicht mit ihm frühstücken werde. Schon bin ich wieder draußen. Der Fluger müsste jetzt etwa bei der Urania sein, schätze ich, denn er ist sicher ein viel schnellerer Läufer als ich.

Wenn man morgens aufsteht und denkt, es sei ein normaler Arbeitstag, und dann stellt sich heraus, dass man einen Feiertag gewonnen hat – das ist wie ein Überraschungsgeschenk an Zeit. Dann macht einen die 5. Sinfonie von Schubert aus dem Smartphone noch lebendiger und man hat sein Lebenszeitkontingent für diese Minuten verdoppelt. Ich könnte mit dieser Musik im Kopf in die Ewigkeit laufen. Leider wird meine euphorische Stimmung durch das Zusammentreffen mit meinem Jungpolizistendate schnell auf die Realität heruntergebeamt. Der kann gar nichts dafür, dass ich ihn nicht so freundlich begrüße wie erwartet, sondern ihm nur mit einem kurzen „Servus" die Hand gebe, meine Musik abdrehe und dann kurzfristig schweigend neben ihm herlaufe. Offensichtlich missinterpretiert er meine schlechte Laune. „Bin ich dir zu schnell?", fragt er unsicher.

Ich schüttle den Kopf und reiße mich zusammen, während ich ihm auf den Arm klopfe. „Nein, alles gut, mir ist nur ein wenig kalt. Das gibt sich gleich." Meine kleine Notlüge hat ihn beruhigt und wir trotten langsam an der Urania vorbei und schweigend weiter am Kanal entlang. Als ich einen Blick auf sein Gesicht werfe, in dem sich die Pickel durch die Kälte von rötlich auf bläulich umgefärbt haben, bleibe ich stehen und seufze tief. „Oje, jetzt habe ich das Rezept zu Hause vergessen. Zu blöd, ich habe mich so beeilt, dass ich es ..."

Ferdinand lacht freundlich. „Macht doch nichts, dann renne ich mit dir zurück und du gibst es mir dann."

„Gute Idee, bei mir zu Hause machen wir uns einen Tee und du kannst die restlichen Weihnachtskekse meiner Mutter verdrücken", ich schaue hinunter auf meinen Bauch und klopfe darauf, „... der darf nämlich keine mehr bekommen." Tatsächlich, mein Bauch wölbt sich mehr als noch vor ein paar Wochen. Die Kekse? Oder? Um mich von meinem Bäuchlein abzulenken – es sind die Kekse, nur die Kekse! –, bringe ich unser Gespräch wieder auf den Burzelt: „Ich habe vergessen, dich was zu fragen. Als die Mutter von Burzelt ihn besuchen war ... die musste doch einen Ausweis zeigen, oder?“

„Klar, ohne Ausweis kannst da nicht rein.“

„Weißt du noch, ob die Mutter auch Burzelt heißt?“

„Hm, ich denke schon.“

„Und? Gibt es da eine Taschenkontrolle?“

„Sowieso, sonst könnte ja jeder alles hineinschmuggeln.“

„Sag mal, und das Dokument wird kopiert? Ich meine ... für später?“

„Nein, nur geprüft.“

Als ich etwa eine Viertelstunde so rasant hinter dem jungen Polizisten hergesprintet bin, geht mir langsam die Puste aus. Auch wenn er sich bemüht, sein Tempo zu drosseln, so ist es für eine kleine Frau über vierzig wie mich doch zu flott. Als er bemerkt, dass ich keuche, bleibt er stehen und meint: „Lauf du vor, ich passe mich schon an.“ Man merkt wieder einmal seine gute Kinderstube.

Es geht langsamer weiter und ich bin auch wieder in der Lage zu sprechen. „Ich weiß, das ist sicher unverschämt von mir, aber ich tät die Zelle zu gerne sehen. Verstehst? Wegen der Art des Suizids, damit ich die Technik in meiner Arbeit besser beschreiben kann. Wäre das möglich?“

Fluger zögert. „Da müsste ich schon um Erlaubnis fragen. Oder du fragst die Frau Kommissar Sacherl selber, die kann das gestatten.“

Der naive Kerl ahnt natürlich nicht, dass er von mir deshalb als Informant auserwählt worden ist, gerade weil ich die Frau Kommissar eben nicht fragen kann. „Ich wollte vermeiden, dass ich in einen Beantragungstsunami komme, nur um einen Blick auf eine Anhaltezelle zu werfen. Das ist mir zu aufwendig.“

Ferdinand zuckt mit den Schultern. „Na ja, wenn ich Dienst habe und du kommst vorbei? Hinein kann ich dich aber nicht lassen. Nur von außen."

In der Zwischenzeit sind wir schon bei der Augartenbrücke angelangt und queren den Kanal. Ich deute geradeaus auf die Rembrandtstraße. „Gleich sind wir da. Ich freue mich auf einen heißen Tee."

Kapitel 13

Als wir erhitzt in meiner Wohnung auftauchen, empfängt uns Michael zwar noch immer im Bademantel, allerdings schon am Laptop inmitten von Bröseln, Marillenmarmeladespritzern, Zuckerkristallen und sonstigen Relikten eines nicht abgeräumten Frühstücks sitzend. Er wirft nur einen kurzen Blick auf uns, segnet uns gleichzeitig mit seiner Rechten, während er mit seiner Linken wie besessen weitertippt. Ferdinand begrüßt den Dichter höflich, indem er ihm seine Hand zum Gruß hinstreckt: „Fluger, Ferdinand Fluger."

Michael, ganz genialer Autor, reicht ihm so nebenbei die linke Hand, da die keine Maus bedient. Ich deute auf meinen von den Musen geküssten Liebhaber und stelle ihn vor: „Michael Mikulina ... mein Freund", und mit einem Wink Richtung Sitzgarnitur zu Ferdinand, „Komm, wir setzen uns aufs Sofa. Michael, wir wollen nicht stören." Aber der reagiert gar nicht.

Während ich heißes Wasser für einen Tee aufkoche, stelle ich mit Genugtuung fest, dass sich der junge Polizist eifrig am Keksteller bedient. Eigentlich mag ich Kekse gar nicht. Früher habe ich sie sogar sofort nach Mutters Anlieferung bei sämtlichen mir bekannten Leuten entsorgt. Seit Michael in mein Leben getreten ist, ist mir das nicht mehr gestattet, denn er liebt Gebäck. So steht diese Versuchung ständig herum und ich – um mir die Zeit zu sparen, mir was Vernünftiges zum Essen zuzubereiten – lange bei diesem trockenen Süßzeugs zu. Heute habe ich die Chance, dass mein neuer Freund eine große Menge davon vertilgt, die meinen Bauch dann nicht mehr mit unnötigen Kalorien verunstaltet.

Ich werde bei meinem jungen Polizisten nicht lockerlassen, was mein Begehr für einen Lokalaugenschein der Zelle betrifft. Es ist immer günstig, den Menschen eine Gefälligkeit zu erweisen. Die mit guter Kinderstube wie Ferdinand fühlen sich bemüßigt, sich zu revanchieren. Meine Gefälligkeit – das Rezept für die Salbe gegen seine Akne – drücke ich ihm gemeinsam mit der Tasse Tee in die Hand. „Da! Zweimal täglich nach gründlicher Reinigung auftragen. Es kann sein, dass du mit einer Rötung und Spannung reagierst, aber das gibt sich nach vierzehn Tagen ... erfahrungsgemäß."

Fluger blickt mich dankend an. „Und du glaubst, das hilft?"

„In einem Monat schaust du aus wie ein Model, glaub mir."

Er neigt den Kopf zur Seite. „Möchte ich gar nicht ... ich meine, wie ein Model, aber ich bin dir dankbar ..." Nach einer kurzen verlegenen Pause fährt er fort: „Was bekommst du von mir?"

„Keine Ursache, war nur eine Unterschrift, mache ich gerne", winke ich gnädig ab.

Michael hat anscheinend mitbekommen, dass ich Tee gemacht habe, und schreit: „Und ich? Bekomme ich keinen?"

Diesen Ton mag ich gar nicht. Wenn wir allein wären, würden wir jetzt wohl eine lautstarke Auseinandersetzung haben, so aber flöte ich übertrieben devot zurück: „Jaaa, mein Liebster, Earl Grey oder Breakfast – was inspiriert dich mehr?"

„Egal, einfach heiß."

Als ich mich vom Sofa erhebe, um mich Richtung Küche zu bewegen, schwöre ich mir mit Blick auf meinen Bauch, dass meine theoretische Leibesfrucht vaterlos aufwachsen wird. Zumindest nicht unter einem Dach gemeinsam mit seinem Erzeuger.

Nachdem ich meine Dienstleistungsfunktion dem Genie gegenüber erfüllt habe, verabschiede ich den – im Gegensatz zu Michael – jungen Mann mit *guter* Kinderstube. Ein Blick auf die Kekse sagt mir, dass Mutters Gebäck gemundet hat. Immerhin hat er noch drei von den ganz trockenen Mürbeplätzchen übrig gelassen. Ich nehme die Schale und stelle sie Michael vor die Nase. „Was Süßes dazu?", flöte ich zweideutig.

Der junge Polizist beweist seine gute Erziehung dadurch, dass er geduldig vor der Tür wartet, bis ich wieder zu ihm zurückkehre, um ihm die Hand zum Abschied zu reichen. „Und wir telefonieren ... wegen der Zelle? Wann hast du wieder Dienst?", erkundige ich mich, während ich seine Hand festhalte. Mein neuer Freund wagt es nicht, mir seine Hand zu entreißen, bevor ich sie loslasse. Ich merke, dass ihm unser Rendezvous im Polizeianhaltezentrum im Magen liegt. Aber er ist keiner, der sich traut, nein zu sagen, da windet er sich lieber und versucht sich an einer Ausrede: „Weiß ich noch nicht. Der Dienstplan, ich habe ihn nicht im Kopf."

So leicht lasse ich mich nicht abspeisen, wenn ich auch etwas Gewissensbisse dabei habe, dass ich ihn möglicherweise zu einer Dienstverfehlung verführe.

„Macht nichts, du rufst mich an, wenn du den Plan hast. Und! Nicht vergessen, zweimal täglich ...", dabei deute ich in sein Gesicht, „... bis bald!"

„Bis bald ...", erwidert er verzwickt, „... wiedersehen!"

Dann schließe ich die Tür hinter ihm und denke mir: „Der ruft mich nie an, da muss ich schon selber dahinter sein".

Diese Tage Anfang Jänner sind nur für Winterschläfer ersprießlich, denn es ist gefühlt nicht länger als fünf Stunden hell. Als ich bei meinem Wohnzimmerfenster hinausschaue, dämmert es bereits, obwohl es erst vier Uhr am Nachmittag ist. Für einen Mittagsschlaf zu spät und um bereits ins Bett zu gehen, zu früh. Also endlich unter die Dusche und dann am Sofa mit der Zeitung versacken!

Während gerade wohlig das heiße Wasser über meinen Nacken rinnt, erschrecke ich gewaltig, denn die Badezimmertür wird mit einem heftigen Ruck geöffnet. Bedrohliches Trommeln hinter meinem Rücken an die Duschkabine. Hitchcocks Mordszene in „Psycho" hat mir für immer das Bild des Mannes, der mit einem Messer auf die unschuldige Marion Crane beim Duschen einsticht, in mein Gedächtnis gebrannt. Genauso wie es Hitchcock bösartig bei seinen Zuschauerinnen gewollt hat, erstarre ich beklommen. Im Reflex greife ich aus Mangel an effektiveren Waffen zum Duschgel und drehe mich um. Vor der Kabine steht nur Michael!

„Spinnst du?!", schreie ich, reiße die Tür auf und ziele mit der Flasche auf ihn. Er blickt mich perplex an und putzt sich die flüssige Seife, die auf ihn gespritzt ist, vom Bademantel.

„Hm? Ich glaube, du spinnst ...", entgegnet er entgeistert, „was zum Teufel habe ich schon wieder angestellt?" Als er so betroppezt dasteht, tut mir meine überschießende Reaktion in der Sekunde leid.

Noch tropfend werfe mich ihm zur Entschuldigung an den Hals. „Hitchcock ...", stammle ich in sein Ohr, „... es war wegen ‚Psycho' ... ich habe einen Mann mit Messer erwartet."

Mein Freund umarmt mich zurück, wobei sich sein Bademantel nur so zufällig und ohne Absicht öffnet.

„Eine geniale Szene, so eine werde ich auch einmal schreiben.“ Dabei legt er seinen Bademantel um mich und reibt mich damit trocken. Dass in Anbetracht seines maskulinen Alters bei dieser Betätigung körperliche Reaktionen auftreten, ist physiologisch und entschuldbar. „Psycho“ sei Dank, nehme ich diese Beruhigungsliebkosungen bereitwillig in Anspruch und genieße es, meinen feuchten Körper an seinem trockenen zu reiben. Thermodynamisch gesehen ist dieser Akt einer Osmose vergleichbar, da unsere Haut als semipermeable Wand betrachtet werden kann. Jedenfalls erzeugt diese sexuelle Osmose ebenfalls körperliche Reaktionen bei mir, die – wenn auch nicht so offensichtlich wie bei meinem Michelangelo, aber nicht weniger deutlich spürbar – bewirken, dass ich ihn, zumindest als Liebhaber, doch unbedingt behalten möchte.

Die durch einen Sexualakt verursachte Ausschüttung von Oxytocin schafft ein Klima des Verzeihens und der Harmonie. Alles ist wieder gut! Michelangelo hat sich hiermit in meiner Gunst wieder ganz nach weit oben katapultiert!

Als ich „abgetrocknet“ nun ebenfalls im Bademantel mit meinem Lover gemeinsam eine zähe, lauwarme Pizza vom Hauszustellservice und ein Glas Veltliner zu mir nehme, kann ich mir wieder – zumindest theoretisch – ein Leben mit ihm unter einem Dach vorstellen.

„Und? Was macht der Krimi?“, tue ich neugierig. Man soll ja zumindest aus paartherapeutischen Überlegungen an den Interessen des Partners aktiv teilnehmen.

Michael antwortet mit vollem Mund nuschelnd: „Geht, wie geschmiert. Bin schon auf Seite fünf.“

„Hast den Burzelt als Mörder behalten?“

Der Schriftsteller in statu nascendi schüttelt den Kopf. „Nnhh, nnhh, ganz im Gegenteil. Er wird ermordet."

„Interessant! Und wer bringt ihn um?"

„Das wird sich weisen. Das lass ich drauf ankommen."

„Ist er jetzt schon tot bei dir?"

Michael nimmt sich ein neues Stück Pizza und schiebt es sich bis zur Hälfte in den Mund. Ich nehme mir vor, mich jetzt nicht über seine fürchterlichen Tischgebräuche zu ärgern und ihn schon gar nicht dafür zu tadeln. Sonst ist es vorbei mit unserer friedlichen Stimmung. Also ignoriere ich seine schlechten Manieren. *Ich* esse sogar Pizza mit Gabel und Messer! Wir leben in einer zivilisierten Kultur, die ich nicht missen möchte. „Ich habe ihn gleich in der ersten Zeile umbringen lassen", antwortet er mampfend. „In medias res! Sonst wird es ja fad. Was gleich ist wie ...", dabei schluckt er hinunter, „... wie in Wirklichkeit, also ... es passiert in der Zelle", nach einem weiteren Bissen ist der Rest der Pizzaschnitte in seinem Mund gelandet, „... also ... ein Unbekannter gibt ihm K.-o.-Tropfen, die in einer Manner-Schnitte drinnen sind. Dann ist er bereit, sich freiwillig unter das Bett zu legen, zum Spaß. Und dann drückt der Mörder auf das Bett und den Rest kennst du ja. Wie findest du das?"

Ich finde das ...? Oh!"

„Ich finde das genial, du bist ein Genie!" Michael strahlt mich mit vollen Backen an, als ich ihn begeistert auf die beiden prallen Wangen küsse.

Durch mein Lob angefeuert, beginnt er ohne Punkt und Komma aus seinem Roman vorzutragen. Er stellt seinen Laptop neben die Pizzaschachtel. Aus lauter Enthusiasmus bemerkt er nicht einmal, dass er seinen

Computer zugleich mit Bröseln verziert und mit seinen fettigen Fingern das Display verdreckt. „Also ... es beginnt ... soll ich vorlesen?"

Um ihm eine Freude zu bereiten, nicke ich. „Bitte!"

Mit getragener Stimme, soweit es Essen und Trinken gleichzeitig erlauben, deklamiert er: „Eine Zelle, ein Fenster, Klo ohne Sichtschutz, ein Sessel, das Bett, der Gefangene schlurft der Wand entlang wie ein eingesperrtes Raubtier. Er bemerkt nicht einmal, dass sich der Tag beginnt in die Nacht zu verabschieden. Seine Gedanken kreisen in seinem Kopf, so wie seine Beine am Betonboden ..."

„Aber du hast doch gesagt, dass er in der ersten Zeile schon ermordet wird, wie kann er dann noch gehen?", unterbreche ich ihn.

Michael verdreht seine Augen. „Musst du mich ständig kritisieren?"

Ich zucke mit den Schultern. „Entschuldige, aber du hast ..."

„Gut, dann lassen wir es", beleidigt dreht mein Dichter den Laptop zur Seite. „Ich sehe schon, dass du nur dran interessiert bist zu nörgeln."

Ich greife ihm entschuldigend auf den Arm und küsse ihn auf die Wange. „Bitte! Lies weiter, es war nur, weil ..."

Großmütig dreht er das Display wieder zu sich. „Das ist der Prolog! Verstehst? Jedes gute Buch hat einen Prolog."

„Verstehe, also ..."

„... seine Gedanken kreisen in seinem Kopf, so wie seine Beine am Betonboden. Dann ein Geräusch, jemand macht sich an der Zellentür zu schaffen. Schritte. Er dreht sich um, vor ihm steht ..."

„Wer? Mach's nicht so spannend! Wer?"

Michael lehnt sich zurück und blickt mich bedeutungsvoll an. „Rate mal ..."

„Ich nehme an, der Mörder."

„Genau, der Mörder! An dieser Stelle endet der Prolog."

„Ich hätte gerne gewusst, wer der Mann ist."

Der frisch gebackene Bestsellerautor schüttelt seinen Kopf. „Dazu musst du den ganzen Roman lesen. Dann erfährst du es." Er schließt die Datei und fährt das Gerät herunter.

„Das war es schon?"

„Wenn ich dir mehr verrate, dann bist nicht mehr neugierig."

Ich bin mir sicher, da ist noch nicht mehr! Egal, ich bin meinem Dichter trotzdem dankbar, da er meiner Vorstellung auf die Sprünge geholfen hat: Wem dient der Selbstmord vom Burzelt? Jedenfalls demjenigen, der nicht möchte, dass der Burzelt bei den kommenden Verhören Dinge ausplaudert, die den Sterbeverein betreffen. Als medizinische Experten wissen die, dass Marios verwirrtes Zustandsbild sich bessern würde, sobald er längere Zeit keinen Zugang zu Alkohol hat. Dann wäre es möglich gewesen, dass er Leute aus dem Verein belastet hätte. Falls es der arme Bsuff nicht war, dann hätte er jedenfalls den eigentlichen Mörder in arge Bedrängnis bringen können. Ich muss den Manfred fragen, ob man die Leiche auch auf Benzodiazepine, Barbiturate, Opiate und Antihistaminika untersucht hat.

„Finde ich gut, dass du so motiviert bist. Wann willst du mit dem Krimi fertig sein?"

Oje, das hätte ich nicht sagen sollen, denn die gute Laune Michaels kippt auf diese Frage sofort in die Mieselsucht. Er hüpft vom Stuhl auf, schnappt seinen

Computer und seufzt. „Musst du mich immer stressen? Kannst du mir nicht einfach mein Tempo lassen? Musst du mich immer hetzen?“

Entschuldigend blicke ich ihn an. „Ich hab doch nur gefragt. Man muss ja ... ich meine, organisatorisch ...“

„Man muss nichts. Ach, lass mich in Ruhe.“

„Du ... ich habe nur gemeint, wegen Verlag und so“, beschwichtige ich einlenkend.

Mit einem Seufzer nimmt er wieder Platz neben mir. „Du hast ja Recht. Irgendwie bin ich zu wenig diszipliniert für ein Buch“, er nimmt meine Hand, „... du musst mir helfen. Ab heute möchte ich, dass du mich täglich um sieben ... ähm ... sagen wir um acht weckst. Dann werde ich bis zwölf schreiben, dann was essen und wieder bis sechs schreiben. So acht Stunden, wie die Angestellten ... hm, sagen wir ... wecken um neun.“

„Und du schwörst, dass du mich nicht anmaulst, wenn ich dich wecke? Kein Anschnauzen, keine dysphorischen Beleidigungen, keine ...“

Michael hebt die Hand zum Schwur. „Ich schwöre, ich werde so lieb sein, wie ich es zu dieser nachtschlafenden Zeit eben zusammenbringe.“

„Na gut, dann fangen wir gleich damit an. Heute bleibst du nicht bis zwei auf und vergeudest mit blöden Spielen deine Zeit am Computer, sondern gehst gleichzeitig mit mir zu Bett.“

Diese Aufforderung kommt gar nicht gut bei ihm an. „Aber ... aber heute wollte ich doch ‚Game of Thrones‘ schauen, das beginnt erst um zwölf.“

„Dann nimm es auf und schau die Serie morgen um acht.“ Michael nickt halbherzig. Also werde ich auch heute wie immer allein rechtzeitig im Bett sein. „Übrigens, was wolltest du eigentlich, als du mich im Bad so erschreckt hast?“

Mein Liebhaber deutet auf den Teller, wo die drei restlichen trockenen Kekse lagen: „Die Kekse waren aus und ich wollte noch welche. Gibt's noch mehr?"

„Nein, die hat alle mein süßer junger Polizist verspeist. Zum Glück!" Bevor ich mir weitere Vorwürfe meines Liebhabers anhören muss, stehe ich auf und verschwinde mitsamt den leeren Pizzaschachteln in der Küche. Als ich dabei am Wohnzimmerfenster vorbeikomme, bemerke ich ein Blinken, das mich für eine Sekunde blendet. Ich lege die Behältnisse aufs Sofa und versuche zu eruieren, woher das Licht kommt. Auf der anderen Seite des Innenhofs, offensichtlich vom Stiegenhaus aus, taucht der Strahl in unregelmäßigen Abständen auf. Das Licht ist so stark, als ob jemand absichtlich mit einem Scheinwerfer auf mein Fenster zielen würde. Gegenüber kann ich schemenhaft eine Silhouette erkennen. Nach kurzem Beobachten stelle ich fest, dass diese Zeichen nach einem System zu funktionieren scheinen, so wie: Piep, Pause, piep, piep, Pause in einem beabsichtigten Zeitabstand. Ich hole Michael ans Fenster. „Komm mal her, was ist das? Ich meine das Blinken."

Er dreht sich nur kurz zu mir um und meint desinteressiert: „Alarmanlage, Wackelkontakt."

„Nein! Komm her! Das hat was zu bedeuten, das zielt direkt auf meine Wohnung."

Mit einem Seufzer meint er: „Zuerst der Mörder unter der Dusche und jetzt eine Attacke der Jetimörder. Du bist paranoid, hast dich wohl bei einem Patienten angesteckt. Schluck was." Ich zerre ihn vom Sessel zu meinem Ausguck. Widerwillig stellt er sich neben mich. „Wackelkontakt", kommentiert er.

„Nein! Ich kenne das Fusellicht drüben im Vorhaus, das ist trüb ... Sparlampe. Du siehst doch, wie grell das ist."

Der nächste Strahl trifft ihn voll ins Auge. „Schon komisch ...“

„Eben ...“

Endlich ist sein Interesse geweckt. „Hast du einen Sekundenzähler auf deiner Uhr?“

„Nein, aber am Handy.“

„Dann stoppen wir mal. Gib her.“

Ich hole mein Telefon und einen Zettel, um die Abstände zu dokumentieren. Nach zwei Minuten meint Michael: „Das ist Morsealphabet. Ich habe einmal in einer WG gewohnt, da hat ein Mitbewohner den Segelschein gemacht und da musste er irgendwas mit Morsen lernen. Das war so ähnlich.“

„Gut, wir schreiben weiter mit.“

Nach zirka fünf Minuten ist plötzlich Schluss mit dem Geblinke. Als wir gerade wieder mitsamt unserer Mitschrift zum Esstisch zurückkehren wollen, um mit dem allwissenden Lehrer Google herauszubekommen, was für eine Botschaft man mir da extra umständlich übermitteln wollte, regt sich drüben wieder was: zweimal kurz, dann wechselt der Lichtstrahl auf ein Kreuz mit zwei Flügeln. Mit viel Fantasie kann man das Logo des Sterbevereins erkennen. Dann ist endgültig Schluss mit der Blinkerei. Am Tisch vergleichen wir die Zeichen mit dem Morsealphabet: .-..-...--.-...-..-.-.--...., lange Pause, .-..--..-.-.-..-.-., lange, lange Pause und dann das Ganze wieder von vorne.

In Anbetracht dessen, dass ja nur das Blinken leicht zu identifizieren ist, die Pausen dazwischen aber schwierig von den Intervallen, die zum Alphabet gehören, zu unterscheiden sind, dauert es einige Zeit, bis wir feststellen, dass die Botschaft „Mors certa, hora incerta“ lautet. Gleich wie die Nachricht, die ich heute von der unbekannten Nummer bekommen habe.

„Da will dir jemand an den Kragen“, teilt mir Michael in weiser Erkenntnis mit.

„Darauf wäre ich auch allein gekommen“, tätschle ich seine Wange süffisant, „... aber wie soll ich reagieren?“

„Schreib zurück, dass du Latein kannst und kapiert hast“, dann schüttelt er den Kopf. „Also, derjenige ist jedenfalls ein Angeber! Muss er dir bei seiner Drohung gleichzeitig mitteilen, dass er Latein beherrscht? So was von Bildungsprotz! Unsympathisch!“

„Ehrlich gesagt, mir ist es egal, wie man mir eine Morddrohung schickt. Mir reicht es, eine zu bekommen. Egal ob sympathisch oder unsympathisch formuliert.“

Mein lässig tuender Freund nimmt mich um die Schulter und spricht pathetisch: „Du hast ja mich an deiner Seite, ich beschütze dich.“

Ich entwinde mich und lache, obwohl mir nicht danach zumute ist, kenne ich doch den Zustand der Bedrohung zur Genüge. Soll ich mich schon wieder auf eine tage-, ja wochenlange Zeit einlassen, in der ich hinter jeder Hausecke, hinter jeder Tür meinen Mörder vermute? Nein, diesmal werde ich mich aus dieser Geschichte heraushalten, denn der Tote ist tot und ihn kümmert es einen Dreck, wer ihn ums Leben gebracht hat. Deshalb lange ich nach meinem Handy und schreibe, aufmerksam darauf bedacht, keinen Rechtschreibfehler einzutippen, denn vor diesem Verbrecher möchte ich mir – ebenfalls Bildungsprotz – keine Blöße geben: „Ich kann Latein und habe verstanden. Er ruhe in Frieden.“

„Gut so“, meint mein Liebhaber und küsst mich beruhigend auf meinen Scheitel. „So! Jetzt auf ins Bett.“ Verwundert folge ich ihm, als er mich Richtung Schlafzimmer zieht, denn ich habe heute nicht ernsthaft erwartet, an seiner Schulter einzuschlafen.

Ich liege nackt auf einer Bahre. Wenn ich die Augen öffne, blendet mich ein durchdringender Lichtstrahl, der so grell ist, dass ich von meiner Umgebung gar nichts erkennen kann. Rund um mich Stimmen, die murmeln. Was sie sich erzählen, kann ich nicht verstehen. Für mich ist gewiss, dass man mich töten wird. Ich schließe wieder meine Lider, denn ich möchte dem Tod nicht ins Auge sehen. Ich merke, dass sich ein Körper über mich beugt. In Erwartung meiner Exekution blinzle ich und erkenne das pickelige Gesicht Ferdinands, der ein Skalpell in seiner Rechten hält, das er langsam in Richtung meines Bauches absenkt: „Tut mir leid, aber ich muss es erst lernen. Ein Probeschnitt ...", stammelt er nervös. Im Schreck starre ich auf meinem Bauch, auf dem schon als Markierung das Kreuz mit den beiden Flügeln eingezeichnet ist. Gerade als er mit dem Messer meine Haut berührt, wache ich schreiend auf.

Aufrecht sitzend im Bett muss ich mich vorerst orientieren, wo ich bin. Michael, der sich schlaftrunken aufrichtet, greift nach meiner Hand, die ich ihm aber – noch immer entsetzt – entreiße. „Geträumt?", murmelt er mehr oder weniger desinteressiert.

Ich kuschle mich an seine Schulter. „Man wollte mich aufschneiden ..."

„Gott sei Dank sind Traummesser immer stumpf ...", kommentiert er und schläft weiter.

Kapitel 14

Gerade nach einem Feiertag ist es in der Ordination überfüllt. Als ich um zehn meine Arbeitsstätte betrete, erwartet mich schon der Geruch von ungelüfteten Kleidungsstücken, die im Winter übereinander getürmt am Kleiderständer hängen. Allein die Aussicht, dass ich all diese Menschen betreuen muss, die ja ein Recht darauf haben, bestmöglich versorgt zu werden, macht mir schlechte Laune. Unter Zeitdruck Patienten zu behandeln, schafft ein aggressives Klima auf beiden Seiten. Meine Stimmung bessert sich auch nicht, als Mutter an der Rezeption statt einer Begrüßung nur stumm auf die Uhr deutet.

„*Ich* bin pünktlich, ist erst zehn ...“, gebe ich zurück und werfe einen Blick auf meinen Kalender. Oh Schauder! Sie hat mir jeden dritten Patienten doppelt eingeteilt, obwohl ich sie schon x-mal angefleht habe, sich meiner zu erbarmen. Vorwurfsvoll deute ich auf die Rubriken, wo gleich zwei Namen nebeneinanderstehen.

Sie zuckt bloß mit den Schultern. „Irgendwann hättest die sowieso anschauen müssen. Außerdem kommen, wie immer, eh nicht alle. Das geht sich schon aus.“

Klar geht es sich aus – nur eben ohne Mittagessen, ohne Klopause und ohne entspannte Atmosphäre. „Manchmal kommt’s mir vor, als ob du mir absichtlich eine Gastritis anzüchten möchtest. Und einen Infarkt dazu ...“ Ich flüchte in mein Sprechzimmer, wo – und das muss ich ihr jetzt wieder zugutehalten – bereits eine Tasse Filterkaffee auf meinem Schreibtisch steht. Damit sie aber noch mehr von meinem Unmut abbekommt, greife ich zum Telefonhörer und rufe sie draußen an: „Und damit du es weißt: Ich trinke wegen meiner aufsteigenden Gastritis keinen Kaffee mehr, nur mehr Tee mit Milch."

„Tee haben wir nicht ..." Tschack! – Und schon hat sie den Hörer hingeknallt. Das kann ja nett werden heute!

Und es wird nett: Gleich als erste Patientin schickt sie mir eine Dame herein. Beim Blick auf ihren Namen sollte ich eine Tablette gegen zu viel aufsteigende Magensäure nehmen. Sie gehört zur Sorte der Begehrlichen und der Klagsamen. Ganz egal, was ich ihr anbiete, sie lehnt es ab. Genauso wie die Ärzte, die sie vor mir verbraucht hat. Ich zwinge mich zu meinem aufgesetzten Arztlächeln, welches so funktioniert: Wie beim Zähneputzen die Backen nach oben ziehen und dabei in dieser verkrampften Stellung die Mundwinkel oben halten.

„Sie schauen nicht gut aus", eröffne ich das Gespräch in der Hoffnung, ihr damit den Wind aus den Segeln zu nehmen.

„Wollen Sie mich beleidigen?", dreht sie sogleich den Spieß um.

„Entschuldigung ...", ich kämpfe mit der Stellung meiner Mundwinkel, denn diese sind bestrebt, sich nach unten zu bewegen, „... ich habe gemeint ..."

Sie unterbricht mich, während sie ein paar Krokodilstränen herausdrückt: „Ich ...", schluchzt sie theatralisch, „... ich habe es gewusst, dass sie auch so eine sind wie ihr Kollege, der Doktor ..."

Diesmal unterbreche ich sie: „Bitte keine Namen ..."

Pikiert nimmt sie das Kleenex, das ich ihr hinhalte. „Gut! Jedenfalls der Kollege, ich habe Ihnen von ihm schon erzählt ... Ihr letzter Vorgänger, er wollte mir auch nicht helfen."

Ich versuche mich zu beherrschen. Meine Wangenmuskulatur beginnt bereits vor lauter Anstrengung zu zittern, aber ich tue gelassen. „Frau Damiend ...", in jedem Balint-Seminar wird einem vergeblich eingebläut, dass Patienten sich dann angenommen fühlen, wenn man sie beim Namen nennt, „... Frau Damiend, was kann ich für Sie tun?"

Entrüstet rüstet sie sich kerzengerade auf. „Sie wollen gar nichts für mich tun! Die nette alte Dame in der Rezeption hätte das für mich machen sollen. Warum muss ich dafür überhaupt zu Ihnen rein?"

Ich reiße mich zusammen und wünsche mir, dass der Vormittag so schnell wie möglich vergehen möge, denn ich ahne, dass heute alle Misanthropen Wiens in meinem Wartezimmer sitzen. „Was meinen Sie mit ‚dafür'?"

„Na, na ...", keift sie, „... die Krankschreibung natürlich, der Doktor ..."

„Keine Namen, bitte ...", muss ich sie schon wieder unterbrechen.

„... der unfähige Krankenscheinsammler hat sich geweigert."

Jetzt reicht es mir. Ich lächle sie genüsslich boshaft an. „Und ich – ich weigere mich auch. Bitte setzen Sie mich ebenfalls auf Ihre Liste der unfähigen Krankenscheinsammler. Auf Wiedersehen!"

Das sitzt. Sie hüpft vom Stuhl auf und poltert aus dem Sprechzimmer. Als sie draußen ist, bessert sich meine Laune schlagartig, auch wenn ich sicher bin, dass ich jetzt in allen Ärztebewertungsportalen einen denunzierenden Eintrag bekommen werde. Das war es mir wert! Leider verleiht mir weder die Krankenkasse noch ihr Arbeitgeber für diese verweigerte Krankschreibung aufgrund völliger Gesundheit einen Orden.

Ab jetzt plätschert es so dahin. Meine Gedanken schweifen immer wieder zu den Morddrohungen ab.

Obwohl ich mir fest vorgenommen habe, mich nicht in Gefahr zu bringen, kann ich doch nicht so einfach meine Neugier und meinen Gerechtigkeitssinn abstellen. Wenn ich schon nicht selber dranbleiben kann, dann muss ich zumindest Erika dazu bringen, sich in diesem Fall wieder zu bewegen. Ich beschließe, optimistisch bezüglich der detektivischen Ambitionen meiner Freundin zu sein und schicke ihr klammheimlich eine SMS, während mir der Patient vor mir das gefühlt hundertste Mal erzählt, dass seine Stimme im Kopf ihn darauf aufmerksam macht, dass die Medikamente, die ich ihm verschrieben habe, giftig sind. Mit zerfahrenem Ausdruck erklärt er mir: „Nebukadnezar, nein, Schluss, mehr nicht, das ist Gift."

Ich hüte mich davor, Nebukadnezars Meinung anzuzweifeln, denn dann habe ich bei ihm jegliches Vertrauen verspielt. Deshalb steige ich auf seine Wahnideen ein: „Nebukadnezar hat Recht, aber wenig Gift macht frei, viel Gift macht tot."

Am Pendeln seiner Augäpfel und an der zarten Lippenbewegung beobachte ich, wie er mit Nebukadnezar in Kontakt tritt und der mir ausnahmsweise zustimmt. Die Stimme gestattet, dass ich den Patienten mit der halben Dosis des Neuroleptikums nach Hause entlassen darf. Das wird zwar unmöglich dazu reichen, Nebukadnezar in seinem Kopf abzutöten, aber hoffentlich einen noch schlimmeren Krankheitsschub verhindern.

„Wann sehen wir uns? Rauchst schon wieder? Gemütlich, nicht mit Tee", schreibe ich Erika.

In der kurzen Pause zwischen dem bedauernswerten Schizophrenen und dem nächsten Patienten will ich Manfred anrufen. Vorher muss ich aber noch Mutter ersuchen, mir zumindest fünf Minuten Pause zu genehmigen. Über unser Netzwerk schicke ich ihr die Mitteilung, dass ich einen Kollegen anrufen muss. Mutter hat sich nämlich für diese interne Kommunikation kreative Kurzfloskeln ausgedacht, die ich nur im Programmmenü anklicken muss: Kontakt mit Kollegen: Paracelsus, Kaffeepause: Falstaff, Klopause: Osiris, komplizierter, aggressiver Patient: Mars. Als ich die Liste, die weitaus mehr als die oben angeführten Kürzel umfasst, nach Paracelsus absuche, entdecke ich, dass sie Priapos hinzugefügt hat. Bravo, Mutter, dass du mich an meine Fruchtbarkeit erinnerst! Glaubst du, dass man ein Enkelkind durch Mausklick erzwingen kann? Die Doppeldeutigkeit dieser neuen Chiffre kommt bei mir gar nicht gut an. Vor allem, weil in einer psychiatrischen Ordination kein Kürzel für gynäkologische Mitteilungen erforderlich ist.

Als Manfred abhebt, begrüße ich ihn im süßesten Ton, den ich momentan zusammenbringe: „Na, wie war die Woche? Alles gut?“

Manfred scheint bestens gelaunt, denn er antwortet ausnahmsweise ohne Zynismus: „Ja, wenn du Erika meinst. Das hat sich wieder eingerenkt. Wahrscheinlich war sie nur prämenstruell.“

Ach ja, wie einfach gestrickt das männliche Hirn ist! Wenn das Einfühlungsvermögen überfordert ist, dann schiebt man Unstimmigkeiten auf das weibliche Hormonchaos. Um nicht in eine längere Beziehungsdebatte hineingezogen zu werden, stimme ich ihm im hormonellen Prinzip zu: „Oder vielleicht das Klimakterium?“

Das macht ihn stutzig. „Meinst wirklich? Könnt sein ... vorzeitig? Als Polizistin, der Stress?“

„War nur Spaß, viel zu jung“, mit dem „viel zu jung“ tröste ich mich ein wenig selber, da Erika nur zwei Jahre älter ist als ich. „Sehen wir uns mal?“

„Ja, gerne. Aber lass dein Bubi bitte daheim. Der macht mich immer grantig. Der hat was, das einen reizt. Ich verstehe nicht, was du an dem findest? Das Bett?"

Auch wenn Manfred und ich schon Ewigkeiten befreundet sind – diese Äußerung geht zu weit. Um ihn nicht unnötig zu provozieren – immerhin will ich ja was –, versuche ich es mit Schmäh zu nehmen: „Könnt schon sein ... junge Lenden eben."

Manfred seufzt in den Hörer. „Die Frauen sind so blöd, als ob es nur um das ginge."

„Keine Sorge, das gibt sich nach der Menopause. Irgendwann schaut man nicht mehr nur nach unten, sondern wendet seinen Blick Richtung Glatze." Das darf ich sagen, denn Manfred verfügt über eine wenn auch silbrig melierte, aber dichte Haarpracht.

„Da habe ich keine Chance – ohne Glatze."

„Lass dir eine scheren. Eine Glatze ist ein Zeichen für einen hohen Testosteronspiegel."

„Also, wann sehen wir uns? Ich habe drei Leichen da liegen, die faulen mir sonst weg."

„Ich hab der Erika eine SMS wegen einem Treffen geschickt, da könntest ja mitgehen?"

„Passt, macht euch was aus. Ich muss mich sowieso immer ihren Befehlen unterwerfen."

„Armer Kerl, kannst dich nicht wehren? Halt! Bevor du auflegst, mir ist da noch was eingefallen. Sag mal, hast du den Burzelt auf Benzodiazepine, Barbiturate, Opiate und Antihistaminika angeschaut? Weißt, ich wollte seinen Selbstmord in meine Studie hineinnehmen."

„Wieso hätte ich sollen? War ja eindeutig."

„Ist der schon eingegraben?"

„Also, ich glaube, das Begräbnis war noch nicht, aber freigegeben ist er."

„Ob du ihn da noch auf diese Substanzen hin anschauen könntest? Ich meine ...“, ich tue verlegen, „... du könntest doch ... oder ... hast du was von ihm aufgehoben?“

„Never ever! Das hättest schon rechtzeitig anmelden müssen. Du warst doch extra und noch dazu waschelnass wegen ihm da. Damals wäre es noch gegangen.“

„Ein kleiner Gefallen, hm?“

„Du glaubst doch nicht ernsthaft, dass ich zur Bestattung fahr und ihm ein Stückerl herausschneide, um dir einen Gefallen zu tun?“

„Doch, das glaube ich!“, behaupte ich mutig. „Kannst ja den Ameling schicken. Ich spendiere ihm ein paar Bier.“

„Wenn du mir erklärst, was das für eine wichtige Bedeutung für deine Publikation hat, dann denke ich drüber nach. Also, lass dir eine wissenschaftliche Begründung einfallen.“

„Kein Problem: Voller Drogen ... dann hat er sich im Rahmen eines F19.5 umgebracht. Das macht einen psychopathologischen Unterschied.“

„Du hättest es auch als XYZ8 irgendwas bezeichnen können – für mich ergibt sich daraus keine Konsequenz.“

„Und wenn der Ameling was bringt, hm? Dann?“

„Vielleicht? Wenn ich die Probe nur durch das Massenspektrometer mit gekoppeltem Flüssigkeitschromatografen jagen muss. Von mir aus.“

„Ich liebe dich! Danke! Und ich mache was mit der Erika aus. Bussl!“, flöte ich begeistert ins Telefon.

„Wenn es nur wahr wäre, das mit der Liebe! Dass die Frauen immer lügen, wenn sie was wollen! Bussl zurück! Und: Bitte ... ohne ... das Bürscherl!“

Warum Jugend so oft Eifersucht hervorruft? Jugend ist ein Gut, das man sich weder kaufen noch erarbeiten noch erfinden noch herbeiwünschen kann. Allerdings ist die Zeitspanne der Jugend eine gesellschaftliche Vereinbarung: War man im neunzehnten Jahrhundert schon mit fünfzig ein Greis, so hat man damit heutzutage gerade die Lebensmitte erreicht. Auch die Periode bis zum Erwachsenwerden hat sich verlängert. Heute gehört ein Mittdreißiger wie mein Liebhaber noch immer in die Kategorie „Bürscherl"! Wenn man bedenkt, dass Alexander der Große in Michaels Alter mit dreiunddreißig Jahren bereits verstorben ist, vorher aber noch geschwind ein Weltreich errichten musste, so verstehe ich keineswegs, weshalb sich unser Leben so beschleunigt hat. Wo wir doch dreimal so viel Zeit wie in der Vergangenheit zur Verfügung haben. Logisch wäre, dass wir unsere Existenz in dreifacher Zeitlupe verbringen würden.

Momentan habe ich allerdings den Eindruck, dass ich mich in dreifachem Zeitraffer bewege. Das würde rechnerisch bedeuten, dass ich bis zu meinem Lebensende neunmal so viel zustande bringen müsste, wie Alexander der Große. Darum muss ich mich jetzt beeilen!

Mutter sieht das offenbar auch so – kaum habe ich den Hörer aufgelegt, steht schon die nächste Patientin im Zimmer.

„Bin Nachmittag in Albertina und schaue mir die baselitz Ausstellung an. Gehst mit?"

„Seit wann bist so kulturbefließen?", simse ich zurück.

„Baselitz ist der, der alles auf den kopf stellt."

Das war mir zwar nicht bekannt – die zeitgenössische Kunst ist nicht so meine Leidenschaft –, aber so habe ich immerhin was dazugelernt. „Das könnte ich auch, umdrehen."

„Eckerl! Musst du eigentlich immer matschgern?"

„Wieso? Nur eine Feststellung. Wann?"

„Zwei."

„Müsste sich ausgehen. Im Café? Manfred mag auch."

„Oh nein! Muss das sein? Der tut nur wieder so gescheit."

„Hab ihm versprochen, dass wir ihn mitnehmen."

„Wenn es sein muss? Dann eben zwei."

Ich bereue meine Einladung an Manfred ebenfalls, denn mit Erika allein ist es weitaus amüsanter. Sobald ein Mann dabei ist, stockt unser erprobter Schmäh-Geheimcode.

Je leerer mein Wartezimmer wird, desto mehr füllt sich mein Gemüt mit guter Laune. Keine schlechte Aussicht, einen grauen Jännernachmittag mit geistiger statt kalorienstrotzender Nahrung zu verbringen. Strebt doch der Mensch danach, sich ständig materielle oder als Ersatz dafür eben auch immaterielle Nahrung einzuverleiben!

Als ich nach dem letzten Patienten gerade dabei bin, mich schleunigst von meinem Schreibtisch unter Zusammenraffung aller in meiner Schreibtischlade frei herumflottierenden Münzen wegzubewegen, erscheint Mutter in der Sprechzimmertür.

„Hast es eilig? Nicht einmal mehr Zeit für ein kurzes Plauscherl mit deiner Mama?"

Ich verdrehe die Augen, hebe meine Schultern und deute mit den Händen, dass ich es eilig habe. „Muss um zwei wo sein ..."

Das „wo sein" war falsch ausgedrückt, denn diese unpräzise Ausdrucksweise ruft sofort Mutters Panik hervor, ich könnte ihr absichtlich irgendein Detail aus meinem Leben verschweigen. Nicht umsonst gehört sie wahrscheinlich zur bestinformierten Mutter der ganzen Welt – zumindest was mich als Tochter betrifft. Sie lässt sich pikiert im Sessel vor meinem Schreibtisch nieder, der sonst für die Klienten reserviert ist.

„Rendezvous?"

„Nicht, wie du glaubst. Erika! Ich muss weg. Sie mag nicht warten."

„Wo?"

„Wieso interessiert dich das, hm?"

Sie legt ihren Kopf zur Seite und lächelt gekränkt. Dann zuckt sie mit den Schultern und gibt ihrer Stimme einen weinerlichen Ton: „Darf ich mich nicht für mein Kind interessieren?" Dabei klappt sie ihre Oberlider halb über die Augäpfel, damit es so aussieht, als ob ihr gleich die Tränen kämen.

„Albertina!"

Sie schaut mich verwundert an. „Seit wann interessierst du dich für Bilder? Mit mir wolltest du da nie hin. Wie oft habe ich versucht, dich auch für die bildende Kunst zu begeistern? Tja, ich war wohl nicht so eine ansprechende Gesellschaft wie deine Intimfreundin."

Wider besseren Wissens lasse ich mich auf diesen Disput ein, statt schleunigst das Schlachtfeld zu verlassen. Gut, Mutter, wenn du eine Auseinandersetzung wünschst, dann bitte: „Apropos intim: Was soll das mit Priapos? Haben wir hier eine Sexualambulanz? Ich brauche das Kürzel nicht."

„Was hast du gegen den Fruchtbarkeitsgott?", meint sie überlegen.

Ich merke, dass ich drohe auszuzucken, aber noch kann ich mich beherrschen. „Wir arbeiten auch nicht gynäkologisch. Bitte lösch das wieder."

„Wir werden es als Kürzel für ... Partnerprobleme verwenden. Ich da draußen erfahre darüber ja mehr als du da drinnen. Meistens exploriere ich diese Patienten nach dir noch genauer, weil du ...“, dabei kneift sie ihre Augen rügend zusammen, „... auf Liebesgeschichten gar nicht eingehen magst. Tja, man spart eben gerne die eigenen schwarzen Löcher der Seele aus.“

Alma, nicht darauf anspringen! Das ist ihre Absicht, und die willst du doch nicht befriedigen, sage ich mir. Gespielt friedlich antworte ich: „Da hast du vermutlich recht. Belassen wir es dabei ...“, und als mikroskopisch kleine Retourkutsche, „... in Beziehungskatastrophen bist du der bessere Profi.“ Ich verbeiße mir, noch weitere Anspielungen meinen Vater betreffend zu machen, denn ich will sie nicht wirklich kränken.

Es scheint so, als ob sie es auch dabei bewenden lassen möchte, denn sie kommt jetzt endlich auf das Thema, weswegen sie mit mir eigentlich sprechen wollte. „Ich war gestern wieder bei einer Versammlung der Todesfreunde. Ich bin jetzt Mitglied ... nicht billig, vierhundert Euro pro Jahr. Na ja, wenn ein Schweizer kassiert.“

Da ich ehrliche Angst habe, dass sie sich da auf ein gefährliches Abenteuer einlässt, unterbreche ich sie scharf: „Tritt bitte sofort wieder aus und geh da nie wieder hin! Es gibt einen Mörder, und für mich ist die Sache erledigt.“

Sie blickt mich zweifelnd an. „Du befürchtest, dass mir was zustößt, hm? Lieb!“

„Mama! Der Fall ist abgeschlossen. Der Mörder ist gefasst und tot.“

„Wieso tot?“

„Der hat sich in der Zelle umgebracht. Noch dazu ziemlich grauslich. Hat sich unter das Bett gelegt und den Fuß auf seinen Kehlkopf gestellt.“

„Das glaube ich nicht. Der war es sicher nicht."

„Mama! Alle Indizien sprechen für ihn. Immerhin hat er per SMS gedroht, dass er den Barkes umbringen wird. Der Burzelt hatte auch ein Motiv."

„Nicht nur er. Ich sage dir: Bei den Köpfen der Todesfreunde gibt es etliche, die ein Motiv hätten. Das kannst mir glauben. Das ist ein Riesengeschäft."

„Sag ja nicht, dass du mit denen *auch* schon im Geschäft bist."

„Ich nicht, hm ... aber ‚meine Freundin' Denise Pötzinger. Sie hat Krebs und überlegt, die Dienste des Vereins in Anspruch zu nehmen. Sie sind sehr lieb und aufmerksam zu ihr. Du kannst dir gar nicht vorstellen, *wie* lieb und aufmerksam. Die Arme hat ja keine Kinder, die sich um sie kümmern. Nicht so wie ich, die eine Tochter hat. Naja ...", seufzend muss sie noch ein Bonmot anbringen, „... aber im Falle eines Falles ... hätte die vielleicht auch keine Zeit."

Langsam muss ich laut werden. „Maaammaaa, du hast dich nicht schon wieder ihres Namens bemächtigt? Maaammaaa!"

„Sie wollen dreitausend als Anzahlung. Du musst wissen: die Spesen, das Hotel, der Flug."

Mir reicht's! Ich beuge mich über den Schreibtisch und – ich hätte mir das niemals zugetraut – hole mit meiner Rechten weit aus und will ihr eine Ohrfeige klatschen. – Daneben. Zum Glück schafft Mutter es trotz ihres Greisenalters, meiner Watsche auszuweichen. Sowas?! Dass ich handgreiflich werde, ist mir noch nie passiert!

Mein Gegenüber blickt mich entzückt an und kommentiert begeistert: „Mein liebes Kind! Jetzt bin ich mir endlich sicher, dass du mich wirklich liebst. Schön! Danke!" Sie steht auf, zerrt mich über den Schreibtisch zu sich und umarmt mich. Mit ehrlich gerührter Stimme flüstert sie mir ins Ohr: „Danke! So einen Liebesbeweis ... das hätte ich nie erwartet."

„Das machst du nicht! Schwöre!", flüstere ich zurück. Sie hebt ihre rechte Hand zum Schwur, während ich versuche zu erspähen, ob sie hinter ihrem Rücken die Finger überkreuzt. Tut sie anscheinend nicht. Aus schlechtem Gewissen, und weil man ja nur einmal eine Mutter hat, die möglicherweise morgen schon tot sein kann, fordere ich sie auf: „Komm doch mit, der Manfred wird sich freuen, dich zu sehen."

„Baselitz! Schaut ihr den Baselitz an?", fragt sie mit ein klein wenig Triumph in der Stimme. Ich nicke resigniert. Um ihre Allwissenheit zu demonstrieren, erklärt sie: „Das ist doch der, der die Bilder mit dem Kopf nach unten aufhängt ... also, das könnte ich auch."

„Aber er hat es erfunden."

„Zufall! Ach was! Ein Gehilfe hat nicht gewusst, wo oben und unten ist. Hat einige verkehrt aufgehängt, und Baselitz hat sich gedacht: ‚Genial. Das ist mal was anderes.' Und so ist es geblieben. So funktioniert Kunst."

Kapitel 15

Mit Mutter als schweres Gepäck im Schlepptau kann ich nicht den Ring entlang bis zum Schottentor rennen. Auch wenn sie – das muss ich ihr zugestehen – trotz ihres Hüft-, Knie- oder Halluxleidens recht behände unterwegs ist, so kann sie mit Mitte achtzig doch nicht mehr mit meinem Tempo mithalten. Zumindest etwas habe ich ihr noch voraus. Also beehren wir meine Lieblingsstraßenbahnlinie D und fahren bis zum Burggarten, den wir dann nur mehr Richtung Albertina durchqueren müssen. Die Rosen dahier sind zurzeit unbelaubt und damit unattraktiv. Nein, wegen des Vlieses gegen den Frost eigentlich sogar unappetitlich. So wirken sie aus der Entfernung wie graubraune Kugeln, die an Hamburger erinnern – und die mag ich gar nicht. Außerdem hat man diese Aristokraten unter den Pflanzen großteils an Leute vermietet, die für fünf Jahre ihren Lebensunterhalt finanzieren und dafür eine meist geschmacklose Inschrift auf ein Schild platzieren dürfen. Ein Schlag ins Gesicht eines Ästheten! Ist Österreich schon so pleite, dass man sogar seine Rosen verschachern muss?

Vor einem besonders störenden Schild bleibt Mutter stehen, zieht die Tafel aus der Erde und legt sie verkehrt auf das vertrocknete Gras. „Man verschone uns mit der Liebe zu seinem Spatzl", kommentiert sie die Inschrift, „... der arme Grillparzer hat sowas als permanente Lektüre vor sich. Tja, der enthirnte Pöbel erobert mein Wien."

Obwohl ich mit ihr unbedingt einer Meinung bin, fühle ich mich schon aus reinem Oppositionsgeist bemüßigt, zu kontern. „Du bist so ein Snob! Die Menschen sind doch rührend in ihrem Mitteilungsbedürfnis. Es kann nicht jeder ein lateinischer Bildungsprotz wie du sein."

Mutter bückt sich, steckt das Schild „In Liebe für mein Spatzl“ wieder zurück vor die Rose und meint: „Na dann ... wenn dich diese Grabesinschrift der immerwährenden Liebe so rührt, sie ruhe in Frieden ... die Liebe. Mors certa est!“

Ich schaue ihr tief in die Augen. „Dann ... dann warst du das?“

Sie runzelt ihre Brauen. „Hm? Was war ich schon wieder?“

„Nichts! Es ist mir nur was eingefallen. Ich meine wegen ... ach, vergiss es, nicht so wichtig“, winke ich verunsichert ab und werfe einen Blick auf meine Uhr. „Wir müssen uns beeilen, ist schon zwei ...“

Da Mutter größten Wert auf Pünktlichkeit legt, bleiben mir weitere Erklärungen erspart. Als wir das vornehme Café der Albertina betreten, sitzt der Manfred schon an einem Tisch und blättert in einem Prospekt, den er offensichtlich verkehrt hält, denn das Bild des Baselitz steht nicht auf dem Kopf. Höflich – eben mit guter Kinderstube – erhebt er sich sofort, als er uns wahrnimmt.

„Du hältst den Flyer verkehrt“, sage ich im Spaß.

Manfred antwortet nicht, sondern streckt meiner Mutter die rechte Hand hin, während er mit der anderen auf einen freien Sessel deutet. „Schön, Sie wieder zu sehen, Frau Liebekind.“ Anschließend meint er zu mir: „Es gibt auch Bilder, die nicht am Kopf stehen.“

Ehrlich gesagt interessiert mich der Kopfstand überhaupt nicht, drum diskutiere ich nicht weiter, sondern versuche das Thema zu wechseln: „Erika noch nicht da? Wieso kann die nicht *einmal* pünktlich sein?“

„Wir haben es nicht eilig ... oder, Frau Liebekind?“

Mutter findet das auch, gibt es ihr doch die Möglichkeit, mit ihrem schwiegersöhnlichen Favoriten ein wenig allein zu plaudern und sich mit jemandem, der ihr ihrer Meinung nach intellektuell ebenbürtig ist, auszutauschen. „Man hält Baselitz für den bedeutendsten deutschen Künstler der Nachkriegszeit. Ich persönlich halte ihn für überschätzt. Mit seinen Remix-Arbeiten hat er doch nur den Markt bedient."

„Da gebe ich Ihnen vollkommen Recht. Gibt sich als Provokateur, hat aber kein Problem damit, sich nach dem Fähnchen des Kunstaktienmarktes zu drehen. Ein perfekter Selbstdarsteller. Haben Sie gewusst, dass er eigentlich Hans-Georg Kern heißt?"

„Ach wirklich? Ich habe gedacht Klein."

„Nein, Kern ..."

„Oder Spanner?"

Manfred schüttelt den Kopf. „Nein, das habe ich noch nie gehört ... Spanner? Nein, Kern."

Erstaunlicherweise gibt sich Mutter geschlagen, auch wenn sie wie immer das letzte Wort haben muss: „Baselitz trägt angeblich keine Unterhosen ..."

Bevor die Unterhaltung über Baselitz' Unterhosen fortgesetzt werden kann, erscheint endlich Erika gleichzeitig mit einer Kellnerin. Sie begrüßt Mutter zuerst mit Handschlag, dann mich mit Küsschen neben beide Wangen in die Luft, bestellt sich einen Cappuccino und erbarmt sich zum Schluss Manfreds, indem sie ihm ebenfalls zwei Luftküsse neben die Wangen knallt. Mit einem tiefen Seufzer lässt sie sich in seinen Sessel fallen, den er freigemacht hat, um sie liebevoll willkommen zu heißen. „Puh, bei uns geht es rund."

„Der Barkes-Fall?", werfe ich ein.

„Ach was ... Planquadrate ... die Stadt braucht Geld."

Die arme Kellnerin wartet noch immer auf unsere restlichen Bestellungen. Zum Glück ist nicht viel Betrieb. Sie klopft ostentativ mit ihrem Kugelschreiber auf den elektronischen Bestellcomputer. Außer mir fällt das niemandem auf. Wieder einmal wird mir klar, dass ich anscheinend einer der wenigen Menschen bin, der auch die nonverbalen Botschaften der Nebendarsteller interpretiert. „Was wollt ihr haben?“, werfe ich in die Runde.

Manfred grunzt desinteressiert. „Bringen S' mir ein Bier!“

„Ottakringer, Stiegl, Heineken?“, leiert die Kellnerin herunter.

„Ein Bier!“, unterbricht er sie ungehalten.

„Ein kleines Bier ...“, werfe ich ein, als sie ansetzt, nach der Größe zu fragen. „Und du, Mutter?“

Mutter windet sich, hatte sie doch bisher noch keinen großen Auftritt: „Ich muss noch überlegen.“

Ich ziehe die Luft geräuschvoll durch meine Nase und lächle das Fräulein verkrampft an. „Für mich, bitte ... bitte, also für mich ... auch einen Cappuccino“, aber da mir einfällt, dass ich ja heute Morgen behauptet habe, nur mehr Tee zu trinken: „... hm, nein, lieber einen Tee mit Milch.“

„Assam, Earl Grey ...“

„Assam, danke, danke.“

Mutter tätschelt mir mit Interesse heischendem Rundumblick auf die Hand. „Das Kind hat neuerdings einen empfindlichen Magen.“

Erika blickt mich erstaunt an. „Aber den Veltliner wirst doch wohl noch vertragen, oder? Das wäre schlimm, wenn nicht.“

Ich winke mit einem Seitenblick auf Mutter ab. „Das Kind hat keinen empfindlichen Magen, das Kind mag eben auch Tee.“

Gerade als die Kellnerin sich unserem Nachbartisch zugewendet hat, winkt Mutter aufgeregt nach ihr. Da die Dame mit dem Rücken zu unserer Gruppe steht, bemerkt sie das natürlich nicht. Selbstverständlich muss jetzt eine Aktion veranstaltet werden, die die Aufmerksamkeit des gesamten Lokals auf uns lenkt. Schon als Kind habe ich es gehasst, wenn sie sich bei Elternsprechtagen so in Szene gesetzt hat. Sie hüpft aus ihrem Sessel und kommandiert: „Bedienung, Bedienung!"

Ich ziehe sie am Ärmel wieder zurück. „Mama ...", flüstere ich flehentlich, „... Mama, sie wird schon kommen ..."

Das hat gar keinen Effekt. Nein, es spornt sie noch an, weitere peinliche Handlungen zu setzen! Mutter entzieht sich meinem Griff und stampft mit dem Fuß auf den Boden. Erika findet das amüsant, während ich mir überlege, aufs Klo zu flüchten. Die arme Person, die keine Ahnung hat, was sie angestellt haben soll, entschuldigt sich bei den Leuten am Nebentisch und kehrt zu uns zurück. Befriedigt lässt sich Mutter wieder in den Sessel fallen, zieht aus ihrer Handtasche fünf Euro heraus, die sie der Kellnerin hinhält, und verkündet lakonisch: „Auch einen Tee mit Milch, Earl Grey. Wissen Sie, ich habe einen empfindlichen Magen", und zu Manfred, „... der Spanner hat jedenfalls keine Unterhosen getragen."

Es folgt tonlose Kommunikation mithilfe von Blicken, durch die man sehr prägnant mitteilt, was man durch Worte nicht besser sagen könnte. Erika vermeidet es, Manfreds Augen zu treffen, indem sie die ihren ausschließlich in den Milchschaum ihres Cappuccinos versenkt, während Manfred ihren Scheitel anstarrt und sich gleichzeitig durch hilfloses Wetzen am Sessel bemerkbar machen möchte. Ich für mich lächle jeden der Anwesenden bemüht, aber verkrampft an, weil ich gute Stimmung verbreiten will. Dass Mutter die Chance nicht nützt, um die Unterhaltung an sich zu reißen, verwundert mich. Sie kramt in ihrer Handtasche und tut so, als ob sie was suchen würde, wobei sie ihren Kopf so weit hineinsteckt, dass ihr Gesicht nicht mehr zu sehen ist.

„Brauchst du was?", durchbreche ich die Stille. Sie schüttelt den Kopf, ohne mir ihr Antlitz zuzuwenden.

„Ein Taschentuch?", frage ich, obwohl ich mir Mutter ohne Stofftaschentuch nicht vorstellen kann. Mutter und Stofftaschentücher mit Monogramm stellen eine natürliche Einheit dar. Da sie auch nach einer gefühlten Ewigkeit noch immer nicht davon ablässt, in ihrer Clutch zu wühlen, ist offensichtlich, dass sie ihr Gesicht absichtlich vor irgendwem verbergen möchte. Ich schaue mich unauffällig um, kann aber unter den anderen Gästen niemanden entdecken, von dem ich annehmen würde, dass er die Ursache für ihr Versteckspiel sein könnte.

Doch dann, ihr gegenüber, drei Tische weiter: ein alter Herr. Gerade scheint er mit der Kellnerin zu schäkern, denn deren bisher schüchterner Auftritt hat im Gespräch mit dem Grand Senior in ein aufgeregtes Kichern gewechselt. Ja, der sitzt en face und würde direkt in Mutters Gesicht blicken – wenn es ein Gesicht anzuschauen gäbe. Ich muss mich beherrschen, ihn nicht anzustarren. Irgendwie kommt er mir bekannt vor. Diese blitzenden Augen, dieses strahlende Lachen, die dominanten grauen Augenbrauen, die silberne Mähne, diese eleganten Hände, der Wappenring auf dem rechten Zeigefinger, das grüne Stecktuch in der Sakkotasche und die nonchalante Geste, als er sein

Portemonnaie zückt, um zu bezahlen. Noch scheint dieser Mann Mutter nicht bemerkt zu haben, da er ganz davon eingenommen ist, die kleine Kellnerin zu bezirzen. Ich beobachte Mutter, die weiter verzweifelt in der Tasche herummurkst. Selbst Erika, die Mutter gegenübersitzt, hat schon registriert, dass da was nicht stimmt. Sie deutet mir mit zusammengezogenen Augenbrauen fragend, was Mama wohl hat. Ich zucke mit den Schultern.

„Entschuldigt mich ...“, während sich Mutter aus dem Sessel erhebt, dreht sie geschickt ihr Gesicht in die dem Mann entgegengesetzte Richtung. Dann bewegt sie sich mit dem Rücken Richtung vermuteter Toilette. Manfred – froh, sich auch mal wieder einbringen zu dürfen – ruft ihr aufmerksam nach: „Frau Liebekind, die Toilette ist da ...“, wobei er in die Richtung des alten Mannes zeigt. Mutter tut so, als ob sie es nicht gehört hätte und stapft weiter. „Frau Liebekind ...“, schreit er noch einmal.

Diesen lauten Ruf hat auch der alte Herr mitbekommen. Er wendet seinen Blick von der Kellnerin ab in unsere Richtung. Da aber hier anscheinend niemand ist, den er seiner Aufmerksamkeit würdig findet, spricht er mit der jungen Frau weiter. Mutter hat sich in eine prekäre Situation jongliert, denn in ihrer Richtung befindet sich nur mehr der Ausgang, durch den sie bei den herrschenden Wintertemperaturen und mangels ihres Persianers, der an der Garderobe hängt, auch nicht flüchten möchte. Klar ist allerdings: Mama ist auf der Flucht, auf der Flucht vor diesem Herrn. Nur: Wer ist der Herr?

Hin- und hergerissen, ihr aus dieser offensichtlich verzweifelten Lage heraushelfen und sie andererseits einfach ignorieren zu wollen, entscheide ich mich aufzustehen, den Pelzmantel von der Kleiderablage zu nehmen und ihn ihr zu bringen. Zu den beiden erstaunten Freunden bemerke ich nur kurz: „Ich komme gleich wieder, sie will weg. Das hat sie manchmal", und dann schwindle ich, „... Klaustrophobie." Mit dem Persianer am Arm starte ich zu ihr.

„Anscheinend willst du gehen?"

Sie nickt ganz und gar konsterniert, so, wie ich sie gar nicht kenne. „Danke", flüstert sie immer noch mit dem Rücken zum Lokal. „Danke, das vergesse ich dir nicht so schnell, du hast mich gerettet."

„Was ist eigentlich?", flüstere ich zurück.

„Sag ich dir zu Hause, ich verschwinde."

Gerade als sie sich in ihren Pelzmantel windet, fällt ihr die Handtasche hinunter. Ein Missgeschick, das nur ihrer Nervosität zuzuschreiben ist. So was passiert normalerweise nur mir – nicht ihr. Im Reflex beugt sie sich nieder und dreht dabei ihr Gesicht wohl oder übel in Richtung Lokal. Beim gewandten Versuch, sich wieder um die eigene Achse zu drehen, ist es zu spät! Das Geräusch des auf den Boden fallenden Inhalts der Tasche haben die anderen Gäste mitbekommen. Auch der alte Herr! Als Mutter sich wieder hochrappelt, begegnen sich die Blicke der beiden älteren Herrschaften.

In meiner langen psychiatrischen Laufbahn habe ich noch nie solch ein blankes Entsetzen im Antlitz eines Menschen gesehen, wie jetzt gerade im Gesicht meiner Mutter. Der alte Herr wiederum scheint freudig erregt zu sein. Er stemmt sich aus seinem Sessel, lässt die Kellnerin ratlos stehen und rennt im Altersgalopp in Richtung Mutter. „Martha, Martha! ... Martha ..."

Diese reißt panisch die Tür auf, er ihr nach. Ich bete innerlich zu Gott – an den ich nicht glaube –, dass Mama nicht auf dem Glatteis ausrutscht und sich den

Oberschenkelhals bricht. Am Eingang in der Kälte stehend kann ich gerade noch beobachten, dass der Mann sie vor der Treppe abgefangen hat und auf sie einredet. Soll ich ihr zu Hilfe kommen? Ich entscheide mich, wieder zu Erika und Manfred zurückzukehren und die beiden Alten sich selber zu überlassen. Was immer die beiden in der Vergangenheit miteinander erlebt haben – es ist nicht meine Angelegenheit. Obwohl – ich bin mir ziemlich sicher, dass mir dieser Herr schon mal untergekommen ist.

Erikas Neugierde scheint ebenfalls angestachelt, denn sie empfängt mich mit aufgeregter Stimme: „Huuu! Da ist was! War das ein Liebhaber von ihr? Kennst den?"

„Keine Ahnung! Scheint, dass Mama was zu verbergen hat."

„Puhh, der hat sie aber schön in Aufregung versetzt. Ich schwöre dir, das ist eine Liebesgeschichte. Ein Verflossener. Nur: Wer hat wen verlassen?"

„Sie ihn ...", wirft Manfred trocken mit einem Blick auf mich ein, „... hat sie vererbt."

Ich finde diese Bemerkung geschmacklos. „Wem?"

„Egal ...", meint er, „das verbindet sie mit dem Rest der weiblichen Spezies. Man bricht einem Mann das Herz und dann ist man zu feig, sich ihm zu stellen. Schon erstaunlich, dass auch die Vergreisung dieses Manko nicht behebt."

„Ein fescher Kerl ... für sein Alter. Muss einmal sehr sexy gewesen sein. Das strahlt der noch immer aus."

Manfred fühlt sich sofort von Erikas Kommentar provoziert, was ihn dazu veranlasst, seine Meinung bezüglich des alten Herrn unmittelbar zu ändern. War der Mann zuvor noch bedauernswert, so findet er jetzt: „Ein geriatrischer Gigolo, wenn du mich fragst."

Damit ich den eigentlichen Grund meines Rendezvous nicht verabsäume, dränge ich endlich zum Besuch der Ausstellung: „Gehen wir? Ich möchte nicht den ganzen Nachmittag in diesem Etablissement verbringen."

Die Ausstellung ist wie alle Ausstellungen: Bilder an der Wand, die mir nichts sagen, Menschen davor mit wissendem Blick, eisige, ehrfürchtige Stille, als ob Gerede den Werken was anhaben könnte. Wieso verlangt Kunst immer schweigende Bewunderung? Ist das eine Möglichkeit, sich über den angeblich staunenden Zuschauer zu erheben? Ich bin sicher, dieses Staunen ist bei 99% der Menschheit eine Folge der gesellschaftlichen Übereinkunft. So ein Museum ist die zeitgeistige Kathedrale des einundzwanzigsten Jahrhunderts. Allein das Wissen, dass diese angemalten Stoffquadrate mehrere Millionen wert sind, produziert die Bewunderung für den Schöpfer. Ich jedenfalls lasse mir nicht einreden, dass das, was ich sehe, anbetungswürdig ist. Bewundern tue ich allerdings den Verfasser des Katalogs, der in gewählten Worten auch ein Telefonbuch als Kunstwerk beschreiben könnte. Ehrlich, diese Beschreibungen sind in ihrer sprachlichen Vielfalt ein literarisches Kunstwerk. Wie hoch ist der Anteil des Verkaufspreises eines Bildes für denjenigen, der aus dem Werk ein Kunstwerk erschreibt?

Da Erika die Ausstellung im Laufschritt bezwingt, während Manfred tatsächlich vor jedem Gemälde andächtig stehen bleibt, gelingt es mir, ihn – wenn auch flüsternd – noch einmal daran zu erinnern, dass er beim Burzelt einen Drogentest machen soll. „Hast du den Ameling schon hingeschickt?"

Manfred runzelt seine Brauen und schaut mich voller Unverständnis an. „Hm? Wohin?"

„Das gibt's nicht", verdrehe ich die Augen. „Tust du nur so, oder hast du wirklich schon vergessen, was wir am Telefon besprochen haben? Der Drogentest ... Burzelt ... Leiche freigegeben, hm?"

Als Antwort seufzt er tief auf. „Dir fällt hier nichts Besseres ein, als dich mit einem toten Alki zu beschäftigen? Ehrlich, ich habe dich bisher immer für eine gebildete Person gehalten, die sich nicht nur einseitig mit ihrem Job beschäftigt. Aber Baselitz hat schon Recht, wenn er sagt, dass Frauen nicht malen können. Ich meine damit, er hat Recht, dass Frauen die schöpferische Qualität und auch die letzte Brutalität zur Abstraktion abgeht."

„So wie der möchte ich sowieso nicht malen. Und momentan abstrahiere ich mehr als du *Mann*, denn ich kann mir auch noch was anderes als einen Selbstmord beim Burzelt vorstellen. Wer hat da mehr Schöpfergeist?"

„Was willst du?"

„Dass du dem Ameling befiehlst, dass er ein Stückchen Fleisch vom Burzelt rausschneidet, das du dann in deinen Chromatografen steckst und mir anschließend mitteilst, ob da Benzos, Opiate oder sonst was drinnen ist. Nicht mehr!"

„Ich befehle dem gar nichts. Wenn du mir eine Probe bringst, dann mache ich es. Aber ich werde doch nicht meinen Gehilfen auf Staatskosten herumschicken, nur damit eine wichtigtuerische Psychiaterin ihre krausen Theorien ausleben kann."

Da ist nichts mehr zu machen – Manfred will gerade den überlegenen Mann spielen. Erika muss ich auch noch allein sprechen, drum starte ich eine Verfolgungsjagd durch die Räumlichkeiten. Aber sie ist nicht mehr da. Ich vermute, dass sie sich schon außerhalb des Museums befindet, um zu rauchen. Die Nichtraucherphase hat sicher nicht lange angehalten, schon gar nicht, da sie wieder mit dem pofelnden Manfred zusammen ist. Auf dem Weg nach draußen schicke ich dem Ameling eine SMS: „Hast zeit heute ab 17 h lg alma"

Tatsächlich, frierend steht Erika draußen und zieht gierig an ihrer Zigarette. Als sie mich erblickt, tritt sie den Tschick verlegen am Boden aus. Eine gute Gelegenheit, um ihr schlechtes Gewissen auszunützen. Ich tue so, als ob ich nichts bemerkt hätte. „Kalt?", frage ich rhetorisch, „dich haben die Bilder mit Kopfstand auch nicht so begeistert?"

„Sehr schön! Ich meine ... die Albertina. Aber trotzdem hätte ich gerne eines der Bilder. Stell dir vor, du verkaufst so eines für drei Millionen. Das wär schon was. Nie wieder Nachtdienst, nie wieder Uniform, nie wieder Secondhand bei Erni, sondern Max Mara am Kohlmarkt."

„Aber geh, dann würdest vor lauter Prosecco am Vormittag schon bald in Kalksburg landen. *Ich* wüsste nicht, was ich damit täte."

Erika tätschelt meine Wange. „Mein bescheidenes Eckerl, nur zu faul zum Geldausgeben. Apropos ...", sie zieht ein Kuvert aus der Tasche, „... da hast. Eine Kopie vom Abschiedsbrief und ein Foto. Aber ...", sie hebt warnend den Zeigefinger, „... aber nur für deine *Wissenschaft*, klar? Gehen wir wieder rein, bis das Bärli fertig mit Bilden ist?"

Während wir wieder in die Wärme flüchten, versuche ich noch, meine Bitte wegen der Zellbesichtigung anzubringen: „Sag mal, wäre es möglich ... ich meine eben wegen meiner Suizidarbeit ... ich habe auch mit dem Fluger ... und der ... aber ..."

Erika bleibt stehen und dreht mich an den Schultern zu sich. „Was willst du schon wieder? Raus mit der Sprache, mir geht deine Herumrederei auf die Nerven. Also?"

„Ich möchte die Zelle sehen, in der der Burzelt war. Dein lieber junger Kollege hat sich nicht getraut, sie mir ohne deine Erlaubnis zu zeigen. Also, darf ich? Ich werde dich auch sicher dankend in meiner Habilschrift erwähnen."

„Weißt du, wie egal mir das ist! Aber das lässt sich schon machen. Brauchst nur in einen Raufhandel verwickelt sein und du bist selber drin. Dann hast eine Nacht Zeit, die Örtlichkeit bei Brot und Wasser zu studieren. Hau mir jetzt einfach eine runter und ich lass dich einsperren."

„Tja, aber wenn dann dein schönes Gesichterl einen Makel bekommt? Wie lange bleibe ich dann drin?"

„In dieser Zelle nicht lange, aber dann hast auch noch genug Zeit, die Zellen in der Josefstadt eingehend zu studieren."

„Mir wäre lieber, ich mache nur eine Stippvisite. Geht das?"

Erika nickt. „Aber ich sag dir gleich: Das erlaube ich nur wegen deiner Habilitation und dass ich dann angeben kann mit meiner Freundin ... die Frau Professor. Klar?"

„Sowieso, was denkst du denn?"

„Ich denke das, was du nie mehr denken sollst. Keine Schnüffelei, kapiert?"

Unschuldig schüttle ich den Kopf. „Glaub mir, mir reicht's. Ehrlich."

„Dann ist es gut." Erika zückt ihr Handy und ruft den Fluger an. Als der nicht abhebt, schreibt sie ihm eine SMS: „Dr. Liebekind darf jederzeit Zelle besichtigen. Oberinspektor Sacherl."

Gerade als ich ihr ein Luftbussi schicke, taucht endlich Manfred auf. Erika schickt mir im Spaß eines zurück.

„Habt ihr die Seite gewechselt, hm?", dann umarmt er Erika, „Und ich?"

Sie knallt ihm einen Schmatz auf die Wange, hakt sich bei ihm unter und meint: „Jetzt gehen wir aber endlich was trinken."

„Und was essen", kommt Manfred dieser Aufforderung freudig nach. „Du kannst ja derweil mit dem Ameling den Burzelt aufsuchen", meint er trocken zu mir. Als Erika das aufschnappt, wirft sie mir einen bösen Blick zu.

Das Café Sacher liegt gleich gegenüber der Albertina, und da zieht es uns schon aus Bequemlichkeitsgründen hinein. Das Café ist genauso gestylt, wie es die Wiener Marmorkuchenarchitektur erfordert: roter Brokat an der Wand und als Sesselüberzug, nachgeahmte Stühle im Jahrhundertwendelook und in der Tortenvitrine die braunschwärzliche Sachertorte in makelloser Glasur glänzend, die von weißbeschürzten Kellnerinnen bewacht wird. Wir setzen uns an einen Eckmarmortisch. Manfred zückt sofort die Speisekarte, während Erika nach der Dame mit dem Spitzenhäubchen winkt. Die nimmt ihre Bestellung, einen „Kaffee verkehrt", freundlich gelassen zur Kenntnis und blickt mich erwartungsvoll an, sodass ich ebenfalls – obwohl nicht wissend, was ein „Kaffee verkehrt" ist – einen solchen ordere. Nach der Bestellung begebe ich mich in Richtung Toilette.

Ich winde mich an den Tischchen vorbei, die meisten offenkundig von Touristen besetzt, bis ich am äußersten Ende des Cafés meiner Mutter mit dem älteren Gentleman ansichtig werde. Als sie mich erblickt, deutet sie mir sofort erschrocken, dass ich kehrtum machen soll. Das macht sie mit so einem verzweifelten Gesichtsausdruck, der unschwer erkennen lässt, dass sie keineswegs wünscht, dass ich dem Herrn von Angesicht zu Angesicht begegne. Allein diese Tatsache weckt meine Neugierde und ich kann nicht anders, als mich ihrem Tisch zuzuwenden und sie anzusprechen: „Willst du mir deinen Kavalier nicht vorstellen?“

Der Kavalier erhebt sich erfreut, deutet einen Handkuss an und erledigt das Vorstellen selber: „Kajetan Vau Punkt Spanneck ...“

Entgeistert schaue ich Mutter an und hoffe, dass sie mir eine Erklärung liefert, die nicht meine schlimmsten Befürchtungen bestätigt. Ich flehe zu dem Gott, an den ich nicht glaube, dass sie sowas wie „ein Cousin“ oder „ein Bruder“ oder „ein entfernter Verwandter“, nur bitte nicht das vierzig Jahre lang totgeschwiegene Wort, ausspricht.

Mutter windet sich. Sie, die doch sonst nicht auf den Mund gefallen ist, scheint einer Sprachhemmung anheimzufallen. „Herr ... Herr Spanneck ... hm, dein ...“, sie blickt beschämt auf die Marmorplatte des Tisches, „... dein Vater.“

In meinem Kopf explodiert ein Feuerwerk an konfusen Gedanken – ein Tsunami der Emotionen, die aber keine Zuordnung zu Hass oder Liebe erlauben –, die meine zerebrale Schaltzentrale außer Gefecht setzen. Ohne Kommentar drehe ich mich um und flüchte zurück zu Erika und Manfred. Jeglichen Harndrang vergessend, falle ich dort auf die rote Brokatbank und stammle: „Hinten, da hinten ... da ...“

Erika hat sofort begriffen, dass mir etwas Schreckliches widerfahren sein muss, während Manfred nichts außer seiner Malakofftorte interessiert. Erika nimmt mich um die Schulter und redet beruhigend auf mich ein: „Was ist los? Hat dich einer belästigt? Deine Geldbörse?“

Ich schüttle den Kopf und beginne hemmungslos zu weinen. Sie streichelt beruhigend über meinen Kopf. „Eckerl, Eckerl ...“, murmelt sie beruhigend.

Selbst Manfred hat kapiert, dass da was Schlimmes passiert sein muss. „Wenn dir jemand was getan hat, dann bekommt er es mit mir zu tun“, meint er mit vollem Mund.

Nachdem die heftigste Weinattacke vorüber ist – die Leute von den Nachbartischen beobachten mich auch schon neugierig –, stoße ich final schluchzend hervor: „Da hinten, da hinten, da sitzt er mit ihr ...“

Erika nimmt ihren Arm von meiner Schulter, nimmt mich an beiden Händen und meint streng: „Du erzählst jetzt sofort, wer er ist und sie und wie und was!“

„Mutter sitzt da hinten, mit ihm.“

„Mit dem Mann, vor dem sie in der Albertina geflüchtet ist, der lustige Alte?“

Ich nicke. „Der lustige Alte ist ... mein Vater.“

Jetzt verschlägt es selbst Erika die Sprache. Manfred schüttelt entgeistert den Kopf und kommentiert trocken: „Ich habe gedacht, der ist schon tot?“

Diese Aussage löst aus, dass ich wieder zu weinen beginne. „Für mich war er tot. Obwohl ich gewusst habe, dass er lebt. Aber für mich war er tot. Ich will keinen Vater – und den schon gar nicht.“

„Musst doch nicht. Brauchst ihn ja nicht zu nehmen.“

Erika stimmt Manfred zu: „Vergiss den. Einer, der sich so lange abgeseilt hat, den brauchst jetzt auch nicht mehr. Einfach ignorieren.“ Dann winkt sie der Kellnerin und bestellt einen Fiaker mit Kirschschnaps.

Als der eintrifft, schiebt sie mir den Kirschschnaps zu und befiehlt: „Trink den, dann geht es dir besser!"

Nachdem ich den Schnaps hinuntergestoßen habe, fühle ich mich tatsächlich besser und fange schön langsam wieder an, meinen Verstand zusammenzuklauben: „Ihr habt Recht. Er ist nicht mein Problem, sondern eher das ihre. Hoffentlich haut er bald wieder ab."

Kaum habe ich mich wieder gefasst, erscheint der Herr an unserem Tisch. Strahlend kommt er auf mich zu und setzt dazu an, mich zu umarmen. Ich bleibe ostentativ sitzen, sodass ihm nichts anderes übrig bleibt, als vor uns drei Herrschaften, wie vor einem Richtertisch, stehen zu bleiben. „So eine wunderschöne Frau bist du geworden! Ich habe dich Alma getauft, da ich geahnt habe, dass du dich auch zu solch einem faszinierenden Weib wie Alma Mahler entwickeln würdest. Wie Franz Werfel sagt: ‚Ich habe eine gute Tat getan, voll Freude und Wohlwollens bin ich. Und nicht mehr einsam. Nein, nicht mehr einsam. Frohlocke, mein Herz!' Und ich hatte recht! Was heißt recht, du bist das bezaubernde Ergebnis der großen Liebe meines Lebens ..."

Allein der manische Sermon dieses Mannes erklärt, weshalb Mutter ihn verlassen hat. Obwohl, so ganz kann ich mich seinem Charme nicht entziehen. Auch Erika, die zu Beginn seiner Rede noch – zumindest mimisch – mit ihrer totalen Ablehnung nicht hinter dem Berg gehalten hat, hat sich schon ein wenig einkochen lassen. Nur Manfred, der Menschen immer nur nach ihren Taten beurteilt, weist ihn in seine Schranken: „Da haben Sie sich aber lange Zeit gelassen, um festzustellen, wie ‚bezaubernd' ihre Tochter ist. So groß dürfte die Sehnsucht nach der ‚wunderschönen' Frau, zu der sie sich ausgewachsen hat, nicht gewesen sein. Im Namen von Alma ersuche ich Sie, sich schleunigst wieder zurückzuziehen."

Ob nur gespielt oder echt, meinem Vater treten Tränen in die Augen und er schlägt sich auf die Brust: „Mea culpa, mea maxima culpa."

Im Stillen sage ich zu mir: Lass dich nicht von dem einkochen, jetzt willst du ihn nicht mehr. Lass dich nicht auf eine nähere Beziehung ein, sonst kannst du ihn am Ende als geriatrischen Pflegefall betreuen.

„Alma! Ich bitte dich nicht, mir zu verzeihen, aber wenigstens einen Abend ... einen Abend mit dir und deiner Mutter, den vergönne mir. Nur einen Abend, nur ein Abendessen, damit mir eine ewige Erinnerung an mein außergewöhnliches Kind bleibt. Bitte!"

„Wo und wann?" Ich seufze und verfluche mich innerlich, nachdem mir diese Antwort entschlüpft ist.

„Morgen um sieben im Steirereck?"

Ich schüttle den Kopf. „Da gehe ich sicher nicht hin."

„Wie wäre es mit der Meierei?"

„Und meine Mutter? Kommt die auch?"

„Wir können sie fragen, warte ..." Schon eilt er zu Mama und kommt mit freudestrahlender Miene zurück zu uns, um triumphierend zu verkünden: „Die Lady sagt ja." Mich hält es nicht mehr länger in diesem Café. Ich befürchte, dass er – impertinent wie er ist – auch noch an unserem Tisch Platz nimmt, was ich nicht verhindern kann, ohne einen Skandal zu provozieren. Also stehe ich auf, küsse Erika und Manfred liebevoll, während ich ihm demonstrativ achtlos die Hand gebe. Er hält diese fest und haucht einen Kuss darauf, während er mir abbittend in die Augen schaut. „Verzeih ..."

Beim Hinausgehen bin ich froh, dass ich mit einem Handkuss noch einmal gut davongekommen bin. Was wäre gewesen, wenn er mich umarmt hätte? Ich bin mir nicht sicher, ob ich nicht handgreiflich geworden wäre.

Beim Judendenkmal vor dem Café angekommen, verstecke ich mich hinter einer der monumentalen Figuren von Hrdlicka, atme tief durch und checke mehr aus Verlegenheit als aus Interesse meine SMS. Zwei Nachrichten. Eine von Ameling: „für di imma. Bin 5 fertig. joschi“ Von Fluger: „Habe Dienst getauscht, heute Nachtdienst acht Rossauer Polizeianhaltegefängnis?“

Der spurt aber flott, wenn die Chefin befiehlt! Obwohl mir durch diese existentielle Begegnung mit meinem Vater momentan jegliches Interesse an Morden, Selbstmorden, Unfällen, selbst keinen Morden vergangen ist, beschließe ich, vor allem zu meiner Ablenkung mit meinen beiden Informanten ein Rendezvous auszumachen. Tatsache ist, dass ich sowieso meinem Gefühlschaos ausgeliefert und keines klaren Gedankens fähig bin. Da kann ich die Zeit, bis ich wieder irgendwie auf Schiene gekommen bin, auch mit Fact Finding Missions verbringen. Es ist drei viertel fünf, also rufe ich den Joschi an: „Alma da. Ich komm bei dir im Institut vorbei. Ist das recht?“

„Also ... im Colosseum wär mir lieber ...“

„Joschi, wir fahren zum Friedhof. Auftrag von deinem Chef.“

„Na, geh, das passt mir gar nicht. Was soll ich da?“

„Den Burzelt besuchen, der Professor hat was vergessen.“

„Wieso sagt er mir das nicht selber?“

„Weil ich ihm erzählt hab, dass ich mich sowieso mit dir treffen wollte und da geht’s in einem.“

Ich höre einen tiefen Seufzer durchs Telefon. „Aber nachher gehen wir schon auf ein Bier.“

„Klar, sowieso ...", ich überlege kurz, welche Lokalität in der Nähe der Rossauer Polizeistation zum Ameling am besten passt, muss ich doch meine beiden Termine zeitlich koordinieren.

„Nachher gehen wir in den Roten Bären. Super Bier und Gulasch. Versprochen. Ich komm gleich ..."

„Ja, wenn du glaubst."

In der Straßenbahn Richtung Sensengasse schicke ich dem Fluger noch eine Nachricht: „Komme nach acht vorbei. Danke und liebe grüße Alma."

Der Ameling wartet schon vorm Eingang. Ich hauche ihm ein falsches Bussi neben der Wange in die Luft. Das macht ihn sehr glücklich, ist es doch eine besondere Auszeichnung, wenn eine Ärztin einen Obduktionsgehilfen küsst.

„Wo liegt er?"

„Heiligenstädter Friedhof. Ich hab den Totengräber schon angerufen. Um die Zeit ist da sonst keiner mehr da."

Aus Überzeugung küsse ich ihn jetzt direkt auf die Wange und nicht daneben: „Bist ein Schatz! Drum, ich weiß, auf dich kann ich mich immer verlassen. Wir nehmen ein Taxi." Mit dem Joschi im Schlepptau tue ich mir diese Weltreise nach Nussdorf mit der Straßenbahn und dann noch einem längeren Fußmarsch nicht an.

Am Friedhofseingang wartet schon der Totengräber, der sich für diese zeitlichen Extrawürste ein ordentliches Trinkgeld erwartet. Leider ist mein Bargeld mit der Taxirechnung weg und weit und breit kein Bankomat. Ich ziehe den Joschi zur Seite und flüstere: „Der will Trinkgeld, hast du was dabei? Ich muss noch zum Bankomaten."

„Der kriegt nix, ist doch sein Job. Ich krieg doch auch nichts wegen einer Leiche."

Ohne Trinkgeld bleibt mir nichts anderes übrig, als die schlechte Laune des Herrn zu ertragen. „Da ...", keift er, „... aber net lang, hab meine Zeit auch nicht im Lotto gewonnen."

Der Joschi, der ein Experte in der Behandlung von Bestattern zu sein scheint, weist ihn zurecht: „Hab dich nicht so, wirst ja zahlt dafür."

Dann erst fällt dem Ameling ein, was eigentlich der Auftrag sein soll: „Was will er eigentlich, der Chef?"

Oje, das hätte ich rechtzeitig mitteilen sollen, habe aber im Rahmen meines emotionalen Ausnahmezustands darauf vergessen. „Du sollst dem Burzelt ein kleines Stückerl Fleisch rausschneiden, wegen irgendeiner Bestimmung im ...", ich stelle mich blöd, um dem Ameling die Chance zu geben, sich zu profilieren, „... im ... na ja, in irgendeinem Apparat von euch ... Chromo..."

„Chromatograf heißt der Apparat", meint er ganz stolz, mehr zu wissen als die Frau Doktor.

„Ja, genau!"

„Das hätt ich aber vorher wissen müssen, ich hab da nichts mit ... dafür."

„Kann man nicht? Ich meine, ein Taschenmesser oder so?"

„Hab keins ..."

Ich deute auf den Totengräber. „Und er?"

„Hast ein Messer?", fragt der Ameling den Bestatter.

„Für das werd ich aber nicht bezahlt ..."

Joschi zuckt mit den Schultern. „Schön blöd. Noch einmal fahr ich da nicht mehr her ... in der Kälte ..."

Da fällt mir ein, dass ich immer einen Nagelzwicker dabeihabe. Ich krame in meiner Tasche und ziehe ihn aus der schwarzen Tiefe. „Geht das?" Ich halte ihm das Werkzeug vor die Nase.

„Bevor ich noch einmal hermuss, geht's."

Die Tür zum Aufbahrungsraum öffnet sich, denn der Bestatter hat es eilig. „Avanti", kommandiert er, „sonst sperre ich euch ein."

Höflich lasse ich dem Joschi den Vortritt. Der Burzelt liegt bleich mit verschränkten Armen in seinem Sarg. Hübscher Bursche war er, denke ich mir. Durch den Tod hat er an Attraktivität gewonnen, da er mangels Durchblutung kein rotes Gesicht mehr hat. Der Tod heilt alle Wunden, überlege ich völlig daneben in Abwandlung dieses Aphorismus. Mein Vater hat mir offenbar den Verstand geraubt.

Der Ameling reißt mich aus meinen Gedanken: „Ich nehm das Ohrlapperl. Das geht am leichtesten ..."

Ich wende mich ab, denn auch wenn diese Leiche keine Schmerzen mehr verspürt, fühle ich solidarisch einen Stich in meinem Ohr – das Resultat meines unbändigen Vorstellungsvermögens.

„Das hamma ..." Er hält mir das Ohrläppchen vor die Nase. „Hast was zum Reintun auch?"

Ich packe ein Papiertaschentuch aus, in das der Joschi das Stückchen tote Materie packt. „Morgen kriegt er es ...", meint er zufrieden, nachdem er den Fetzen zusammengefaltet und ihn in seine Manteltasche gesteckt hat. In der Zwischenzeit ist uns gar nicht aufgefallen, dass der Totengräber verschwunden ist. Erst als wir bei der Tür raus wollen, bemerken wir, dass er uns eingeschlossen hat.

„Arschloch", bemerkt Ameling treffend, „Arschloch, der kriegt's mit mir zu tun." Er pumpert an die Tür, doch niemand öffnet.

„Wir hätten ihm was geben müssen", kommentiere ich unangebracht, weil es ohnehin zu spät ist.

„Na gut ...“ Der Joschi zieht einen Zehner aus seiner Hosentasche und schiebt ihn unter der Tür durch. „Arschloch!“ Und wie durch ein Wunder ertönt das Geräusch eines Schlüssels im Schloss und die Tür öffnet sich. Am Boden liegt kein Zehner mehr und auch vom Bestatter gibt es keine Spur. „Arschloch ...“ Ameling fällt anscheinend kein besserer Kommentar ein.

„Arschloch zurück, du Arsch...“, erwidert das für uns unsichtbare angesprochene Arschloch aus einem Winkel des Friedhofs. Bravo. Auch wenn ich es bisher nicht gewusst hätte, jetzt habe ich meine Lektion in Fäkalsprache ausreichend erhalten.

Das Taxi bringt uns zurück in die Innenstadt und hält auf meine Anordnung zuerst vor einem Bankomaten und dann vor dem Roten Bären. Es ist sieben Uhr, da geht sich gerade noch das versprochene Bier für den Joschi aus.

Das Lokal ist gesteckt voll und vor allem bei den hippen grün-soft-linken Leuten angesagt, das Essen ist schmackhaft und die Preise moderat. Wir bekommen keinen Sitzplatz und lehnen uns deshalb an die Theke. Als der Joschi entdeckt, dass es hier Bier von Černá Hora gibt, flippt er vor lauter Freude beinahe aus. „Also, dass du dir das gemerkt hast, dass das Černá mein absolutes Lieblingsbier ist. Kannst dich erinnern? So was, und dass du ...“

Ich habe keine Ahnung, wovon er spricht, aber schön, dass ich ihm – ohne es zu beabsichtigen – eine Freude gemacht habe. „Prost ...“, stoße ich mit ihm an, „... wann glaubst, ist der Befund im Chromo...“

„... Chromatografen“, belehrt er mich wiederum erfreut, gescheiter als ich zu sein.

„... Chromatografen fertig?“

„Das kann schon morgen sein. Wie er halt Lust hat. Hängt von seiner Laune ab." Mein Termin mit dem Fluger rückt in bedrohlich zeitliche Nähe und ich muss mich irgendwie vom Joschi verabschieden, ohne dass er mir gram ist. Drum zücke ich mein Bargeld, drücke ihm die zehn Euro in die Hand und ordere beim Wirt die Rechnung. „Du gehst aber noch nicht ...", meint er traurig, „... wir sind doch gerade erst gekommen."

Keine Ahnung, weshalb der Ameling bei mir immer echtes Mitleid weckt. Ist es seine gutherzige Naivität? Sind es sein mit zu wenig Wissen bestücktes Gehirn oder seine tollpatschige Art? Jedenfalls ist er eine ehrliche Seele, die keine Falschheit kennt. Drum verspreche ich ihm wider besseren Wollens: „Ich muss nur kurz weg in die Polizeistation und dann komm ich wieder. Trink dazwischen noch ein Bier auf meine Kosten."

Joschi verdreht die Augen und schnauft resigniert. „Wenn's sein muss. Aber nicht, dass du mich dann sitzen lässt ..."

„Wenn schon, dann stehen", ich deute auf seine Beine.

Die beste Therapie gegen meine „akute Belastungsreaktion", die mit individueller Verwundbarkeit und einer Störung der zur Verfügung stehenden Bewältigungsmechanismen und Desorientierung einhergeht, ist, die Alltagstauglichkeit einzufordern. Die Orientierung erlangt man am besten wieder, indem man wie eine Maschine Aufgabenstellungen bewältigt, ohne sie zu hinterfragen. Momentan handle ich wie ein Roboter und deshalb gelingt es mir vorübergehend, den Schock über das Auftauchen meines genetischen Vaters zu verdrängen.

Im Polizeianhaltezentrum folgt das übliche Prozedere: Ausweis, Durchsuchen auf Waffen und Drogen. Jedenfalls weiß man schon am Eingang Bescheid über mein Kommen, denn alles verläuft ohne Zwischenfälle. Der Fluger sitzt an seinem Schreibtisch und begrüßt mich freundlich, wenn auch nicht überschwänglich. Offenbar legt er Wert darauf, dass man uns keine engere Beziehung unterstellen kann. „Frau Oberinspektor Sacherl hat Sie angekündigt", meint er so laut, dass es alle Kollegen hören können. Ich verstehe – wir sind also wieder per Sie.

„Erfreulich, dass es geklappt hat. Ich hoffe, es macht Ihnen nicht zu viele Umstände."

„Kommen Sie mit", fordert er mich knapp auf und weist mir den Weg am Gang entlang zum Zellentrakt. „Ich mag nicht, dass jemand mitkriegt ...", flüstert er, als wir außer Hörweite sind.

„Alles klar, finde ich auch gut." Wir stehen vor Burzelts Zelle. Die Tür ist mit einem kleinen Fenster bestückt, durch das man ins Zelleninnere blicken kann. „Darf ich?", frage ich, um einen Blick hineinwerfen zu können. Von der Luke aus kann man die gesamte Zelle überblicken, allerdings nicht den Boden unterhalb des Betts. Drum ist es niemandem aufgefallen, dass der Burzelt darunterlag. Ferdinand sperrt auf und wir betreten den kleinen Raum. Ich blicke mich um. Alles schaut so aus, wie man sich eben eine Zelle vorstellt. Dann wende ich mich dem Bett zu. Ich versuche, das Lager am Haupt in die Höhe zu hieven. Mit beiden Händen gelingt es mir gerade, es fünf Zentimeter anzuheben. „Ganz schön schwer ...", puste ich, „... wie hat der das allein geschafft?"

„Muss er wohl ..."

„Wieso hat die Mutter überhaupt in die Zelle dürfen?"

„Er hat gedroht, sich umzubringen, und wollte sie sehen. Wir haben gedacht, das hilft ihm. Er hat sogar eine Sondergenehmigung für diesen Besuch bekommen. War ja nur die Mutter."

„Als sie gegangen ist, hat er da noch gelebt?"

„Ich denke schon, zumindest steht es so im Protokoll."

Da es für mich nichts mehr zu entdecken gibt, trete ich wieder aus der Zelle und bedanke mich bei dem jungen Polizisten: „Lieb von dir, dass du dir die Mühe gemacht hast. Trotzdem, der Mann muss Riesenkräfte gehabt haben ..."

In seinem Büro verabschieden wir uns wieder demonstrativ formell und ich starte zurück zum Roten Bären.

Kapitel 16

Den Allgemeinplatz „Man kann sich seine Familie nicht aussuchen“ möchte ich für mich auf „Man kann sich seinen Vater nicht aussuchen“ abändern. Immerhin hat er mir allein durch sein plötzliches Auftauchen einen Alptraum beschert. Bevor ich allerdings das „Vergnügen“ dieses Alptraums hatte, musste ich noch diesen Alptraumtag beenden. Nach dem Besuch der Polizeistation Rossauer Lände bin ich noch kurz, wie versprochen, obwohl völlig fertig, zum Ameling in den Roten Bären. Leider gestattete mir mein Überich keine Ausrede, dieses Date nicht einzuhalten und stattdessen nach Hause zu gehen. Mitleid mit diesem einsamen Alkoholiker? Nach einem Černá Hora und vorgetäuschten Interesse an Joschis vernebeltem Gefasel begebe ich mich endlich Richtung Rembrandtstraße. Am Weg dorthin versuche ich noch Mutter anzurufen – Mailbox: „Ich bin nicht erreichbar. Retempto.“

Entweder teilt sie diesen Abend in trauter aufgewärmter Zweisamkeit mit meinem Erzeuger oder sie ist auf der Flucht vor ihm in den Donaukanal gesprungen. So oder so – ich kann ihr nicht helfen. Zu Hause erwartet mich eine völlig ausgekühlte Wohnung, denn Michael hat offenbar beim Verlassen meines Domizils vergessen, das Fenster in der Küche zu schließen. Aber nicht nur das: Auch im Badezimmer klafft die Oberlichte sperrangelweit. Ein freundlicher Empfang bei gefühlten minus fünf Grad! Und ein würdiger Abschluss eines tiefgekühlten Tages.

Gerade als ich das Fenster in der Küche schließen will, bemerke ich aus dem Wohnzimmer schon wieder das mir schon bekannte Blinken einer Taschenlampe im Morsetakt. Da ich schon so erschöpft bin, hebt diese

Beobachtung meinen Adrenalinspiegel kaum. Anscheinend habe ich nicht einmal mehr ausreichend Reserven an Stresshormonen, denn ich reagiere keineswegs panisch. Erschöpft mache ich mir nicht einmal mehr die Mühe zu enträtseln, ob man mir wieder dieselbe Botschaft übermitteln wollte oder ob ich eine andere hätte enträtseln sollen. Egal – Drohung so oder so. Immerhin bin ich beim Verschließen meiner Eingangstür sehr genau und schiebe sogar den Balken vor. Dann endlich ins fröstelnde Bett.

Party, laut, eine blinkende Discokugel, die Morsezeichen aussendende Blitze ausspuckt, viele Menschen ohne Gesicht, in der Mitte der Gäste auf einem Tisch Kajetan Vau Punkt Spanneck – mit Gesicht. In der Hand einen Dirigentenstab, alle tanzen nach seinem Rhythmus. Ich stehe in einer Ecke und beobachte die Szene so lange, bis er auf mich aufmerksam wird. Er steigt herab, fasst mich an der Hand und fordert mich auf, mit ihm gemeinsam auf den Tisch zu steigen. Er schafft es, sich mit einem einzigen eleganten Sprung hinaufzuhechten, während ich mich nicht hochhieven kann, da meine Füße am Boden kleben. Als er bemerkt, dass ich nicht nachkomme, verzieht sich sein Gesicht zu einer Fratze, wie sie die Wasserspeier auf gotischen Domen haben. Er spuckt mir eine heiße Flüssigkeit ins Gesicht, um meine Haut zu verbrennen und mich zu verunstalten. Während sich bei den anderen Menschen Gesichtszüge formen, klatschen sie enthusiastisch. Da ist Trude Füssli, die genauso aussieht wie auf der Party, als sie selber auf dem Tisch getanzt hat, dann der Kraxner, der ein Champagnerglas auf der Tischkante zerschlägt, um mir damit zu drohen, ebenfalls mein Antlitz zu zerstören, und der Burzelt mit seinem Ohr in der Hand, das er mir zum Verzehr hinhält. Gerade als mein

Vater mir mit seinem Dirigentenstab auf den Schädel schlagen will, um mich zu töten, wache ich schweißgebadet auf.

Als ich auf die Uhr sehe, ist es vier. Ab dann liege ich nur mehr grübelnd im Bett und warte darauf, dass es endlich morgen wird. Ich diagnostiziere bei mir eine abnorme Belastungsstörung und beschließe, sofort mit einem SSRI zu beginnen. Sonst kann ich mich gleich zu meinen Patienten ins Wartezimmer gesellen und auch auf eine Behandlung bei mir selber hoffen. Immerhin nütze ich meine Insomnie für Überlegungen, bis endlich der Wecker sechs Uhr anzeigt. Schlaflosigkeit kann nicht nur ein unerträglicher Zustand sein, nein, es ergeben sich durchaus Möglichkeiten, Probleme zu bearbeiten. Meine sind durch das Auftreten eines objektiv gesehen sonderlichen alten Männleins, das möglicherweise beabsichtigt, sich in mein Leben zu drängen, entstanden. Aber das werde ich nicht zulassen! Man kann auch eine gesellschaftspolitische Vereinbarung – dass Kinder automatisch eine Beziehung zu einem Elternteil haben müssen – aufkündigen. Es ist erstaunlich, wie die Behauptung, dass jemand eines Vaters sei, Aufruhr in das Seelenleben bringt. Ich bin ein Kind ohne Vater, und das soll sich nur ja nicht ändern. Dieser alte lächerliche Mann mit seinen verkorksten Allüren wird aus meinem Herzen gestrichen, bevor er da noch eingeschrieben wurde. Ich beschließe, ihn heute abends ausschließlich als Fremden zu betrachten, der nach einem Essen wieder aus meinem Gedächtnis ausradiert wird.

So geläutert beginne ich diesen Morgen beinahe fröhlich und verabrede mich mit Michael auf ein Frühstück im Sperl, da ich erst am Nachmittag Ordination habe. Meine gute Laune wird verstärkt durch ein

Ziehen im Unterbauch, das mir beruhigend vermittelt: „Bald blutest du!“ Wieder ein Anruf bei Mutter – schon wieder ohne Erfolg. Sie wird doch nicht …? Nein – erst dann, wenn sie am Nachmittag nicht an ihrem Platz in der Rezeption sein sollte, darf ich panisch werden.

Klarerweise bin ich als Erste im Kaffeehaus. Warum habe ich bis auf Manfred nur unpünktliche Freunde? Egal, ich tröste mich mit einem Wiener Frühstück, einer wunderbaren Melange und einer Tageszeitung. Wenn ich einmal in Pension bin, werde ich nur mehr laufen und anschließend im Kaffeehaus sitzen! Wie schon Peter Altenberg gesagt hat: „Du hast Sorgen, sei es diese, sei es jene – ins Kaffeehaus!“

Als mein Liebhaber dann endlich erscheint, habe ich schon fertig gefrühstückt. „Sehr beschäftigt, verschlafen, keine Straßenbahn, Hund auf die Hose gepinkelt – welche passende Ausrede hast du?“

Michael blickt mich erstaunt an. Auf die Uhr kann er nicht schauen, denn er besitzt keine. „Du weißt doch: Ich schreibe einen Roman. Drum war ich beim Kraxner in der Galerie … Recherche.“

„Gratuliere, gute Ausrede. Und was hat er dir erzählt?“

„Ich wollte rausfinden, ob er jemanden kennt, der morsen kann.“

Schau, schau, da staune ich aber. Mein wunderbarer Liebhaber kann noch mehr als das Eine. Der kann denken! „Das ist wirklich gescheit.“

Stolz blickt er mich von oben herab an. „Gell, das hättest mir gar nicht zugetraut?!“

„Und wie hast du das rübergebracht, dass er nicht Verdacht schöpft?“

„Er war gar nicht da, nur seine Assistentin …“

„Oh, das heiße Eisen! Und? Hat sie dich vernascht?“

Michael wird verlegen. „Wollte sie, aber ..."

„Du wirst ja rot ... Hat sie oder hat sie nicht?"

„Hör auf! Ich steh doch nur auf dich. So viel Busen, da hätte ich Angst zu ersticken." Ich verrate nicht, dass ich diesem Busen unfreiwillig schon gefährlich nahegekommen bin. „Zuerst habe ich nach einem Punsch gefragt – den haben sie übrigens nicht mehr –, und dann wollte ich wissen, ob sie jemanden kennt, der für eine Lichtinstallation – für eine Benefiz-Performance für die Umwelt – morsen kann. ‚Kampf dem Klimawandel, rettet die Erde.'"

„Umwelt geht immer. Das klingt unverdächtig bei einem Menschen, der so abgerissen daherkommt wie du."

Michael betrachtet pikiert seinen ausgeleierten Pullover und seine ausgebeulte Jacke. „Was du immer hast ... schau dich doch selber an. Du kommst auch nicht wie eine reiche Ärztin rüber."

„Bei mir liegt's an der Zeit – bei dir am Wollen."

„Jedenfalls hat sie mir erzählt, dass die Wahnsinnige von seinem Fest, also die, die so geschrien hat, dass die morsen kann. Die hat jahrelang auf den Kanalinseln als Leuchtturmwärterin gearbeitet."

Sofort geht mir ebenfalls ein Licht auf: Trude Füssli ist abgehauen, ahnt, dass ich spioniere, und versucht mich jetzt mit ihren professionellen Waffen einzuschüchtern. „Du hast dir ein Frühstück verdient, ich lade dich ein ..."

Michael setzt sich, nachdem er mich kräftig mitten auf den Mund geküsst hat. „Hättest sowieso müssen, ich meine einladen", dabei zieht er die Taschen seines Parkas heraus, „... pleite." Er bestellt, als ob er seit einer Woche nichts mehr zu sich genommen hätte und auch in Zukunft nie wieder was zu essen bekäme: zwei

Spiegeleier mit Speck, ein Müsli, drei Semmeln, Marmelade, zusätzlich Schinken und eine Dobostorte. Mit vollem Mund legt er mir seine Mordtheorie dar: „Ich sag dir was ... der Burzelt war's wirklich und dann hat er sich wegen seines schlechten Gewissens umgebracht und ...", er würgt ein Stück Semmel hinunter, „... und ..."

„Schluck bitte hinunter, bevor du sprichst! Du weißt genau, dass mir das auf die Nerven geht. Prekarier! Abgesehen davon: Wenn es der Burzelt war, warum bedroht mich dann die Füssli? Da passt was nicht zusammen."

Michael schluckt gehorsam, spießt aber zur Sicherheit gleich ein Stück Spiegelei auf die Gabel, vermutlich um keine Zeit zu verlieren, wenn er den nächsten Satz fertig gesprochen hat: „Die hat sicher gar nichts mit dem Mord zu tun, die will nur nicht, dass der Sterbeverein näher beleuchtet wird. Auch wenn sie vom Barkes geschieden war, die hat doch sicher von früher her Dreck am Stecken."

Ich zucke mit den Schultern. „Kann schon sein. Aber was ich nicht verstehe, ist, dass bisher kein zweites Handy vom Barkes aufgetaucht ist. Wenn der Barkes dem Spöri sein Handy mit den SMS-Drohungen zur Aufbewahrung gegeben hat, dann hat er sich doch ein neues zum Telefonieren zulegen müssen. Kein Mensch lebt ohne Handy."

„Da hast du recht. Frag die Erika."

„Kann ich nicht, ich habe ihr versprechen müssen, dass ich nichts mehr in der Sache unternehme."

Michael isst und ich schaue ihm dabei zu. Ich überlege, ob ich ihn über das Auftauchen meines Vaters einweihen soll. Wenn diese unangenehme Geschichte mit dem heutigen Abend beendet ist, dann zahlt es sich gar nicht aus, daraus eine große Sache zu machen. Wie ich meinen Freund kenne, will der ihn gleich kennen lernen – aus Neugierde. Und – da bin ich mir sicher – er wird ihn großartig finden. Also besser kein Wort, lieber weiter über den Mord plaudern.

„Aber *ich* kann sie ja fragen. Ich tue so, als ob ich die Info für meinen Krimi benötige. Und ich schwöre ihr, dich nicht einzuweihen."

„Sie wird nicht darauf einsteigen. Das glaubt sie dir nie."

Mein Liebhaber greift nach meiner Hand. „Du hast was. Geht's dir nicht gut? Ich spür das."

Ich schüttle den Kopf. „Nein, nur die Morsezeichen liegen mir im Magen. Ist ja nicht lustig, wenn man bedroht wird. Gestern schon wieder."

Michael legt sein Besteck zur Seite und richtet sich auf. „So! Ab jetzt wohne ich bei dir. Ich werde dich beschützen!"

Oh nein, das wollte ich um keinen Preis! Liebhaber ja – Wohnungsgenosse nein. Wie komme ich aus dieser Sache wieder raus? „Lieb von dir, aber ich möchte nicht, dass du dir wegen mir solche Umstände machen musst."

„Was für Umstände? Ich kann da und ich kann dort schreiben. *Ich* werde dich ab jetzt überallhin begleiten."

Was habe ich mir da eingebrockt? Die erste Hürde taucht schon heute Abend auf, wenn ich ihm was vorflunkern muss, um zu verhindern, dass er sich uns anschließt. Ich nehme seine rechte Hand und schließe sie zwischen meinen Handflächen ein. „Das ist so aufmerksam von dir, aber ich glaube, es reicht, wenn wir nachts beieinander schlafen. Während des Tages bin ich sowieso immer unter Leuten. Jetzt fahre ich in meine Ordination, wo ich dann anschließend mit Mutter bin, und dann treffen wir uns bei dir in der Wohnung. Okay?"

„Wieso bei mir?"

„Weil ich annehme, dass die Füssli die nicht kennt."

Mein Freund lässt sich überzeugen. „Wenn du meinst …"

Ich nicke zufrieden und hebe warnend meinen Zeigefinger. „Dass du mir aber ja nicht weiter dieses heiße Eisen anbratest!"

Michael seufzt genervt. „Hör schon auf! Ich doch nicht."

Ich bekomme immer mehr ein mulmiges Gefühl wegen Mutters Untertauchen. Auf dem Weg vom Sperl in meine Ordination versuche ich erneut, sie zu erreichen. Wieder nur der Anrufbeantworter. Jetzt werde ich endgültig nervös. Während der Straßenbahnfahrt umklammere ich aufgeregt mein Handy in der Manteltasche. Dabei berühre ich das Kuvert mit Burzelts Abschiedsbrief und dem Foto, das mir Erika gestern zugesteckt hat. In der Aufregung um meinen Vater habe ich komplett darauf vergessen. Ich ziehe es heraus, öffne es – und was finde ich vor? Ein leeres Blatt Papier und ein Foto: Erikas geschlossener rot glänzender Mund mit ihrem Zeigefinger davor, auf der Rückseite des leeren Blatts steht geschrieben: „Du hast deinen Job und ich den meinen. Komm mir nicht mehr in die Quere."

Wütend zerreiße ich das Bild und den Zettel und mache ein Foto von meinem in die Höhe gereckten Mittelfinger, das ich postwendend Erika schicke. Eigentlich sind solche vulgären Gesten gar nicht meine Art, aber momentan kann ich nicht anders.

Zum Glück höre ich schon im Stiegenhaus Mutters laut flötende Stimme: „Selbstverständlich können Sie kommen, gerne, sie wird sich freuen. Kein Problem, wann immer Sie möchten.“ Um Himmels willen, was ist da in sie gefahren? Als ich ihr von Angesicht zu Angesicht gegenüberstehe, beunruhigt mich ihre bedenkliche Wesensveränderung. Diese Frau schwebt in anderen Wolken. Ohne besonderen Anlass – nur für diesen Vau Punkt Spanneck – ist sie aufgetakelt, als ob sie in die Oper gehen würde. Zu viel Schminke, ein Pullover mit einem tiefen Ausschnitt, die Haare zwar wenigstens nicht offen, aber hinten zu einem lockeren Knoten gebunden, aus dem sich kokett Löckchen um ihren faltigen Hals schmiegen. Wie peinlich ist das denn?! Sie strahlt mich an: „Mein Schatz! Wie schön, dass du schon da bist. Du schaust blendend aus. Entschuldige, aber ich bin nicht dazu gekommen, was für dich zu kochen. Bist du mir deswegen böse?“

Ich stehe kopfschüttelnd vor ihrem Schreibtisch und betrachte sie prüfend von oben nach unten. „Bist du krank? Wie siehst du aus? Du wirkst ja, als ob du high wärst.“

„Darf ich nicht auch einmal gut aufgelegt sein, hm? Es ist wunderbares Wetter, wir sind gesund, es geht uns gut – das ist doch Grund genug, vergnügt zu sein.“

„Mein Vater? Dein Ex?“, bemerke ich missbilligend. „Der ist also der Grund, dass heute für dich die Sonne scheint, obwohl es für den Durchschnittsmenschen draußen grau in grau ist? Nein, Mama ... nein, bitte nein!“

Bevor sie antworten kann, bin ich schon in meinem Sprechzimmer. Da falle ich in meinen Schreibtischsessel und atme tief durch. Wie kann es sein, dass eine Frau mit Mitte achtzig wieder auf einen Liebhaber hereinfällt, der ihr bisher außer Problemen nichts, aber auch gar nichts gebracht hat? Ich zweifle an ihrem Verstand. Wir müssen unbedingt ein Schädel-MR machen, da wird sich zeigen, dass sie an einer Leukenzephalopathie leidet.

Der Nachmittag wird fürchterlich, ein Durcheinander, denn die Patienten sind zum Großteil falsch eingeteilt. Sprich, entweder zwei gleichzeitig oder dann wieder in einer halben Stunde gar niemand. Als ich zu Mutter hinaus telefoniere, um mich zu beschweren, bekomme ich nur zur Antwort: „Alles wunderbar, ein kleiner Lapsus, ich mache das ..."

Ich überlege, ob ich das Abendessen absagen soll, entscheide dann aber, dass es besser ist, sich die Sachlage Mutter–Herr Spanneck genauer anzuschauen. Irgendjemand muss da wohl die Übersicht über eine aufgewärmte geriatrische Leidenschaft behalten. Da ich mich nicht vor meinen Patienten mit ihr unterhalten möchte, verkehre ich nur telefonisch mit ihr: „Gehst du heute Abend auch mit? Ich meine, mit meinem Erzeuger in die Meierei?"

„Natürlich! Kajetan will doch mit seinen zwei Mädchen gemeinsam das wunderbare Wiedersehen feiern. Was ziehst du an?"

Ich lege auf. Das ist nicht mehr meine Mutter. Sie, die immer eine angenehme tiefe Stimmlage hatte, piepst zwei Oktaven höher wie eine grenzdebile Tussi. Was soll ich tun? Gegen die Liebe ist kein Kraut gewachsen. Hoffentlich haut er bald wieder ab!

Nachdem der letzte Patient draußen ist, beginnt sie sofort, vor dem Spiegel in unserem Vorzimmer ihre Schminksachen auszupacken. Als ich vorbeigehe, kann ich es mir nicht verkneifen, das zu kommentieren: „Findest du nicht, dass du schon ausreichend zugekleistert bist? Du schaust aus wie eine Dragqueen."

Diese Bemerkung hätte unter anderen Umständen lang anhaltendes Beleidigtsein hervorgerufen. Heute hingegen strahlt sie mich an und meint, mit der Wimperntusche bewaffnet: „Wie meinst du? Gefällt dir heller besser?" Mutter greift nach einem Kleenex, um die Schatten auf ihren faltigen Wangen zu entfernen. Zufrieden nickt sie ihr Spiegelbild an und fasst nach einem Pinsel, mit dem sie wieder Puder auf die Areale aufträgt, die sie vorher abgeschminkt hat. „Heller ist besser, du hast Recht." Ich spare mir einen weiteren Kommentar und dränge auf Abgang. Um den zu beschleunigen, rufe ich ein Taxi. „Ich bin noch nicht fertig, meine Frisur!"

„Deine Haare sind doch sowieso in Form, Mama!"

„Ich werde sie offen tragen."

Jetzt reicht's mir. „Mama, du bist über achtzig, das sieht lächerlich aus."

Beleidigt packt sie ihren Persianermantel und wendet sich mir zu. „Wenn du dich mit mir genierst, dann eben nicht. Lange brauchst dich nicht mehr für mich schämen, denn bald bist du mich los."

Ich schlucke meinen Ärger hinunter, denn diese Drohung kann ich keineswegs ernst nehmen. Sie würde doch nie mit diesem alten Dattel durchbrennen. Lächerlich!

Sobald wir im Taxi sitzen, gewinnt sie ihre Hochstimmung zurück. „In das Steirereck wollte ich schon immer. Dein Vater kennt meinen Geschmack. Ja, großzügig war er schon immer. Sehr großzügig."

„Soweit mir bekannt ist, auf deine Kosten. War's nicht so? Außerdem gehen wir in die Meierei."

Darauf antwortet sie nicht.

In der Meierei winkt uns schon mein Vater entgegen. Ganz Gentleman, nimmt er zuerst Mutter und anschließend mir den Mantel ab. Dann zieht er einen Sessel vom

Tisch zurück, um Mutter Platz zu machen. Sie setzt sich, während sie ihn verzückt angrinst. Keine Ahnung, wie ich diesen Abend überstehen soll ...

Nachdem sie sich niedergelassen hat, versucht er, auch mir seine guten Manieren aufzuzwingen, aber ich bin schneller und noch ehe er die Stuhllehne ergreifen kann, sitze ich schon. Bevor er sich selber dann endlich platziert, streicht er Mutter noch wie zufällig liebevoll über den Nacken, was ihm ein verliebtes Lächeln einbringt. Die werden doch nicht gestern Nacht? Ungustiös!

„Zwei bezaubernde Damen, meine zwei bezaubernden Damen ..."

„Ich bin nicht Ihre bezaubernde Dame, Herr Spanneck!"

Er blickt mich unbeeindruckt weiterhin liebevoll an. „Alma, ich verstehe dich und ich entschuldige mich. Du brauchst Zeit, ich werde dich nicht drängen. Aber jetzt bestellen wir."

Mir ist der Appetit vergangen. Trotzdem ordere ich die teuersten Gerichte auf der Speisekarte. Wenn ich mich schon mit ihm abplagen muss, dann soll er wenigstens *einmal* für mich brennen. Ich ärgere mich im Nachhinein, dass ich mich gestern nicht doch für den Luxus Steirereck entschieden habe, denn hier kommt er viel zu billig weg.

„Aperitif?", schlägt er vor.

„Ja, Champagner."

Der Angeber bestellt gleich eine ganze Flasche, was den Kellner und Mutter offensichtlich erfreut. Die druckst bei der Essensbestellung herum: „Eigentlich bin ich gar nicht hungrig, und meine Figur ..."

Sofort hat er ihre Hand geschnappt, küsst sie, schaut ihr dabei tief in die Augen und schleimt zweideutig: „Martha, das will ich nicht gehört haben, das mit der Figur. Keiner weiß besser als ich, dass das nicht stimmt."

Also haben sie doch gestern, wie degoutant! Mir kommt vor, als ob Mutter erröten würde, sie entzieht ihm ihre Hand und kokettiert: „Aber Kajetan, nicht doch!"

Wie lange soll diese Schmierenkomödie weitergehen? Der Kellner erlöst mich vorübergehend. Er bringt den Champagner mit umständlichem Getue: Der Herr bekommt einen Schluck eingeschenkt, während der Kellner ihm die in eine Serviette eingewickelte Flasche zum Überprüfen hinhält. Mein Erzeuger kostet wie ein Kenner – der er möglicherweise auch ist – tuend, dann dürfen auch wir an unseren Gläsern nippen. Ich nippe nicht, denn ich brauche Alkohol – viel Alkohol! Also leere ich das Glas sofort und halte es dem Kellner sogleich zum Nachschenken hin. Der blickt mich erstaunt an, handelt aber ohne Widerspruch. In unserem alten Leben hätte sich Mutter eine Bemerkung über meine Gier nicht verkneifen können, gegenwärtig aber ist ihr Blick in die Augen ihres männlichen Gegenübers versenkt.

„Ich habe Hunger. Kannst du dich endlich entscheiden?", fordere ich sie zur Bestellung auf.

„Ich nehme den Linsensalat, danke."

„So bescheiden?", kommentiert ihr anscheinend wieder aufgewärmter Lover.

Dann folgt Small Talk mit ihm, der nur übertünchen soll, dass wir beide uns nichts zu sagen haben. Ich spreche kaum, aber das stört nicht, denn die beiden Turteltauben würden sowieso lieber durch Zärtlichkeiten als mit Worten kommunizieren. Wenn ich mir diesen nervigen Abend schon antun muss, dann soll er wenigstens dazu nütze sein, etwas über meinen Erzeuger zu erfahren. „Was machen Sie eigentlich in Wien?"

„Du ... mein Engel ... du! Auch wenn ich mich sehr schnöde verhalten habe, so bin ich doch dein Vater. Wien, ach, Wien, unsere alte Heimat ... die Sehnsucht nach dem Flair, nach den Erinnerungen, nach ...", schon schnappt er Mutters Hand und drückt sie, „... nach meiner größten Liebe."

„Ich habe gemeint, gibt es etwas, das Sie außer der ‚Sehnsucht' nach Wien getrieben hat? Immerhin hatten Sie ja vierzig Jahre gar keine ‚Sehnsucht' nach Wien. Sind Sie geschäftlich hier? Oder Ferien?"

„Geschäfte. Auch wenn ich nicht mehr der Jüngste bin", Mutters Hand wird jetzt gestreichelt, „so bin ich immer noch tätig. So wie deine Mutter auch. Wir sind eben Kriegspflanzen."

„Und als was sind Sie tätig?"

Mein Vater hebt sein Champagnerglas, um mit mir anzustoßen. „Ich kann verstehen, wenn du nicht Papa sagen möchtest, aber zumindest Kajetan ... Kajetan, meine liebe, liebe Alma."

Ich werde durch das soeben servierte Tatar, das all meiner Aufmerksamkeit bedarf, von einer Antwort erlöst. Während ich engagiert im roten Fleischbrei herumstochere, lasse ich, wenn auch beiläufig, aber doch, nicht locker: „Erstaunlich, in Ihrem Alter noch berufstätig."

„Ja, meine Liebe ...", dabei richtet er sich auf und blickt mir stolz in die Augen, „ja, man bedarf noch immer meines Netzwerks, meines Rates und meiner Organisation."

Da mischt sich Mutter ein, anscheinend um mir ihren großartigen Exmann schmackhaft zu machen: „Kajetan arbeitet für die Galerie Renxark, da staunst du, oder?"

Wahrlich, da staune ich, wenn er auch von seiner Persönlichkeit her perfekt in diesen Haufen Blender hineinpasst. „Tatsächlich! Dann müssen Sie ja den Herrn Kraxner kennen. Ein Freund meines Freundes."

Herr Spanneck scheint froh, endlich einen Zipfel gefunden zu haben, der uns doch noch verbinden könnte. „Sowas, die Welt ist klein. Der Josi, ein alter Freund. Du musst wissen, dass ich ein Berater des Baselitz war, eigentlich ... das mit dem Kopfstehen, na ja, ich möchte mich ja nicht loben ... egal, ich mache in Kunst ... schon lange."

„Scheint aber nichts eingebracht zu haben, denn sonst wäre für mich als Kind doch ein Almosen abgefallen, hm?"

Spanneck verzieht sein Gesicht, als ob er tief betroffen wäre, und dann – dann drückt er tatsächlich eine Träne aus seinem Augenwinkel. Ein hervorragender Schauspieler! Ich kenne diese Art von Patienten, die deshalb als Betrüger und Blender so gut funktionieren, weil sie an ihr Lügengespinst auch wirklich glauben. Das ermöglicht, dass alle Menschen leicht auf sie hereinfallen. Ich nicht! Mutter allerdings schon zum zweiten Mal! Meine taffe, strikte, geradlinige Mutter ist gerade dabei, ihr Herz schon wieder an diesen zwar charmanten, aber unsoliden Mann zu verlieren. Das muss ich verhindern, deshalb beschließe ich, ihn vorzuführen.

„Wenn du wüsstest, wie leid mir das tut. Aber du kannst das nicht nachvollziehen, die Umstände ...", er wendet sich Mutter mit einem Dackelblick zu, „... gell, Martha, die Umstände damals, eine ganz andere Zeit ...", und wieder zu mir, etwas strenger, „deine Mutter hat mir verziehen, dann wirst du das doch hoffentlich auch können."

„Kann ich nicht. Will ich nicht."

Mein Vater ist mit allen Wassern gewaschen, also versucht er es über die Schiene Kraxner in der Irrmeinung, dass er damit punkten kann. Er spekuliert, dass Josi ein echter Freund des Michael und damit auch einer von mir ist. „Und dein Lebensmensch? Ein Klient von Josi – auch Künstler?"

„Ja, Schriftsteller, kein Maler."

„Ach, wie wunderbar, ein Künstler! Ganz gewiss mit viel Emotion, mit Sensibilität, mit ...", dabei verdreht er die Augen zweideutig, „... mit ... mit Erotik?"

Was hat dieser Schmierenkomödiant bitte an sich, das Mutter so fesselt? Bei mir fällt er durch – und zwar komplett! „Und was arbeitest du für den Kraxner?"

„Finanzielles. Ich bin sein Standbein in der Schweiz und ... der restlichen Welt."

Unglaublich! Mein Vater verschiebt wahrscheinlich Kraxners Schwarzgeld in die Schweiz oder sonst wohin. Mischt er etwa auch in diesem Sterbeverein mit? Ich traue diesem Kerl alles zu! „Das verstehe ich nicht. Buchhaltung?"

Mutter versucht, ihren Lover gut dastehen zu lassen, drum wirft sie beschwichtigend ein: „Der Kajetan betreut die Kunden aus der Schweiz ... aber nur die Leute, die seine Bilder kaufen."

„Martha hat Recht, ich schicke ihm die Schweizer Kunden. Die berate ich und schlage ihnen ein Investment vor. Kunst ist die neue Aktie ... in Zeiten von Banken-Crashes. Solltest du auch bedenken."

„Und wen würden Sie mir als Anlage vorschlagen?"

„Jemand von den Jungen. Ich kann es arrangieren, dass wir dir einen guten Preis machen."

„Kennt man einen von den ‚Jungen'? Kann ich von einem jungen Talent schon gehört haben?"

„Vielleicht? Etzer Flash, Mona Klieber ..."

Mona Klieber ... Mona Klieber ... Mona! Burzelts Freundin! Auch eine Malerin?

Mutter wird die Unterhaltung zunehmend unangenehm, muss sie doch durch gewisse dubiose Fakten ihre aufgefrischte Liebe immer mehr in Frage stellen. „Mein Linsensalat schmeckt ausgezeichnet. Und eures?“, versucht sie abzulenken.

„Meines schmeckt nach Rindfleisch, Tatar eben ...“

Mein Vater lacht künstlich auf. „Diesen trockenen Humor, den hast du von mir ...“

Es folgen die weiteren Speisen. Trotz Appetitlosigkeit lange ich zu.

„Mona Klieber? Klingt nach Nachwuchstalent? Noch günstig?“

„Mona ist ein Shootingstar, aber leider, leider schon verstorben. Du kennst dich da ja aus. Sie hatte diese schreckliche Krankheit, wie der ... der ... na, der Physiker ...“

„Hawking“, wirft Mutter hilfreich ein.

„Ja, der. Sie gehört zur Sparte unserer Künstler mit Behinderung. Die Behinderung schafft für den Maler ganz neue Möglichkeiten. Sie kanalisiert den Ausdruck auf das Wesentliche.“

Da hat er Recht. Es kanalisiert den Maler darauf, dass ihm der Pinsel nicht aus der Hand fällt. Oh Gott, ich muss bei diesem Gelaber gleich kotzen! „Haben Sie die Malerin persönlich gekannt?“

„Mona? Leider nein. Schon verstorben, aber gerade deshalb besonders aufregend.“

Klar, der Tod steigert den Marktwert. Obwohl ich am liebsten aufspringen und ihm meinen Teller aufsetzen möchte, beherrsche ich mich. Mein väterlicher Genpool soll mir nämlich einen Informationskanal öffnen. „Und sonst noch jemand, den ich mir leisten könnte?“

„Ihr Gatte. Auch gut, aber noch nicht tot. Mario Burzelt heißt er."

Ich merke, dass Mutter am liebsten unter den Tisch kriechen möchte, denn bei aller aufgeblühten Liebe: Die Ansagen ihres Exmannes dürften alte und keineswegs erbauliche Erinnerungen in ihr hervorrufen. „Ehrlich gesagt, interessiere ich mich eher für ein Bild eines lebenden Künstlers. Bei einer Toten müsste ich beim Anblick immer an eine Leiche denken."

„Dann der Mario, der ist sehr vielversprechend, der hat noch viel vor sich."

Immerhin wissen wir jetzt, dass mein Vater nicht in die Mordgeschichte verwickelt ist, denn sonst wüsste er um Burzelts Tod. „Erzählen Sie mir mehr über den Künstler. Gibt es einen Katalog?"

„Ich habe Bilder von ihm bei mir." Mein Vater zückt sein Handy und scrollt zu einem von Burzelts Werken, das ich schon in der Galerie gesehen habe – allerdings nicht das mit dem Symbol des Sterbevereins.

„Sehr schön ...", schwindle ich, „... und wie viel?"

„Da muss ich mit dem Josi reden, aber da ich selbstverständlich keine Vermittlungsgebühr verlange, wird es sicher günstiger."

„Ist das ein Österreicher?"

„Na ja, wie man es nimmt. Eigentlich ist er Schweizer, aber geboren auf den Kanalinseln, da war seine Mutter Leuchtturmwärterin. Spannende Familiengeschichte. Darum hört man den Schweizer nicht heraus. Ein begabter Bursche! Hatte ein schweres Leben. Die Mutter hat ihn als Kind für einen anderen Mann verlassen. Die ist mit einem Arzt durchgebrannt und der arme Kerl ist dann bei Pflegeeltern in Wien aufgewachsen. Sein tragisches Schicksal erkennt man in seinen Werken. Er ist ein Genie der Finsternis und des Lichts!"

Bravo! Die Mutter eine Leuchtturmwärterin!!!

„Kennen Sie die Mutter ebenfalls? Muss eine aufregende Frau sein ... Leuchtturmwärterin! Spannend ...“

Herr Spanneck schüttelt den Kopf. „Nein! Er hängt aber sehr an ihr. Das merkt man, weil er immer wieder über sie und seine verlorene Kindheit erzählt ...“, mit einem tiefen Blick in meine Augen fährt er bedeutungsvoll fort, „er hat ihr verziehen. Mir kommt vor, er verherrlicht sie sogar.“

Mit was für einer frivolen Ignoranz er über Marios Schicksal erzählt! Dieser Mann – mein Erzeuger – hat keinerlei Genierer. Immerhin war er es, der *mich* ebenfalls vermutlich für ein Gspusi verlassen hat. Das will ich nicht so im Raum stehen lassen. Schaumgebremst wütend werfe ich ein: „Da gibt es aber noch ein anderes Kind, das von einem Elternteil verlassen worden ist. Und dieses Kind verherrlicht seinen Elternteil keineswegs. *Ich* erzähle nie über meine Kindheit, denn ich möchte gar nicht mehr daran erinnert werden.“ Mir fällt auf, dass Mutter während dieser Unterhaltung ganz bleich geworden ist. „Ist was mit dir?“, frage ich sie.

Kajetan umschlingt sie liebevoll, aber sie entwindet sich. Er lässt nicht los. „Ich will nach Hause, mir ist übel.“

Obwohl sie kein Mitleid verdient, tut sie mir leid. Sie kann nichts dafür, denn die Liebe ist eben ein Instinkt, der aller Vernunft entgegenläuft. Dieses Gefühl macht auch nicht vor den vernünftigsten Menschen halt.

„Meine Liebste, ich bringe dich nach Hause ...“

Mutter schüttelt seinen Arm ab, steht auf und meint zu mir: „Könntest du bitte ein Taxi rufen?“

Ich erhebe mich und strecke meinem Vater die Hand hin: „Auf Nimmerwiedersehen, trotzdem machen Sie es gut. Ich werde Ihnen verzeihen … irgendwann." Dann fasse ich Mutter um die Schulter und führe sie aus dem Lokal. Sie dreht sich nicht um. Ich ziehe ihr Taschentuch aus ihrer Krokodilledertasche, um ihre Tränen abzutupfen. Mein Vater folgt uns nicht.

Als das Taxi vor ihrer Wohnung beim Draschepark hält, streichle ich über ihr Gesicht. „Auch wenn er ein Filou ist, er hat was. Behalt die schönen Erinnerungen und die schlechten übernehme ich. Versprochen?"

Sie drückt ihre nasse Wange an meine trockene und flüstert schluchzend in mein Ohr: „Ich geniere mich so. Dass mir das schon wieder passiert. Er hat eben was …"

„Man will als Frau bewundert werden, und ich glaube, die Komplimente meint er ehrlich. Ja, da bin ich mir sicher."

Ich fahre weiter zu Michael in die Fillgradergasse. Einerseits bin ich froh, dass Mutter meinen Vater anscheinend wieder abgehakt hat, andererseits kann ich diesen schrecklichen Verlust der Idee, noch einmal – und das wahrscheinlich unwiderruflich zum letzten Mal – leidenschaftlich zu lieben und geliebt zu werden, nachvollziehen. Dieses Vibrieren aller Sinne bedingt durch überschäumende Oxytocin-Produktion möchte das menschliche Gehirn nicht aufgeben. Verliebt zu sein, bedeutet auch, süchtig zu sein nach Zärtlichkeit, Zuwendung, Bewunderung – und vor allem sich im Spiegel des anderen so perfekt zu sehen, wie man schon immer sein wollte. Überhaupt im Alter von Mutter!

Erstaunlicherweise hat Michael *nicht* auf mich vergessen. Eigentlich habe ich mir erwartet, dass er ohne Vorankündigung nicht zu Hause sein wird. Aber nein, ganz im Gegenteil: Als er mir die Tür öffnet, kommt mir schon Essensgeruch entgegen. Appetit habe ich natürlich keinen mehr, aber ich täusche ihn vor. Man soll einen Mann, wenn er sich schon so bemüht, nur ja nicht vor den Kopf stoßen.

„Wieso hast du gewusst, wann ich komme?“, begrüße ich ihn. „Du hättest dir keine solche Mühe machen sollen.“

Er drückt mich an seine fleckigen Jeans und streichelt meinen Rücken. „Weißt du, ich hab es gerne, wenn du nach Hause kommst. Wenn ich auch was für *dich* tun darf!“

Das rührt mich beinahe zu Tränen, vor allem weil ich an Mutter denke, die jetzt sicher allein verheult vor einer Zeitung sitzt. „Uns geht’s gut ...“, ich drücke mich noch enger an seine Jeans, „... das haben nicht viele.“

Michael ist zwar ein wenig erstaunt über meine so emotionale Reaktion, aber er führt sie wohl auf meine Begeisterung für sein Beziehungsengagement zurück. Nicht nur, dass er die Spaghetti al dente zusammengebracht hat, nein, er hat es sogar geschafft, den Tisch abzuwischen. Mangels Sets liegen als Ersatz zusammengelegte Zeitungsseiten, ausgerissen aus einem Hochglanzmagazin mit Pflanzen- und Tiermotiven unter den Tellern, daneben sind als improvisierte Servietten abgerissene Teile der Küchenrolle mit einem aufgemalenen Herzchen platziert. Als Krönung dieser Festtagsdekoration ziert ein Haufen angezündeter Kerzenstumpen unsere Tafel. Ich bin gerührt – vielleicht wird er doch kein verantwortungsloser, schludriger Kindesvater?

Mit einem Beef Tatar, einem Fisch und den dazugehörigen Beilagen im Bauch bedarf es schon sehr großer Liebe, auch noch eine Riesenportion Spaghetti hinunterzuschlingen. Aber da führt kein Weg vorbei. Noch dazu gestatte ich es mir nicht herumzustochern, da ich ja nicht in den Verdacht geraten möchte, dass es mir nicht schmecken könnte. Erziehung funktioniert nur durch Lob und Tadel. Hier ist eindeutig Lob durch Demonstration des unstillbaren Appetits angebracht. Als er dann allerdings auch noch eine Portion nachlegen möchte, muss ich leider abwinken: „Großartig, war großartig, aber das wärme ich mir morgen auf."

„Aber du hast doch ..."

„Ich habe zu viel ... möchtest du, dass ich bald wie die Venus von Willendorf aussehe? Und außerdem ...", dabei klopfe ich mir auf den Bauch, „... essen ist die Erotik des Alters – und so weit sind wir doch noch nicht ...", dabei greife ich bei ihm dahin, wo die Erotik der Jugend sitzt.

Das versteht er. Er schiebt meinen Pullover so weit hoch, dass er gerade einen genügend großen Ausschnitt meiner nackten Haut freigibt, auf dem er seine Zunge platzieren kann. „Sollen wir als Nachspeise ...?"

Um zu untermauern, dass mir sehr nach Nachspeise giert, öffne ich den Reißverschluss seiner Jeans. „Dafür habe ich noch Platz und Appetit ..."

Er zieht mich in sein Schlafzimmer. „Der Tisch ist gedeckt!"

Und tatsächlich: Es duftet nach frischer Bettwäsche. Genau so, wie ich es gerne habe.

Kapitel 17

Mutter erwartet mich in der Ordination genau so, wie ich sie mir vorgestellt habe – vielleicht sogar ein wenig schlimmer: Nichts mehr da von der aufgekratzten, sich wieder jung fühlenden Frau, deren Augen glänzten. Trüb blickt sie mich, ihren Kopf kaum vom Bildschirm abwendend, an. „Frag nichts, bitte ..." Ich küsse sie wortlos auf die Wange und schiebe ihr die verpackte Topfengolatsche hin, die ich für sie am Weg hierher in einer Bäckerei gekauft habe. Sie schüttelt den Kopf und schiebt das Packerl wieder weg. „Kein Appetit, iss du ..."

Ich stupse die Mehlspeise wieder retour, sie zurück. Dieses Spiel wiederholt sich so lange, bis ich streng werde: „Du isst das jetzt! Willst du wegen diesem Trottel verhungern? Hm? Essen ist die Erotik des Alters – und das passt wahrlich besser zu dir mit Mitte achtzig."

Den Hinweis auf ihr Alter hat sie nicht gerne gehört, aber immerhin bleibt die Golatsche vor ihr liegen. „Der Professor hat anrufen lassen, bitte ruf ihn zurück."

Als ich in meinem Sprechzimmer vom Handy aus zurückrufen möchte, sehe ich schon wieder eine SMS: „Mors certa est, hora incerta." Trude Füssli – ich bin jedenfalls überzeugt, dass sie es ist – lässt nicht locker. Zu gerne würde ich die Nummer überprüfen lassen. Soll ich Erika ...? Aber dann wird die ernsthaft versuchen, mich aus dem Verkehr zu ziehen. Ich weiß, dass sie sich Sorgen um mein Wohlergehen macht. Die ist imstande, mich vorübergehend unter einem Vorwand einzusperren, wenn sie mich für gefährdet hält. Also keine Erika! Ich ignoriere die Nachricht.

Manfred meldet sich schlecht gelaunt, als ich zurückrufe. „Du hast recht gehabt: Benzos, Barbiturate, Opiate – die ganze Palette. Allerdings von der Dosis her nicht tödlich. Der war ja auch einiges gewöhnt, den hat so schnell nichts umgehauen. Muss ihm jemand hineingeschmuggelt haben. Kann nur relativ frisch gewesen sein."

„Tja, mein lieber Herr Gerichtsmediziner ... das ist der Instinkt eines ordinären Psychiaters!" Ich besinne mich: „Aber bitte sag ja nicht der Erika, dass ich das war. Ich schenke dir den Triumph, allein draufgekommen zu sein."

„Du schenkst mir gar keinen Triumph! Du weißt genau, wenn sie erfährt, dass du schon wieder herumpfuschst, dann spielt sie Rambazamba mit dir. Gib dich endlich zufrieden, *ich* werde eine neuerliche Untersuchung anleiern."

„Die Polizei muss den Fall noch einmal aufrollen. Der Burzelt war's nicht. Da bin ich mir sicher."

„Sherlocka Holmes weiß alles besser. Ich leite es weiter."

„Aber nicht, dass ich ..."

Manfred schenkt sich eine weitere Diskussion mit mir – einfach aufgelegt. Er ist beleidigt, weil ich es wieder einmal besser als alle Profis zusammen gewusst habe. Wahrscheinlich war Trude Füssli diejenige, die die Drogen eingeschmuggelt hat. Eine „fürsorgliche" Mutter! Wollte ihrem Buben was Gutes tun!

Mir sind solche Fälle aus meiner psychiatrischen Arbeit geläufig. Es kommt oft vor, dass Eltern – und da vor allem die Mütter – zu Dealern werden, da sie nicht zuschauen können, wie ihre Kinder unter einem Entzug leiden. Das sind meistens solche, die sich mit großen Schuldgefühlen herumschlagen, die, was sie in der Aufzucht verabsäumt haben, wider besseren Wissens „wiedergutmachen" möchten. So könnte es bei Mario Burzelt und seiner Mutter auch gewesen sein.

Er wollte sich zudröhnen – und sie hat es ihm ermöglicht. Selbst Beihilfe zu seinem Selbstmord traue ich ihr zu, wenn sie „das Beste“ für ihn gewollt hat. Die hat sicher auch den Kontakt zum Sterbeverein für seine kranke Frau Mona hergestellt – für Mona „eine Erlösung“. Die menschliche Psyche schafft es wunderbar, sich ihre eigene Ethik zu konstruieren, wenn es für sie opportun ist. Trude Füssli ist sicher jemand, der durch seine langjährige Tätigkeit im Euthanasiegeschäft eine sehr distanzierte Beziehung zum Tod hat. So wie man bei einem kranken Hund entscheidet, dass es für ihn „eine Erlösung“ ist, eingeschläfert zu werden, so kann man sich das auch in Bezug auf Menschen zurechtbiegen. Ein Mord ist dann eben eine „Notwendigkeit“ und „besser“ für denjenigen – und vor allem für sein soziales Umfeld.

An der Laune meiner Patienten merke ich, dass sie heute nicht von Mutter unterhalten werden. Normalerweise ist es so, dass sie als Vorzimmerdrachen schon die schlimmste Unflätigkeit mancher Klienten abfedert. Heute stürzen diese Misanthropen aggressiv herein, pflanzen sich unaufgefordert in den Sessel, legen wie ein Maschinengewehr mit ihren Anklagen an ihre Umwelt und auch an mich los, weil ich sie nicht schnell genug glücklich mache.

Als ich mit dem ersten Schwung Leidender durch bin und mich entscheide, den Rest mal ein wenig warten zu lassen, um mich um den wichtigsten Menschen in meinem Leben zu kümmern, rufe ich in der Rezeption bei ihr an. „Wir trinken jetzt einen Kaffee und essen die Golatsche.“ Schön, einmal die Souveräne zu sein, schön, Mutter auch einmal schwach und hilflos zu erleben. Irgendwie ein befriedigendes Gefühl, einmal die Überlegene zu spielen!

Das hält allerdings nur so lange an, bis wir uns in meinem Sprechzimmer gegenübersitzen. „Du brauchst mich nicht so zu bemitleiden. Selber schuld, wenn man immer wieder auf einen Affen hereinfällt. Nicht, dass du glaubst, dass ich jetzt eine Therapie von dir benötige. Ich werde mich an ihm rächen, und dann hat dieses Zusammentreffen wenigstens was Gutes."

„Mama, bitte vergiss ihn einfach. Jetzt ist es sowieso zu spät. Rache wäre vor vierzig Jahren eine Option gewesen, jetzt wollen wir doch nur einfach Ruhe haben, oder?"

„Du vielleicht – ich nicht."

„Du machst keinen Blödsinn?"

„Wenn du Mord damit meinst – nein. Rache – ja."

„Ich nehme an, dass du mir nicht verraten wirst, was du vorhast."

„Oh doch! Ich werde ihn dazu benützen, um erstens in unserem Fall weiterzukommen, und zweitens werde ich dafür sorgen, dass er dadurch in gröbere Schwierigkeiten wegen seiner Geldschiebereien gerät. Er war und ist ein Gauner!"

„Aber zumindest ein charmanter, das muss selbst ich ihm zugestehen. Er leidet an einer Art ‚Münchhausensyndrom', wenn auch nicht körperlich. Er glaubt an das, was er verzapft."

„Oh ja, er glaubt daran, weil er keinerlei Verantwortungsbewusstsein anderen gegenüber hat. Aber diesmal lasse ich ihn brennen ... auch wenn ich ihn noch immer liebe."

„Also wirst du ihn wieder kontaktieren?"

„Ja, ich werde ihm vorgaukeln, dass ich ihm wieder eine Chance gebe. Dann kriege ich raus, welche Netzwerke er bedient. Ich bin sicher, dass er nichts vom Sterbeverein weiß. Solche ernsten Angelegenheiten sind ihm zuwider. Nein, er wird für den Kraxner Schwarzgeld transportieren, in die Schweiz, auf die Kanalinseln – wohin auch immer. Und wir wollen doch wissen, ob der Kraxner wiederum Geld für den Sterbeverein wäscht, das dann der liebe Kajetan auf diverse Konten verteilt."

Mutter blüht zusehends auf. Sie scheint sich wieder in den Griff zu bekommen. Gerade als wir weitermachen wollen, läutet das Telefon. Ich hebe ab, um sie in Ruhe die Golatsche essen zu lassen. Am Telefon habe ich die Leitung der Meierei des Steirerecks. Der Herr von der Buchhaltung will meine UID-Nummer wissen, um die Rechnung unseres gestrigen Abendessens schicken zu können. Mein angeblicher „Geschäftsfreund" hat ihnen meinen Namen und die Telefonnummer der Ordination gegeben, damit sie die Zeche mit mir verrechnen können. Mir graut, wenn ich daran denke, dass der mir seinen genetischen Code vererbt hat!

„Wer war das?"

„Die Meierei im Steirereck. Sie schicken mir die Rechnung von gestern. Gott sei Dank waren wir nicht im Hauben-Steirereck. Und du hattest wenigstens auch gar keinen Appetit!"

„Übrigens: Er war auch nie der Berater vom Baselitz und schon gar nicht der Ideenlieferant der verkehrten Bilder, aber er wäre es gerne gewesen. Und er glaubt absolut dran!"

„Also Mama, wir müssen wieder!"

Und siehe da: Sie funktioniert!

Kapitel 18

Nach edler ärztlicher Pflichterfüllung eile ich in meine Wohnung, um mich zum Laufen umzuziehen. Irgendwie muss ich ja meine Stresshormone loswerden und meine Synapsen wieder so synchronisieren, dass ich in der Lage bin, klar zu denken. Momentan funktioniert das gar nicht zufriedenstellend. Wenn ich meinen Berufsalltag nicht so routiniert bewältigen würde, dann hätte ich wohl mit der Versorgung meiner Klienten inzwischen Probleme. Als ich meine Wohnungstür aufsperren möchte, gibt diese wie von selber nach. Habe ich etwa vergessen abzuschließen?

Angesichts meiner konfusen Verfassung bin ich darüber keineswegs verwundert und betrete mein Heim. Erst im Wohnzimmer bemerke ich die Bescherung: Alle meine persönlichen Fotos, die ich an einer Wand arrangiert habe, sind sorgfältig ruiniert und dann wieder an ihren alten Platz gehängt worden. Auffallend ist, dass nur in den Bildern von Michael und Mutter jeweils ein Nagel mitten im Porträt steckt. Das ist eine Drohung!

Der Rest meines Reichs scheint unberührt. Da meint es jemand ernst! Vermutlich ist diese Aktion wieder Trude Füssli zuzuschreiben. Die hat gestern wahrscheinlich festgestellt, dass ich mir eine andere Bleibe gesucht habe. Ich darf nicht länger zögern, sondern muss wohl oder übel Erika einweihen.

Um keine Fingerabdrücke zu hinterlassen, greife ich nichts an, und rufe gleich Erika an.

„Hallo“, melde ich mich kleinlaut, „... du, es ist mir unangenehm, aber ...“

„Du erfährst von mir gar nichts, kapiert?“

„Nein, wollte ich auch nicht. Hab ja nach deiner unmissverständlichen Nachricht begriffen, dass du ...“

„Genauso ist es. Also was?“ Erika ist verärgert. Wahrscheinlich wegen meines Stinkefingerfotos.

„Du musst herkommen. Mit Sicherungsdienst. Bei mir ist eingebrochen worden.“

„Dafür bin ich nicht zuständig. Wende dich an deine Bezirksstelle. Wo kämen wir da hin, wenn unsereins jeden läppischen Einbruch bearbeiten müsste? Ich bin die Mordkommission ... Eckerl. Was glaubst, wie viele Einbrüche es in diesem Augenblick in Wien gibt? Ich schätze gleich viel wie Sexualakte, denn die jetzige Erotik heißt Geld!“

„Kein normaler Einbruch, da ist nichts gestohlen worden, sondern ...“

„Na dann, dann ist ja gut.“

„Erika ... ich gesteh's ja nicht gern, und das ist mir auch peinlich, aber ich glaub, ich bin in Gefahr ... oder sagen wir mal ... wir sind in Gefahr ... drum.“

„Wir kommen ...“ Zack – und schon aufgelegt.

Gefühlte fünf Minuten später steht sie schon samt Fluger, Nevadal und ein paar Herren von der Spurensicherung in der Wohnung. Ich deute auf meine Bilderwand. „Da ... was meinst?“

Erika nickt wissend. Sie deutet dem Beamten mit dem Koffer, der gerade dabei ist, seine Ausrüstung auf meinem Sofa abzulegen: „Sichern ...“ Fluger und Nevadal beauftragt sie, sich umzusehen. „Du kommst mit mir in die Küche“, sagt sie zu mir. Der Ton, in dem sie mit mir spricht, bedeutet nichts Gutes. Erika ist eindeutig grantig, biestig, unwirsch – da habe ich mit keinerlei Wohlwollen zu rechnen. Jetzt, wo sie samt Mannschaft hier ist, bereue ich meinen voreiligen Anruf. Vielleicht hätte ich die Bedrohung doch selber in den Griff bekommen? So wie es ausschaut, wird sie mich keineswegs mehr unbeobachtet agieren lassen. „Setzen …", befiehlt sie mir und zeigt auf einen der beiden Küchensessel, „… so, und jetzt rückst du raus, was da gespielt wird."

Trotz besseren Wissens versuche ich mich dümmlich herauszureden: „Keine Ahnung! Irgendjemand hat mich oder uns nicht lieb, schaut so aus."

Erika zieht ihre Waffe aus dem Halfter und hält sie mir vor die Nase. Ich drücke diese zur Seite und meine flapsig: „Die ist aber nicht geladen, hm?"

„Das ist kein Spaß mehr, Alma. Du bist wie ein ungezogenes Kind, das mit dem Feuer spielt. Wieso glaubst du, wollen wir, dass die Version mit dem Burzelt und seinem Selbstmord die offizielle bleibt? Hm?"

Das war jetzt ein K.-o.-Schlag gegen mein Ego. Es kann doch nicht sein, dass die auch auf meine heiße Spur gestoßen sind! Das sind doch nur fantasielose Polizisten. Die haben doch keineswegs meine Menschenkenntnis, die sind doch Routinebürohengste. Die Weisheit mit dem Löffel gefressen habe ich – und wenn schon, dann eventuell noch Mutter! „Wer soll an der Version zweifeln? Ich nicht." Ich zucke mit den Schultern.

Das war zu viel. „Du Amateurdetektivin mit deiner naiven Weltsicht", brüllt Erika mich an. „Was bildest du dir ein, wozu jemand im Stande ist, der schon wegen weniger zum Mörder geworden ist. Du … du arrogante, selbstherrliche Frau Doktor Obergescheit. Du versaust uns die Ermittlungen und dann schreist nach Hilfe, wenn es für dich brenzlig wird. Muss ich dich jetzt so lang einsperren, bis der Fall erledigt ist? Du kannst sicher sein, ich find was, damit du einsitzt."

Kleinlaut verziehe ich meine Mundwinkel zu einem verlegenen Lächeln. „Das machst du nicht?"

„Oh doch! Ich bin hier nämlich die, die am Schalthebel sitzt, nicht du … Frau Doktor", meint sie verächtlich.

Dass sie immer, wenn wir Differenzen haben, mit dem „Frau Doktor“ kommen muss? Dass sie als Nichtakademikerin notorisch neidisch auf mich als Akademikerin sein muss? Dass sie es als Triumph auskostet, mich momentan hilfsbedürftig zu sehen? Ich würde, wie sonst auch, ihr Problem ansprechen und kontern, aber in dem Fall scheint es mir angemessener, sie mal ihre Genugtuung auskosten zu lassen. „Und jetzt was? Sollen wir weiter streiten, oder wie?“, lenke ich ein.

Erika kann nie lange böse sein, wenn sie glaubt, mich geschlagen zu haben. Liebevoll streicht sie über ihre Waffe, die sie wieder im Gurt platziert, und dann genauso liebevoll über meine Wange. „Meine zwei besten Freundinnen, nur dass die eine spurt und die andere blockiert ...“

Ich stehe von meinem Sessel auf. „Magst einen Kaffee?“

Sie nickt. „Aber nicht, dass du mich jetzt vergiftest.“

Ich lache und gebe ihr ein Busserl auf die Wange. „Das hätte ich schon lange tun sollen, zu spät.“

Als der Kaffee fertig ist, stelle ich die Tassen vor uns hin und hole Milch aus dem Kühlschrank. Als Erika sich die Milch einschenkt, zögert sie und riecht an der Packung. „Riecht nach Mandeln ...“

Sie streckt mir die Packung hin und ich schnüffle ebenfalls. „Stimmt, wie Marzipan ... so ähnlich, aber die habe ich gestern erst ...“

Sie reißt mir die Packung aus der Hand. „Nicht kosten! Da ist Zyankali drin, da bin ich mir sicher. Na, da muss jemand eine ordentliche Wut auf dich haben ...“ Mit einem strengen Blick in meine Augen legt sie nach: „Wer?“

Diesmal gibt's nichts zu leugnen, denn Panik steigt mir vom Bauch bis in die Kehle. Mein Puls hämmert gegen meine Schläfen, ich schnappe nach Luft und japse, während ich versuche, tief Luft zu holen. „Trude Füssli! Ich glaube, sie ist es. Schon seit Montag droht sie ... vermutlich sie ... mir."

„Warum glaubst du, dass sie es ist?"

„Morsezeichen. Sie morst mir ‚Mors certa, hora incerta est'. Das heißt ..."

Erika unterbricht mich: „Ich bin keine Frau Doktor, aber das kann ich auch übersetzen. Matura, Gymnasium ... du erinnerst dich?"

„Entschuldige, bin momentan ein bisserl daneben. Verstehst?"

„Schon gut, also *‚sie'* morst. Und wie macht *‚sie'* das?"

„Ich zeige es dir, komm."

Im Wohnzimmer zeige ich auf mein Fenster und auf das gegenüberliegende im Hof. „Da steht sie und morst mit einer starken Taschenlampe. Und dann sind da noch ...", ich scrolle auf meinem Handy zu den SMS, „... da, lies!"

Die Frau Kommissar ordert den Fluger mit einem Wink zu sich. „Überprüfen Sie das ... vielleicht kriegen wir raus, wem das Ding gehört. Wahrscheinlich aber Wertkarte. Egal, Alma, du stehst ab jetzt unter Personenschutz."

„Aber ... ich ..."

„Nix da, vergiss es."

„Und dass der Burzelt nicht, wieso ...?"

„Ist vermutlich selber umgebracht worden. War voll mit K.-o.-Tropfen. Ein Leichtes, den unter das Bett zu hieven."

Das glaube ich zwar nicht, äußere mich aber nicht dazu. „Und woher, ich meine ... die K.-o.-Tropfen?"

„Für wie blöd hältst du uns, dass wir das nicht überprüfen?"

Ich nicke devot. Also hat Manfred mich bezüglich des Drogentests nicht verraten. Wäre momentan auch egal. „Und jetzt, was ist jetzt? Ich wollte joggen und dann zu Michael."

Frau Inspektor Sacherl tut auf ganz wichtig und kommandiert ihre Leute herum, anstatt mir zu antworten. Sie ordert den Nevadal in die Küche, der kurz darauf mit meiner Milchpackung im Plastiksackerl erscheint. Dann wird meine Küche von außen mit einem Band abgeriegelt. „Sie bleiben da ... bei ihr", meint sie zum Fluger.

Erika selber begibt sich mit dem Rest der Mannschaft ins Stiegenhaus, wo ich durchs Fenster beobachten kann, dass sie die Stelle überprüft, von der ich angeblinkt wurde. Als sie wieder zurückkommt, fordert sie mich auf: „Pack dir was zum Anziehen zusammen. Du wirst einige Tage nicht mehr hier sein können. Am besten du ziehst vorläufig mit dem Fluger bei deinem Liebhaber ein. Oder wenn es dir lieber ist: bei deiner Mutter."

Ich schüttle den Kopf. „Nein, wenn schon, dann lieber bei Michael."

„Eh nicht schlecht, mit zwei Lovern?"

Momentan kann ich diesem Schmäh nichts abgewinnen, drum verdrehe ich nur die Augen. Klar geht mir diese Bewachung gegen den Strich, aber irgendwie legt sich Entspannung wie eine Kaschmirdecke über meine Panikattacke. Auch schön, wenn man beschützt wird!

Ich raffe unter Flugers Aufsicht, der seinen Personenschutz sehr ernst zu nehmen scheint, meine Klamotten zusammen. Als ich meine Dessous in den Koffer stopfe, blickt er diskret in die andere Richtung und es gelingt mir unbemerkt – nur für alle Fälle – auch noch meinen Reisepass einzupacken. Wer weiß? Eine Reise?

„Fertig?“, kommandiert Erika, wobei unklar ist, ob sie bei Ferdinand oder bei mir ihre Autorität zur Schau stellen muss.

„Fertig ...“, schießen wir wie aus einer Pistole geschossen heraus.

„Gut, dann fahren wir ... Alma, ruf deinen Herrn an, dass wir in einer halben Stunde da sind.“ Den Fluger winkt sie hinaus. „Schauen S’, ob jemand im Stiegenhaus ist.“

Als wir kurz allein sind, nimmt sie mich freundschaftlich um die Schulter. „Weißt was, Eckerl? Man muss aus jeder Situation das Beste machen. Drum kommen der Manfred und ich am Abend bei euch vorbei und bringen was mit ... zum Anstoßen, dass du noch lebst. Das muss man feiern. Findest nicht?“

Das finde ich auch!

Wie nicht anders zu erwarten, hebt Michael natürlich nicht ab, als ich ihn anrufe. Da ich aber einen Schlüssel zur Wohnung habe, ist das kein Problem, solange ich nicht versuche, meinen Schlüssel in sein Schlüsselloch zu stecken, denn das ist schon besetzt. Erikas zweideutiger Kommentar: „Bist du sicher, dass du da nicht störst, hm?“

Da Ferdinand danebensteht, spare ich mir einen adäquaten Kommentar, der ihn wohl schockieren und Erikas Autorität untergraben würde. Man soll junge Männer nicht vorzeitig mit den Niederungen einer Liebesbeziehung konfrontieren. Ich befürchte, dass mein Liebhaber friedlich seinem Nachmittagsschlaf frönt und vergessen hat, dass ich in Lebensgefahr schwebe. Ich läute Sturm. Auch das hilft nichts.

„Du störst! Also ab zu deiner Mutti“, drängt Erika.

„Er schläft nur, da hört er nichts, da kann eine Bombe neben ihm explodieren. Ihr könnt doch, ich meine … als Polizei aufbrechen."

„Das ist gesetzlich nicht gestattet, nur mit Durchsuchungsbefehl."

„Den kriegts von mir. Ich nehme das auf meine Kappe."

„Kommt nicht in Frage! Du kannst ja, wenn er munter ist, zu ihm wechseln … wir fahren zur nächsten Station weiter."

„Also ich, ich täte mir schon was dabei denken, wenn er am helllichten Tag nicht aufmacht", flüstert mir Erika im Stiegenhaus zu. „Ich hätte die Tür natürlich öffnen lassen können, aber ich wollte dir so einen Anblick ersparen, wo du doch sowieso schon so am Zahnfleisch daherkommst."

Kaum ist alles gut zwischen uns beiden, muss sie schon wieder sticheln. Als wir wieder im Polizeiwagen sitzen, versucht der Ferdinand schüchtern zu Wort zu kommen, nachdem ihm seine Chefin nur „Fahren!" zugeworfen hat. „Hm, hm, ich wollte nur …"

„Haben Sie nicht verstanden … fahren."

„Ich … ich … wohin?"

Frau Kommissar Stacherl seufzt und wendet sich mir zu. „Wieso sagst du nichts?"

Jetzt bin also ich schuld, wenn sie nicht kombiniert hat. Da ich mit dem Ferdinand in seiner Berufsfunktion offiziell noch immer per Sie bin, antworte ich distanziert: „Fahren Sie bitte, Kolschitzkygasse, beim Draschepark."

Die Idee, jetzt wieder in die Wohnung einziehen zu müssen, die ich unter Aufwand all meiner Mutteremanzipationsenergien verlassen habe, verursacht mir ein mittleres Globusgefühl in der Kehle, das allerdings noch nicht so schlimm ist, wie bei der Panikattacke bei mir zu Hause. Mutters Wohnung – also die Wohnung meiner Kindheit –, in der ich mit ihr gemeinsam nach Verlassen der elterlichen Villa in Döbling mehr oder weniger eingesperrt gelebt habe, verursacht mir nach wie vor ein Beklemmungsgefühl. Als ich es vor fünf Jahren endlich geschafft habe auszuziehen, habe ich mir geschworen, nie wieder – außer mal kurz auf einen Kaffee – zurückzukehren. Dabei ist dieses neben dem wunderbaren Draschepark gelegene Altbaujuwel der Traum eines jeden Immobilienmaklers: die Zimmer im vierten Stock nach Süden gelegen, hohe Räume, Flügeltüren, eingelegter Parkettboden und Raum, Raum, Raum in Hülle und Fülle. Es gibt nur einen Makel: Der Raum wird von Mutters Anwesenheit gefüllt. Da gibt es keine Rückzugsmöglichkeit, da ihr Odem wie eine bedrohliche Wolkenformation über einem schwebt. Selbst am Spielplatz bin ich nicht ihrer Kontrolle entflohen, da der ausladende Balkon direkt auf den Draschepark geht. Mutter ist da – immer und überall.

Erika kennt unsere Wohnung, war sie doch als meine Freundin in der Schulzeit des Öfteren zu Besuch. Eigentlich ist sie offiziell immer nur zum Lernen gekommen, aber wir durften nach Absolvierung unserer Aufgaben – nicht ohne die prüfenden Blicke von Mutter im Nacken – in den Garten hinunter. Also eigentlich nur in meinem Nacken, denn Mutter hat Erika nie für würdig genug befunden, ihr ihre ungeteilte Aufmerksamkeit zu widmen. Mutter hätte sich eine „bessere" Freundin – sprich Vorzugsschülerin mit Geigenunterricht oder zumindest Klavier – für mich gewünscht. Erika war immer ein „schlechter Einfluss" für mich, behauptete sie. Insofern hatte sie Recht, denn mit Erika konnte ich lachen!

Von meinen Patienten kenne ich die entstellte Erinnerung, was Eltern betrifft. Wahrscheinlich ist mir Mutters Überfürsorge nur so schlimm vorgekommen, da sie meine einzige Bezugsperson war und ich deshalb nicht auf ein anderes Korrektiv zurückgreifen konnte. Ich habe mich nie vor ihr gefürchtet – niemals! –, aber ich fühlte mich dafür verantwortlich, sie glücklich zu machen. Sie hatte doch nur mich – und das hat sie immer wieder betont. Also war es angesagt, vor allem ihrem Wohlgefallen zu dienen. Das tat ich auch inbrünstig und mit vollem Einsatz: natürlich Klassenbeste, Geige – obwohl unbegabt –, kein Sport, da für meine Mama zu wenig intellektuell, Siegerin im Bundesredewettbewerb, Zweite bei der Mathematikolympiade – nur Zweite! „Da müssen wir noch daran arbeiten" –, auch noch die Schönste zu sein, oblag zum Glück nicht ganz meiner Macht, obwohl ich daran arbeitete, indem ich mir gesunde, schokoladenfreie Ernährung und tägliche Pickelcreme verordnete. Deshalb bin ich auch heute noch Mitesserspezialistin trotz meines eigentlichen medizinischen Fachgebiets.

Nach unserem Klingeln dauert es eine Weile, bis man uns öffnet. Ich kenne das Ritual, wenn sie vorsichtig aus dem Türspion blickt, um zu erforschen, wer ihr an den Kragen will. Der jetzige Ausblick dürfte sie überraschen: Uniformen und ich dazwischen eingeklemmt. Es folgt das Öffnen der fünf Schlösser, die erst eines nach dem anderen entsperrt werden müssen. „Das ist eine Überraschung ... sowas, mein Kind ... in Begleitung." Mutter klingt gar nicht begeistert. Sie steht im Türrahmen und macht keine Anstalten, uns hereinzubitten. Ich drücke ihr einen Kuss neben die Wange und will eintreten, aber sie gibt den Weg nicht frei. „Das kommt mir aber jetzt gar nicht gelegen. Ich ... na ja ... ich habe Besuch."

„Das stört uns nicht. Mama, ich ...", dann zeige ich auf den Fluger, „... das ist Ferdinand Fluger, mein Bewacher. Ich ... ich stehe unter Polizeischutz und kann deshalb nicht ..."

Sie unterbricht und wendet sich aggressiv an Erika. „Was unterstellen Sie ihr schon wieder? So ein Polizistenhirn kann nicht einmal bis drei zählen ..."

„Mama, bitte, es ist nicht so. Man muss auf mich aufpassen, wegen ..."

Sie schiebt den Fluger weg. „Das kann ich auch, dazu brauchen wir keinen Jüngling in Uniform." Sie zieht mich in die Wohnung, und nur weil Erika rechtzeitig den Fuß in den Eingang setzt, kann sie verhindern, dass Mutter ihnen die Türe vor der Nase zuschlägt.

„Frau Liebekind, beruhigen Sie sich. Alma wird bedroht, drum wird Herr Fluger auf sie achtgeben. Nur so lange, bis wir die verdächtige Person geschnappt haben. Es ist nur vorübergehend, bis Herr Mikulina wieder zu Hause ist."

Erikas Ansage den Michael betreffend gerät Mutter in die falsche Kehle. „Soll das heißen, dass mein Kind dann bei ihm sein wird? Bei diesem chaotischen, unfähigen Halbliteraten? Nein, sie bleibt da und aus."

„Aber ...", werfe ich ein, „... aber du hast doch Besuch ..."

Das erinnert sie wieder daran, dass die Anwesenheit unserer Truppe möglicherweise ihre Absichten durchkreuzen könnte, drum schlägt ihre ereifernde Ausdrucksweise in eine verlegene Diktion um: „Tja, hm, macht nichts. Du gehst einfach in dein Kinderzimmer und da bleibt ihr, bis der Gast gegangen ist. Kein Problem."

Ich nicke resigniert und wir bewegen uns über den Flur in mein „Kinderzimmer“, das unverändert seit meinem Auszug auf meinen neuerlichen Einzug gewartet hat. Wenn ich nach der Matura, so wie andere Jugendliche auch, die mütterliche Wohnung verlassen hätte, dann wären jetzt gewiss noch die Devotionalien der Pubertät in meinem „Kinderzimmer“. So aber präsentiert es sich wie das Wohnzimmer einer vierzigjährigen Versuchskarrierefrau, und ist damit zumindest weniger peinlich. Mutter hat nichts verändert, denn sie lebt noch immer in der Hoffnung, dass mich ein unseliges Unglück wieder nach Hause spült.

Als sich die Tür hinter uns schließt und Mutter sich wieder ihrem geheimnisvollen Gast gewidmet hat, von dem ich annehme, dass es mein Vater ist, blickt sich Erika um. „Da war ich schon lange nicht mehr, aber an manche Bilder kann ich mich noch erinnern“, kommentiert sie und deutet dabei auf eine Madonna mit Kind, die prominent über meinem Einpersonenbett wacht. Tja, der liebe Gott ist immer und überall. Nur zur Sicherheit, denn Mutter ist so wie ich keineswegs gläubig, andererseits verteidigt sie die christliche Prägung des Abendlandes aufs Heftigste als „Kulturgut“. Eine Einstellung, die Erikas sozialistischer Herkunft gar nicht entspricht. Früher waren mir diese Bilder peinlich, aber heute kann ich dazu stehen, auch wenn ich die Madonna nicht gar so prominent platziert hätte. „Gut, dann verlasse ich euch beide.“ Mit einem Seitenblick auf Ferdinand fügt sie hinzu: „Lassen Sie niemanden ohne Kontrolle herein.“ „Ciao, wir hören uns ...“, winkt und zwinkert sie mir beim Hinausgehen zu.

Damit meint sie, dass es hoffentlich doch noch was mit unserem gemeinsamen Anstoßen wird. Dann sind Fluger und ich allein. Was macht man mit einem beinahe fremden, jungen Mann zusammengesperrt in einem „Kinderzimmer"? – Smalltalk. „Kann ich dir was anbieten? Kaffee, Tee, Wasser?"

„Ein Wasser wäre schön."

„Mit Saft?"

„Pur reicht."

Ich deute auf die Tür. „Aber da kann ich schon allein, oder?"

„Wenn ich die Lokalität überprüft habe, dann schon."

„Also geh mit, ist einfacher."

Wir schleichen Richtung Küche, wo er mich gleich einmal weit weg vom Fenster dirigiert, denn direkt gegenüber steht ein Haus. Den Gang und die Toilette darf ich ungehindert benützen, denn da gibt es kein „Gegenüber". Wenn dieser Schutzzustand länger andauern sollte, wird mir das gehörig auf die Nerven gehen. Ich möchte nie so prominent sein, dass man so einen Bodyguard ständig um sich hat!

Wir kehren mitsamt einer Karaffe Wasser wieder in mein Zimmer zurück. Ich lausche mit einem Ohr, ob sich an der Mutterfront was tut. Zu gerne möchte ich mit ihr ein paar Worte wechseln, um zu erfahren, was sie mit meinem Erzeuger vorhat. Bis dahin fühle ich mich verpflichtet, Ferdinand zu unterhalten: „Hast du die Creme schon ausprobiert? Brennt?"

„Hatte noch keine Zeit, wollte nicht im Dienst damit anfangen. Wer weiß, wie ich dann ausschaue. Ich habe den Beipack gelesen, da steht, dass man ganz rot wird. Im Internet habe ich Bilder gesehen, da traue ich mich nicht."

„Du brauchst keine Sorge zu haben. So schlimm, wie die im Beipack schreiben, ist es nie. Die Pharmafirmen müssen sich absichern."

„Wenn du meinst, aber ..."

„Dann hast du aber auch die Vorher-nachher-Bilder angeschaut, oder? Es ist erstaunlich, wie schön die Haut wird."

Verlegenes Schweigen. Gut, wenn er nicht will, dann soll er eben seine Pickel behalten! Ich werde keinen Patienten mehr zu seinem Glück überreden.

Es tut sich was auf dem Gang. Vorsichtig öffne ich die Tür, um zu sehen, ob Mutter allein unterwegs ist. Sie ist. Ich deute dem Ferdinand, dass ich hinaus möchte: „Ich wollte kurz mit meiner Mutter ..."

„Toilette geht und Küche, aber nicht am Fenster ..."

Draußen hole ich sie ein und begleite sie in die Küche. „Und? Er ist da, oder?"

Sie nickt, während sie aus dem Kühlschrank ihre unübertreffliche Zitronentarte herausholt. „Ich koche ihn gerade ein und werde alles aus ihm herausquetschen. Er ist noch immer so von sich eingenommen, dass er gar nicht auf die Idee kommt, dass ich ihn nicht mehr lieben könnte."

Ich drohe scherzhaft mit dem Zeigefinger. „Dass *du* dich aber nur ja nicht wieder von *ihm* einkochen lässt. Geriatrischer Sex hat was Tragikomisches an sich."

„In unserem Alter kann man froh sein, wenn überhaupt noch irgendwas komisch ist ..."

„Ich vergönn's dir, solange du nicht anschließend wieder leidest. Und, Neuigkeiten?"

„Er kennt alle handelnden Personen, wenn auch nicht alle persönlich. Da er ja ein Angeber ist, prahlt er mit seinen verschobenen Millionen. Für wen der Kraxner mit seinem Kunsthandel Geld wäscht. Leider bisher noch keine Namen. Aber den Spöri kitzle ich ihm schon noch heraus. Und wenn ich dafür geriatrischen Sex haben muss."

„Du meinst, weil der Spöri auch ein Kunde vom Kraxner ist?"

„Und weil der Spöri den Burzelt bei der Polizei angeschwärzt hat. Kajetan weiß sicher nichts vom Sterbeverein und schon gar nicht, dass der Spöri in der Galerie Renxark österreichisches Euthanasiekundschaftsrecruitment macht. Sowas entspricht nicht seiner Leichtigkeit des Seins."

„Weiß er, dass ich auch da bin?"

„Natürlich nicht, ich habe ihm erzählt, dass ein Paketzusteller ..."

„Ich werde den Michael noch einmal versuchen zu erreichen, denn eine ganze Nacht möchte ich nicht in meinem Zimmer eingesperrt bleiben. Falls ich das schaffe, verabschiede ich mich französisch, passt das?"

Mutter nickt und winkt mir ein vergnügtes Adieu zu. Täusche ich mich oder hat sie nicht doch irgendwie ein verdächtiges Strahlen in den Augen, so wie ein verliebter Teenager?

Als ich wieder ins Zimmer zurückkehre, ist der Fluger beim Telefonieren. Ich höre gerade noch den Gesprächsfetzen: „Amariterinnen, sofort, Einsatzzentrale."

Ich tue unbeteiligt, aber als er mir erklärt, dass er zu einem Einsatz abkommandiert wird, gestatte ich mir eine Frage: „Musst du zu den Amariterinnen? Die kenne ich, ist das nicht im Zweiten?"

„Es ist ein Notfalleinsatz. Wir sind zu wenig Leute, ich soll dich allein dalassen."

„Wenn ich meinen Freund erreiche, dürfte ich dann wenigstens zu ihm? Immerhin ist er ein Mann, und meine Mutter und ich ..."

Ferdinand schaut mich verunsichert an. „Da muss ich erst fragen."

„Bitte tu das! Ich probiere es noch einmal bei Michael.“

Erstaunlicherweise hebt mein Liebhaber sofort ab. „Wo bist du? Du kannst mich doch nicht so im Ungewissen lassen. Ich seh dich schon mit einem Messer im Rücken in einem Keller liegen. Kannst du auch einmal darauf Rücksicht nehmen, dass ich mir Sorgen mache? Glaubst, du bist allein auf der Welt?“

„Wieso hast nicht angerufen?“

„Du hast nicht abgehoben.“

Tatsächlich, mein Handy ist noch auf lautlos gestellt. „Und du, du warst auch nicht erreichbar ... aber lassen wir das. Ich komme jetzt, wenn es recht ist. Dann haben wir genug Zeit zum Streiten.“

Fluger hat die Erlaubnis bekommen, mich der Obhut Michaels anzuvertrauen. Anscheinend ist mein Leben dem Staat keine zusätzlichen Überstunden eines Polizeibeamten wert! Im Streifenwagen versuche ich, dem Ferdinand noch ein paar Details über seinen Einsatz herauszukitzeln: „Was ist da so dringend, dass ihr meine Sicherheit riskiert?“

„Ein Todesfall ...“

„Bei den Amariterinnen, hast du gesagt. Da sterben doch ständig Leute, ist doch eine Palliativabteilung.“

Fluger ziert sich. „Kein Patient, eine Schwester.“

„Kann kein normaler Tod sein, sonst würde doch nicht die Polizei ...“

„Selbstmord, wie es ausschaut. Aber muss trotzdem untersucht werden.“

„Und dafür ziehen sie dich von mir ab? Schafft das deine Chefin nicht allein?“

Der Ferdinand wirkt zunehmend verunsichert, es ist eben nicht einfach, zwei Herrn dienen zu wollen.

„Ich bringe Sie ... dich jetzt zu deinem Freund in die Wohnung. Du musst dich nur an die Regeln halten, dann passiert dir nichts. Also nie bei einem Fenster stehen, Eingangstür fest verriegeln, die Wohnung nicht verlassen. Ich werde Herrn Mikulina auch instruieren."

„Also! Das macht mir Angst, wenn ich dann so ... so ohne Personenschutz. Der Michael besitzt ja nicht einmal eine Waffe. Und nur *ein* Türschloss!"

„Tut mir leid, Alma, aber ist ein Befehl. Wir haben zu wenig Personal, immer dasselbe. Wenn was dazukommt, dann sind wir einfach zu wenige. Ehrlich, wäre mir auch lieber anders ..."

„Das bedeutet also, dass ein Selbstmord, wo diejenige ja immerhin schon mausetot ist, wichtiger ist, als ein angekündigter Mord? Wo kommen wir denn da hin, wenn die Toten den noch Lebendigen vorgezogen werden?"

Dieser Vorwurf lockt ihn so sehr aus der Reserve, dass er eine rote Ampel überfährt. Ferdinand ist augenscheinlich überfordert. „Vielleicht ist es auch ein Verbrechen, drum muss ich ... ja, es besteht der Verdacht, dass eine junge Schwester ermordet worden ist."

„Furchtbar! Mitten auf einer Sterbeabteilung. Und wie ist sie gestorben?"

„Alma, es tut mir leid, aber das darf ich nicht sagen. Versteh bitte, Polizeigeheimnis. Ich hätte dir nicht einmal das andere erzählen dürfen. Hab ich nur gemacht, damit du verstehst, weshalb ..."

Ich unterbreche ihn, um ihm ein noch schlechteres Gewissen einzuflößen: „Weshalb du mich im Stich lässt."

„Alma ... bitte ..."

In Wirklichkeit ist es mir nur recht, dass ich allein mit Michael sein kann. Aber ich möchte auch noch aus

Ferdinand herausquetschen, wie die Schwester hieß und wie sie umkam.

„Hat man sie erschlagen, erwürgt, erschossen, gevviertelt, mit dem Galgen am Bett aufgehängt? Mit was muss ich für mich rechnen? Wovor muss ich mich wappnen?"

„Versteh, bitte ... ich darf nicht."

Ich zucke mit den Schultern. „Manchmal muss ein Mensch auch Entscheidungen treffen, die nicht mit dem Vorgesetzten abgesprochen sind. Das erfordert Zivilcourage und kann auch Leben retten. Denk an den Nationalsozialismus." Mir ist bewusst, dass ich mich wirklich fies benehme, aber ich muss unbedingt wissen, was da passiert ist.

„Bitte ...", jetzt schlägt sein Ton bald in Verzweiflung um, „... bitte ..."

„Hat dir deine Chefin definitiv verboten, mit mir darüber zu sprechen? Oder ist es nur eine allgemeine Dienstanweisung? Du weißt doch, dass der Barkes bei den Amariterinnen gearbeitet hat. Vielleicht ist der Mörder ja der, der mich bedroht. Mich täte es beruhigen, zu wissen, was für ein Täterprofil der hat. Ist ja ein Unterschied, ob man mit Vergiften oder Erschießen oder was auch immer zu rechnen hat. Vergiften kann er mich beim Michael kaum, erschießen locker, wenn er die Tür aufbricht."

Ich habe ihn weichgeklopft. „Aber Sie ... du darfst auf keinen Fall der Frau Kommissar oder sonst wem ... versprechen Sie es?"

„Kein Wort, warum sollte ich? Außerdem würde Erika nie mein Leben aufs Spiel setzen wollen, wenn der Täter in meiner Situation nicht ..."

„Sie ist vergiftet worden, mit einer Spritze. Aber nichts sagen, bitte."

Ich klopfe dem Fluger dankbar auf die Schulter, worauf er neuerlich erschrickt und beinahe einen Fußgänger niederfährt. Ferdinands fahrige Reaktionen haben bewiesen, dass er sich besser zum Kindergärtner als zum Polizisten eignet! Und wenn ich schon dabei bin, seine weiche Natur zu benutzen, dann werde ich auch noch herauskriegen, wie die bedauernswerte Schwester heißt. „Und den Namen, den kennst auch? Nur, weil ich da eine Bekannte habe, die da arbeitet. Da wäre ich beruhigt, wenn es die nicht wäre."

Er schüttelt den Kopf, spuckt aber im gleichen Augenblick den Namen aus: „Sofia Rüegg." Aha, die betuliche Schwester Sofia! Armes Mädchen! Hätte ich ihr gar nicht zugetraut, dass sie womöglich ebenfalls Kundschaft für „Der Tod ist unser Freund" angeworben hat. Wollte sie aussteigen? Während der weiteren Fahrt tue ich uninteressiert und erkundige mich lieber, wann wir uns wiedersehen werden.

„Vielleicht in drei Stunden, obwohl ... eigentlich habe ich Dienstschluss, das entscheidet die Frau Kommissar."

„Hab nur gedacht, wenn du wieder kommst, dann hätte ich eine Pizza mehr für uns bestellt."

„Oh nein, Pizza dürfen Sie nicht bestellen – kein Essen von außen! Das ist eine Anordnung."

„Verstehe, dann müssen wir eben hungern."

„Aber ich, ich könnte schon eine vorbeibringen, wenn du magst."

„Das ist sehr lieb, aber ich bespreche das mit meinem Freund, vielleicht kochen wir auch was."

Fluger begleitet mich noch bis in Michaels Wohnung, durchsucht da pflichtbewusst die Räumlichkeiten, gibt dem Herrn Mikulina Anweisungen und die Notrufnummer des Einsatzkommandos. Ich komme mir vor wie ein unmündiges Kind, das von zwei noch unmündigeren Jungen bevormundet wird. So sieht also effizienter Personenschutz aus!

Mein Liebhaber scheint ehrlich besorgt, denn er dirigiert mich sofort ins Schlafzimmer, den einzigen Raum seines Apartments, dem gegenüber sich nur eine Feuerwand befindet.

„Soll ich da jetzt meine restliche Lebenszeit verbringen?“, mucke ich auf.

Michael lacht und wirft mich aufs Bett, wo er so tut, als ob er mich mit einem herumliegenden T-Shirt fesseln würde. „Täte mir gefallen ...“

„Mir aber nicht“, protestiere ich und befreie mich aus seinen Fängen. Ehrlich, bei aller Anerkennung seiner jugendlichen Libido: Momentan fehlt mir jegliche erotische Ambition! „Bei mir zu Hause ist eingebrochen worden, man hat dein Bild mit einem Nagel ins Gesicht versehen, meine Milch ist mit Zyankali vergiftet worden und eine junge Schwester von den Amariterinnen hat man mit einer zweckentfremdeten Euthanasiespritze ins Jenseits befördert – und dir ist nach Sex? Das männliche Gehirn ist für mich ein Mirakel! Kannst du einmal an was anderes denken und einfach nur einfühlsam zu mir sein?“

Michelangelo versteht gar nichts. „Das wollte ich doch, ich wollte dich doch nur ablenken und dich beruhigen.“

„Ich vermute, du schließt von dir auf mich. Sei mir nicht böse, aber meine Libido entzündet sich nicht am Schrecken und an meiner Angst.“

Michael setzt einen Dackelblick auf, der mich sofort rührt. „Also, ich wollte doch nur, weil ...“

Anstatt von *ihm* getröstet zu werden, drücke ich mich an ihn und meine beinahe entschuldigend: „War gut gemeint, aber die Liebe taugt nicht dazu, als Sedativum missbraucht zu werden. Komm, setzen wir uns ins Wohnzimmer und schauen eine Kochsendung, das beruhigt mich am meisten."

Mein Liebhaber holt uns eine Flasche Veltliner und – mangels eines anderen Snacks – Backerbsen, die wir vor dem Fernseher in uns hineinstopfen. Dumm in die Glotze zu schauen und dabei dumm in sich hineinzufressen sei mir heute ausnahmsweise gestattet. Der Inhalt der Kochsendung legt sich besänftigend auf mein Hirn, ohne auch nur eine Erinnerung an das Gesehene zu hinterlassen. Jemandem dabei zuzusehen, wie er konzentriert Gemüse schnipselt, in einer Pfanne rührt und dabei voller Inbrunst das Getane kommentiert, fühlt sich an wie ein Hochamt in einer Kathedrale. Beide Tätigkeiten entbehren für mich jeglichen Sinns, aber sie erquicken meine Seele. Möglicherweise ist eben die sinnbefreite Tat diejenige, die Menschen zufrieden macht.

Michael ist neben mir eingeschlafen. Ich schätze aber nicht wegen der beruhigenden Wirkung des Fernsehprogramms, sondern aus Langeweile. Er muss sich schon sehr um mich sorgen, dass er bereit ist, mit mir so einen Stuss anzuschauen. Als es an der Tür klingelt, schreckt er hoch. Da mir ja nicht gestattet ist, zu öffnen, springt er von unserem gemütlichen Sofa auf, packt mich am Arm und schiebt mich Richtung Schlafzimmer.

„Geh hinein und sperr von innen zu", kommandiert er. Ich komme gar nicht dazu, etwas zu erwidern, denn es läutet Sturm.

Kaum bin ich in meinem Verließ, höre ich Erikas laute Stimme: „Wo hast du sie denn versteckt?" Ich wage mich wieder zurück ins Wohnzimmer. Sie schnappt nach der Flasche Wein und kontrolliert sie. „Schau, schau, da hast du dich ja ordentlich zugedröhnt“, meint sie trocken. „Gibt’s für mich auch noch was?“

„Ich habe gedacht, du kommst mit Manfred?“

„Der kommt nach, der muss noch arbeiten.“

„Euer Notfall?“ Mehr sage ich nicht, denn ich möchte den Ferdinand nicht anschwärzen.

„Woher weißt du?“

„Dein Adlatus hat gemeint, dass man mein Leben riskieren muss, um eine bereits Tote zu betreuen.“

„Sei ehrlich, warst sowieso froh, dass du ihn los warst, oder?“

„Stimmt nicht!“, tue ich entrüstet. „Ich finde, er ist eine Bereicherung. Endlich einmal jemand, der gut erzogen ist. Aus einem guten Stall, das merkt man gleich. Da könntest dir was von ihm abschauen.“

Michael hat inzwischen alkoholischen Nachschub geholt und ich kann wieder meine bequeme Ausgangslage am Sofa einnehmen. Erika muss gleich wieder sticheln und meint zu ihm: „Du solltest aufpassen. Deine Liebste hat ein Auge auf einen noch Jüngeren geworfen.“

Mein Liebhaber stockt, umklammert den Veltliner und blickt mich erbost an. „Kenn ich ihn?“

Ich lächle ihn zweideutig an. „Das ist der bezaubernde junge Polizist. Weißt, der, mit dem ich schon joggen war. Sehr nett ...“

Beruhigt holt er noch ein Glas für Erika aus dem Schrank. „Ach, das Pickelgesicht ... meinen Segen hast du, der braucht noch Nachhilfe.“

Obwohl ich vermute, dass Erika mir nichts erzählen wird, einen Versuch ist es mir wert. „Und? Wer ist der Notfall? Muss ich mir Sorgen machen?“

Erstaunlicherweise plaudert sie, da sie mich durch meinen Hausarrest außer Gefecht weiß: „Eine Krankenschwester von den Amariterinnen. Das ist das Krankenhaus, wo auch der Barkes gearbeitet hat. Gar nicht freundlich um die Ecke gebracht. Es gibt zwar einen Abschiedsbrief, um es wie einen Selbstmord aussehen zu lassen, aber dieser Trottel, der das verbrochen hat, hat nicht aufgepasst und ihr blaue Flecken an Stellen verpasst, die halt nur entstehen, wenn man jemanden mit Gewalt festhält. Ich sag dir, Alma, sei froh, dass du dich nicht mehr einmischen kannst. Denn die Nächste wärst wirklich du."

„Ich bin froh! Meine Haft hat mir immerhin heute einen aufregenden Nachmittag bei Mutter verschafft und mir anschließend gestattet, den großartigen Nigel Slater beim ... na ja ... beim Zubereiten von Gerichten, deren Namen mir entfallen sind, zu genießen. So viel Bildung hätte ich mir sonst nie gegönnt."

Erika blickt mich erstaunt an. „Wer soll das sein?"

Michael, der ihr gerade ein Glas einschenkt, verdreht die Augen und antwortet anstatt mir: „Ihr neuester Favorit, abgesehen von deinem Lehrling. Ein schwuler, englischer Koch."

Erika schüttelt den Kopf. „Eckerl, ich glaub, du bist krank. Schwul geht ja noch, aber englisch? Hoffentlich finden wir deinen Verfolger bald, sonst musst dich bald selber behandeln."

„Das habe ich schon erwogen ... ich meine, dass ich mich psychopharmakologisch einstelle. Nur zur Sicherheit."

Erika hält mir ihr Glas hin. „Prost, auf dass du noch lebst! Jetzt stelle ich dich mal mit Veltliner ein. Hat wer Hunger?"

Mein unersättlicher Liebhaber zeigt sofort auf. „Pizza?"

„Ich lieber chinesisch ..."

„Und ich Spaghetti ..."

Erika zeigt auf mein Handy, das neben mir am Sofa liegt. „Ruf den Manfred an, der soll was mitnehmen. Lieferservice geht leider nicht wegen ... na ja, wieder Zyankali, da vergeht mir der Appetit."

Als ich nach meinem Handy greife, entdecke ich eine SMS: „Mors certa, hora incerta est."

Ich reiche es an Erika weiter. „Schon wieder. Die Dame – oder wer auch immer – ist hartnäckig."

Sie scrollt meine Telefonprotokollliste durch. „Das ist schon wieder eine andere Nummer. Dein Verfolger lässt sich seine Mitteilungen was kosten. Jedes Mal eine neue Wertkarte."

Dann gibt sie mir das Telefon wieder zurück. „Ruf den Manfred an – nein, lass! Nehmen wir lieber den Fluger, der ist sowieso im Dienst. Aber da müsst ihr euch schon auf italienisch oder chinesisch einigen. Bei zwei Lokalen auf Essen zu warten – diese Personalkosten möchte ich dem Staat nicht zumuten. Also?"

Ich beuge mich der italienischen Mehrheit. „Na gut, dann eben italienisch, einen Salat."

Erika wählt Flugers Nummer und bestellt drei Pizzen und einmal Spaghetti.

„Und was ist mit meinem Salat?"

„Erstens will ich nicht, dass sich die Kohlehydrate allein auf meinen Hüften niederlassen, und zweitens hättest du uns sowieso unsere Portion weggegessen. Und der Manfred schon überhaupt."

Für einen Hausarrest gestaltet sich der Abend bis jetzt und vor allem in Anwesenheit einer bewaffneten Person sehr zufriedenstellend. Es ist fein, einmal das Objekt der allgemeinen Fürsorge zu sein. Das ist für mich eine ungewohnte Situation, der ich allerdings etwas abgewinnen kann. Offenbar wird man nur umsorgt, wenn man aus irgendeinem Grund schwächelt.

Das nennt man in der Psychiatrie „Krankheitsgewinn“. Bei mir würde es wohl „Bedrohungsgewinn“ heißen. Tja, Liebe und Zuwendung müssen immer mit Freiheitsabstrichen bezahlt werden. Seien sie wie beim „Krankheitsgewinn“ Schmerzen und Unpässlichkeiten des Körpers, die den Bewegungsspielraum einschränken, seien sie, wie bei mir momentan, tatsächlich die vorläufige Haft in einem häuslichen Kerker.

Die Speisen treffen noch vor Manfred ein. Der arme Ferdinand wird vor dem Eingangstor von seiner Chefin streng empfangen: „Herr Kollege, was bekommen Sie?“

Da mir ja verboten ist, mich zur Tür zu bewegen, schreie ich aus dem Wohnzimmer, ganz darauf vergessend, dass ich ja per Sie bin, Richtung Eingang: „Danke dir, Ferdinand, das ist aber sehr lieb von dir ... Erika, das übernehme ich, und eine Pizza für Herrn Fluger ebenfalls.“ Erikas Adlatus darf noch die Essensstapel bei uns abliefern, dann ist er entlassen. Ich schwenke meine Geldbörse. „Wie viel?“ Erika drückt mir die Rechnung in die Hand. Darauf stehen allerdings nur drei Pizzen und einmal Spaghetti. „Und hast du ihm das Geld für die seine auch gegeben?“

„Kommt nicht in Frage, das wäre Anfütterung. Es reicht schon, dass du dich an mein Personal unsittlich heranmachst.“ Mit Tussistimme fügt sie hinzu: „Danke dir Feeerdinand, das ist aber sehr liiieb von dir.“

„Ist es auch. Das gehört doch nicht zu seinem Jobprofil, oder?“

„Was sein Jobprofil betrifft, das entscheide ich. Aber was seinen Umgang mit Zeuginnen betrifft, da wird er sich wohl eine disziplinäre Rüge einhandeln. Seit wann bist du mit ihm intim ... per *du*?“

„Was soll das? In dieser Generation duzt man sich eben. Da ist nichts dabei. Und außerdem habe *ich* ihm das Du aufgedrängt. Ihm war das unangenehm, also rüge mich, aber lass ihn in Ruhe.“

„Du machst dich an meine Mitarbeiter heran? Du wagst es, meine Mitarbeiter unter Vorspiegelung erotischen Interesses dazu zu bewegen, dir Dienstgeheimnisse preiszugeben? Ich kenne dich, Eckerl, du schreckst vor nichts zurück, wenn du die Polizei – und da vor allem mich – austricksen willst.“

Michael, dem unsere institutionalisierten Geplänkel bekannt sind und der da nie anstreifen möchte, verschwindet in die Küche. Zum Glück läutet es an der Tür und ich erspare mir eine längere Auseinandersetzung, denn Erika muss ihre polizeiliche Pflicht erfüllen. Es ist Manfred, der sich mit einem tiefen Seufzer in einen Fauteuil niederlässt. Er begrüßt mit einer ausholenden Geste die Anwesenden und ordert: „Gibt's was zu trinken? Und eine Kleinigkeit zu essen?“

Meine Freundin stellt sich hinter ihn, streicht ihm über seinen Kopf und küsst ihn auf die Stirn, schaut mich bedeutungsvoll an und meint trocken: „Siehst, das ist Liebe. Zuerst der Magen, dann das Weib.“

Manfred dreht sich zu ihr um. „Na, na, ich habe immerhin bis jetzt gearbeitet!“ Bevor Erika antworten kann und sich möglicherweise der Disput zwischen ihr und mir in einen Disput zwischen ihr und ihm entwickeln kann, hat ihm schon mein Michael ein Glas eingeschenkt, das der Professor befriedigt an seine Lippen führt. „Huu ...“, ächzt er, „... das war ein Tag. Aber ist ja gut ausgegangen. Alma lebt, die Milch mit dem Zyankali habe ich dem Ameling geschenkt, der sie leider nicht trinken wird, da er nur Bier verträgt, und ich halte ein Glaserl ...“, und feixend zu Erika, „... hoffentlich ohne Gift ... in der Hand. Prost auf das Leben!“

Kapitel 19

Pünktlich um neun Uhr dreißig läutet es an Michaels Eingangstür. Der Fluger steht davor, bereit, mich zu meiner Arbeitsstätte zu bringen. Mein Liebhaber ist ausnahmsweise schon munter und hat – oh Wunder! – auch bereits ein karges Frühstück bereitet. Gestern Abend hat er sich tatsächlich beim Weinkonsum zurückgehalten. Er ist sich anscheinend seiner Verantwortung für mein Leben bewusst und nimmt diese Pflicht außerordentlich ernst. Darf er doch endlich einmal zeigen, dass er als starker Mann auch zum Beschützer taugt! Das kann ich von Erika nicht behaupten, denn die hat gemeinsam mit mir dem Veltliner in zu großer Menge gefrönt. Jedenfalls haben wir beide den Vogel bezüglich Promille abgeschossen, was ich mir ausnahmsweise verzeihe, denn andernfalls hätte ich auf eine psychopharmakologische Einschlafdroge zurückgreifen müssen. Dementsprechend fühle ich mich. Es gibt keine Lebenserleichterung, die es nicht zu büßen gilt! Die Bedrohung, über die ich mich gestern noch lustig machen konnte – Erika und ich haben endlos lang darüber gelacht, wie dekorativ ich mich auf Manfreds Obduktionstisch ausmache würde, was diesen sehr erbost und keineswegs amüsiert hat –, hat sich heute Morgen wie ein vorhergesagter Tsunami über mein Gemüt gestülpt. Ehrlich, ich habe Angst. Einfach nur Angst! Dagegen hilft auch Ferdinands Anwesenheit nur wenig. Schon am Weg vom Stiegenhaus bis zum Polizeiwagen sind meine Antennen weit ausgefahren und interpretieren jeden Passanten als meinen potentiellen Mörder. Haben mich die SMS und Morsedrohungen noch relativ wenig beeindruckt, so haben mir die vergiftete Milch und der Mord an Sofia gezeigt, dass hier irgendwer vor nichts zurückschreckt.

Auf dem Weg zu meiner Ordination klärt mich Fluger darüber auf, dass er jeden meiner Patienten einer Kontrolle unterziehen muss. Ich denke, das wird bei einigen auf wenig Verständnis stoßen. Aber die müssen eben ohne Konsultation wieder abziehen.

Als wir aus dem Lift aussteigen, bin ich verwundert, nicht Mutters unverkennbare Stimme zu hören. Dieser harsche Klang ist für mich normalerweise der Startschuss zu meinem Betreuungsmarathon. – Stille! Auch als wir durch die Tür in den Vorraum eintreten – nichts, nur die plätschernde Geräuschkulisse aus dem Wartezimmer. Keine Mutterstimme! Und dann am Schreibtisch beim Empfang auch keine Mutter! Dafür eine andere alte Frau, die ich im ersten Augenblick nicht sofort erkenne. Erst als sie mich verlegen begrüßt, kann ich sie als die betagte Dame vom Abend auf Barkes' Terrasse identifizieren. „Guten Tag, Frau Doktor, bitte nicht wundern, aber ich ... also ihre Mutter ist verhindert und drum ..."

Verblüfft starre ich sie an. Ich bin sprachlos. Erst als Fluger mir andeutet, dass ich mich weiter in mein Arbeitszimmer begeben soll, damit er in Ruhe die Sicherheitslage checken kann, spreche ich sie an: „Was zum Teufel machen Sie da? Wer hat Sie hierher beordert? Wer sind Sie?"

„Aber Ihre Mutter, sie hat mich gebeten ...", stottert die Alte.

Außer mir winke ich dem Ferdinand, herzukommen. „Sie kommt von denen. Die haben sie hierhergesetzt. Ich bin sicher, dass sie nur die Vorhut ist. Oder gar ...? Beschlagnahme meine Lebensmittel in der Küche ... tu was ..." Der Polizist versteht gar nichts. „Wie sind Sie hereingekommen? Wer hat Ihnen geöffnet?"

„Ich habe den Schlüssel von Ihrer Mutter. Sie ist verhindert. Sie hat mir erklärt, dass zumindest ich ... sonst ist ja niemand da, der Ihnen hilft."

Fluger fühlt sich bemüßigt, sich einzuschalten. „Du kennst diese Frau? Und sie ist keine Bekannte? Oder wie?"

„Ruf die Erika, lass sie nicht raus. Ich bin sicher, dass sie Mutter entweder ... oder Geisel oder ...? Jedenfalls: Tu was!"

Ferdinand zückt sein Handy und ruft die Zentrale an, während die Alte versucht, zu Wort zu kommen. Das gelingt ihr aber nicht, denn ich schreie hysterisch: „Seien Sie ruhig! Ich glaube Ihnen kein Wort. Meine Mutter würde niemals, niemals, niemals ... Was haben Sie mit ihr gemacht?" Ferdinand kann mich gerade noch davon abhalten, mich auf sie zu stürzen. „Wo ist sie?" Ich gerate immer mehr in Rage. „Was haben Sie ihr angetan? Ich ... ich ... ich bring Sie um, wenn ihr etwas zugestoßen ist ..."

Durch mein Geschrei werden meine wartenden Patienten alarmiert und ein alter Haudegen, der bei mir schon seit zehn Jahren wegen einer MDK in Behandlung ist und momentan offenbar auf der manischen Seite spaziert, mischt sich ein: „Frau Doktor, ich bin da!" Er stellt sich vor den Fluger, in der Fehlmeinung, dass der mich bedroht. „Wenn Sie ihr was anhängen wollen, dann kriegen Sie es mit mir zu tun. Sie ist die Beste!"

Ich weiß augenblicklich nicht, wie ich diese Situation meistern soll. Nur nicht weinen, nur nicht weinen, rede ich mir zu. Gleich kommt Erika und die wird alles wieder in den Griff bekommen!

Die alte Frau sitzt zusammengefallen in Mutters Bürosessel und heult tatsächlich. „Aber ... ich wollte doch nur ... sie hat mich gebeten ... ich wollte doch nur behilflich sein. Ich verstehe nicht ... sie hat gemeint als Aushilfe."

Ferdinand ist völlig hilflos – er wäre eben doch besser Kindergärtner geworden, keine Spur mehr von einem taffen Polizisten. Immerhin hat das Auftauchen des Patienten bewirkt, dass ich ein wenig an meine erlernt professionelle Haltung anknüpfen kann und ich mich wieder etwas auf die Reihe bekomme. Ich deute auf die Greisin. „Nimm sie und sperr sie in der Küche ein, bis die Erika kommt. Lass sie ja nicht raus", befehle ich Fluger.

Ohne weiter an meine eigene Sicherheit zu denken, schnappe ich den Patienten, schiebe ihn in Richtung Wartezimmer und verkünde dort angekommen allen Klienten: „Sie müssen entschuldigen, aber heute entfällt die Ordination. Es ist etwas Schreckliches mit meiner Mutter geschehen, ich bitte um Ihr Verständnis. Bitte gehen Sie wieder nach Hause." Ohne mich weiter um die Anwesenden zu kümmern, verlasse ich den Raum und begebe mich in die Küche, wo die Alte scheinbar völlig zerstört auf einem Sessel hingekauert sitzt. Ich rüttle an ihren Schultern. „Und jetzt sagen Sie mir sofort, wo sie ist!" Ich schnappe als Drohgebärde ein stumpfes Messer aus der Besteckl ade und fuchtle damit vor ihren Augen.

Gerade in diesem Augenblick stürmt Erika mit ihren Mannen meine Ordination, entreißt mir das Messer und deutet mir einen Vogel. „Spinnst du jetzt total? Willst anscheinend wirklich in den Häfen? Bist du wahnsinnig geworden? Was soll das?"

„Sie ...", schluchze ich, „... sie haben Mutter ... wer weiß, ermordet? Sie ist weg."

Erika nimmt mich um die Schulter und streichelt über meinen Kopf. „Beruhige dich! In neunundneunzig Prozent aller Fälle ist die Fantasie schlimmer als die Realität. Wirst sehen, alles wird sich aufklären ..." Die alte Dame fordert sie zu einer Erklärung auf: „Erzählen Sie mal!"

Die heult noch immer und bringt deshalb nur stockend einen Satz heraus: „Die Frau Doktor Spanneck hat mich angerufen, dass sie akut wegmuss. Und sie würde mich bitten, dass ich für sie einspringe. Sie hat gemeint ... nur das Telefon abheben und die Tür öffnen. Was anderes kann ich ja auch gar nicht ..." Da sie merkt, dass Erika sie vor mir in Schutz nimmt, spricht sie vorwurfsvoll an mich gerichtet weiter: „Es war ein Gefallen, nur ein Gefallen ..."

„Wo ist sie?", unterbreche ich sie schreiend.

Die Alte zuckt ahnungslos mit den Schultern. „Das hat sie mir nicht gesagt. Nur, dass sie in einer Woche wieder da sein wird. Angeblich hat sie Ihnen eine Botschaft geschickt."

Erika zeigt auf meine Tasche, die ich noch immer nicht abgelegt habe. „Schau nach ..." Immer noch so durch den Wind, kapiere ich nicht sofort. „Handy ... am Handy ... schau nach."

Nach umständlichem Kramen werde ich fündig und drücke auf der Tastatur herum. – Nichts, kein Akku! Klar, gestern Abend vergessen, aufzuladen. Erika reißt mir das Telefon aus der Hand, vergewissert sich ebenfalls, dass es nicht funktioniert. „Ladegerät? Hast du hier ein Ladegerät?" Ich nicke und deute Richtung Sprechzimmer. Anscheinend haben ihre Leute schon alle Patienten entfernt, denn draußen ist es still.

Ich versuche, mich zu fassen und finde erstaunlicherweise sofort das Kabel, mit dem ich das Handy an meinen Computer anschließen kann. Selbst der PIN-Code fällt mir sofort ein, den ich sonst erst einmal auf einem Zettel in meiner Geldbörse ablesen muss. Angst und Verzweiflung mobilisieren anscheinend Hirnareale, die man sonst aus Bequemlichkeit nicht aktiviert. Und tatsächlich scheint eine SMS auf: „Mein liebes Kind, mach dir keine Sorgen, ich werde verreisen. In einer Woche bin ich wieder da. Frau Gaspelsberger wird mich notdürftig vertreten. Ich habe sie im Verein kennen gelernt. Sie ist zuverlässig. Deine Mutter umarmt dich."

„Siehst? Keine Sorge, so jemand wie deine Mutter ist unverwüstlich", meint Erika, die mitgelesen hat. „Aber was für einen Verein meint sie?"

Ich tue beruhigt, obwohl ich das keineswegs bin: „Bridge. Mutter spielt seit Neuestem Bridge."

Meine Freundin blickt mich ungläubig an. „Das gibt's doch nicht, wo sie doch alle Spiele hasst. Die hat dich doch damals, anstatt mit dir selber zu spielen, in einem Schachklub zur Intelligenzverbesserung angemeldet."

„Grade drum! Sie tut was gegen ihre Demenz. Da muss man eben Opfer bringen. Und Bridge ist das geringere Übel als Schach, meint sie."

Frau Inspektor Sacherl seufzt: „Tja, wieder einmal ein Einsatz wegen dir ... umsonst. Der Polizeiapparat wird von dir ständig missbraucht. Ich habe wirklich bald genug. So! Und jetzt bringen wir dich wieder zu deinem Lover zurück. Und da bleibst jetzt eingesperrt, bis wir deinen Verfolger haben."

„Kann ich noch schnell ... ich müsste noch Patienten verschieben?"

Während Erika den Fluger instruiert, versuche ich, Mutter am Telefon zu erreichen. – Klar, hebt nicht ab. Bleibt mir nur, auf den Anrufbeantworter zu sprechen, auch wenn ich sicher bin, dass sie nicht antworten wird. Sie ist mit meinem Erzeuger unterwegs, das steht fest. In welcher Mission allerdings, das kann ich nur vermuten: Liebesurlaub? Oder Fact Finding Mission?

Ich fahre meinen PC hoch und tue so, als ob ich Termine heraussuchen würde. Erika winkt mir noch zu, bevor sie meine Ordination verlässt. „Und Eckerl: keine Alleingänge, alles klar?“

Ich schüttle den Kopf. „Niemals, das traue ich mich sowieso nicht mehr.“ Dann bin ich mit dem jungen Polizisten allein, denn Frau Gaspelsberger hat diesen Ort ebenfalls fluchtartig verlassen. „Wird ein wenig dauern, bis ich alle Telefonnummern der Patienten herausgeschrieben habe, anrufen werde ich sie dann beim Michael. Geht das in Ordnung?“, frage ich Ferdinand entschuldigend.

Er stellt sich vor die Tür und wartet. Das Speichern meiner Terminliste für die nächste Woche dauert fünf Minuten und das Hinzufügen der Telefonnummern auch nicht mehr als fünf. Zum Glück ist der Fluger so naiv und hegt keinen Verdacht, als ich nach einer halben Stunde noch immer nicht fertig bin. In Wirklichkeit versuche ich herauszufinden, wohin Mutter gefahren ist. Leider gestaltet sich meine Recherche nach ihren letzten Spaziergängen im Netz langwieriger als gedacht. Wie ich sie kenne, hat sie einen Flug oder eine Bahnfahrt und ein Hotelzimmer übers Internet gebucht. Da sie mich ebenfalls kennt, wird sie ihre Spuren zu verwischen versucht haben und hat deshalb sicher alle Bestätigungen gelöscht. Eines hat sie allerdings nicht bedacht, nämlich dass ich anhand der Liste der aufgerufenen Seiten nachschauen kann, auf welchen Seiten sie unterwegs war.

Und tatsächlich! Ich bekomme einen Eintrag für einen Flug für zwei Personen auf die Kanalinsel Guernsey mit Stopp in Jersey und über eine Hotelbuchungsseite sogar die Website einer Unterkunft. Anscheinend sind die geriatrischen „Turteltauben“ auf die Kanalinseln geflogen und nächtigen höchstwahrscheinlich im Hotel „La Gusade“ auf Guernsey. Sie kann noch nicht weit gekommen sein, denn laut Plan geht der Flug von Wien um fünf nach halb zehn weg. Leider ist es schon zu spät, um sie noch aufzuhalten. Teilberuhigt kopiere ich mir alle Daten auf meinen Stick und fordere Fluger auf, mich wieder in mein Asyl zu bringen.

Als wir bei Michael ankommen, muss ich Sturm läuten, da er anscheinend wieder das Bett aufgesucht hat. So früh hat er mich eben nicht zurückerwartet. Allerdings hat er was dazu gelernt, denn als ich auf dem Handy anrufe, hebt er nach dreimal Läuten ab. „Wir stehen vor der Tür ...“

Michael öffnet in Unterhosen, Ferdinand blickt betreten zu Boden. Es wird ihm als Inspektor doch schon öfter ein Mensch in unpassender Bekleidung begegnet sein? Was hat solch einen sensiblen, gut erzogenen, eher unbeholfenen Menschen dazu bewogen, den Beruf des Polizisten zu erwählen? Nachdem der Fluger neuerlich pflichtbewusst die Wohnung inspiziert hat, verlässt er uns, nicht ohne mich noch einmal darauf aufmerksam zu machen, dass mir das Verlassen dieser Stätte nicht ohne polizeiliche Begleitung gestattet ist. Wenn er wüsste, wie eilig ich es habe, von hier wegzukommen, dann würde er mir elektronische Fußfesseln verpassen! Ich verspreche zu gehorchen.

Kaum ist er bei der Tür draußen, fordere ich meinen Liebhaber auf: „Zieh dich an, wir fliegen auf die Kanalinseln – sofort!“

Michael versteht natürlich gar nichts. „Was soll das? Langsam reicht es selbst mir mit deinen Spinnereien.“

„Mutter ist weg. Sie ist nach Guernsey. Ich vermute, sie verfolgt eine Spur. Ich erkläre dir alles, wenn wir Zeit dazu haben. Ist dein Laptop an?"

Mein Lover ziert sich. „Kommt nicht in Frage. Wir bleiben hier. Und wo ist Guernsey?"

Da ich keine Zeit für Diskussionen habe, beende ich die Auseinandersetzung, indem ich mich seinem Schreibtisch zuwende und auf den Laptop zusteuere. Michael war wie üblich gestern zu faul, seinen Computer abzuschalten, drum kann ich mich sogleich der Buchung eines Flugs widmen. Es ist dreizehn Uhr. Also könnten wir einen Flug ab circa sechzehn Uhr schaffen. Ich finde einen Flug über London mit Anschluss morgen nach Guernsey. Ohne weitere Überlegungen buche ich zwei Plätze und drucke die Tickets aus, die ich dem verdutzten Michael vor die Nase halte. „So, pack zusammen, vergiss den Pass nicht, wir haben es eilig." Seinen versuchten Protest ignoriere ich und rufe stattdessen ein Taxi. Offenbar hat mein Freund erkannt, dass ich es ernst meine, denn er beeilt sich und schultert seinen vergammelten Rucksack. „Pass, Zahnbürste?", erinnere ich ihn und gleichzeitig auch mich, denn ich hätte bei all der Hektik auf beides vergessen.

Wir rasen zum Taxi, das schon wartet. Gerade drinnen fällt mir ein, dass es vielleicht günstig wäre, ein Ladegerät für mein beinahe ausgesaugtes Handy mitzunehmen. Also Michael wieder hoch, während ich im Wagen warte, wo ich zur Vorsicht meinen Kopf auf die Rückbank lege, damit mich nicht womöglich ein unangekündigter Fluger oder irgendein anderer Adlatus der Frau Inspektor entdeckt. Trotzdem schaffen wir es gerade noch pünktlich, da wir kein Gepäck zum Einchecken mithaben. Ich werde wohl meine Unterwäsche mangels Ersatz abends waschen und über der

Heizung trocknen müssen. Das ist mir aber alles angesichts meiner Sorge um Mutter völlig egal. Momentan würde ich ein mütterliches Liebesabenteuer selbst mit diesem Unmann von Vater irgendeiner lebensbedrohlichen Schnüffelei vorziehen. Bedauerlicherweise zweifle ich nicht daran, dass sie gerade eine Spur verfolgt. Lieber Gott, auch wenn ich nicht an dich glaube, mach, dass ihr nichts geschieht! Ich schwöre, ich werde nie wieder unerlaubt Mörder jagen und ich werde – wenn mir unglücklicherweise ein Fötus passiert ist – diesen nicht abtreiben lassen, sondern mich bemühen, eine halbwegs gute Mutter zu werden, die sogar dem Wohl des Kindes zuliebe den Kindesvater ertragen wird.

In London Stansted gelandet, ergattern wir ein Zimmer im nahegelegenen Hotel zu einem halbwegs akzeptablen Preis. Im Appartement angekommen, versuche ich noch einmal, Mutter zu erreichen. Erfolglos. Auch auf meine SMS – „ich weiß wo du bist. Ich komme morgen und hol dich ab" – keine Antwort. Um keine Großfahndung in Wien auszulösen, melde ich mich ebenfalls bei Erika: „Wir sind auf urlaub in guernsey. Keine entführung flucht."

Kaum habe ich die Mitteilung abgeschickt, ruft sie an. Ich hebe nicht ab, höre mir danach aber ihre Sprachmitteilung auf dem Anrufbeantworter an: „Mach mich nicht dafür verantwortlich, wenn du stirbst. Es ist übrigens nicht schade um solche Leute wie dich. Die Welt hat dann eine Last weniger zu tragen – und ich auch."

„verantwortlich als leiche?", antworte ich per SMS.

Meine Freundin dürfte ehrlich besorgt um mich sein, denn sie lässt gleich auch noch den Manfred bei mir anrufen: „Alma, bitte! Wenn dir schon nicht um dich leid ist, dann nimm wenigstens Rücksicht auf deinen armen Freund. Wie kommt er dazu, dass du ihn ebenfalls ans Messer lieferst? Hast du kein Gewissen? Mir tät es ja nicht leid um ihn, da dann sein Platz an deiner Seite frei wird, aber was nützt mir das, wenn neben seinem freien Platz der deine auch weggeputzt ist. Sei vernünftig und sag wenigstens, wo ihr seid."

Diese Masche, mir ein schlechtes Gewissen zu machen, funktioniert zwar, aber jetzt kann ich meinen Michael auch nicht mehr zurückschicken. Auf dessen Handy häufen sich ebenfalls die Anrufe von Erika und Manfred, was ihn aber gar nicht beeindruckt, denn er will endlich schlafen und nimmt die ganze Angelegenheit seinem Naturell entsprechend unbekümmert.

Eine grelle Operationslampe an der Decke, Menschen in grauen Kostümen rund um einen Metalltisch, auf dem ich angeschnallt bin. Mein Blick fällt auf meine Füße, wo am rechten großen Zeh ein Schild mit einer Schnur befestigt ist, auf dem steht: „Tochter des Kajetan Vau Punkt Spanneck". Als ich mich nach rechts drehe, sehe ich auf einer ähnlichen Bahre Mutter nackt mit roten Rosen auf ihrem Bauch. Vau Punkt Spanneck steht zwischen uns beiden, beugt sich zu Mutters Gesicht hinunter, streckt seine Zunge heraus und platziert diese in Mamas Mund. Ekelhaft! Da belässt er sie so lange, bis er von einer Person, die der alten Frau aus der Ordination ähnelt, weggeschoben wird. Die Alte nimmt die Rosen von Mutters Bauch weg und schenkt jeweils eine den anwesenden Leuten. Jetzt erkenne ich sie an den Gesichtern: Barkes, Spöri, Mareile, der Kraxner, Jenny, die schwarze Kellnerin, die mir zu Silvester die Austern in den Ausschnitt gekippt hat, und Trude Füssli. Als ich auf den Boden unter Mutters Tisch blicke, sehe ich den Burzelt mit einem Tischbein auf seinem Kehlkopf liegen. Er lächelt mir zu und winkt, ich solle mich zu ihm gesellen. Ich wende meinen

Blick auf die andere Seite. Da liegt Michael und schläft tief und fest. Als ich versuche, ihn durch Schreien aufzuwecken, kommt kein Ton aus meiner Kehle. Um mich bemerkbar zu machen, habe ich meinen Mund geöffnet, der nun durch Spöris Hände noch weiter aufgespreizt wird, während Trude Füssli, deren Kopf mit meiner Haube bedeckt ist, mir vergiftete Milch in den Rachen schüttet.

Offenbar hat mich während meines seichten Schlafs ein Hustenreiz von diesen schrecklichen Phantasmen errettet, denn ich sitze aufrecht und belle mir die Seele aus dem Leib. Michael wacht – genauso wie in meinem Traum – nicht einmal durch mein impertinentes Kläffen auf. Das führt mir wieder einmal vor Augen, dass man sich auf niemanden, nicht einmal im Schlaf, verlassen kann. Wie sollte der mich vor meinem Mörder beschützen? Den Rest der kurzen Nacht – wir müssen um vier Uhr aufstehen – dämmere ich unruhig weiter.

Kapitel 20

Die Verkehrsverbindung zwischen den Flughäfen London Stansted und London Gatwick, wo das Flugzeug nach Guernsey startet, ist eine Katastrophe. Direkt geht sowieso nur ein Bus, der nur alle zwei Stunden fährt und dann auch noch achtzig Minuten für diese Entfernung braucht. Also um vier Uhr früh Michael wecken, damit wir um neun Uhr den Flieger schaffen.

Ich bin so durch den Wind, dass mir das auch egal ist. Meinem Lover nicht – der zeichnet sich durch extrem schlechte Laune und ein verdämmertes Hirn aus. Schweigend und mit grantiger Miene trottet er neben mir her und ist mir wieder einmal mehr Last als Hilfe. Also erneut die Prüfung zum Vater nicht bestanden! Wenn es darauf ankommt, ist er völlig daneben! Wenn Mutter und ich dieses Abenteuer überleben, werden wir als Großmutter und Mutter die Enkelin – ein Bub kommt nicht in Frage! – zusammen aufziehen und für immer der männlichen Welt entsagen.

Es ist ein Jammer, dass aufgrund meiner angespannten Gemütslage der beeindruckende Anblick einer Insel, die zumindest von oben betrachtet auch im Jänner grün ist, keinen Eindruck bei mir hinterlässt. Nicht einmal die schlimmen Turbulenzen, die die Maschine wie ein torkelndes Schiff hin- und herwerfen, können mich von meiner Sorge ablenken. Immerhin bewirken sie, dass meinem unnötigen Liebhaber übel wird und er deshalb aus seinem Dämmerzustand aufwacht. Allerdings bin ich in dieser Ausnahmesituation nicht bereit, ihm die erwartete Fürsorge angedeihen zu lassen, sondern reiche ihm unbeeindruckt den Speibeutel. Zum Füllen dieser Tüten kommt es zum Glück nicht, denn wir landen, wenn auch wackelig. Bin ich froh, dass ich keine Fähre gewählt habe! Sicher wäre Michael so seekrank geworden, dass mir nichts anderes übrig geblieben wäre, als ihn wohl oder übel zu bemuttern.

Als wir mit einem Taxi Richtung Hotel „La Gusade“ aufbrechen, empfängt uns die stürmische Wetterlage passend zu meiner Gemütsverfassung. Hat die Insel von oben noch idyllisch gewirkt, so zeigt sie sich am Boden beängstigend wild und unwirtlich. Es ist Jänner – was habe ich erwartet? Einen Garten Eden mit dem berückenden Duft von alten Rosen? Und was ist, wenn wir umsonst im Hotel auftauchen? Wenn Mutter ganz woanders nächtigt? Dann war der ganze Aufwand umsonst? I am not amused!

Erst im Taxi fällt mir ein, dass es gescheit wäre, sich doch einmal im Hotel nach ihr zu erkundigen. Die Concierge lässt sich Zeit beim Abheben. – Auf dieser Insel hat man es eben gar nicht eilig.

„May I speak with Mrs. Liebekind?“

„Oh, there is no Mrs. Liebekind, I'm sorry.”

„Mr. and Mrs. Spanneck?“

„Oh yes, Mrs. Spanneck. They went for a walk ...“

Schnurstracks buche ich ein Zimmer für Michael und mich. Zumindest das hätte sich zufriedenstellend erledigt. Michael, der noch immer leidend neben mir lagert, bemerkt nur matt: „Da gibt's sicher ein warmes Bett. Ich bin sowas von fertig.“

Diesen Mann nur ja nicht als Kindesvater – never ever! Als wir zu Mittag im Hotel ankommen, präsentiert sich die Insel im Sonnenschein und das blaue Meer versucht uns mit weißen Schaumkronen durch seine Weite und Gewalt zu beeindrucken.

Wenn man vom ästhetischen Blickwinkel absieht, kann mir der Ozean gestohlen bleiben. Mir macht Meer Angst! Ich mag weder seine salzige Lotion, die, wenn man den Fehler begeht, sich dieser Flüssigkeit auszusetzen, wie eine Säure die Haut verätzt, noch die Unberechenbarkeit der Strömungen, die ja sowieso nur danach trachten, einen in die Tiefe zu ziehen. Genau so geht es Mutter! Wir haben beide eine Abneigung gegen Urlaub am Meer. Die wäre niemals ohne triftigen Grund hierhergereist! Ich vermute, dass Vau Punkt Spanneck damit geprahlt hat, was für Connections er in Guernsey hat. Mama hat ihm dann vorgegaukelt, wie liebend gerne sie hier einen erotischen Urlaub verbringen möchte.

Im Gegensatz zu mir enthusiasmiert Michael der Anblick des Meeres. Verschwunden sind alle Übel- und Müdigkeit. Er springt wie ein debiler Affe aus dem Taxi und rennt Richtung Strand. Es stellt sich so dar, als ob man das Ufer greifen könnte, auch wenn es mindestens zwei Kilometer entfernt ist. Zu Michaels Rechtfertigung sei aber bemerkt, dass das Hotel oben auf den Klippen einer Steilküste liegt und nur den Blick auf die weite Bläue erlaubt und nicht die vergleichende Sicht auf irgendwelche Bauten, die es optisch ermöglichen würden, eine realistische Abstandsschätzung durchzuführen.

Im Sonnenlicht hebt sich bekanntlich sofort der Serotoninspiegel, und meine Hoffnung, Mutter unversehrt in die Arme schließen zu können, steigt. Nachdem wir unser Zimmer mit Meerblick bezogen haben, breche ich sogleich mit meinem Freund, der, ohne seinen Rucksack abzulegen, aufgeregt in der Tür steht, auf.

Unten frage ich die Concierge, die gespannt eine englische Gartensendung im Fernseher genießt, nach einer Wanderkarte. Die Rezeptionistin bleibt gelassen, ihren Blick kaum vom Bildschirm abwendend, und erklärt mir, immer wieder unterbrochen durch den aufdringlichen Kommentar des Fernsehgärtners, den Weg zur Petit Bot Bay. Diese Bucht muss offenbar ein Touristenhotspot sein. Da wir ja sowieso keine Ahnung haben, wo wir nach meinen Eltern suchen sollen, greifen wir das Angebot auf, zu dieser Bucht zu wandern.

Trotz strahlendem Himmel bläst ein kalter Wind, der so eine Stadtpflanze wie mich unmittelbar an die Grässlichkeiten der Natur erinnert. Als wir nach einer viertelstündigen Wanderung vorbei an idyllischen Steinhäuschen auf einer kaum befahrenen Landstraße direkt am Klippenpfad ankommen, bin ich schon so aufgewühlt, dass ich mir in schauerlichen Farben ausmale, wie meine Verfolger Mutter die Felsen in die Brandung hinuntergestoßen haben könnten. Dazu trägt noch bei, dass auf diesem Weg Bänke zum Rasten aufgestellt sind, die von Freunden und Verwandten Verstorbener gesponsert wurden. Auf jeder dieser Sitzgelegenheiten ist ein Metallschild befestigt, auf dem so makabre Inschriften eingraviert sind wie „Agnes loved this place as much as icecream“, „Hope, Richie sleeps well and enjoys the sight“ oder „Love you my angel“. Wenn Mutter da unten zerschmettert liegt, was sollte ich auf so eine Bank eingravieren lassen? „Sie starb durch Fremdeinwirkung in den Armen ihres verdammten Exmannes ...“

Nach circa einer Stunde entlang des Klippentrails, was mir, bedingt durch meine Höhenangst, große Überwindung kostet, kommen wir in der versprochenen Bucht an. Da gibt es eine in einem Steinhaus untergebrachte, über den Winter geschlossene Gaststätte und einen zweistöckigen, ebenfalls steinernen Turm mit Öffnungen für Fenster und Eingang. Drinnen befindet sich ein runder, dämmriger Raum, an dessen Wänden Bilder hängen, die uns die Geschichte dieses Bauwerks näherbringen sollen. Wir erfahren, dass es sich um einen Befestigungsturm aus der Französischen Revolution und den Napoleonischen Kriegen handelt, als sich die Bewohner der Insel gegen eine französische Eroberung wappnen wollten. Im Zweiten Weltkrieg diente der Turm ebenfalls als wehrhafter Stützpunkt, diesmal allerdings gegen die Deutschen. Im Dämmerlicht der alten Feste erscheinen die Informationstafeln verschwommen, sodass wir sehr nahe hintreten müssen, um die Schrift entziffern zu können.

Auf einmal zieht mich Michael näher zu einem Bild hin. Zuerst fällt mir nichts auf, doch dann, als er meinen Finger ans untere rechte Eck führt, erkenne ich es: das Kreuz mit dem Flügel des Sterbevereins. Panik! Hat mein Erzeuger vielleicht doch was mit dieser Mischpoche zu tun und gar meine Mutter ans Messer geliefert? Ist er ein Agent, der beauftragt wurde, uns aus dem Weg zu schaffen?

Meine kaum unterdrückte Verzweiflung lässt den lose platzierten Deckel meiner Beherrschung abfahren und mich in die Arme meines Freundes fallen. Der umfasst mich wortlos und drückt mich so fest, dass mir die Luft wegbleibt. Das hilft. Um Atem ringend, spucke ich gerade noch „Sie ist tot …“ aus, woraufhin er mich von sich wegschiebt und mich so fest an den Oberarmen fasst, dass ich durch den Schmerz abgelenkt werde.

„Wie kommst du darauf, dass sie tot ist? Sie ist clever … sehr clever. Ihr passieren keine Dummheiten.“

„Sie ist nicht allein. Sie ist … sie ist hier mit meinem Vater.“

Michael zieht mich wieder zu sich her und legt einen Arm um mich, mit dem anderen streicht er über meinen Kopf. „Beruhige dich, mein Liebling. Du träumst. Alles ist zu viel. Wir gehen jetzt zurück und du wirst sehen, da ist sie schon im Hotel. Du hast keinen Vater mehr, er ist gestorben. Verstehst du? Er ist tot."

Ich schüttle Michael ab und ziehe ihn an der Hand aus dem gespenstischen Gebäude. Draußen drehe ich mich zu ihm. „Ich muss dir was gestehen: Ich habe meinen Vater in Wien getroffen, mit ihr. Er ist nicht tot! Das habe ich dir nur so erzählt, weil ich wollte, dass er für mich gestorben ist ... weil ich nicht mehr an ihn erinnert werden wollte. Und dann ist er am Dienstag plötzlich aufgetaucht, als wir mit Erika und Manfred in der Baselitz-Ausstellung waren. Und ...", immer wieder bleiben mir die Worte im Halse stecken, „... und dann waren wir am Mittwoch essen ... und dann hat sich herausgestellt, dass er für den Kraxner Geld verschiebt und dann ..."

Während wir wieder zurück Richtung Hotel marschieren, weihe ich Michael stockend in die ganze Geschichte ein, was ihn, wie ich bemerke, ebenfalls besorgt macht. So besorgt, dass er mir nicht einmal Vorwürfe macht, dass ich ihm meinen Erzeuger bis jetzt verschwiegen habe. Seine Trostworte klingen immer weniger überzeugt. Es hört sich eher so an, als ob er sich selber damit beruhigen möchte.

Im Hotel angekommen, eilen wir sofort in den ersten Stock, wo das Zimmer der beiden Alten liegt. Wir hämmern an die Tür – aber keine Reaktion. Also wieder zurück zur Rezeption, wo jetzt eine andere Concierge Dienst hat. Sie dreht sich zum Kasten um, in dem die Schlüssel hängen, kontrolliert das Fach und schüttelt bedauernd den Kopf, als ich sie nach den beiden frage.

Was tun? Die Polizei in St. Peter Port anrufen? Die werden hingerissen sein, diese völlig unplausible Geschichte über eine Greisin zu hören, die mit ihrem

Liebhaber nach Guernsey geflogen ist, um hier umgebracht zu werden, und das von einem Verein, der auf Euthanasie spezialisiert ist.

Verdammt noch mal! Wieso sind Erika und ihre Crew so weit, weit weg? Ich drehe sofort durch! Wenn ihr was geschehen ist, dann springe ich von den Klippen! Ich bin schuld! Wirklich und wahrhaftig schuld! Wenn ich nicht ... dann wäre nicht ... dann hätte ... dann ...! Unerwartet beweist sich Michael in dieser Situation als meine Stütze. So wenig alltagstauglich er sonst ist, so meisterhaft versteht er es, mich momentan zu deeskalieren. Er schlägt nicht vor, jetzt einfach nur abzuwarten, nein, er stürzt sich mit mir gemeinsam in eine – zwar möglicherweise sinnlose, aber besser als gar keine – Handlungskaskade. Erneut starten wir in Richtung Petit Bot Bay.

Draußen dämmert es schon, drum erbitten wir von der Concierge eine Taschenlampe. Sie warnt uns vor den Gefahren auf den Klippen in der Nacht.

I know, my dear!

Michael verabschiedet sich von ihr scherzhaft: „We will be back in an hour, don't worry. If we are not there – we are a sacrifice to the sea. In memory of us both we want to be honoured with a park bench, where is written: Michael and Alma died together because of love ..."

„Oh, how romantic ...", haucht die junge Frau und lächelt ihn verklärt an.

Im Freien nimmt mich Michael – ganz tapferer Beschützer – um die Schultern, damit ich vor dem immer heftiger aufdrehenden Wind geschützt bin. Obwohl ich wegen meines psychischen Ausnahmezustands gar keine Kälte oder sonst eine äußerliche Unbill empfinden kann, wärmt mich seine Nähe zumindest innerlich. Wenn Mutter tatsächlich umgebracht wurde, dann in einer ihr entsprechenden wagnerianischen Kulisse: am Horizont die untergehende Sonne, dekoriert von gräulichen Wolkenschwaden, die planlos um den orangen Ball schwirren – die Sonne als Zentrum, die sich mit ihrer luftigen Entourage schmückt –; dazu der silberne Himmel, der in das glitzernde Quecksilber mit seiner aufmüpfigen Haut eintaucht. Gerade wegen dieser unwirklichen Ästhetik erscheint dieser Himmel bedrohlich. Irgendwie kommt es mir vor, als ob ich diese beunruhigende Schönheit schon einmal gesehen hätte und mich damals schon vor diesem Himmel gefürchtet hätte.

Ist es nicht generell so, dass uns die absolute Schönheit ängstigt? Dass der Makel der absoluten Schönheit die Bedrohung ist, die sie durch ihre Vollkommenheit vermittelt? Die Schönheit entbehrt jeglichen Frohsinns!

Je dunkler es wird, desto schwieriger tue ich mir, nicht zu fallen. Der Pfad ist schmal, vielleicht einen halben Meter breit, links davon fallen die Klippen sicher hunderte Meter steil bergab, rechts davon dorniges Gestrüpp, das ebenfalls keinen Schritt zur Seite zulässt. Die Schatten, die die Büsche werfen, gaukeln mir Wurzeln am Weg vor, während ich die echten Wurzeln übersehe und darüber stolpere. Michael geht mit der Taschenlampe voran, ich folge ihm, meinen Blick auf seine Schritte gerichtet. Mein Kopf ist leer. Was soll man schon denken, wenn alles Streben auf eine rasende Hoffnung ausgerichtet ist, die man aber nicht selber einlösen kann? In solch einem Augenblick fängt der Glauben an! Man beginnt zu glauben, weil es die einzige Alternative zum Nichts ist. Man beginnt zu beten, ein höheres Wesen anzuflehen, nur um etwas beizutragen, damit die Hoffnung erfüllt werde. Gott ist der gedanklich längere Arm der eigenen Hilflosigkeit. Genau so tue ich es auch. Ich schwöre dieser geistigen Figur, alle mir widerwärtigen Dinge zu tun oder nicht zu tun, sei es zu opfern, zu verzichten oder mich zu unterwerfen bis zur Selbstaufgabe, wenn ich Mutter noch lebendig vorfinde.

Als wir die Bucht erreichen und zum Strand absteigen, steht die schmale Sichel des aufgehenden Mondes wie ein Schwert am Himmel, das ich wie eine Metapher für ein Gemetzel empfinde.

Ich habe mich getäuscht, als ich mir erwartet habe, dass im Gasthaus oder Turm jetzt Licht brennt. Alles finster. Was tun? Ratlos wende ich mich Michael zu: „Und jetzt?"

Er drängt mich in einen noch dunkleren Winkel und flüstert: „Wir wollen nicht auffallen. Jetzt schauen wir uns mal um." Da auf dem Plan, den wir am Nachmittag aus dem Hotel mitgenommen haben, ein Parkplatz eingezeichnet ist, deutet Michael in Richtung Landesinneres und murmelt: „Der Parkplatz – vielleicht gibt's einen Wagen?"

Wir ducken uns entlang der Straße bis zur Abzweigung zum Abstellplatz und finden tatsächlich vier PKWs vor. Wenn hier Autos parken, dann können die Insassen auch nicht weit sein. Als mein Freund mit der Taschenlampe ins Innere der PKWs leuchtet, bemerken wir bei einem Kombi einen diskret an der Heckscheibe befestigten Aufkleber mit dem Symbol des Sterbevereins. Sonst ist nichts Auffälliges zu bemerken.

Michael zieht mich an der Hand wieder den Hügel hoch. „Von oben haben wir einen besseren Überblick ..."

Oben auf den Klippen angekommen, schaltet Michael die Taschenlampe aus, damit sich unsere Augen an die Dunkelheit gewöhnen. Da sich die Autos zumindest als ein Hinweis auf eine Spur entpuppt haben, fällt meine vorhergehende Betäubung von mir ab und meine Sinne sind alarmiert. Konzentriert überprüft mein Blick jeden Winkel der Bucht. Von unten nicht sichtbar, ganz am anderen Ende des Strandes, weit hinter dem Turm verborgen, möglicherweise schon in einer nächsten Einbuchtung, entdecke ich gleichzeitig mit Michael, der mich am Ärmel zupft und in die Richtung deutet, das Heck eines Bootes.

Ohne Worte steigen wir wieder ab. Unten versuchen wir entlang der Mauer des Gasthauses möglichst verdeckt in Richtung Kahn das andere Ende der Bucht zu erreichen. Je weiter wir uns nähern, desto mehr verschwindet der Rumpf aus unserem Gesichtsfeld. Das Schiff liegt also erst in der nächsten Bucht der Steilküste. Wir müssen die Klippen wieder hoch, um uns von oben einen Überblick zu verschaffen. Außerdem gibt es sowieso kein Weiterkommen mehr, da der Strand in einer Felswand endet. Aber eine Fortsetzung des Küstenpfads muss es ja geben! Der Weg ist auf unserer Karte beschrieben. Allerdings lassen die Finsternis und das hohe Dornengestrüpp den Abhang undurchdringlich erscheinen. Wir schleichen die Begrenzung der Bucht entlang, um einen Einstieg zu finden. Da wir es nicht wagen, die Taschenlampe anzumachen, stoße ich ungeschickt an einem Felsbrocken an, der sich als erste Stufe einer Steintreppe herausstellt.

Mit eingezogenen Köpfen steigen wir gebückt hoch. Die Stiege mündet in einen Pfad, der wiederum nach unten führt. Nach der ersten Wegkrümmung kann man dann schon die Umrisse des Boots erkennen, das unten im Wasser des schmalen Fjords schaukelt. Ich beschleunige meine Schritte, aber Michael hält mich zurück. Er drängt mich – war ich doch vorausmarschiert – mit Gewalt hinter sich. Nach einer weiteren Krümmung entdecken wir Fusellichter, die aus drei Fenstern eines Gebäudes schimmern, dessen Umrisse sich gegen den schwarzen Hintergrund kaum abheben. Trotzdem sieht man, dass es sich um eine Art Kapelle handeln muss, denn auf dem Giebel thront ein Kreuz mit Flügeln – das Symbol von „Der Tod, unser Freund".

Aus dem Häuschen ertönt Musik: das Mozart-Requiem. Wir schleichen nahe am Gebüsch bis zum kleinen Platz, auf dem das Gebäude steht. Die Bucht mag vielleicht fünf Meter breit und genauso tief sein und ist gut durch eine Klippe Richtung Meer gegen die Einsicht von außen geschützt. Da die Fenster nicht mehr als einen Meter über dem Boden sind, müssen wir auf allen vieren der Hauswand entlang hinter die Kapelle kriechen, um nicht entdeckt zu werden.

Der Eingang des Steinhauses zeigt zum Meer, die Rückseite liegt bis auf einen halbmeterbreiten Spalt den Klippen an. Impulsiv möchte ich ins Gebäude stürzen, doch Michael hält mich zurück. Da es draußen totenstill ist, kann man von innen – abgesehen von Mozarts Klängen – einzelne Sprachfetzen und Mutters herrische laute Stimme vernehmen: „Nein, ich will nicht mehr ... nein ... lassen Sie ... Sie können das Geld ... lassen Sie ... ich bezahle, so viel Sie wollen, und das Testament ..."

Sie wird von der weinerlichen Stimme meines Erzeugers unterbrochen: „Urs ... Urs ... wir zahlen, es war nicht so gemeint ... es sollte doch freiwillig ... wir ... wenn du uns gehen lässt, wir ..."

Dann verstummen die beiden ganz plötzlich und eine eiskalte Männerstimme mit schweizerischem Akzent wirft ein: „Frau Pötzinger, Sie haben unterschrieben! Wir haben einen Vertrag, den kann man nicht auflösen. Haben Sie das vergessen? Wir tun das für Sie! Um Ihnen den Weg in eine andere Welt leichter zu gestalten." An meinen Vater gerichtet fährt er fort: „Und du ... du darfst deine Frau begleiten, in Liebe und Ruhe begleiten ..."

Auch wenn mein Freund blitzschnell versucht, mich an den Haaren aus der Gefahrenzone zu ziehen, so kann er nicht verhindern, dass sich das brutale Bild, das ich kurz durch das Fenster erblicke, wie eine schmerzhafte Skulptur in mein Hirn meißelt: Mutter auf einer Bahre in der Mitte des Raums, mit einer Nadel in ihrer rechten Ellenbeuge, angeschnallt mittels Ledergurten, ihr Kopf auf dem Schoß meines Vaters gelagert, dessen Hände am Rücken gefesselt sind. In seinem Mund steckt inzwischen ein Knebel aus Stoff. Mutters Gesicht ist von einem Schal bedeckt, den ihr Spöris Freundin Mareile Meyer auf den Mund drückt. Der Spöri selber steht mit einer Spritze in der Hand rechts neben Mutter.

Ich wehre mich, als Michael mich daran hindern will, in die Kapelle zu stürzen. Außerdem hält er mir mit der anderen Hand noch den Mund zu, damit ich uns nicht durch einen Schrei verraten kann. Als es mir gelingt, mich durch einen Biss in seinen Daumen von ihm loszureißen, und ich gerade die Eingangstüre geöffnet habe, werde ich von einer grauen Gestalt weggestoßen. Durch mein Gerangel mit Michael abgelenkt, habe ich gar nicht bemerkt, dass an uns vorbei eine weitere Person den Pfad hinuntergeschlichen ist. Dieses graue Wesen rast in die Kapelle und gleich darauf ertönt ein Schuss. Vor mir sehe ich den Rücken einer Frau, die meine von Mutter gestrickte Haube trägt und deren rechter Arm mit einer Pistole in der Hand neben ihrem Schenkel baumelt. Spöri ist kopfüber auf Mutter gekippt, von dessen Schädel eine Blutspur führt, die ihr Kleid rot färbt. Daneben steht Mareile, die sich den Schal, der noch kurz zuvor Mamas Gesicht bedeckt hat, vor ihre Augen hält und schreit.

So schnell wie Trude Füssli erschienen ist, so schnell ist sie auch schon wieder verschwunden. Bevor ich noch richtig realisiert habe, was geschehen ist, höre ich nur mehr einen Bootsmotor starten. Auch Mareile Meyer versucht zu flüchten, wird aber von Michael aufgehalten, der sie so lange festhält, bis ich ihr zittrig die Beine mit dem Schal zusammengebunden habe und sie dann mit einem Gurt, der bisher Mutter auf der Bahre fixiert hat, statt meinem Vater am Sessel anbinde.

„Möchtet ihr mich nicht von diesem Herrn befreien? Und grüßen? Wie wäre es mit Grüßen?"

Mir fehlt momentan jeglicher Humor! Ganz im Gegenteil, statt der ersehnten Erleichterung über Mutters Überleben steigt in mir unbeherrschbarer Zorn auf. „Wenn er ... am besten wäre gewesen, er hätte dir das ...", brülle ich und halte dabei die Spritze in die Höhe, die dem Spöri aus der Hand gefallen ist, „... du hast es verdient! Wie konntest du?" Dann schreie ich meinen Vater an: „Du bist ein Mörder, weißt du das? Ich lasse dich einsperren, dass du nie wieder, nie wieder einen Schaden anrichten kannst!"

Mutter hebt ihren Kopf. „Jetzt sind deine Fingerabdrücke auf der Spritze. Ein Beweisstück vernichtet ..." Mit einem Kopfnicken gegen den Leichnam meint sie zu Michael: „Tu mir einen Gefallen, räum ihn weg."

Gerade als mein Freund sich anschickt, den Toten wegzuziehen, halt ich ihn zurück. „Der bleibt da zur Strafe auf ihr liegen, bis die Polizei kommt ... und der bleibt auch so, zur Strafe ...", deute ich mit dem Zeigefinger auf meinen Erzeuger. Zumindest den Knebel ziehe ich meinem Vater gnädig aus dem Mund. Als er allerdings anhebt, etwas zu seiner Rechtfertigung vorzubringen, tue ich so, als ob ich ihn gleich wieder hineinstecken würde. Das lässt ihn sofort wieder verstummen.

Endlich realisiere ich dieses surreale Bild: vor mir auf einer Bahre Mutter mit dem Spöri drauf, dahinter auf dem Sessel angebunden die Mareile und danebenstehend, noch mit verknoteten Händen, mein Erzeuger.

„Na, was jetzt? Sollen wir so bleiben? Gedenkt ihr, uns so zu belassen, bis die Polizei eintrifft? Denk an meinen Bandscheibenvorfall, den spüre ich schon. Du bist schuld, wenn der wieder akut wird." Mutter fällt immer ein Argument ein, um meine Wut in Sorge und schlechtes Gewissen umzuwandeln.

Mit einem tiefen Seufzer umrunde ich die Bahre bis zum erschossenen Spöri, doch Michael hält mich davon ab, die Leiche hochzuheben. „Warte, ich mache noch ein Foto ..."

Er zückt sein Handy und hält das makabre Arrangement fest. Dann hilft er mir, den Spöri auf den Boden zu legen und Mutters Gurte zu lösen.

Sie setzt sich auf, fummelt an ihrer Ellenbeuge herum, um den Venenzugang zu entfernen, und doziert: „Dein Vater kann nichts dafür. Ich habe ihm erzählt, dass ich Krebs habe und in Würde und ohne Schmerzen sterben möchte, und das an einem Ort, an dem wir einmal mit dir so glücklich waren. Er hat nichts getan! Also lasst ihn in Frieden."

Drum also meine Erinnerung an den beängstigenden Himmel! Für mich als Kind allerdings dürfte der Aufenthalt an diesem Ort auch schon damals keineswegs „glücklich“ gewesen sein.

Nachdem ich ihr geholfen habe, den Venflon herauszuziehen, wälzt sie sich von der Bahre und kommt ziemlich wackelig auf ihren Beinen zu stehen. Als ich sie jetzt so armselig schwankend sehe, übermannt mich schlagartig Erleichterung und Sentimentalität. Ich drücke sie fest an mich, aber sie entwindet sich und muss selbst in diesem Zustand ihre Souveränität demonstrieren: „Sollten wir nicht die Polizei ...?“

Gerade als Michael im Hotel anrufen will, um die Notrufnummer herauszufinden, hören wir das Geräusch eines Helikopters, der über der Kapelle kreist. Ich rase ins Freie und kann gerade noch beobachten, dass der Hubschrauber in der Bucht landen will.

„Sie suchen uns!“, schreie ich ins Haus und bin schon am Weg Richtung Petit Pot Bay.

Man hat uns tatsächlich nachgespürt – allerdings nicht die Polizei, sondern die Küstenwache, die von der Concierge verständigt wurde, nachdem wir ewig nicht ins Hotel zurückgekommen sind. Mutters einziger Kommentar, nachdem uns die Helfer an Bord genommen haben, war: „Das wird dich einiges kosten ...“

In diesem Augenblick hätte ich sie am liebsten selber euthanasiert!

Im Speisesaal des Hotels folgt dann vor angetretener Mannschaft der Guernsey Police der große Auftritt der unfassbar mutigen Martha Liebekind-Spanneck. Leider ist ihr Englisch so schlecht – man sollte sich eben lieber in lebenden Fremdsprachen üben, anstatt deutsche Witze ins Lateinische zu übertragen –, dass ich und Michael übersetzen müssen. Gerade als der distinguierte Inspektor, der tatsächlich genau so wie in einem Agatha-Christie-Film aussieht, dabei ist, Mutters theatralische Performance auf ermittlerische Beine zu stellen, kann ich durch die Fenster zur Hotelauffahrt beobachten, dass noch zwei zusätzliche Polizeiwägen vor dem Gebäude halten. Und? Wer steigt aus? Eine Fata Morgana?

Im Stechschritt nähern sich Frau Inspektor Sacherl und ihr Adlatus Fluger. Bei uns angekommen, würdigt Erika uns keines Blickes, sondern stellt sich beim Kollegen vor. Der – ganz nonchalanter Gentleman – bietet ihr einen Platz an seiner Seite an. Dann das übliche Prozedere: Name, Geburtsdatum, Ausweis, Adresse etc.

Nach kurzem Hin und Her sind wir entlassen. Der Inspektor aus Guernsey, der darüber informiert wurde, dass seine österreichische Kollegin den Fall schon lange bearbeitet, überlässt Erika bereitwillig das Terrain. Er scheint sogar erleichtert. Da die Kanalinseln praktisch keine Kriminalität kennen, fehlt ihm sicher die Erfahrung in der Aufklärung von Morden. Mareile Meyer haben seine Kollegen schon in das wahrscheinlich ansonsten leere Gefängnis abtransportiert. Der Chief Inspector beordert noch einen Subalternen als Alibimann, die Stellung zu halten – dann ist er weg.

„So, Eckerl, du hast es geschafft, dem österreichischen Staat ich schätze mal hunderttausend Euro Kosten verursacht zu haben. Du hast es geschafft, das Leben deiner Mutter aufs Spiel zu setzen – von dem deinen, um das es aber wirklich nicht schade ist, ganz abgesehen. Eines kannst sicher sein: Ich werde was finden, dass ein Richter dich einsperrt – und wenn ich mit dem

Staatsanwalt schnackseln muss. Und jetzt ... jetzt gehen wir ins Bett. Gute Nacht, die Herrschaften!"

„Und die Trude Füssli, die ist ..."

„Das geht dich gar nichts an."

„Ich meine, die ist doch auf der Flucht?"

„Die kommt nicht weit. Von der Insel ist bei dem Wetter noch keiner lebendig weggekommen."

Am nächsten Morgen treffen sich alle beim Frühstück – nur Vau Punkt Spanneck fehlt. Mutter gibt sich einsilbig, als ich sie nach ihm frage: „Er wollte noch einen Morgenspaziergang machen ..."

Tatsache ist: Er ist abgehauen. Er wollte wohl nicht, dass die Polizei genauer in seinen Geschäften herumwühlt. Erika muss sich damit zufriedengeben, dass er ihr eine Mitteilung mit seiner Adresse und Telefonnummer hinterlassen hat. Da er ja nur ein Zeuge und kein Beschuldigter ist, hat sie auch keine Möglichkeit, nach ihm fahnden zu lassen.

Gemeinsam brechen wir zum Flughafen auf. Im Wagen bringe ich noch einmal das Gespräch auf die Füssli: „Aber nach der wird schon gesucht?"

„Was glaubst du denn? Möchtest du dich auf ihre Spuren heften? Zusammen mit deinem Sexualhilfspolizisten? Halt bitte den Mund. Momentan kriege ich schon Magenkrämpfe, wenn ich dich nur anschauen muss. Du hast mein Vertrauen für immer verloren. Das hätte ich selbst von dir nicht geglaubt, dass du mich so hineinlegst. Alma, wir sind keine Freundinnen mehr."

Das sitzt. Ich befürchte, ich habe tatsächlich ausgespielt. Ich verstehe sie. Mir ginge es genauso. „Es tut mir leid, das musst du mir glauben. Es war eine Dummheit, aber du musst ... Mutter war verschwunden und ich habe mir solche Sorgen gemacht. Wenn du schon böse sein willst, dann auf sie, da sind wir dann zwei."

„Deine Sorgen sind keine Entschuldigung dafür, dass du auf eigene Faust, ohne mich zu informieren und ohne Rücksicht ..."

„Erika, bitte, bitte ..."

„Sei ruhig und lass mich in Frieden ..."

Kapitel 21

Was für ein herrliches Gefühl es ist, im eigenen Bett an der Seite meines Michelangelos, ohne Angst, bedroht zu werden, in der Früh aufzuwachen, kann nur jemand nachempfinden, der wie ich echte Todesangst erlebt hat. Heute ausnahmsweise und weil Samstag ist und weil ich erleichtert bin und weil ich mich einfach freue, gesund und mit lebendigem Muttertier zu sein, werde ich beim Bäcker Semmeln holen, Eier kochen und meinen momentan hoch im Kurs stehenden Liebhaber ein hedonistisch opulentes Frühstück servieren.

Als ich vom Bäcker zurückkomme, schaue ich noch in den Briefkasten, um die Zeitung herauszuholen. Im Briefkasten liegt ein handschriftlich adressierter Brief. Als ich wieder in der Wohnung bin, öffne ich die Nachricht. Bevor ich den Inhalt lese, sehe ich schon anhand der Unterschrift, dass der Brief von Trude Füssli ist:

Sehr geehrte Frau Dr. Liebekind-Spanneck,

Sie werden sich wundern, dass ich mich mit meiner letzten Nachricht gerade an Sie wende. Warum ich das tue? Sie waren bei Ihrem Besuch bei mir in der Wohnung die Einzige, die in den letzten Monaten irgendeine Art von menschlicher Zuwendung mir gegenüber gezeigt hat. Ich wüsste auch beim besten Willen nicht, wen ich nach meinem Ableben verständigen sollte. Die Haube Ihrer Mutter ist das einzig Wärmende, das mich daran erinnert, dass es Menschen gibt, die sich um einen kümmern und die einen lieb haben. Hüten Sie diese mütterliche Fürsorge!
Wenn Sie diesen Brief lesen, bin ich nicht mehr am Leben. Ich werde in den Armen meiner geliebten

Mutter – dem Meer – ruhen. Vorher werde ich den Menschen, der mein Leben und das vieler anderer zerstört hat, erschießen. Wegen Urs Spöri habe ich meinen Exmann umgebracht. Urs hat mir weisgemacht, dass Beat mit Mona, meiner verstorbenen Schwiegertochter, ein Verhältnis hatte, was meinen Sohn Mario in die Arme von Drogen und Alkohol getrieben hat. Ob die Sache mit Mona stimmt, ist irrelevant. Tatsache ist, dass Mona von dieser Sekte, der auch ich aktiv angehörte, umgebracht wurde.
Ja, auch ich war der Meinung, dass es edel sei, Menschen beim Freitod behilflich zu sein. Ich stand so unter dem Einfluss dieser verbrecherischen Vereinigung, dass ich mich ebenfalls schuldig machte. Nicht nur der Freitod war ein gutes Geschäft für die Gemeinschaft, nein, man verkaufte die jungen Lebensmüden auch als Sexualpartner, immer mit dem ethischen Hintergrund des edlen Gutmenschentums. Ich habe mich von Beat getrennt, da ich mich in Urs verliebte und ihm im Laufe der Zeit hörig wurde. Er schwor mir, dass ich die große Liebe seines Lebens sei und er mich nie verlassen würde. Für ihn habe ich den Sprengsatz in der Feuerschale meines Exmannes platziert. Nicht, dass Beat ein Heiliger war, nein, er machte ebenfalls seine dreckigen Geschäfte, aber erst nach seinem Tod, als ich meinen Urs mit seiner Neuen – Mariele – erwischt habe, wurde mir klar, dass ich den Falschen getötet habe.
Sie waren in Gefahr und deshalb habe ich Ihnen die Botschaften per SMS und auch mit dem Morsealphabet geschickt. Sogar die Bilder an Ihrer Wand habe ich zerstört, um Sie zu beunruhigen. Ich dachte, dass Sie aus Angst aufhören würden, weiter zu ermitteln. Ich konnte nicht verhindern, dass Spöri kurz nach mir in

Ihre Wohnung eingebrochen ist und Sie umbringen wollte. Ich konnte beobachten, wie er die Milch vergiftet hat. Als ich die Milch entfernen wollte, war es schon zu spät, da kamen Sie schon nach Hause und ich musste weg. Jetzt bin ich beruhigt, da Sie unter Polizeischutz stehen.

Durch Frau Gaspelsberger habe ich erfahren, dass Ihre Mutter auf dem Weg nach Guernsey ist, um sich dort einschläfern zu lassen. Es tut mir leid, dass sie so schwer krank ist, aber es gibt doch immer eine Hoffnung! Ich will verhindern, dass Urs auch sie noch auf dem Gewissen hat. Ich hoffe, es gelingt mir! Ich werde versuchen, Ihre Mutter zu retten!

Für mich selber wird es eine Erlösung sein, in den Fluten des Meeres zu versinken und am anderen Ufer meinen Mario wiederzusehen.

Danke noch einmal für die Mütze!

Trude Füssli

Bevor ich Michael wecke, rufe ich Erika an: „Hallo! Diesmal wirst du über meinen Anruf erfreut sein, denn ich hab was für dich."

„Wüsste nicht, was ..."

„Ich habe gerade den Abschiedsbrief der Füssli in meinem Postkasten gefunden. Sie ist tot, hat sich ertränkt. Ich glaube, damit kannst du deine Ermittlungen abschließen."

„Ich komme ..."

Als Erika vor meiner Tür steht, überreiche ich ihr wortlos das Schreiben. Sie überfliegt den Brief, zwickt mich mit beiden Händen in meine Wangen und meint mit einem Blick auf das frische Gebäck: „Na, dann können wir ja frühstücken, Eckerl!

Und das tun wir auch. Dem Michael serviere ich ausnahmsweise das Frühstück ans Bett, trotz der daraus resultierenden Brösel auf dem Laken.

Als sich dann auch noch herausstellt, dass Mutter Natur sich gegen eine Mutterschaft bei mir und eine Vaterschaft bei meinem Lover entschieden hat, ist meine egozentrische Welt wieder in Ordnung.

Glossar

Adlatus, der	(untergeordneter) Gehilfe
Altenberg, Peter	Wiener Kaffeehausliterat (9.3.1859–8.1.1919)
AKH	Allgemeines Krankenhaus der Stadt Wien, befindet sich unweit des gerichtsmedizinischen Gebäudes
Amyotrophe Lateralsklerose	unheilbare degenerative Erkrankung des motorischen Nervensystems
aufgemascherlt	österreichisch für herausgeputzt
ausfratscheln	österreichisch für ausfragen, aushorchen, löchern
Balint, Michael	ungarischer Psychotherapeut (3.12.1896–31.12.1970); Verfasser eines Ratgebers, wie man empathisch auf Patienten eingeht
Benzodiazepine, Barbiturate, Opiate, Antihistaminika	Beruhigungsmittel verschiedener chemischer Zusammensetzung
betroppezt	österreichisch für blamiert, sehr überrascht, bestürzt
Bsuff, der	österreichisch für einen Menschen, der viel Alkohol konsumiert
„Caput flecto!“ (Latein)	„Ich beuge mein Haupt!“
Casa Piccola	ehemaliges Künstlercafé, heute Geschäftslokal
Colosseum	Wiener Lokal
disruptive Affektregulationsstörung, die	seine Gefühle nicht unter Kontrolle haben
Dobostorte, die	gesprochen „Doboschtorte“; bekannte ungarische Schichttorte aus Biskuit, Schokoladencreme und Karamellglasur
Eckerl	Erika nennt Alma manchmal scherzhaft „Eckerl“, nach einem in Österreich erhältlichen Käse mit der Bezeichnung „Alma“, der als „das beste Eck vom Käse“ beworben wird.

„Esto!“ (Latein)	„Na gut!“
F19.5	steht in der Internationalen statistischen Klassifikation der Krankheiten und verwandter Gesundheitsprobleme für psychotische Störung: psychische und Verhaltensstörungen durch multiplen Substanzgebrauch und Konsum anderer psychotroper Substanzen
Fiaker mit Kirschschnaps, der	österreichische Kaffeespezialität; ein Mokka mit einem Stamperl Kirschschnaps
Friedenszins, der	Mieterschutz aus dem Jahr 1917, als kriegsbedingt die Mieten nach oben gedeckelt waren
Gatsch, der	österreichisch für Matsch, Schlamm
Genierer, der	österreichisch für Scheue, Schüchternheit
Globusgefühl, das	Globussyndrom, Kloß im Hals
gschamig	österreichisch für schüchtern, scheu, unsicher, schamhaft
Gspusi, das	österreichisch für ein Verhältnis, eine Affäre
Guckerl, das	österreichisch für kleines Fenster
Häfen, der	österreichisch für Gefängnis
hinterfotzig	österreichisch für hinterhältig
hinaufhirschen	österreichisch für schnell einen Berg hinaufrennen
Hypo	kurz für Hypoglykämie, Unterzuckerung
„in statu nascendi“ (Latein)	„im Werden begriffen“
Judendenkmal	gemeint ist das „Mahnmal gegen Krieg und Faschismus“; unter Wienern auch als „Judendenkmal“ bekannt, nicht zu verwechseln mit dem „Mahnmal für die österreichischen jüdischen Opfer der Schoah“, das sich auf dem Judenplatz im 1. Bezirk befindet
Kaffee verkehrt, der	österreichische Kaffeespezialität, ein Mokka mit sehr viel Milch bzw. ein heller Milchkaffee

Kalksburg	In der niederösterreichischen Gemeinde Kalksburg befindet sich ein Therapiezentrum für Abhängigkeiten.
Kleines Café	Wiener Ur-Institution, gegründet von Hanno Pöschl, der in jungen Jahren angeblich ein Wiener Strizzi-Anarchist gewesen sein soll. Trotz der Auflistung in diversen Reiseführern ist das Kleine Café ein Hotspot der Wiener Künstler- und Möchtegernkünstlerszene geblieben.
knödeln	umgangssprachlich für undeutlich sprechen
kraxeln	österreichisch für klettern
Kronen Zeitung	Österreichs auflagenstärkste Boulevardtageszeitung
Larynx, der	medizinischer Fachausdruck für den Kehlkopf
Leukenzephalopathie, die	Hirnschwund
Malakofftorte	Buttercremetorte mit Biskotten
Manner-Schnitte	in Österreich beliebte Waffel-Schnitten mit Haselnusscreme
Marille, die	österreichisch für Aprikose
matschgern	österreichisch u. a. für sich beklagen
MDK	Abkürzkung für manisch-depressive Krankheit
„Mea culpa, mea maxima culpa.” (Latein)	„Meine Schuld, meine tiefe Schuld.“
„Mei Muaterl war a Weanerin ...“	bekanntes Wienerlied von Ludwig Gruber: „Meine Mutter war eine Wienerin“
Melange, die	österreichische Kaffeespezialität, ein etwas verlängerter Mokka mit warmer Milch und Milchschaumhaube
Mieselsucht, die	österreichisch für Miesmacherei, Kritiksucht
„Mors certa est!“ (Latein)	„Der Tod ist ihr sicher.“
„Mors certa, hora incerta.“ (Latein)	„Der Tod ist gewiss, die Stunde nicht.“

Musculus cricothyreoideus	Muskel links und rechts des Schildknorpels
Neuroleptikum, das	Medikament, das unter anderem zur Behandlung von Schizophrenie eingesetzt wird
Nusspotize, die	österreichische Mehlspeise
Ottakringer, das	Bier der Ottakringer Brauerei mit Sitz im 16. Wiener Gemeindebezirk „Ottakring", auch „16er Blech" genannt
Oxytocin	Hormon, gilt als das „Kuschelhormon"
Palatschinke, die	aus dem Ungarischen; Österreichisch für Pfannkuchen
patschert	österreichisch für unbeholfen, tollpatschig, linkisch
perlustrieren	in Österreich gebräuchlich für durchsuchen, zur Feststellung der Identität festhalten, filzen
pofeln	umgangssprachlich in Österreich für rauchen
pragmatisieren	aus der österreichischen Amtssprache; in ein unkündbares Beamtenverhältnis übernehmen
Priapos	in der griechischen Mythologie ein Gott der Fruchtbarkeit, Sohn der Aphrodite und des Dionysos
pumpern	österreichisch für klopfen
schnabulieren	österreichisch für mit Genuss essen
„Retempto." (Latein)	„Wieder versuchen."
Sedativum, das	Beruhigungsmittel
Seidel, das	alte Maßeinheit; in Österreich heute noch bei Bier gebräuchlich für 0,3 Liter
Serotonin, das	Glückshormon
SSRI	Abkürzung für Selektive Serotonin-Wiederaufnahmehemmer, Medikament gegen Depressionen
Strizzi, der	aus dem Tschechischen für Onkel, bedeutet eigentlich Zuhälter. Mit Strizzi kann aber auch ein Strolch oder Spitzbube mit Hang zur Kleinkriminalität gemeint sein.
Topfen, der	österreichisch für Quark

Tschick, der	österreichisch für Zigarette
Venflon, der	peripherer Venenkatheder
Verlängerte, der	österreichische Kaffeespezialität, entspricht einem kleinen Schwarzen (= Mokka), der mit der gleichen Menge an heißem Wasser verlängert wird
vernadern	österreichisch für verpfeifen, denunzieren, verraten
verzapfen	österreichisch für erzählen
waschelnass	österreichisch für durch und durch nass, tropfend nass

Gerhard Loibelsberger
Killer-Tschick
SOKO-Donau-Krimi/SOKO-Wien-Krimi
248 Seiten, gebunden mit Schutzumschlag
ISBN 978-3-7099-7251-9
€ 19.90

„Es hat alles ganz harmlos angefangen. Mit der Leiche einer alten Frau. Dann ist plötzlich ein toter Chinese aufgetaucht. Und eine Flut von Schmuggelzigaretten. Giftige Zigaretten, richtige Killer-Tschick. Und rundherum ein undurchsichtiges Geflecht aus mafiösen Strukturen, Schwarzhandel, hochprofessioneller Geldwäsche – und Menschen, die vor nichts zurückschrecken ..."

Brandheiß, schnell, gefährlich: Gerhard Loibelsberger lässt Lieblingsinspektorin Penny Lanz und ihre Kollegen aus der erfolgreichen TV-Serie SOKO Donau * SOKO Wien leben, lieben und ermitteln – ein absolutes Muss für alle Krimi-Fans!

Manfred Rebhandl
Heiß ist die Liebe, kalt ist der Tod
Ein Kitty-Muhr-Krimi
256 Seiten, € 12.95
HAYMON taschenbuch 246
ISBN 978-3-7099-7890-0

Action mit einer Prise Herz – die Bridget Jones vom Gemeindebau ermittelt wieder: Für Kitty steht der Sommerurlaub an, doch ihre Reisegefährtin und Freundin Susi macht ihr einen Strich durch die Rechnung und verliebt sich doch tatsächlich in den Filmproduzenten Rufus Lottmann! Als der sie auch noch in seiner neuesten Schmonzette mitspielen lassen möchte, reicht es Kitty endgültig.

Zu allem Übel wird ebenjener Rufus Lottmann erschlagen im Hinterhof eines Burgerladens aufgefunden. Dass dieser Burgerladen aber nicht nur Fleisch im herkömmlichen Sinne im Sortiment hat, sondern auch junge hübsche Damen aus dem Osten anbietet, ist da nur das Tüpfelchen auf dem i. Kitty und ihr Ermittlerkollege Ali tauchen ein in die Welt des Filmemachers und finden sich zwischen Scheidungskrieg, dunklen Machenschaften und einem unglücklichen Liebesdreieck wieder ...